Der falsche Schwur

Das Buch

Hilflos muss Mack mit ansehen, wie die weiß gekleideten Reiter seine geliebte Nell und die kleine Felicita verschleppen: Es sind die Häscher des Inquisitors Johannes, die Nell nach Mailand bringen, wo sie als Dämonenhure hingerichtet werden soll. Eine Falle, denn Mack ist klar, dass man eigentlich hinter ihm her ist – und dem Stein des Luzifer, der jedem den Tod zu bringen scheint, der ihn zu sehr begehrt. Doch wenn er Nell befreien will, bleibt ihm nichts anderes übrig, als sich der Gefahr zu stellen, unterstützt von dem undurchsichtigen Mauren Jāqūt, der seine eigenen Ziele verfolgt. In der Hoffnung, das eigene Seelenheil zu retten und den Fluch des Steins zu bannen, macht sich Mack auf den Weg nach Rom …

Die Autorin

Helga Glaesener, geboren 1955, hat Mathematik und Informatik studiert, ist Mutter von fünf Kindern und lebt mit ihrer Familie in Aurich, Ostfriesland.

Von Helga Glaesener sind in unserem Hause bereits erschienen:

Du süße sanfte Mörderin
Der indische Baum
Die Rechenkünstlerin
Die Safranhändlerin
Der Stein des Luzifer
Der Weihnachtswolf
Wer Asche hütet

Helga Glaesener

Der falsche Schwur

Roman

List Taschenbuch

Besuchen Sie uns im Internet:
www.list-taschenbuch.de

Umwelthinweis:
Dieses Buch wurde auf chlor- und säurefreiem Papier gedruckt.

Originalausgabe im List Taschenbuch
List ist ein Verlag der Ullstein Buchverlage GmbH, Berlin
1. Auflage Juni 2005
© by Ullstein Buchverlage GmbH, Berlin 2005
Umschlagkonzept:HildeDesign, München
Umschlaggestaltung: Hauptmann und Kompanie Werbeagentur, München – Zürich,
unter Verwendung eines Ausschnitts eines Gemäldes von
Guido Reni, Atalante und Hippomenes, um 1612
Gesetzt aus der Berkeley
Satz: Finkuin Satz und Datentechnik, Berlin
Druck und Bindearbeiten: Clausen & Bosse, Leck
Printed in Germany
ISBN-13: 978-3-548-60565-4
ISBN-10: 3-548-60565-6

Für Anne und Martin,
für Maren und Kristin,
für Frauke, Tammo und Jan-Tjark

1. Kapitel

Nell saß im Gras. Die Sonne brannte, ihr braunes, langes Haar glänzte wie ein Rehfell. Sie hatte den Rock bis zu den weißen Oberschenkeln hochgezogen – was völlig in Ordnung war. Nichts an ihrer Pose wirkte aufreizend oder gar vulgär. Nell war Nell. Sie hatte keine Ahnung, wie man sich verstellte. Eher hätte sich die Sonne in eine Steckrübe verwandelt, als dass Nell Verführungsmethoden ersonnen hätte. Allmächtiger, wie ich sie liebe, dachte Mack mit Inbrunst und bedauerte, dass es ihm – aus welchen Gründen auch immer – nicht möglich war, zu ihr zu gelangen.

Er mochte es, wie Nell lachte, mit diesem dunklen Ton in der Stimme, diesem Kollern. Er mochte auch, wie sie den Mund dabei verzog, obwohl sie ihm einen Knuff versetzt hätte, wenn er es erwähnt hätte. Mein Mund ist wie ein Scheunentor, hatte sie einmal gesagt, in diesem Tonfall, in dem man eine ewige Wahrheit verkündet. Sie konnte es nicht ausstehen, wenn er etwas an ihr lobte, was ihr selbst nicht gefiel.

Bunte Punkte erschienen am Waldrand und kamen rasch näher. Sie begannen Nell zu umflattern. Nell fuchtelte mit den Händen, aber dann merkte sie, dass sie von Schmetterlingen umschwärmt wurde, und wieder ertönte ihr hinreißendes Lachen. Einer der Schmetterlinge flog auf ihre ausgestreckte Hand, ein anderer setzte sich auf ihr weißes Häubchen. Eigentlich hübsch, die bunten Tupfen, dachte Mack.

Er wollte aufstehen und plötzlich störte es ihn, dass er sich nicht rühren konnte. Was zum Teufel war mit ihm los? Als hätte man ihm Blei in die Glieder gegossen. Als hätte …

Er blickte zu Nell. Immer mehr Falter sammelten sich und ließen sich auf ihr nieder. Inzwischen war ihr ganzer Körper von ihnen bedeckt. Rote, bläuliche, grüne Schmetterlinge – sie sah aus wie eine fremdartige Blume. Nell, zur Hölle, warum lässt du zu, dass sie auf deinen Lippen sitzen?

Man muss sie warnen!

Einige Falter, die keinen Platz mehr bei ihr fanden, lösten sich aus dem Schwarm – wer hätte je von einem Schmetterlings*schwarm* gehört? – und schaukelten zu dem Platz, an dem Mack kauerte. Sie hatten brandrote Flügel, und als sie sich näherten, merkte er, dass sie Hitze ausströmten wie kleine glühende Hufeisen. Erschrocken riss er den Kopf hoch. Dass Nell nichts merkte! Dass sie immer noch lachte und ihren verletzlichen Körper den Faltern darbot!

Die Schmetterlinge berührten Mack nicht. Sie umkreisten ihn und schienen auf etwas zu lauern. Funken sprangen von ihren Flügeln. Sie stierten ihn an und alles Leichtflüglige fiel von ihnen ab.

Mack begann zu schreien.

Nell brannte. Nell … Nell …

Es war dunkel. Er lag auf dem Rücken und starrte benommen an die … genau, an die Decke der kleinen Fischerhütte, die er und Nell in Besitz genommen hatten. Die Sterne, die ihm vor den Augen tanzten, konnten durchaus ebenfalls als Schmetterlinge durchgehen. Er schüttelte sich, ohne das Bild wirklich loszuwerden. In seinem Mund haftete ein ekliger Geschmack. Ungelenk erhob er sich und blinzelte in den Raum, bis seine Augen sich an das düstere Licht gewöhnt hatten.

Die Hütte bestand nur aus einem einzigen Zimmerchen. Ihr Erbauer hatte keinen Wert auf sorgfältige Arbeit gelegt, wahrscheinlich hatte der Unterstand nur einen Sommer halten sollen und so drang durch etliche Ritzen Sonnenschein. Mack konnte den Tisch erkennen, an dem Nell ihre Mahlzeiten vorbereitete, und die provisorische Feuerstelle in der Mitte des Raums, die er ihr aus Steinen zusammengebaut hatte. Die Scheite vom vergangenen Abend waren ausgeglüht, trotzdem machte er einen misstrauischen Bogen um sie, als er zur Tür ging.

Sie hatten sich einen hübschen Ort ausgesucht als Zuflucht für die Zeit, bis Nell wieder reisen konnte. Eine Lichtung in einem Waldstück. Sie lag so weit von der nächsten Straße entfernt, dass bisher noch niemand ihre Ruhe gestört hatte. Einen Steinwurf entfernt glitzerte ein kleiner See, in dem Mack fischte, wenn die nächste Mahlzeit anstand. Es ist vollkommen, dachte er, auch wenn er selbst lieber im Freien geschlafen hätte. Eine Hütte zog die Blicke auf sich. Wer im Unterholz schlief, war nahezu unsichtbar. Aber nun lebte er mit einer Frau und einem Säugling zusammen und da musste man sich umgewöhnen.

Er versuchte, nach dem Stand der Sonne die Zeit zu schätzen. Es musste später Nachmittag sein. Der Weg zum Dorf und zurück dauerte seine Zeit, aber trotzdem wurde er unruhig. Wenn es nach ihm gegangen wäre, hätte Nell sich aus dem Wald nicht fortgerührt. Doch Nell etwas vorzuschreiben war fast unmöglich, das hatte er rasch gelernt. Sie brauchte Windeln für das Kind und sehnte sich vielleicht auch nach menschlicher Gesellschaft. Da war sie eben gegangen.

Mack kehrte in die Hütte zurück und blieb unschlüssig stehen. Sein Blick fiel auf die Feuerstelle. Er kniete davor nieder, schob die Scheite beiseite und begann ein Loch zu graben. Die Erde war festgetrampelt und Schmutz setzte sich unter seine Fingernägel. Zum Glück musste er nicht lange wühlen. Nach kurzer Zeit fühlte er den Stoff und zog das provisorische Säckchen mitsamt Inhalt ans Licht.

Der Stoff war von der Erde schwarz geworden. Mack betrachtete ihn unschlüssig, dann schlug er ihn auseinander.

Er hielt den Atem an. Es war, als zöge der pflaumengroße, tropfenförmige Stein sämtliche Lichtstrahlen an, die durch die Ritzen, den Rauchabzug und die offene Tür fielen, als konzentrierte sich jeder Funken Helligkeit auf seinen gelben Kern.

Mack rührte sich nicht. Lange Zeit starrte er auf den Stein in seiner hohlen Hand. Er wartete darauf, dass er etwas fühlte, aber da war nichts. Nicht einmal Abneigung.

»Du liegst nicht gern so dicht am Feuer, stimmt's?« Mit einer Art grimmiger Freude nahm er diesen Tatbestand wahr. Das Teufelsding hasste sein Versteck. Nur gut so.

Bœuf hatte den Stein Luzifers in der Pranke gehalten und vor Begehren gezittert. Er hätte jeden umgebracht, der versucht hätte, ihn ihm fortzunehmen. Und nun war Bœuf tot. Eule hatte sich nach dem Stein verzehrt und war gestorben. Der König hatte ihn gestohlen und sich deshalb mit seinem Vater überworfen.

Alles Narren!

Mack hatte genug. Er wickelte den Stein wieder in den Stoff, legte ihn in das Loch zurück, schaufelte die Erde darauf und verteilte sorgfältig die angekohlten Scheite auf dem Versteck.

Nell besaß unzählige Vorzüge. Die Fähigkeit, sich lautlos zu bewegen, war nicht darunter. Mack hörte die Zweige unter ihren Schritten knacken, lange bevor sie in Sicht kam. Ihre Haube saß schief auf ihrem Kopf und die braunen Flechten lugten hervor wie neugierige Kinder hinter der Schürze ihrer Mutter. Sie schien schlechter Laune zu sein, denn sie fegte ungestüm beiseite, was ihr in den Weg kam. Als sie ihn sah, lief sie schneller.

»Himmel, war das ein Weg! Nimm die Kleine.« Ungeduldig drückte sie ihm Felicita in den Arm. Sie zog eine Korbtasche über den Kopf, die sie wohl im Dorf erstanden hatte, und kramte einen kleinen Eisentopf und mehrere Tücher hervor, sicherlich die begehrten Ersatzwindeln für Felicita. »Endlich kochen wie ein Mensch. Es gibt die nächsten Tage Suppe, verlass dich drauf. Aber Leute, sag ich dir! Das reinste Babel. Wie ein Ameisenhaufen. Schlimmer! Hast du schon mal gesehen, dass eine Ameise eine andere Ameise anrempelt? Pack die Windeln …«

»Ein Ameisenhaufen?«

»Der Topf macht alles wett. Ich wusste nicht, dass man auf Stein gebackenen Fisch …«

»Du warst nicht im Dorf. Nell, du warst in Mailand!«

»Was blieb mir übrig? Die Bauern haben selbst nichts, und wenn sie etwas verkaufen, ist es Plunder. Du verstehst das nicht, Mack. Ich kann viel entbehren und es ist auch nicht so, dass ich … dass ich mich hier nicht wohl fühle, aber … manchmal hat man doch das Bedürfnis, richtig zu kochen und … und …«

»Nell.«

»Ich weiß. Es tut mir selbst schon Leid, dass ich dort war. Ich sag ja – ein Gewimmel wie ein Ameisen … Halte sie aufrecht. Sie mag nicht, wenn sie liegen soll.«

Gehorsam packte Mack den Säugling so, dass er über seine Schulter schauen konnte. »Du schätzt das nicht richtig ein. Was ist, wenn der Wirt Arnulfs Leiche gefunden hat? Dann werden sie in Mailand nach der Frau und dem Mann suchen, die das Zimmer bewohnt haben. Was, wenn du jemandem über den Weg läufst …«

»Ich weiß. Ich tu's ja auch nicht wieder.« Nell gab ihm lächelnd einen Kuss. Sie huschte in die Hütte und er folgte ihr.

»In den Städten fackeln sie nicht lange. Besonders mit Ausländern.« Er legte das Kind auf dem Heubett ab und sah zu, wie Nell mit einem Feuerstein hantierte und geschickt den Birkenzunder in Brand setzte. »Du bist leichtsinnig.«

»Hast du was gefangen? Komm, Mack! Mach nicht so ein

Gesicht.« Sie lachte ihn an. »Einen Fisch. Nun lauf schon. Es soll Suppe geben. Mit Wiesenkümmel.« Als er nicht reagierte, richtete sie sich auf, trat zu ihm und legte beide Arme um seinen Hals. »Tut es dir Leid?«

»Was?«

»Dass du dich mit mir rumplagen musst?«

Sein Ärger verflog auf der Stelle. »Nell«, sagte er, »du bist das dümmste Wesen auf Gottes Erde.« Er zog sie an sich und erwiderte ihren Kuss erst zärtlich und dann mit steigender Leidenschaft, bis ihm das Feuer in die Lenden stieg.

Zu anderen Zeiten hätte der Kuss vielleicht auf dem Bett geendet, aber dort lag Felicita und starrte sie aus weit geöffneten Augen an. Atemlos machte Nell sich frei und deutete in Richtung See.

Mack spürte, dass Nell nicht schlief. Sie lag dicht neben ihm, den Kopf auf seinem Arm gebettet, und er fühlte ihren Atem in seiner Halsbeuge. Er hatte keine Ahnung, wie spät es war, aber er hatte geschlafen und fühlte sich ausgeruht, es musste also auf den Morgen zugehen.

Nell schmiegte sich dichter an ihn. Sie wärmte ihn mit ihrer weichen, nach Zärtlichkeit duftenden Haut und er hätte glücklich sein sollen. Er wäre es auch gewesen, wenn ihm nicht immer noch die Sorgen durch den Kopf geisterten, die mit Nells gestrigem Ausflug in sein Bewusstsein zurückgekehrt waren. Sie hätte nicht nach Mailand gehen dürfen. Er hatte angenommen, das wäre ihr so klar wie ihm selbst. Andererseits: Wie sollte er erwarten, dass Nell ebenso wie er bei jedem Schritt bewusst oder unbewusst sicherte und nach Feinden Ausschau hielt? Nicht Nell, er selbst war es, der sich absonderlich verhielt. Und wenn es auch tausendmal angebracht schien …

»Was bist du unruhig«, murmelte Nell und schauderte leicht wie ein Mensch, der ungern seine Träume hinter sich lässt.

»Wir haben uns zu lange hier aufgehalten, Nellie. Wir wollten nur warten, bis du nach der Geburt wieder bei Kräften bist, und nun sind ein paar Monate daraus geworden. Wir müssen … woanders hin – wo auch immer wir in Zukunft zu Hause sein wollen.«

»Gunther hat gesagt, er will uns helfen, wenn wir nach Deutschland kommen«, erinnerte Nell ihn und ein Stich der Eifersucht durchzuckte Mack, wie immer, wenn er an seinen Freund dachte, der doch nicht mehr getan hatte, als Nell beizustehen, während sie ihn in Italien suchte. Er kam sich undankbar vor und versuchte das durch besonderen Nachdruck in seiner Antwort zu verschleiern.

»Dann auf nach Deutschland.«

»Gleich heute, ja?«

Mack musste lächeln. »Erst wolltest du gar nicht fort und jetzt kann es dir nicht schnell genug gehen.«

»So ist das eben bei mir. Ich schieb nichts auf.« Sie räkelte sich.

»Wir müssen noch zum Meer.«

»Warum?«

Er war sicher, dass sie es nicht vergessen hatte. Niemand vergaß den Stein Luzifers, wenn er einmal in sein Licht geschaut hatte. Sie begehrten ihn beide nicht, was ein seltsamer Zufall und ein großes Glück war, aber während er glaubte, den Stein vernichten zu müssen, wollte Nell ihn einfach vergessen.

»Wir gehen zum Meer, werfen den Stein hinein und dann sind wir frei.«

»In Deutschland gibt es auch ein Meer.«

»Aber das ist weit. Sogar von Nürnberg aus ist es noch eine lange Reise.«

Nell antwortete nicht. Stattdessen kehrte sie ihm den Rücken zu und schlang die Arme um ihre Brust. Mack verstand das Zeichen. Er seufzte. Es war besser, das Thema zu vertagen.

13

Wenn er mit Nell in solcher Stimmung stritt, war er immer der Unterlegene.

»Ich glaube, er ist in Mailand.«

»Wer?«

»Der Mann, von dem du erzählt hast. Dieser grässliche Mönch, der dich in Cividale in den Kerker geworfen hat. Johannes. Der dir wegen des verfluchten Steins auf den Fersen ist.«

»Aber … Nell, das ist unmöglich. Woher sollte er wissen, wo ich bin?«

»Keine Ahnung. Die Mächtigen bekommen alles heraus, wenn es ihnen nur wichtig genug ist. Hier oben gibt's nicht viele Städte. Vielleicht hat er Reiter ausgeschickt, die überall nachforschen.«

»Nach was? Nach einem Fremden, der durch die Gegend stromert? Mailand ist groß, Padua ist groß, Vicenza ist groß … Nell, es gibt hier Fremde wie Sand am Meer.«

»Die Reiter würden nach einem Sänger Ausschau halten. Mit einer ungewöhnlichen Stimme. Ich habe dich auch gefunden.«

»Das stimmt nicht. *Ich* habe *dich* gefunden.«

Sie lachte. Ihre Anspannung wich, aber nur für einen kurzen Moment. »Johannes ist da, Mack! Ich denk mir das nicht aus. Ich habe die Leute davon sprechen hören. *Der Kaplan des Patriarchen von Aquileja ist in der Stadt.* Glaub mir, er sucht diesen verdammten Stein. Und er sucht dich.«

»Niemand hat mich in Mailand als Sänger …«, kennen gelernt, hatte Mack sagen wollen. Er verstummte. Wenn seine Hand nicht auf Nells Bauch gelegen hätte, er hätte sie an die Stirn geschlagen. Natürlich! Als er das erste Mal die Stadt betreten hatte, völlig verzweifelt, weil er Nell finden musste und ihm die Zeit durch die Finger rann, hatte er den Wächtern seinen erbärmlichen Zustand mit einer Wirtshausschlägerei

14

erklärt. Ein Sänger, der mit seinen Liedern zu vorlaut gewesen war. Sie hatten herzlich gelacht. Und sie hatten ihn als Sänger *wahrgenommen.*

»Woher weißt du von Johannes?«

»Seine Spione sitzen in den Schenken und schlendern über die Marktplätze. Es heißt, er hat eine Belohnung ausgesetzt für den, der ihm dein Versteck verrät. Ist er reich, Mack?«

»Glaube ich nicht.«

»Dann muss jemand mit einem Haufen Geld hinter ihm stehen. Sonst könnte er sich die Suche nicht leisten. Und diesem Jemand muss die Sache sehr wichtig sein«, folgerte Nell nüchtern.

Dem Kaiser, dem der Stein für kurze Zeit gehört hatte? Dem Papst, der von ihm wusste und ihn begehrte?

»Und du bist sicher, dass es wirklich Johannes …«

»Mack!«

»Schon gut.«

»Und wenn du ihm den Stein einfach gibst?«

»Was?« Mack schüttelte den Kopf. »Das … das geht nicht, Nell.«

»Warum nicht? Denk nach. Hat jemand schon mal Rücksicht auf *dich* genommen? Hat irgendjemand mal gefragt, wie es *dir* ergeht, wenn dies oder das geschieht? Gunther hat mich verrückt gemacht mit seinem König, dem er dient, nichts sonst ist wichtig und Ehre und was er alles daherbetet. Ich war immer froh, dass du nicht bist wie er. Leute wie wir müssen schauen, wo sie bleiben. Weil sonst niemand es tut.«

»Johannes geht es nicht um den Stein. Nicht um den Stein allein. Er …« Mack zögerte. »Er ist vor allem hinter *mir* her, verstehst du, Nell?«

»Warum?«

Tja, und genau das kann ich dir nicht verraten, wenn ich mich nicht unglücklich machen will. Mack zog Nell dichter

15

an sich heran. Er schwieg und auch Nell sagte nichts mehr. Vielleicht war sie beleidigt, weil sie spürte, dass er Geheimnisse vor ihr hatte.

Die Dunkelheit hinter den Ritzen verblasste. Die ersten Tagvögel hatten ihre Nester verlassen und vom See wehte ihr Gezwitscher herüber. »Ich liebe dich«, flüsterte Mack.

»Ich weiß. Ich dich doch auch.«

Felicita, die in einem mit Lappen ausgestopften Körbchen lag, bewegte sich. Sie weinte nicht, das tat sie fast nie, aber sie begann zu brabbeln und Nell nutzte das aus und befreite sich aus Macks Armen. Er sah ihr nach, wie sie zu dem Kind ging, es aus dem Körbchen hob und liebkoste. Da sie es aufrecht hielt, konnte Mack das kleine, runde Gesicht sehen, das über ihre Schulter lugte.

Felicita sabberte. Sie reckte sich und versuchte, den Kopf aufzurichten, was aber immer nur für einen Augenblick gelang. Als Nell ihr den Rücken rieb, gab sie einen gurrenden Laut von sich. Dabei verzog sie die dünnen Lippen zu einem O. Ihre Oberlippe wölbte sich vor und in diesem Moment sah sie aus wie Arnulf.

Mack fühlte sich, als hätte ihn ein Schlag getroffen. In den ersten Tagen, nachdem sie einander wiedergefunden hatten, hatte Nell ihn einige Mal gefragt, ob ihn das Kind störe. Jedes Mal hatte er ehrlich verneint. Felicita war Nells Tochter und der widerwärtige Wicht, der an ihrer Zeugung beteiligt gewesen war, vermoderte im Dachgebälk eines Mailänder Gasthauses. Man konnte ihn getrost vergessen. Nell liebte ihre Tochter und er hatte sich vorgenommen, sie ebenfalls zu lieben.

»Es kommt doppelt so viel unten heraus, wie oben hineingeht«, sagte Nell. »Und das ist das wahre Geheimnis des Universums. Bringst du mir die Windeln, Mack?«

Er erhob sich und tat ihr den Gefallen.

Nell legte das kleine Geschöpf auf den Tisch, beugte sich

darüber und küsste ihm die Fußsohlen. Felicitas Lachen mischte sich mit ihrem eigenen. Die Ähnlichkeit des Kindes mit seinem Vater hatte sich wieder verloren. Von beiden unbeachtet zog Mack seine Pluderhosen und das Unterhemd an, nestelte die Strümpfe an der Hose fest und schlüpfte in das grüne Wams. Draußen umfing ihn würzige, mit Harz durchtränkte Morgenluft. Ich muss nachdenken, dachte er …

Nell hatte Recht. Sie mussten fort. Wenn Johannes tatsächlich nach ihm forschte, wenn er Macks Spur sogar schon bis nach Mailand verfolgt hatte, dann waren sie nicht mehr sicher. Was wussten sie schon, wie viele Leute sich vielleicht doch zu ihrem See verirrten oder bereits verirrt hatten? Wer sich wunderte? Wem ein Licht aufging, wenn er in Mailand von dem Sänger und der Belohnung hörte?

Mack hatte den See erreicht. Er warf einen Blick zum Haus zurück und sah Nell mit Felicita in der Tür stehen. Sie winkte ihm zu und er sah, dass sie lächelte.

Deutschland war … nun, nicht wirklich schlecht. König Heinrich hatte ihn verbannt, er musste also dafür sorgen, dass er und Nell ihm nicht unter die Augen kamen. Aber das konnte so schwer nicht sein. Ein abgelegenes Nest, vielleicht in den Bergen oder oben im Norden, wohin der König niemals reiste …

Mack zog das wollene Wams über den Kopf, nahm zwei Schritte Anlauf und stürzte sich kopfüber ins Wasser. Wirbelnde Perlen umgaben ihn, ein Schwarm grünsilbriger Elritzen stob auseinander. Er glitt zwischen den Fischen durch die Wellen, sah das Licht der Sonne, das sich in den Tropfen brach, und einen Moment lang war er von einem Hochgefühl erfüllt, das jede Sorge auswischte. Der See war so reichlich mit Fischen versorgt, dass sie von ihnen bis ans Ende ihrer Tage hätten leben können. Mack meinte, ihre kleinen, konturlosen

Empfindungen zu spüren. Die Fische in seiner Nähe, die ihn als großen, gefährlichen Schatten wahrnahmen, fürchteten sich und flüchteten. Sobald sie einen gewissen Abstand gewonnen hatten, genossen sie wieder ihr schwereloses Dasein.

Macks Jagdlust war gering. Er durchschwamm den See, kletterte an der anderen Seite ans Ufer und legte sich ins Gras. Der Blick zum Haus war ihm durch einige Büsche versperrt, aber wahrscheinlich war Nell sowieso schon verschwunden. Eine Weile döste er und dachte an seine kleine Familie und an das Haus, das er vielleicht an einem See wie diesem bauen würde. Jedes Stück Land hatte einen Besitzer. Er würde sich also mit jemandem einigen oder in eine völlig verlassene Gegend ziehen müssen. Gab es das in Deutschland? Nell würde vorschlagen, Gunther um einen Flecken Land zu bitten. Das würde er ihr ausreden. Aber natürlich würde sie auf einem Gegenvorschlag bestehen. Himmel, wie kompliziert das Leben wurde, wenn man für Frau und Kind zu sorgen hatte.

War Johannes ihnen wirklich auf der Spur?

Mack schüttelte die nutzlosen Gedanken ab. Er zog sein Hemd über den Kopf und verwandelte es in bewährter Manier, indem er nämlich die Ärmel zuknotete, in einen Käscher. Die Uferzone mit den Wassergräsern und dem Schilf steckte voller Plötzen. Er kniete nieder und starrte zwischen die Halme.

Die Sonne stand schräg hinter ihm. Er sah seinen eigenen Schatten in dem grünlichen Wasser zwischen den Gräsern. Vorsichtig ließ er das Hemd ins Wasser. Die Fische waren zu dumm, um eine Gefahr zu bemerken, die sich nur langsam näherte. Sie dachten nicht einmal an Flucht. Das würde sich ändern, sobald er die Falle zuschnappen ließ. Fünf, sechs Fische … würde das reichen?

Das Hemd senkte sich über zwei besonders fette Plötzen, die fächelnd ihre rötlichen Flossen bewegten. Im selben Moment stoben sie davon. Nicht das Hemd, Macks Schatten über dem

Wasser hatte sie erschreckt. Er war plötzlich auf doppelte Größe geschwollen.

Und bewegte sich.

Mack ließ das Hemd fahren und fuhr herum. Er sah Beine ... einen langen schwarzblauen Rock ... und riss den Kopf hoch.

Etwas fuhr auf ihn nieder.

2. Kapitel

»Es tut mir Leid.« Die Stimme war dunkel und schnarrte ein bisschen wie eine Tür, die über Fliesen schabt. »Aber es hat keinen Sinn, sich zu wehren«, sagte sie warnend.

Mack versuchte es dennoch. Er bewegte den Kiefer, um in den Arm zu beißen, der sich auf seinen Mund presste. Gleichzeitig begann er sich zu winden. Beides blieb ohne Erfolg. Der Mann, der ihn hielt, saß hinter ihm auf dem Boden. Er hatte die Beine äußerst effektiv um Macks Leib geschlungen und presste dessen Kopf mit dem Arm an seine Brust.

»Sie sind mit neun Männern gekommen. Du wirst mir dankbar sein. Falls ein Geschöpf, dessen Gott aus einem Vorhang besteht und das ein Stück Gebackenes für die Personifizierung des Allweisen hält, überhaupt zu solch einem natürlichen Gefühl …«

Einen Moment hatte Mack geglaubt, sich dem schwatzenden Kerl durch eine rasche Bewegung doch noch entwinden zu können, aber sein Gegner hatte etwas von einer Krake. Schwitzend rangen sie miteinander. Ein magerer Bursche, nicht besonders groß, aber mit zähen Muskeln. Keiner von Johannes' Soldaten, denn der hätte sich nicht entschuldigt. Es gab eine besondere Hunderasse, weiße gedrungene Tiere mit Haikiefern, extra für die Jagd abgerichtet, die ließen von keiner Beute ab, bis sie tot war. An diese Köter erinnerte ihn der Mann.

Mack riss wütend den Kopf zur Seite – dann gab er auf. Er starrte in das Geäst einer Weide, das sich im Wind bewegte. Sonnenstrahlen flimmerten durch die seidig behaarten Blätter.

Unter dem Baum platschte etwas, ein Fisch, der sich in die Uferregion vorgewagt hatte.

»Ich glaub … du hast mir die Lippe blutig geschlagen, Sohn einer Hündin. Welcher Satan hat mich verführt, dir beistehen zu wollen?«

Ein Kind weinte. Der Wind trug den Jammerlaut über den See.

Felicita.

Der Mann, der Mack umklammerte, seufzte. »Wie ich schon sagte: neun Mann. Der Zorn ist eine scharfe Klinge. Ich kannte einen, der hat drei Männer, die Brüder seiner Verlobten, mit der bloßen Faust niedergeschlagen, weil sie sein Pferd schmähten – war übrigens wirklich ein hässlicher Gaul. Wären es neun Brüder gewesen, hätte ich nicht mehr über ihn zu Gericht sitzen müssen – das ist es, was ich sagen will.«

Felicita verstummte. Es geschah so abrupt, als hätte ihr jemand die Hand auf den Mund gelegt. Oder ihr …

Einen Moment lang hatte Mack das seltsame Gefühl, sein Herz wäre eine Trommel und der Trommler hätte die Hand auf die Bespannung gelegt, um den Ton auszulöschen. Doch im nächsten Augenblick erwachte es wieder zum Leben und galoppierte mit doppelter Geschwindigkeit. Er fuhr in die Höhe und dieses Mal gelang es ihm, seinen Kopf gegen das Kinn des Gegners zu schlagen und sich ihm zu entwinden. Er kam auf die Füße. Mehrere Schritte brachten ihn so weit, dass er über den See zur Hütte blicken konnte. Er konnte nicht anders, er musste zum anderen Ufer starren. Kein Wunder also, dass der Fremde augenblicklich wieder über ihm war. Sie lagen erneut am Boden und nun stierten sie beide aus dem Unkraut zum gegenüberliegenden Ufer.

Ein Mann, von Kopf bis Fuß in weißes Leder gekleidet, stand in der Hüttentür. Er hatte die Hand über die Augen gelegt und überprüfte weiter südlich den Waldrand. Der Mann war bedeutungslos. Macks Blick glitt zu Nell. Ein Kumpan des weißen Mannes hielt sie fest. Viel hatte er nicht zu tun, denn Nell wehrte sich nicht. Sie blickte ängstlich zu einem weiteren Kerl, der ein kleines Bündel in wollenen Tüchern trug. Felicita. Ihr Gesicht wurde von der Männerhand bedeckt, die das Weinen des Kindes erstickte.

»Rühr dich und du bist tot, deinem Mädchen ist dann trotzdem nicht geholfen«, knurrte der Fremde, der Mack fest im Griff hielt.

Der Mann in dem weißen Lederzeug hob die Hand. Er sagte etwas, mit deutlich enttäuschtem Gesicht, und sein Trupp setzte sich in Bewegung. Nell und Felicita wurden mitgeschleppt. Nur er selbst blieb und kehrte in die Hütte zurück.

»Ich habe dir das Leben gerettet, Zauberer, und du schuldest mir etwas dafür. Ist dir das klar? Weil ich aber ein guter Mensch bin, verlange ich nicht mehr, als dass du mir ein paar Sätze lang zuhörst, bevor du losrennst, um zu retten, was auf diese Weise nicht zu retten ist. Hast du das verstanden?«

Er hieß Jāqūt. Er war in Aleppo geboren. Er hatte in Bagdad als Richter über Tausende gerichtet. Er war Geograph. Er schrieb ein Buch vom Bild der Erde. Er hatte es satt, zu rennen wie eine Katze mit einem brennenden Stock am Schwanz. Er redete ohne Unterlass.

»Sie bringen sie nach Mailand. Du holst sie nicht ein, denn sie haben Pferde, und wenn du sie gegen jedes Erwarten dennoch einholst, bist du tot. Warum setzt du dich nicht an den Weg und bettelst um Bakschisch? Ein Münzenregen würde auf dich herniederprasseln, denn du bist taub und schwachsinnig zugleich.«

Mack versuchte den Mann zu ignorieren. Vergebens. Es war so zwecklos wie das Bemühen, eine Mücke zu vergessen, die einem kurz vor dem Einschlafen um die Ohren surrt. Sein

Verstand sagte ihm, dass der seltsame Fremde Recht hatte, es half niemandem, am wenigsten Nell, wenn er Johannes' Häschern in die Arme lief. Aber alles, was nicht sein Verstand war, drängte vorwärts. Jāqūt keuchte und klammerte sich an seinen Ärmel und Mack musste sich zurückhalten, ihn nicht in den Straßenstaub zu schubsen. Mühsam verlangsamte er seine Schritte.

»Sie werden ihr nichts antun. Sie wollen den Zauberer, nicht seine … nicht sein Mädchen.« Atemlos blieb der Mann stehen. »Sie wollen dich.« Er starrte Mack an, als erwarte er auf eine erschütternde Behauptung eine Antwort.

Sie hatten den Wald hinter sich gelassen. Vor ihnen lagen einige Dörfer, aber vor allem Felder, in denen sich Getreide im Wind wiegte und das erste Gemüse spross. Die Felder reichten bis zur Mailänder Stadtmauer, einem massigen Bauwerk von einschüchternder Größe, das von Wehrgängen gekrönt und etwa alle hundert Fuß von quadratischen Wachtürmen durchbrochen wurde. Durch die Felder zogen sich wie sandige Flüsse zwei Fernstraßen, die auf die beiden Westtore der Stadt zuhielten. Wir stehen ungeschützt, ging es Mack auf. So wie sie die Männer auf den Gängen patrouillieren sehen konnten, so waren sie selbst zweifellos ebenfalls als kleine Gestalten vor der grünen Wand des Waldes sichtbar. Er verließ den Weg, trat in eines der Felder und ließ sich auf den Boden sinken.

»Was willst du von mir?«

»Was ich will?« Jāqūt presste die Hand auf seine schmerzende Seite und ließ sich auf einen Grenzstein fallen. Er war ein schmächtiger Mann mit dunkler Haut, einem bis über das Kinn hängenden schwarzen Schnurrbart und den runden Augen eines Nagetiers. Ein Muselmann, so viel meinte Mack aus seinen Bemerkungen herausgehört zu haben, auch wenn der schlichte blaue Rock und der hässliche Topfhut keinen Hinweis darauf gaben.

»Freund, mein lieber Freund: Sehe ich aus wie jemand, der etwas von dir will? Ich eile dir zur Hilfe, hindere dich daran, dich kopfüber in den Tod zu stürzen, und du fragst … Ich will dir helfen.«

»Das leuchtet mir ein. Die Welt platzt aus den Nähten vor hilfsbereiten Leuten.«

»Beispielsweise trage ich zwei Mäntel.«

»Dafür danke ich dir.«

Jāqūt verdrehte die Augen. Plötzlich machte er eine blitzschnelle Bewegung – und hielt eine Zauneidechse in der Hand. »Bei Allah, auch der böseste Tag hält einen Trost bereit. Sie schmecken köstlich, Zauberer. Auf Stein gebacken … mit Kerbel eingerieben …«

Angeekelt verzog Mack das Gesicht.

»Aber es lohnt nicht, mit einer anzufangen. Womit ich meine: Es lohnt nicht, das Feuer zu entfachen. Außerdem sind wir in Zeitnot. Wir müssen in die Stadt.«

»*Ich* muss in die Stadt.« Mack musterte die Tore, deren Fallgatterspitzen in der Sonne blinkten. Wachsoldaten, klein wie Puppen, aber deutlich sichtbar mit ihren grünen Samtmützen, lehnten an der Mauer oder kontrollierten eingehende Packwagen. Nell musste längst an ihnen vorbei sein. Ihm krampfte sich vor Entmutigung der Magen zusammen, wenn er an die Verliese dachte, in denen sie eingesperrt sein mochte. Hatte Johannes die Torwächter darauf vorbereitet, dass er versuchen würde, Nell zu folgen? Hatte er überhaupt die Macht zu solchen Befehlen? Wie offiziell war sein Stand in der Stadt? Welche Macht hielt ihm den Rücken frei?

Jāqūt reckte sich und zog einen seiner Mäntel aus. »Der ist für dich. Ein Händler und sein Lehrling. Ich besitze – Allah sei gepriesen – eine Paste, mit der wir dein Haar bleichen können, bis es so weiß ist wie die Haut der – du musst es zugeben – äußerst hässlichen Geschöpfe, die oben im Norden …«

»Was willst du von mir?«

Gekränkt blickte der kleine Mann ihn an. Doch als Mack ihn mit den Augen fixierte, begann er nervös zu zwinkern. Er schaute hier- und dorthin und zog schließlich beleidigt die Schultern hoch.

»Leb wohl, Jāqūt, Richter aus Aleppo. Und hilf mir – indem du mir vom Leib bleibst.«

»Bagdad. Ich habe in Bagdad gerichtet«, sagte Jāqūt. Den Rest seiner Worte verstand Mack nicht mehr. Er lief geduckt von Busch zu Busch, bis ihn der Wald erneut verschluckt hatte. Die Bäume umfingen ihn wie der Mantel einer Mutter. Hier würde er bleiben, bis die Dunkelheit zu seinem Verbündeten wurde.

Der kahle Streifen lag vor ihm. Das Stück Land bei der Stadtmauer wurde regelmäßig abgeholzt und niedergebrannt, um einem möglichen Eindringling den Sichtschutz zu nehmen. Mack schätzte, dass es hundert Fuß breit war. Wie lange war es her, seit er Mailand über diesen Mauerabschnitt verlassen hatte? Vier Monate? Fünf? Damals hatte Lilith ihn geführt. Sie hatte vorsorglich eine Leiter versteckt, und als sie vor ihm hinab in die Wiesen gesprungen war und sich mit ausgebreiteten Armen gedreht hatte, hatte sie ausgesehen wie eine Fee, wie … eine Königin des Waldes. Mack merkte, dass er lächelte, und nahm es sich sofort übel. Nell saß irgendwo hinter diesen Mauern, hatte Angst und litt. Und er dachte an Lilith.

Nervös fuhren seine Fingerspitzen über das Seil, das er in der Wartezeit am Nachmittag aus Schilfhalmen geflochten hatte. Am Ende des Seils befand sich eine weite Schlinge, die er mit Hilfe seiner Strümpfe verstärkt hatte. Sein Blick ging zu den Mauerzinnen. Der Wehrgang dahinter war nicht überdacht und ohne ständige Wache, denn hier war das Land zu sumpfig, um Pferde oder gar Kriegsmaschinen zu tragen. Aber er musste herausbekommen, in welchen Abständen patrouilliert wurde.

Reglos wartete er, während der Mond sich verfinsterte und wieder aufleuchtete und schließlich ein feiner Regen begann.

Seine Gedanken schweiften zu Johannes, der vielleicht gerade jetzt bei Nell saß und ihr …

Quälte er sie?

Nein. Mack weigerte sich, daran zu glauben. Nell war eine Frau von untadeligem Charakter. Er würde sie für ein Opfer halten, für eine Verführte. Er würde sie ausfragen und vielleicht … ihr etwas erzählen? Dass ihr Liebster ein unheiliges Geschöpf aus der anderen Welt war? Ein Wechselbalg, der für einen gestohlenen Säugling in eine Wiege gelegt worden war? Verdorbenes Fleisch? Kind von Dämonen? Schmutz?

Nell würde ihm nicht glauben. Die Sterne waren blau und das Gras rot, wenn sie es so wollte. Sie würde ihn einfach auslachen.

Aber Fra Johannes war belesen und Nell besaß nichts als ihren gesunden Verstand, um zu urteilen. Nur ein Narr hätte geleugnet, dass der Beichtvater des Patriarchen von Aquileja zu argumentieren verstand. Seine Zunge war ein geschliffenes Werkzeug. Nicht geeignet, um Rat zu geben oder Trost zu spenden, dafür umso flinker, wenn es darum ging, über das Verdorbene in der Welt zu schwadronieren. Er war ein Jäger. Und seine Beute waren solche Wesen wie Eule, Lilith und … Nells Liebster.

Mack merkte, dass er schwitzte, und er verbot sich die Gedanken an den Mann, der dabei war, sein Leben zu ruinieren. Ich hole dich dort heraus, Nell, schwor er sich still. Und wenn du mich hinterher hasst, dann soll es so sein.

Auf dem Wehrgang wurde es lebendig. Zuerst hörte Mack Stimmen, dann erblickte er zwei Schatten, die über den Gang schlenderten. Er hielt den Atem an, während er zusah, wie die beiden sich langsam voranbewegten. Einer von ihnen war erkältet, er räusperte sich ständig und zog die Nase hoch. Irgendwann blieben sie stehen und der Erkältete pinkelte über die Brüstung. Es schien Ewigkeiten zu dauern, bis er fertig und beide hinter der nächsten Biegung verschwunden waren.

Mack wartete nicht länger. Er nahm sein Schilfseil, wog es in der Hand und warf es zu den Zinnen hinauf. Sein Auge war scharf und seine Hand erstaunlich ruhig. Trotzdem brauchte er etliche Versuche, bis sich die Schlinge über einer der Zinnen verfing – um dann doch wieder abzurutschen. Stumm fluchend sammelte Mack das Seil auf. Als er sich erhob, erblickte er einen Ast, der über die Mauer ragte. Einen toten Ast vermutlich, denn das wenige Licht, das der Mond spendete, wenn die Wolken zerrissen, zeigte keine Blätter. Immerhin war er leichter zu erreichen als die Zinnen.

Mack löste die Schlinge, entfernte die Strümpfe und flocht ein neues und dieses Mal geschmeidigeres Rund. Er warf – und siehe da, bereits beim ersten Versuch verhedderte die Schlinge sich am Ast. Hochzufrieden zog er am Strang. Das Holz knackte, aber der Ast hielt. Mack holte Luft und begann zu klettern. Er war vorsichtig und versuchte gleichzeitig, sich zu beeilen. Aber er hatte Pech. Etwa drei Fuß unter den Zinnen brach der Ast. Hastig griff er in Mauerspalten – und wenige Augenblicke später hatte er sich zwischen zwei Zinnen gerettet.

… mit einer abnormen Gelenkigkeit der Glieder, Majestät … mit der Geschicklichkeit einer Katze …

Keine Sorge, Nell. Ich hole dich.

Er duckte sich, während er über den Wehrgang lief und nach einer Stelle spähte, an der er ihn auf der anderen Seite der Mauer wieder verlassen könnte. Schon bald fand er eine steile Treppe, oder genauer, eine Leiter, denn sie war aus Holz gebaut und mit Hanfseilen so an zwei Eisenringen befestigt, dass man sie im Falle der Not leicht kappen konnte. Mack huschte hinab. Er hatte erwartet, an einem ebenso einsamen Ort zu landen wie damals, als er mit Lilith die Stadt verlassen hatte. Stattdessen fand er sich in einer Sackgasse wieder, in der offenbar einige heruntergekommene Schenken ihren Stand verteidigten. Er hatte Glück gehabt, dass sich gerade niemand auf dem Weg in diese Saufbuden oder betrunken auf dem Weg zurück befand. Doch wo nun hin?

Genau genommen gab es nur zwei Orte in Mailand, die er kannte. Der eine war das Gasthaus, in dessen Dachgebälk die Leiche von Nells brutalem Ehemann vermoderte, der andere das Häuschen, in dem er mit Nell übernachtet hatte, bevor sie aus Mailand geflüchtet waren. Vom Straßenverlauf, den Plätzen oder wichtigen Gebäuden wusste er so gut wie nichts.

Wie sollte er Nell finden? Umherstreifen, bis ihm der Zufall ein Gebäude mit vergitterten Fenstern oder ungewöhnlicher Bewachung präsentierte? Lächerlich.

Wie ein Tier, das sich nur sicher fühlt, wenn es in Bewegung ist, strich er an der schäbigen Häuserfassade entlang. Es war ein warmer Frühsommerabend. Man hatte die Schweinsblasen und Pergamente, die im Winter vor der Kälte schützten, von den Fenstern genommen, und er konnte sehen, wie einige Handwerker an einem krummen Tisch miteinander würfelten. Sie wurden von Mädchen bedrängt, die offenbar eine andere Vorstellung davon hatten, wie Männer ihr Geld verschwenden sollten, aber die Spieler nahmen keine Notiz von ihnen. Sie stierten auf die Knochenwürfel und einer von ihnen wedelte mit der Hand, um seine Bedrängerin loszuwerden.

Mack wandte sich ab. Und fuhr zusammen, als er plötzlich nur wenig entfernt Schritte hörte. Blitzschnell – *mit der abnormen Gelenkigkeit eines Tieres, mein König* – verbarg er sich hinter einem Misthaufen. Er zog das Messer aus seinem Gürtel. Vielleicht eine unnötige Vorsichtsmaßnahme, aber wenn Johannes tatsächlich eine Geldprämie auf den Kopf des hübschen Ausländers mit den seltsamen grünen Schlierenaugen ausgesetzt hatte …

Der Ankömmling entpuppte sich als Soldat. Kaum die richtige Gesellschaft für die würfelnden Handwerker. Und richtig, er würdigte das Fenster, aus dem lärmender Protest und ein polterndes Lachen zu hören waren, keines Blickes. Entweder war er angetrunken oder tief in Gedanken versunken, denn er stolperte gleich zweimal hintereinander über etwas im Gassenschmutz. Auch das nächste Haus interessierte ihn nicht. Jetzt lagen nur noch der Misthaufen und die kahle Stadtmauer vor ihm. Mack packte den Messergriff fester. Noch ein paar Schritte, dann würde er entdeckt sein. Allein dass er sich verborgen hatte, machte ihn verdächtig. Gefangen, bevor er auch nur herausbekommen hatte, wo Nell steckte … Noch zwei oder drei Schritte. Ihn schmerzten die Finger.

Der Soldat hob den Blick zum Himmel. Seine grüne Samtmütze hing traurig über dem Ohr. Es war, als suche er etwas in den Sternen. Als er hustete, roch es durchdringend nach billigem Wein. Immer noch hustend griff er in einen Beutel, der an seinem Gürtel hing. Er ging ein Stück zurück, machte es sich auf einer Steintreppe bequem, die mit drei Stufen hinab zu einer schäbigen Haustür führte, und begann zu schreiben. Dabei murmelte er leise unverständliche Worte. *Deo gratias …*, meinte Mack zu hören. *Redemptori domino …* Ein Dichter. Noch dazu ein frommer. Als er einen Reim fertig hatte, begann er Töne dafür zu suchen.

Scheußliche Stimme. Scheußliche Melodie. Mack steckte das Messer leise in den Gürtel zurück.

Ich hätte ihn nicht umgebracht, Nell. Ich will dich nur beschützen.

3. Kapitel

Nell kauerte in der Ecke. Es dämmerte, aber es war noch hell genug, um alles in dem Zimmer, in das man sie gesperrt hatte, zu erkennen. Ein Bett, bespannt mit teuren Wollvorhängen, und davor eine Trittbank aus Lindenholz, um die Matratze zu besteigen. Ein Tisch, in dessen Platte Intarsien eingearbeitet waren und deren gedrechselte Beine in einer Art goldene Pantoffeln steckten. Eine Schale mit grünen, appetitlich wirkenden Früchten. Ein Stuhl mit einem weich gepolsterten Kissen. Lampen, die trotz der Helligkeit brannten und dabei einen würzigen Duft verbreiteten. Sie musterte die Gegenstände so misstrauisch, als wären es giftige Spinnen.

Nach einer Weile verbarg sie ihr Gesicht auf den Knien. Ganz klar: Das Zimmer war eine … eine Täuschung, die einer besonderen Gemeinheit diente, auch wenn sie keine Ahnung hatte, wie diese Gemeinheit aussehen könnte. Aber sie nahm an, dass man sie beobachtete, und sie wollte auf keinen Fall, dass jemand sie weinen sah.

Felicita lebte. Zumindest das. Als der Kerl ihr den Mund zugehalten hatte – eine Ewigkeit lang! –, hatte sie befürchtet … Allmächtiger, ihr kamen schon wieder die Tränen. Woher wussten diese Dreckskerle nur immer so genau, wie sie den Frauen wehtun konnten! Als sie auf den Pferden saßen, hatten sie das Kind einander zugeworfen wie einen Ball.

Zur Hölle mit dir, Mack. Ich habe gesagt, dass wir sofort gehen müssen. Ich habe das gesagt!

Sie wollte nicht bitter sein. Sie war froh, dass wenigstens er den Häschern entkommen war.

Was sollte dieses Zimmer? Was sollte das Lampenöl? Warum diese verfluchten Früchte, die sie nicht anrühren würde, weil sie wahrscheinlich vergiftet waren?

Nell merkte, wie ihre Brust spannte. Die Kleine musste brüllen vor Hunger. Ihr war selbst zum Brüllen zumute. Warum dieses Lampenöl? Warum dieses grässliche …

Sie biss in ihr Knie, um ja kein Schluchzen hörbar werden zu lassen. Wer kümmerte sich nun um Felicita?

Der Mann kam, als das Lampenöl längst verbraucht war. Vielleicht hatte Nell geschlafen, sie wusste es nicht. Sie merkte nur, wie plötzlich leise Schritte vor ihrer Tür hielten, und fuhr auf. Mit stockendem Atem blickte sie auf den Spalt, der sich öffnete und den Blick auf einen Mann in einem kostbaren dunkelblauen Gewand freigab. Um seinen Hals schlenkerte ein protziges Silberkreuz.

Johannes, ohne Zweifel. Obwohl Mack den Beichtvater des Patriarchen nie beschrieben hatte, war sie sofort sicher, dass es sich um den Kerl handelte, der ihn seit Cividale mit seinem Hass verfolgte. Sein Rock mit den eingewobenen Silberstreifen war wunderschön anzusehen, aber er selbst vertrocknet und hässlich. Als hätte man einen schimmligen Apfel in eine kostbare Schale gelegt, dachte sie.

Und doch wirkte dieser Mann, der wartete, während ein Diener überall im Raum Lichter entzündete, höchst lebendig. Sein Vogelblick – die Pupillen waren auffällig rund und klein – glitt von ihrem Kleid zu ihrem Gesicht. Er inspizierte ihre vom Weinen verquollenen Augen und Zufriedenheit breitete sich auf seinem Gesicht aus. Nun, vielleicht hatte sie geweint, aber er würde sehen, dass sie nicht bettelte. Sie würde auf keinen Fall …

»Wo ist mein Kind?«

Sie sah seine schwarzen Zahnstummel, als er lächelte. Er

spazierte durch den Raum, während sein Diener, der Mann mit dem weißen Lederwams, sich breitbeinig vor die Tür stellte. Lässig schnippte er eine Fliege von einer der grünen Früchte, bevor er sie aufnahm. Er biss genüsslich hinein und leckte mit der Zunge einen Tropfen Fruchtsaft auf, der aus seinem Mundwinkel quoll. »Wer hat sie gezeugt?«, fragte er beiläufig.

Nell blickte zur Seite. Ihr trat die Schamröte ins Gesicht.

»Verstehst du mich nicht oder … willst du mich nicht verstehen?«, fragte der Mann.

Er hatte nicht gebrüllt, trotzdem merkte Nell, wie ihr eine Gänsehaut über den Rücken kroch. »Ein Ritter aus Deutschland«, sagte sie trotzig, »aber er lebt nicht mehr.« Das war die Wahrheit, doch er würde sie nicht glauben, weil sie wie eine Ausrede klang. Schließlich hatte sie mit Mack zusammengelebt und sie war davon überzeugt, dass dieser Mann es wusste.

»Ein Ritter also.« Der Geistliche nahm seinen selbstzufriedenen Spaziergang wieder auf. »Das Kind ist hässlich, aber von einer … wie soll ich sagen … gewöhnlich wirkenden, einer menschlichen Hässlichkeit. Es könnte also stimmen, was du sagst. Es könnte aber auch eine Lüge sein, denn wer weiß, was herauskommt, wenn sich ein Weib mit einem aus der anderen Welt paart. Ich sollte es untersuchen. Ein fesselndes Phänomen. Ich werde dazu einiges niederschreiben, glaube ich.« Er murmelte etwas vor sich hin und schien seine Gefangene vergessen zu haben. Aber das war ein Irrtum. Plötzlich stand er vor ihr. »Du hast einen Fehler gemacht«, herrschte er sie an.

»Ich verstehe nicht, Herr.«

»Weißt du über ihn Bescheid?«

»Aber Herr …«

»Kennst du seine wahre Natur?«

Nell starrte den hageren Mann an. Aus den Augenwinkeln sah sie, dass der Diener sie beobachtete. Er sah gutmütig und ein bisschen dumm aus. Sie überlegte, ob es möglich wäre, an ihm vorbeizuhuschen. Sie war flink, wenn auch nicht so schnell wie Mack. Aber dann dachte sie an Felicita. Sie riss sich zusammen.

»Ich weiß, dass er ein Sänger ist. Der Zufall hat uns zusammengeführt. Er war freundlich zu mir und meiner Tochter und so habe ich eine Weile bei ihm ge…«

»Hat er dir beigeschlafen?«

Erneut errötend schüttelte sie den Kopf.

»Man sagt, ihr Same sei eiskalt.«

»Ich möchte zu meiner Tochter.«

Johannes – es fiel ihr schwer, diesem abstoßenden Knochengerüst einen Namen zuzugestehen – legte die angebissene Frucht auf dem Tischchen ab. Er verschränkte die Hände auf dem Rücken, während er wieder ausschritt. Er ist dumm, Mack. Er hat keine Ahnung von der Liebe. Er plustert sich auf. Wenn nicht der Kerl an der Tür wäre … wenn er nicht Felicita in seiner Gewalt hätte … Was meinte er mit *untersuchen*?

»Bitte«, sagte Nell. »Das Kind ist hungrig. Seid gütig. Es hat seit heute Morgen …«

»Ich *bin* gütig«, sagte Johannes. »Wie ich befürchte, über jedes vernünftige Maß hinaus. Denn natürlich weiß ich, dass du mit dem Wechselbalg im Stroh gelegen hast. Eine Sünderin, die nicht mit einem anderen Sünder fehlte, sondern mit dem Bösen selbst, ein Gedanke, bei dem sich mir der Magen umdreht. Aber …«, er lächelte, »ich biete dir Gelegenheit zur Reue.«

»Ich bereue alles«, beeilte Nell sich zu sagen.

»Zu *tätiger* Reue.« Er schwieg und musterte sie.

Nell merkte, wie ihr die Kehle eng wurde. Das ging zu schnell. Dieser Kerl war mit einer bestimmten Absicht zu ihr gekommen und sie hatte das starke Gefühl, dass er nicht gehen würde, bis er erreicht hatte, was er wollte. Der Mann war keineswegs lächerlich. Er war böse und … er wusste, was er wollte. Plötzlich war er bei ihr. Er packte ihren Arm, riss sie hoch und starrte mit den runden Vogelaugen in ihr Gesicht. Er war ihr so nah, dass sie seinen Atem roch. Er liebte bittere Gewürze.

»Du bist ihm verfallen und deine Seele ist verloren. Am Tag, da du diese Erde verlässt, werden Feuer auf dich warten, Jahre und Jahrhunderte lang, in denen dein Körper unablässig in Flammen steht und du dich nach einem Tropfen Wasser verzehrst, bis alles Böse und alles Denken und alles Empfinden aus dir gewichen sind. Aber mich dauert dein Kind. Zeige, dass du bereust, und du darfst es großziehen. Du musst nur …«

»Alles, was Ihr wollt, Herr«, flüsterte Nell, während ihr Herz vor Hass und Furcht raste.

»O ja, alles, was ich will. Und ich will etwas. Und du wirst mir dabei helfen. Und … versuch keine Winkelzüge, Hure des Teufels.« Er schüttelte sie, als wollte er seine Warnung in sie hineinrütteln, aber das war gar nicht nötig. Sie war von blanker Angst erfüllt. Als er es merkte, begann er zu lächeln.

»Also …«, sagte er und dann erklärte er ihr, unter welchen Umständen er ihr ihre Tochter zurückgeben würde.

4. Kapitel

Mack verbrachte die Nacht hinter dem Misthaufen und wurde am Morgen von den Würfelspielern geweckt. Die Männer torkelten aus der Schenke, lallten, schimpften auf eine Frau namens Marghitta und machten sich im Trupp davon. Sie waren sturzbetrunken und daraus schloss Mack, dass es Sonntag sein musste. Steif richtete er sich auf.

Aus verschiedenen Ecken der Stadt erklangen Glocken, und zwar länger als gewöhnlich, was seine Vermutung, dass Sonntag war, bestätigte. Die Fensterläden waren noch geschlossen, die Gassen leer und Morgentau lag auf dem Tiermist und den Rillen, die die Fuhrwerke im Boden hinterlassen hatten. Hier und da sah er Bettler kauern, die meisten noch unter ihren dünnen Decken schlafend.

Nach kurzer Zeit erreichte er einen Marktplatz. Dunkel entsann er sich, den Löwen, der ihm vom Brunnen aus entgegenbrüllte, schon einmal gesehen zu haben. Wahrscheinlich als er Gunther gesucht hatte. Vielleicht gab es aber auch mehrere Löwenbrunnen in Mailand.

Mack verzog sich hinter einige Marktbäume, wo er nicht ganz so exponiert war. Keine Uniform weit und breit, das war gut. Er dachte an den Mann im weißen Leder und fragte sich, ob Johannes zusätzlich zu den Stadtsoldaten auch noch eine kleine Privatarmee mobilisiert hatte, um ihn zu suchen. Wenn es so war, würde er die Männer nicht erkennen.

Am Ende des Marktplatzes standen ein paar bunt bemalte Wagen wie die von Marcabrus. Vaganten, die offenbar in Mailand eine Auftrittserlaubnis bekommen hatten. Fähnchen flatterten an einem Seil, das quer über die Wagen gespannt war. Mack sah, wie ein Mann mit einer Grimasse unter einer Plane hervorkroch, quer über den Platz schlurfte und sich an einem der Brunnen erleichterte. Er trug eine rote Teufelsmütze mit weißen, aufgenähten Stoffhörnern, offenbar ein Requisit der letzten Aufführung, das er vergessen hatte abzusetzen. Die Kuhhörner hingen traurig und überhaupt nicht satanisch herab.

Der Mann verstaute seine Pracht in der Wickelhose und kehrte zum Wagen zurück. Und dabei kam Mack eine Idee.

Er blickte sich um. Noch immer war niemand auf den Beinen, bis auf einen Hund, der gut gelaunt um den Brunnen tobte und an der Hinterlassenschaft des Teufels schnupperte.

Mack näherte sich den Wagen. Es waren drei, jeder von ihnen mit einem Gestänge versehen, über das eine Plane gespannt war. Die Eingänge hatten die Vaganten mit Tüchern verhangen. Vorsichtig hob er eine der Planen an. Die Kostüme, auf die er es abgesehen hatte, wurden auf der gegenüberliegenden Seite des Wagens aufbewahrt. Er ließ die Plane vorsichtig niedersinken, um die beiden Kinder, die dahinter schliefen, nicht zu wecken, und glitt um das Gefährt herum. Von den bunten, mit Flicken, Bändern und Flitterkram versehenen Röcken, Hauben und Mützen stieg eine Wolke aus all jenen Gerüchen auf, die Menschen nach jahrelangem Tragen in ihrer Kleidung hinterlassen. Mack zupfte und zog ein bisschen und bald hielt er eine braune Mönchskutte in den Händen.

Zufrieden entwischte er in eine Seitengasse, und nachdem er genügend Weg zwischen sich und die Bestohlenen gelegt hatte, stülpte er die Kutte über. Er machte sich keine Sorgen, dass er Schwierigkeiten bekommen würde. Vaganten meldeten keine Diebstähle. Wer würde ihnen schon glauben?

Er hatte keine Mühe, das Stadtgefängnis zu finden. Zufällig wurden an diesem Morgen zu Ehren wessen auch immer einige Gefangene amnestiert. Mack wartete die feierliche Zeremonie in der Kirche ab, dann folgte er der Stadtwache mit demütig gesenktem Haupt zum öffentlichen Kerker zurück.

Mailand leistete sich einen fünf Stockwerke hohen Turm, um seine Missetäter unterzubringen. Ein Gebäude aus freundlich hellem Stein, und wären die wenigen schießschartenartigen Fenster nicht mit Gittern ausgestattet gewesen, hätte man es für den Wohnturm eines reichen Bürgers halten können. Mack hatte keinen Zweifel, dass das Innere des Turms diesen Eindruck nachhaltig widerlegen würde.

Ach Nell, dachte er.

Seine braune Kutte war löchrig, offenbar sollte sie in den Spielen der Vaganten zur Darstellung eines Bettelmönches dienen. Was keine schlechte Maskerade war in einer riesigen Stadt wie Mailand. Er hatte an diesem Morgen bereits mehrere Dominikaner und einen Karmeliter gesehen.

Mack ließ sich auf den Stufen einer kleinen Stadtteilkirche nieder, von wo aus er den Kerker beobachten konnte. Dass er die Kapuze weit über die Stirn gezogen hatte, mochte als Zeichen von Andacht oder Demut gelten.

Warten, das war das Schwerste.

Kein Mensch schien an diesem heiteren Sonntagmorgen Interesse für die Übeltäter von Mailand aufzubringen. Die Tür war verschlossen wie die Pforten des Himmels. Drosseln pickten im Misthaufen, der an der Seite des Turms lehnte. Einmal kam eine Frau mit einem Korb, aus dem ein Laib Brot ragte. Sie pochte und das Tor am Fuß des Turms öffnete sich. Ein speckiger Mann trat über die wenigen Stufen hinauf ins Freie. Er lugte in den Korb, fragte nach etwas, wahrscheinlich nach Geld, ließ eine hämische Bemerkung fallen und jagte die Frau davon. Sie schien nicht besonders traurig über die Abfuhr zu sein, denn sie machte sich schon nach wenigen Schritten selbst über das Brot her.

Mack hielt es nicht mehr aus.

Er stand auf und schritt gemessenen Fußes zur Pforte. Ich tu, was er will, meine Glieder hängen mit Fäden an den Hölzern, die der Inquisitor bewegt, dachte er, als er pochte. Einen unangenehmen Moment lang sah er in seiner Vorstellung auf der anderen Seite der Tür finstere Gestalten nach Schwertern und Prügeln greifen und sich eins grinsen.

Aber so eilig schien man es nicht zu haben. Ein Auge erschien in einem Guckloch, dann rührte sich eine Weile gar nichts. Er wollte gerade ein zweites Mal pochen, als er eine sehnige, kneifende Hand auf seiner Schulter fühlte.

»Wie hast du mich gefunden?«, schnappte Mack.

»Wie wohl? Ich bin dir gefolgt, ich habe mir die Stelle gemerkt, an der du über die Mauer bist …«

»Und die für dich zu hoch war. Du hättest es als Zeichen nehmen und draußen bleiben sollen.« Mack packte den schmächtigen Mann mit dem hässlichen Schnurrbart am Ellbogen und bugsierte ihn in eine Gasse mit protzigen Häusern, in der es nach geronnenem Schlachtblut stank.

»Die für mich … keinerlei Reiz besaß. Bin ich eine Maus, dass ich Wände hinauflaufe? Ich habe bis zum nächsten Morgen gewartet und dann den Ort aufgesucht, an dem du die Stadt betreten haben musstest … Erwähnte ich, dass ich Geograph bin?«

»Aus Bagdad.«

»Nein, aus Aleppo. Es macht nichts, wenn mein Geschick dich langweilt. Nur Allahs Güte ist beständig. Wo willst du hin?«

Mack blickte sich um. Die Fleischer und Wurstmacher waren reich wie in jeder Stadt Europas. Ihre Häuser glänzten durch aufwändigen Putz und bunte Malereien und einige waren wie Herrschaftshäuser mit Zinnen gekrönt. Am Sonntag waren die Werkstätten und Läden geschlossen, aber in den Fenstern lehnten die ersten Frühaufsteher, die neugierig zu dem Mönch und seinem Begleiter hinunterstarrten. Mack bog in eine kleinere Gasse ab.

»Was willst du von mir?«

Gekränkt blinzelte Jāqūt ihn an. »Dir helfen. Das bete ich herab, seit ich dich traf.«

»Warum?«

»Warum was?«

Sie hatten ein abgelegenes Plätzchen erreicht, das Ende einer Sackgasse, wo unter Pinien ein ausgetrockneter ehemaliger Stadtbrunnen stand, in dem jetzt Unkraut wucherte. Mack ließ sich auf dem Brunnenrand nieder. Er hatte schlecht geschlafen und war müde. Wer müde ist, übersieht das eine oder andere. Und gerade jetzt hatte er das Gefühl, eine Menge zu übersehen. Er suchte in seinem bleiernen Kopf nach Fragen, die das Rätsel um den Geographen aus Aleppo ein wenig lichten könnten, aber ihm fiel keine einzige ein. Alles, was ihm einfiel, war Nell, die in Ketten auf schimmligem Stroh lag und sich fürchtete. »Wenn du mir helfen willst, sag mir, wie ich in den Turm komme.«

»Stell dich auf den Markt und beginne zu singen.«

»Danke. Guter Vorschlag.«

»Ich versuche dich aufzuheitern. Beim Allgütigen – du siehst nicht, wann du einen Freund vor dir hast.«

Dieser Jāqūt war zur Stelle gewesen, als Johannes' Leute die Hütte überfielen. Warum also lange grübeln? Es war das Naheliegendste anzunehmen, dass Johannes ihn als … als was? Als Häscher missbrauchte? Gedroschenes Stroh. Jāqūt hätte ihn ausliefern können. Spätestens vorhin beim Turm.

»Dein Herz verzehrt sich nach dieser Frau. Und ich könnte

dir Nachricht über sie geben, aber ich sollte es nicht tun.«
Jāqūt seufzte. »Und ich fühle, dass ich es doch tun werde.«

Mack hob ohne viel Hoffnung den Kopf. »Du weißt, wo sie ist?«

»Das habe ich nicht gesagt.«

»Schwätzer.« Er wollte sich erheben. Er hatte genug. Nicht Johannes – ein Dämon hatte ihm diesen Quälgeist geschickt.

»Aber ich weiß, wo sie heute Abend sein wird.« Der kleine Mann fuhr zurück, als hätte er etwas in Macks Augen entdeckt, was ihn warnte. »Es ist nicht zu deinem Besten, das zu hören. Ich glaube sogar, dass es dein Untergang sein könnte, und du dauerst mich … Halt ein.« Er hob abwehrend die Hände, als Mack ihn packen wollte. »Ich weiß nicht, wie sie den Platz nennen. Jedenfalls steht in der Mitte ein Esel, auf dem ein Ritter reitet. Außerdem ist dort eine Baustelle. Sie bauen einen neuen Palast. Du siehst den Arkadengang, der ist schon fertig. Und die Bauhütte. Du stolperst über Sand- und Steinhaufen. Wenn zum siebten Mal die gegossenen Metalltöpfe – möge der Allgewaltige sie verfluchen, sie machen mir ein Pfeifen im Ohr – die Stadt mit ihrem Getöse überschütten, wird man dein Weib …«

»In welchem Teil der Stadt?«

»Im Süden.«

»Du lügst. Du lügst, du Wicht. Warum sollte man Nell …«

»Ein Stadtschreier geht die Märkte ab. Beim siebten Lärmen der Töpfe soll auf dem Platz mit dem Esel eine Dämonenhure verbrannt werden. Wen könnte er meinen, wenn nicht dein Mädchen?«

Hinter dem Brunnen, verborgen zwischen rankenden Rosen, befand sich eine Tür. Sie quietschte leise und öffnete sich. Eine Frau mit einem Schleiertuch auf dem Kopf schlängelte sich zwischen den Ranken hindurch. Im ersten Moment dachte Mack, es sei die Frau, die dem Gefangenen Brot hatte

40

bringen wollen, aber sie war jünger. Und vermutlich zu spät
für die Messe, da sie die unbequeme Abkürzung durch die
Büsche gewählt hatte. Sie erschrak, als sie die beiden Männer
sah, doch entweder die Kutte oder das zerstreute Lächeln des
Muselmanns beruhigte sie. Mit einem Kopfnicken eilte sie an
ihnen vorbei.

»Es ist eine Falle, Zauberer. Das begreifst du doch? Sie werden ihre Soldaten auf dem Platz und in den umliegenden Gassen verteilen. Das Weib ist ein Köder. Geh nicht.«

»Du sagst mir, was ihr geschehen wird – und dann sagst du:
Geh nicht?«

»Es sei denn ...« Jāqūt machte eine effektvolle Pause.

Jetzt kommt es, dachte Mack. Keine Ahnung, was, aber jetzt
kommt es. Er merkte, wie ihm eine Gänsehaut über den Rücken strich.

»Es sei denn, du hast eine wirksame Waffe.«

Verständnislos starrte Mack den kleinen Mann an.

»Du hast sie, ja?«

»Was?«

»Du hast den Stein, Zauberer.«

Mack ließ ihn stehen. Es war eine impulsive Entscheidung,
getroffen in einer Mischung aus Überraschung und Erschrecken. Er rannte durch das rosenumrankte Törchen und dann
im Zickzack durch sonnige Gassen. Er verhedderte sich mit
seiner Kutte an einem Karren, wäre zweimal fast gefallen und
rannte doch weiter, bis er sicher war, Jāqūt abgehängt zu haben. Anschließend schlenderte er über einen Markt und in
eine weitere fremde Gasse, um die Blicke der Leute loszuwerden, die sich über den eiligen Bettelmönch gewundert haben
mochten.

Was hatte dieser Stein an sich, dass er jedermann auf sich ...
nein, auf *Mack* aufmerksam machte? Kam Jāqūt doch von Jo-

hannes? Der Stein war kein Marktgespräch. Wie viele Menschen mochten von ihm wissen? Vage Vorstellungen von Sarazenenfürsten, die in ihren Zelten und Palästen die turbangeschmückten Köpfe zusammensteckten, Verschwörungen ausheckten und Spione aussandten, gingen Mack durch den Kopf, aber er hatte keine Lust, sich lange damit zu befassen. Wenn Jāqūt nicht gelogen hatte, sollte Nell hingerichtet werden. Es gab nichts, was sonst wichtig war.

Er hatte keine Schwierigkeiten, den Platz zu finden, von dem der Muselmann gesprochen hatte. Eine Zeit lang lungerte er hinter einem Mauervorsprung, dem Rest eines Hauses, das man für den Neubau des Palastes abgerissen hatte, und suchte mit den Augen das Gelände ab. Hier sollte eine Hinrichtung stattfinden? Nun, zwischen dem Esel mit dem Ritter und der Kirche, die den Markt säumte, gab es genügend Platz für … für den verdammten Holzstoß und die noch verdammtere Zuschauerschar, die sich sicher einstellen würde. Man konnte es sich vorstellen.

Die Baustelle hatte den Markt allerdings um die Hälfte verkleinert. Mack musterte den Rumpf eines künftigen Wohnturms, der bereits ein stattliches Stück in die Höhe gezogen worden war, und dann die Arkadensäulen und die darüber errichteten frischen Mauern, auf denen ein behänder Mann laufen konnte wie auf einem schmalen Weg. Die Rückseite des Neubaus wurde von einem Baulager beherrscht und dahinter verwinkelte sich die Stadt wieder in Gässchen und Plätze. Er kannte diesen Stadtteil inzwischen. Die Gassen waren so eng, dass kein Pferd hindurchkonnte. Manche durch Unrat fast verstopft. Ein ideales Fluchtgelände. Für einen Mann. Für einen schnellen Mann. Aber nicht für Nell.

Entmutigt verließ Mack den Platz. Er kehrte zum Gefängnisturm zurück, wo inzwischen etwas mehr Volk unterwegs war.

Eine Frau mit zwei kleinen Kindern wurde gerade aus dem Kerker herausgelassen. Sie hatte verweinte Augen, ihr älterer Sohn sah verstört aus und nuckelte am Daumen.

Und wenn Jāqūt tatsächlich von Johannes geschickt worden war – und von ihm beauftragt, über den Stein zu verhandeln? *Ich tausche, Mack. Der Stein gegen Nell.* Was, wenn er, Mack, mit seiner Flucht Nell die einzige Rettungsmöglichkeit genommen hatte?

Und wenn der Kleine einfach nur ein Wichtigtuer war? Oder wenn … Nichts ergab Sinn.

Warum höre ich auf das, was er sagt? Ich muss in den Turm. Gefangene sitzen im Stadtgefängnis. Mack beobachtete die Turmtür, die sich von neuem öffnete. Dieses Mal kam ein gut gekleideter Mann heraus, der sich noch einmal umdrehte, um dem Torwächter etwas zu sagen. Es sah aus, als ob er ihn berühre, aber nicht einmal Mack konnte erkennen, ob Münzen weitergereicht wurden. Undeutlich meinte er einen Namen zu hören. Gian Forcella? Der Besucher schüttelte den Kopf und eilte, sichtlich beunruhigt, davon. Er wurde bald von einer Schar Männer in Gelehrtentracht verdeckt, die über den Platz schlenderten, dann war er verschwunden.

Gian Forcella, dachte Mack. Seine Faust umklammerte einen Stein, den er auf dem Bauplatz aufgelesen hatte.

»Gian Forcella?«, knurrte der Torwächter.

»Gebet, Beichte, Trostworte. Und bevor du die Elenden betrügst, die schon bald vor dem Thron des Allmächtigen stehen, solltest du die Kürze deines eigenen Lebens bedenken, mein Sohn.«

Die Kürze seines eigenen Lebens scherte den nach Hühnerkacke stinkenden Gefangenenwärter nicht. »Er hat nichts von einem Mönch gesagt. Und auch keinen bezahlt.«

»Forcella betrügt nicht!«, rief jemand aus dem dumpfen,

muffigen Gelass, das einige Stufen abwärts hinter der Turmtür lag und wohl der Aufenthaltsort der Wärter war. »Er bringt das Geld später vorbei. Er ist doch rein verrückt wegen seinem Bruder.«

Sein Kumpan wischte den Rotz von der Nase. Er entschied sich und winkte Mack hinein. Obwohl Mack kaum mittelgroß war, musste er sich bücken, um unter dem Torsturz hindurchzukommen. Schweigend sah er zu, wie der Wächter eine Pechfackel von der Wand griff und eine zweite Tür öffnete, die in einen Treppenaufgang mit einer Wendeltreppe führte. Die Eingänge zu den Zellen befanden sich auf den Treppenabsätzen. Lass Gian in luftiger Höhe wohnen, betete Mack still.

Der Wächter war kurzatmig. Schon nach wenigen Stufen hielt er inne, um zu verschnaufen. »Sie woll'n ihm an den Hals, was?« Er machte die entsprechende Geste.

»Beten schadet nie«, entgegnete Mack fromm. Er schielte zu der Tür, die sich nur wenige Schritte neben seiner Stufe befand. Sie besaß eine vergitterte Öffnung. Wenn Nell in dieser Zelle saß, würde sie seine Stimme erkannt haben. Er beschloss weiterzusprechen. »Wie lange ist der arme Mann schon eingesperrt?«

»Armer Mann!«, spuckte der Wächter und nahm die nächste Stufe in Angriff. »Arm nenne ich die Leute, die wegen dem gestorben sind, was der Furz zusammengepantscht hat.« Licht fiel von oben auf die Stufen. Sie mussten bald das letzte Geschoss erreicht haben. Sie hatten es erreicht. Der Wächter trat zu einer Tür. »Man versteht ja nichts davon«, sagte er und zog umständlich einen Schlüssel vom Schlüsselring. »Und deshalb muss man einem Apotheker mehr trauen können als … irgendjemand, sag ich mal. Wenn du dem Apotheker nicht mehr trauen kannst …« Er steckte den Schlüssel ins Schloss und ruckelte daran. Mack trat hinter ihn. »… dem du ja gewissermaßen dein irdisches … verflucht … dein irdisches Leben anvertraust, so wie du dem Pfaff…« Mack fasste den Stein fester. »… dem Priester dein ewiges Leben …« Mack schlug zu.

Der Mann erstarrte, bevor er fiel. Der Schlüssel, den er gerade für einen zweiten Versuch ins Schloss hatte schieben wollen, klirrte zu Boden. Er sank in die Knie und es war eigenartig zu sehen, wie sich sein Gesicht bereits in der Bewegung veränderte. Seine Wangen verloren den frischen Farbton, und als er auf dem Boden aufschlug, war er so bleich, dass das Blut, das über seinen Kopf strömte, wie Purpurfarbe auf grauem Lehm wirkte.

Ich habe ihn umgebracht, dachte Mack. Es war so. Es gab keinen Zweifel.

»Bist du gekommen? Ludovico?« Hinter der Zellentür regte sich jemand. »Ludovico!«

Mack leckte über die trockenen Lippen. Es war ihm zuwider, den Toten zu berühren, aber er musste ihn beiseite schieben, um an den Schlüssel zu kommen. Nell!, ermahnte er sich.

Er raffte die Schlüssel auf und stürzte die Treppe hinab zur nächsten Zelle. Dort war es wieder erheblich dunkler. Das Licht, das durch den Fensterschlitz fiel, reichte nicht aus, um zu erkennen, wer auf dem Stroh kauerte und an die Wand stierte.

»Nell?«

Nichts. Doch er glaubte schwarze Stiefel zu erkennen, deren Schafte weit bis unter einen Rock reichten. So etwas besaß Nell nicht. Die nächste Zelle war voll gestopft mit Menschen. Dieses Mal lauter Männer, arme Kerle, das roch man, als wenn Armut einen besonderen Gestank absonderte. Manche von ihnen waren nackt.

Noch zwei Zellen standen aus. Falls dieses entsetzliche Gebäude nicht auch Verliese unter der Erde besaß.

»Ricardo, du Idiot! Wo bleibst du? Wer von uns wollte denn würfeln?«

Mack ignorierte die Stimme aus dem Wächterraum. Die vorletzte Zelle war leer. Also musste Nell unten eingesperrt sein, fast unter den Augen des Mannes, der jetzt noch lauter nach Ricardo, dem tauben Hund, brüllte, weil jemand an der Tür pochte. Offenbar war es Ricardos Aufgabe, Besucher einzulassen.

Mack wurde vorsichtig, als er die Zelle neben dem Wächtergeschoss erreichte. Die Tür zur Wachstube stand halb offen. Zum Glück hatte der Wächter ihm den Rücken zugewandt.

»Nell?«

Mack hatte den struppigen Hinterkopf des Wärters im Visier und sah, wie der Kerl ungeduldig einen Tonbecher auf eine Tischplatte sausen ließ. Er spürte den wachsenden Groll des Mannes, dessen Stolz es offenbar nicht zuließ, selbst den Hintern zu heben. Von draußen hämmerte jemand voller Wut mit der Faust gegen die Tür.

»Nell!«, hauchte Mack. Diese Zelle besaß überhaupt kein Fenster. Das wenige Licht, das die Fackeln aus dem Torraum sandten, reichte nicht aus, um auch nur Schatten im Dunkel zu erkennen. »Nellie …?«

Er schreckte zurück und duckte sich in einen Winkel. Der Wächter hatte die Geduld verloren. Er war mit einem Wutschrei aufgesprungen und … nein, er kam nicht zur Treppe, sondern ging zur Tür. Wütend blaffte er etwas durch das Guckloch, verstummte aber sofort wieder und nestelte erschrocken an seinem Gürtel.

Mack zuckte zusammen, als plötzlich jemand von hinten in sein Haar fasste. Ohne nachzudenken, fuhr er herum und riss sich dabei ein Haarbüschel aus. Hastig griff er nach der Hand, die sich durch das Gitter zwängte.

Im selben Augenblick wurde es im Wärterraum hell. »Ihr müsst schon verzeihen, Herr, aber ich hatte nicht erwartet …« Der Zerberus des Turms stotterte eine Entschuldigung und setzte mit seiner Kerze zwei Wandfackeln in Brand, als könne er mit dieser Verschwendung den Ärger seines Besuchers dämpfen.

Die Hand gehörte nicht zu Nell. Sie war alt und faltig. Mack ließ sie los. Rasch huschte er in eine Nische unter der Treppe, in der einige Holzscheite den Winter überdauert hatten. Er kauerte sich zusammen, während die Außentür krachend zufiel. Es gab kein Kellergeschoss. Er hatte sich von Anfang an geirrt. Nell war überhaupt nicht in den Stadtkerker gebracht worden. Alles umsonst, dachte er verzweifelt und konnte nicht verhindern, dass ihm das Bild des ermordeten Mannes – Blut auf einem grauen Kopf – wieder vor Augen kam.

Die Außentür war zugeschlagen worden, dafür wurde die kleinere Tür zum Treppenaufstieg nun weit geöffnet. Die Helligkeit der Fackeln reichte bis zu der Nische, in der Mack sich entsetzt gegen die Scheite drückte. Ein Wunder, dass man ihn nicht entdeckte. Zwei Männer, beide massig und beide bemüht, einander nicht zu berühren, betraten die Treppe. Kaum dass sie seinen Blicken entschwunden waren, rannte Mack in den Wachraum. Es dauerte, bis er den richtigen Schlüssel gefunden und im Schloss gedreht hatte. Der Alarmruf im oberen Geschoss fiel mit seinem Schritt ins Tageslicht zusammen.

Es würde keine Hinrichtung geben. Auf dem Marktplatz tat sich nichts, obwohl das sechste Läuten lange vorüber war. Einige Familien gingen spazieren. Ein Bettler inspizierte die Stufen eines Handelshauses und überlegte wohl, ob man ihn trotz des heiligen Tages verjagen würde. Zwei Jungen, die seinen verbundenen, blutverkrusteten Beinstumpf anschauen wollten, wurden von ihrer Mutter zurückgerufen und gerügt. Niemand stapelte Scheiterholz.

Konnte es in einer Stadt zwei Plätze mit Ritter und Esel geben? Kaum anzunehmen.

Mack verlagerte sein Gewicht und kauerte sich auf die Fersen. Sein luftiger Beobachtungsplatz bot einen hervorragenden Ausblick, aber er war alles andere als bequem. Er hockte auf einem Balken, der irgendwann eine Geschossdecke tragen würde. Die Fläche war nicht breiter als seine Hand und er hatte schmale Hände.

Vielleicht hatte Johannes die Hinrichtung verschoben? Nervös kaute Mack auf seinem Fingernagel. Es war ein Fehler gewesen, Jāqūt zu verlassen. Er hätte ihn aushorchen müssen, ihn verprügeln, ihn … Himmel, Nell, ich weiß nicht, wie ich dir helfen soll.

Unten auf dem Platz gab es plötzlich einen Tumult. Mack beugte sich wieder fort. Uniformierte. Und … Er griff blind in das halbe Fenster, das am letzten Arbeitstag gemauert worden war. Der Weiße! Der Mann mit dem weißen Lederwams, der Nell aus der Hütte entführt hatte. Von einem Moment zum anderen sträubten sich ihm die Nackenhaare. Der Weiße kommandierte einige Männer, die aussahen wie Bauleute und offenbar von ihrer Arbeit nicht begeistert waren. Sie sollten Fässer von einem Wagen heben, den einer von ihnen neben das Eselsstandbild gelenkt hatte.

Macks Blicke glitten über den Platz. Der Bettler hatte es sich auf der Treppe bequem gemacht. Sein Beinstumpf war vorgetäuscht, man konnte es an der Art sehen, wie er sich zurücklehnte. Aber das hatte nichts zu sagen. Viele Bettler täuschten ihr Leiden nur vor. Wer hätte ihnen sonst etwas gegeben?

Menschen strömten plötzlich aus den Gassen. Die Mutter mit den zwei Söhnen verteidigte ihren Platz gegen einen Mann, der einen Schemel trug. Es war, als hätte ein Komödiant seine Mitspieler gebeten, ihre Plätze für ein Schauspiel einzunehmen. Jeder schien zu wissen, was er wollte und wohin er sich zu begeben hatte.

Die Glocken begannen zu läuten.

Die Bauleute luden Bretter vom Wagen und legten sie über die Fässer, so dass eine provisorische Bühne entstand. Kein Feuer für Nell. Mack merkte, wie ihm vor Erleichterung die Knie zitterten. Aber was hatte Johannes vor? Einen öffentlichen Prozess?

Einen Tausch.

Ganz gewiss einen Tausch, gleich wie er es tarnen würde. Nun, er, Mack, war bereit zu tauschen. Und er befand sich auf diesem Rumpf eines Turms – immerhin sechzig Fuß über dem Boden – in keiner üblen Verhandlungsposition.

Der Bettler streckte den Hals vor. Er schien jemanden zu suchen und einen Moment lang fiel das Schicksalsergebene von ihm ab. Ein Mann in einer Mönchskutte – etwa dieselbe Farbe und Schäbigkeit wie das Gewand, dessen Mack sich gerade erst entledigt hatte – hob auf der gegenüberliegenden Seite kurz die Hand und der Bettler sank in seine alte Stellung zurück. Johannes hatte seine Häscher also positioniert. Mack entdeckte wenigstens ein Dutzend Leute, die ihm verdächtig vorkamen: einen Flötenspieler, der mit seinem kostbaren Instrument nervös gegen eine Säule klackte … einen biederen Handwerksgesellen, unter dessen Wams die Spitze eines Kurzschwerts hervorlugte … einen zweiten Handwerker, der sich für jeden Winkel des Platzes interessierte, aber keinen Blick für den Aufbau der Bühne hatte …

Der weiße Mann hatte seine Aufmerksamkeit auf den Turm gerichtet. Mack war sicher, dass er in seinem Versteck hinter dem breiten Fenstersturz nicht zu sehen war, dennoch hatte er das mulmige Gefühl, entdeckt worden zu sein. Der Weiße tat einen Schritt vor. Um einen Befehl zu geben? Was auch immer er plante – er kam nicht mehr zur Ausführung. Ein Raunen in der Menge kündete die Ankunft der Hauptakteure an.

Nell stand aufrecht auf einem Karren. Ihre Hände waren vor dem Bauch gebunden. Sie trug ein langes, weißes Armsünderhemd, sonst nichts. Ihr braunes Haar, über das sie immer schimpfte, weil es glatt und langweilig herabfiel, umhüllte ihre Schultern. Sie hatte das Kinn vorgestreckt, aber selbst aus der Entfernung erkannte Mack, wie gezwungen diese Haltung war. Ihm verkrampfte sich das Herz vor Mitleid. Und gleichzeitig packte ihn die Wut. Der Weiße mochte nur ein gedungener Häscher sein, doch Mack hätte ihn am liebsten erwürgt.

Als der Karren hielt, verlor Nell das Gleichgewicht. Sie war zu stolz, um sich aufhelfen zu lassen. Widerspenstig wich sie der Hand des Schergen aus und rappelte sich allein auf die Füße.

»Psst.«

Unbeeindruckt von den hämischen Rufen aus der Menge stieg sie vom Karren herab. Sie blickte geradeaus und Mack ahnte, dass sie nichts von dem sah, was um sie herum vorging. Er merkte, dass er seine Hand zur Faust geballt hatte, und zwang sich, sie zu entspannen. Die Leute stießen sich an und begannen erneut zu raunen, als Nell …

»Psst.«

… als sie vor dem Podest stehen…

»Psst … he … Mack!«

Mack wandte den Kopf. Er musste suchen, ehe er herausfand, woher die Flüsterstimme kam. Die dem Turm gegenüberliegende Mauer war erst wenige Fuß hochgezogen worden, aber die Bauleute hatten bereits ein Gerüst errichtet, mit dessen Hilfe sie die Arbeiten fortsetzen wollten. Auf dem Gerüst stand eine Mörtelwanne. Und hinter dieser Wanne kauerte wie ein großer, hässlicher Vogel eine blaue Gestalt, die ihm aufgeregt Grimassen schnitt.

Mack kehrte mit seiner Aufmerksamkeit zu Nell zurück. Er sah jetzt, worüber die Leute tuschelten. Über *wen* sie tuschelten. Johannes, der Inquisitor, hatte den Marktplatz zu seiner Bühne gemacht. Er stieg mit Hilfe eines Dieners von einem prächtig aufgezäumten Schimmel, dessen Schweif mit blauen und silbernen Bändern durchflochten war. Mit einer großen Geste wies er auf Nell – wieder Gemurmel in der Menge – und erklomm dann das wacklige Gerüst auf den Fässern. Schmierenkomödie.

»Psst.« Unwillig drehte Mack sich erneut um. Jāqūt deutete mit dem Kopf zur Gasse jenseits der Baustelle. Mack hätte ein Stück zur Seite rutschen müssen, um zu sehen, wer sich dort befand, aber er konnte es sich auch denken. Der Weiße hatte seine Leute in jedem Winkel, doch es sah so aus, als hätte etwas sein Interesse auf die Gasse gelenkt. Wahrscheinlich hatte er sich ausgerechnet, wo sein Wild steckte. Egal.

Nell wurde über die kleine Leiter, die auch Johannes benutzt hatte, auf die Plattform geführt. Dann begann Johannes seine Predigt. »Brüder und Schwestern im Herrn, Bürger dieser gottgefälligen Stadt. Als euer Vater und Seelsorger schmerzt es mein Herz, zu sehen, wie ihr arglos …«

Du kommst frei, Nell, oder wir sterben zusammen.

»… Fleißige Männer gehen ihrer Arbeit nach. Fromme Mütter knien mit ihren Kindern und lehren sie heilige Worte des Gebets. Und während diese Unschuld sich unter Gottes gütigen Händen um ein redliches Leben bemüht …«

Mack sah, dass Jāqūt sich mit dem Rücken an den Bottich gelehnt und die Arme verächtlich über der Brust gekreuzt hatte.

»… schleicht der Feind verschlagen und blutrünstig wie ein Löwe durch die Gassen dieser Stadt. Ein grausames Geschöpf? Jawohl. Mit einem Antlitz, das uns das Fürchten lehrt? Ja – und auch nein. Denn der Dämon ist in der Lage sich zu verstellen. Seine Hässlichkeit verbirgt sich hinter einer Maske …«

Nell hatte den Kopf gehoben. Sie stand mit dem Rücken zu

Mack und hatte keinerlei Aussicht, ihn zu sehen. Mack merkte, dass seine Hände sich schon wieder verkrampft hatten. Er streckte und bog sie und erhob sich langsam. Er füllte die Lungen mit Luft.

»Dann tue ein gutes Werk, Johannes, und befreie die Stadt von der Plage!«, rief er und lobte sich selbst. Wunderbar volle Stimme. Durch viele Stunden des Singens geübt. Sie füllte mühelos den Platz.

Nell fuhr herum.

»Verschwinde, Mack!«, kreischte sie.

Johannes packte sie am Arm. Einen Moment wurde es so laut, dass man kein Wort unterscheiden konnte. Dann stießen die Leute einander an und verstummten.

Mack wollte etwas sagen, aber Nell kam ihm zuvor.

»Es hat keinen Sinn. Verschw…«

Wieder schüttelte Johannes sie. Sie ging in die Knie. Aber sie gab nicht auf. Sie senkte einen Moment den Kopf, dann hob sie ihn und rief mit einer Stimme, die sich vor Verzweiflung überschlug: »Er hält mich im grünen Haus gefangen. Außerhalb der Stadt. Bei den beiden Mühlen. Du musst …« Sie hatte diese letzten Sätze deutsch gesprochen. Johannes riss sie wieder auf die Füße und gab ihr eine so saftige Ohrfeige, dass ihr Kopf zur Seite flog und sie verstummte.

Mack biss sich auf die Lippe. Er sah aus den Augenwinkeln, wie der falsche Mönch einen Bogen aufnahm und ihn spannte. Der Weiße, der wie aus dem Nichts auftauchte, sprang hinzu und riss die Waffe wieder herab. Was mochte er ihm zubrüllen? *Er darf nicht herabstürzen? Er darf nicht sterben? Weil er das Versteck des Steines kennt? Weil der Inquisitor sich an ihm austoben möchte?* Die Häscher wussten weder vom Stein noch von den Wünschen ihres Herrn. Sie hatten nur ihre Befehle. Aber die schienen deutlich zu sein.

»Ich weiß, was du willst, Johannes. Du kannst es haben.

Lass sie gehen. Wenn sie in Sicherheit ist, komme ich herab.«

Johannes nickte. Er hatte eine unangenehme Art zu lächeln. Es erinnerte Mack an die Grimasse, die Lisettes Äffchen schnitt, kurz bevor es zubiss.

»Das ist eine Falle, Mack! Sei kein Idiot«, kam es warnend vom Bottich auf dem Gerüst.

Johannes ließ Nell los. Er gab ihr einen leichten Stoß und wies großzügig zur Leiter. Nell rührte sich nicht. Sie starrte zum Turm herauf und trotz der Entfernung meinte Mack Tränen in ihren Augen zu sehen.

»Nun geh. Geh schon! Er lässt dich frei!«, rief Mack ihr zu. Er blickte auf ihre Schultern, auf die müde herabhängenden Arme. Und plötzlich wusste er, welchen schrecklichen Fehler er begangen hatte.

5. Kapitel

Sieben Dinge mussten geschehen.

Schweine füttern. Eier einsammeln und in die Küche zu Roberto tragen. Schlacht- und Gemüseabfälle hinaus in die Grube am Bach. Topf der Gnädigen ebenfalls in die Grube am Bach. Wasser aus dem Brunnen unten beim Dorf ziehen. Wasser zu Roberto bringen. Küche fegen. Erst dann gab es die Schale Brei.

Die Eier waren in der Küche und die Hühnerfedern und das Gekröse in der Grube. Aber der Topf!

Angela stopfte die Finger in den Mund, wie immer, wenn sie aufgeregt war. Der Nachttopf mit dem großen, blanken Henkel stand im Zimmer der Gnädigen. Im Zimmer, das die Gnädige *sonst* bewohnte. Aber jetzt ...

Ihr gruselte, als sie an den Fletschmann dachte. So nannte sie ihn nämlich – Fletschmann, weil er immer die Zähne fletschte, oder wenigstens sah es so aus, wenn er etwas wollte und sie nicht sofort begriff ...

Begreifen fiel ihr schwer, besonders mehrere Dinge auf einmal. Die sieben, die konnte sie sich merken, weil sie sich niemals änderten. Aber der Fletschmann ...

Angela stand vor der Treppe und schaute hinauf. Das Haus, in dem die Herrin wohnte, war alt. Sie musste einige ausgetretene Stufen benutzen, auf denen man leicht ausglitt, besonders wenn man den gefüllten Topf trug.

Die Herrin war fort. Angela erinnerte sich, dass Roberto deswegen geschimpft hatte. Der Fletschmann hatte das Haus gemietet und die Herrin war zu ihrer Schwester gezogen. Jetzt brachte er alles durcheinander. Er wollte Milch haben. Als hätte die Herrin eine Kuh! Die Alte kriegt den goldenen Lohn und wir die Arbeit, hatte Roberto gesagt, wobei Angela nicht genau wusste, was er mit dem goldenen Lohn meinte.

Sie betrat die erste Stufe und dann die nächste …

Sie schielte zum Ende der Treppe. Oben, genau über dem Raum der Herrin, gab es noch ein Zimmer. Dort hatte früher der junge Herr gewohnt. Vor dem hatte sie sich auch gefürchtet, denn wenn er zornig wurde, hatte er auf Möbel und Menschen eingeschlagen, und bevor die Gitter vor den Fenstern gewesen waren, hatte er versucht, sich hinauszustürzen, und die Herrin, als sie sich ihm entgegenstellte, hatte er mit einem Faustschlag niedergestreckt, und wenn nicht Roberto gekommen wäre …

Aber jetzt war er zum Glück tot und Roberto hatte gesagt, dass aus seinem Kopf eine Beule geschwollen war, so groß wie ein Gänseei.

Vielleicht war der Fletschmann in dem oberen Zimmer. Dann konnte man den Topf ganz schnell herausholen und sah ihn gar nicht.

Angela hatte Hunger. Sieben Dinge … Es half nichts.

Sie trat zur Tür und – dem Herrn sei Dank! Der Fletschmann war tatsächlich fort. Vor dem Bett stand der Topf. Er war bis fast zum Rand mit gelber Brühe und bräunlichen Bolzen gefüllt. Anpacken und raus, raus, raus …

Sie wollte sich bücken – und erstarrte, als sie ein leises Kinderweinen hörte. Sofort waren ihre Finger wieder im Mund. Das Geräusch kam aus einer Ecke. Von dort, wo sonst immer die drei Hunde der Herrin auf Wollfetzendecken schliefen.

Beunruhigt schritt sie auf die Truhe zu, hinter der die Wollfetzendecken lagen. Sie warf einen Blick zur Tür und hätte sich fast gewünscht, dass der Fletschmann hereinkäme und sie hinauswürfe.

Auf den Fetzen lag ein Säugling. Er hatte Hunger. Das wusste sie sofort. Das aufgerissene Mäulchen … Angela spürte ihr Herz pochen. Kinder. Wenn man sie nicht fütterte, starben sie. Dann musste man sie in ein Tuch wickeln und in die böse, schwarze Erde legen. Und wenn man sie später ausgrub, waren sie überhaupt nicht mehr schön. Und man durfte es auch gar nicht, weil es böse war, das hatte Pfarrer Cristoforo gesagt.

Angela kniete nieder, zog die Finger aus dem Mund und stopfte einen dem Kind zwischen die Lippen. Es begann erst zu saugen und dann zu würgen. Es wollte heulen.

Ärgerlich schlug Angela dem Kind auf den Bauch. Giulio hatte geheult. Dann hatte Giulio aufgehört zu heulen. Dann war Pfarrer Cristoforo gekommen und hatte sie ausgeschimpft. Er trug Giulio fort und später schlug er sein Kreuz über der bösen, schwarzen Erde. Irgendwann brachte er sie zum Haus der Herrin. Das war gut so. Nur hatte Giulio in der Erde zurückbleiben müssen.

Angela fühlte, wie ihr das Herz bis zum Hals klopfte.

6. Kapitel

Mack hatte Recht gehabt mit seiner Vermutung: Fünf oder sechs Mann lauerten in der Gasse neben dem Turm. Als er hinabblickte, sah er Kutten beiseite fliegen und unter Mänteln tauchten Schwerter auf. Der Weiße stürzte vom Platz hinzu und brüllte Befehle.

Es war nicht einfach, Anlauf zu nehmen auf dem Balken. Mack versuchte erst gar nicht, die Entfernung zum gegenüberliegenden Dach zu schätzen. Entweder würde er dort landen – oder nicht und sterben. Niemandes Glieder waren gelenkig genug, um solch einen Sturz auszuhalten.

Der Schrei der Männer war wie eine Brücke aus unsichtbaren Planken. Er schien ihn über den leeren Raum zu tragen. Weit genug? Mack schlug mit einem harten Knall auf und warf sich nach vorn. Er hatte es nicht nur bis zum Dach, sondern sogar einige Fuß weit auf die Schräge geschafft. Seine Hand durchschlug ein Vogelnest, und als er sich aufrappelte, tropfte Ei von seiner Faust. Hastig wischte er sie an der Hose ab.

Er musterte die Strohbündel, die das Dach bedeckten. Er wäre gern hier weitergelaufen. Aber es war nur eine Frage der Zeit, bis er durchs Stroh stürzen würde.

Und doch schien ihm gar nichts anderes übrig zu bleiben. Einige Männer waren bereits ums Haus und in die Nachbargasse gestürmt. Mack nahm so vorsichtig Anlauf, als bewegte er sich auf Pergament. Er sprang zum nächsten Dach. Und zum übernächsten. Sein linker Fuß verfing sich im Stroh und sackte ab. Einen Atemzug lang erwartete er, dass er durchbrechen würde. Aber auch diese Schutzmatte hielt. Behutsam zog er den Fuß wieder heraus. Er spähte über den First. Die Häuser vor ihm waren niedriger gebaut – und die Dächer, wie er vermutete, noch sparsamer gedeckt. Es ging nicht anders, er musste auf sichere Erde hinab.

Nur wenige Leute spazierten durch die kleine Straße. Sie waren durch den Lärm in den Nachbargassen aufgeschreckt worden, aber sie konnten ihn noch nicht deuten. Neugierig blickten sie sich um und einigen sah man die Angst an, in etwas hineinzugeraten. Eine einzelne Person stand von allen ungesehen im Innenhof eines Hauses und winkte zu Mack hinauf.

Jāqūt. Der Teufel mochte wissen, wie er es geschafft hatte, so schnell dorthin zu gelangen.

Nein, mein heidnischer Freund, ich trau dir nicht, dachte Mack. Und wenn ich dir traue, dann doch nicht deinem strategischen Geschick. Der Hof war eine perfekte Falle. Es gab einen schmalen Durchgang zur Gasse, ansonsten nur Hauswände und ein breites Tor, das in einen Lagerraum zu führen schien.

Der Mann, der behauptete, ein Richter zu sein, zog eine wenig ehrwürdige Grimasse. Er fummelte an dem Schloss herum, mit dem das Tor verriegelt war. Sein Grinsen wurde noch breiter, als es plötzlich aufschwang. Er winkte stürmisch.

Auf der anderen Seite der Gasse tauchten die ersten Verfolger auf. Zuvorderst der falsche Mönch, der suchend erst die Gasse und dann die Dächer in Augenschein nahm.

Mack hatte keine Wahl. Er schob sich über den First und ließ sich hinabrutschen. Er fiel tief, aber er landete – *mit einer abnormen Gelenkigkeit der Glieder*, wie sich so etwas einbrennt – auf den Füßen.

Jāqūt wies mit stolzer Miene in den Raum, der sich hinter dem Tor auftat.

Es musste sich um einen Getreidespeicher handeln, denn die Luft war voller Staubpartikel und es roch nach trockenen Körnern und Halmen. Das einzige Licht fiel durch einen Schlitz in der hinteren Wand, wo ein Stück der Lehmwand herausgebröckelt war. Jāqūt schob einen Karren gegen das Tor und setzte sich darauf, um ihn zu beschweren. Er deutete einladend auf den Platz an seiner Seite.

»Ich habe das Schloss draußen so hergerichtet, dass es aussieht, als wäre hier alles dicht und zu. Kann ein Mensch durch eine verschlossene Tür gegangen sein? Nein, kann er nicht. Aber du findest immer ein Vogelhirn, das es nicht begreift und an der Tür rüttelt.«

»Du kennst dich gut aus mit Schlössern.«

Als hätte der Kleine eine Prophezeiung ausgesprochen, die augenblicks erfüllt werden wollte, packte jemand von draußen den Torknauf und versuchte sein Glück. Es war aber nur ein zaghafter Versuch, der Störenfried gab sofort wieder auf.

»Bleib sitzen, wir haben Zeit. Wir können nicht raus, bis sich alles beruhigt hat«, meinte Jāqūt und machte es sich bequem.

»Sie werden jedes Haus durchsuchen.«

»Sie werden glauben, dass der Zauberer sich auf magische Weise in einen Vogel verwandelt hat und davongeflattert ist, und dann in den Schenken darüber sprechen. Du bist gesprungen wie ein Leopard, Zauberer, und als du in den Hof hinunter bist, aus solcher Höhe, mit solcher Anmut … Ich war der Einzige, der es gesehen hat, und ich sage dir – so etwas geht tatsächlich nicht mit rechten Dingen zu«, meinte Jāqūt nachdenklich. Er sah nicht aus, als ob ihn das störte.

Noch einmal rüttelte es am Tor, aber wer auch immer hineinwollte – er wurde von einem Gefährten in die Gasse zurückgerufen.

»Andererseits hast du meine Hilfe angenommen. Hättest du tatsächlich die Fähigkeiten eines Vogels …«

»Du redest gedroschenen Mist.«

»Johannes hält dich für einen Dämo…«

»Und ich dich für einen Dieb.«

»Ach!«

»Du brichst Schlösser nicht nur auf, du richtest sie so her, dass niemand es bemerkt. So etwas lernt man nicht als Richter. Das lernt ein Dieb von einem anderen Dieb und er beherrscht es durch lange Übung.«

Irgendwo raschelte es. Sicher Ratten oder Mäuse, die hier ihr Paradies gefunden hatten.

Jāqūt schüttelte den Kopf. »Es ist mir gleich, was du über mich denkst. Dein Mädchen wollte nicht befreit werden, weil Johannes ihr Kind als Pfand hat, ist das richtig?«

»Ja.«

»Es war dumm von dir, das nicht zu bedenken.«

»Sehr dumm.«

»Alle Frauen hängen …«

»Sehr dumm, ich weiß.«

»Was hat sie gesagt, in der fremden Sprache?«

»Dass Johannes sie in einem grünen Haus vor der Stadt gefangen hält. In der Nähe … sie hat von zwei Mühlen gesprochen.«

Jāqūt brummte etwas.

Draußen schrie eine Frau hysterisch nach einer Emilia. Ein Wechselbalg streunt durch die Stadt. Holt die Kinder ins Haus und klappt die Läden hoch.

»Weißt du, wo ich diese beiden Mühlen finden kann?«

»Du wirst dich also aufmachen, sie zu befreien. Das schaffst du nicht, wenn deine Kunst sich darauf beschränkt, weit springen zu können. Ich … bin ein bisschen enttäuscht, um ehrlich zu sein. Ich fürchte, dass Allah für uns keinen gemeinsamen Weg vorgesehen hat.«

»Du weißt, wo die Mühlen sind?«

»Es ist ein trauriges Schauspiel, Lämmchen vor dem Rachen eines Löwen tänzeln zu sehen.«

»Ich kann singen.«

»Wie beeindruckend.«

»Auf eine Weise, die dem, der zuhört, den Verstand aus dem Kopf treibt.«

Jāqūt lachte ironisch. »Das bringt die halbe Menschheit fertig.«

»Ich könnte, wenn ich es wollte, dich mit meinem Lied so traurig machen, dass du dich am nächsten Balken erhängst. Ich könnte dich so liebestrunken machen, dass du mit der Katze schläfst.«

»So etwas hast du getan?«

»Nein.«

Der Dieb schnaubte verächtlich.

»Ich habe auch noch niemals einen Menschen umgebracht. Bis heute Morgen. Da ist es geschehen und ich merke, dass es mir nicht besonders Leid tut. Heißt das nicht, dass ich zu Großem fähig bin?«

Eine Katze sauste über den Boden, flog mit mehreren Sprüngen über einen Haufen gestapelter Säcke und andere Hindernisse und verschwand im Dachgebälk. Die Mauern des Speichers husteten von dem Staub, der sich in die Mörtelspalten gesetzt hatte, und ärgerten sich über das Wesen, das zusätzlichen Staub aufwirbelte.

Jāqūt räusperte sich. »Ich kann nicht sagen, dass es mir gefällt, wie du sprichst. Das Leben ist heilig, denn es wurde dem Menschen von Allah, der voller Güte ist, als Geschenk …«

»Ist gut. Und dann gibt es noch den Stein. Er ist nicht wertvoll. Im Gegenteil, er ist ein … ein böses, ein wirklich böses Ding, Jāqūt, Dieb aus Bagdad. Du würdest keine Freude an ihm haben, und das sage ich dir als der Mann, der dir sein Leben verdankt. Aber ich weiß, dass du ihn haben willst, und

61

ich würde ihn dir geben, weil ich es mir nicht erlauben kann, Leute auf den Gassen nach Mühlen auszufragen.«

»Du weißt, dass ich den Stein haben will? Du weißt das? Du … weißt überhaupt nichts, Mack.«

»Dann mach mich klüger.«

Jāqūt wiegte den Kopf. In diesem Moment, mit dieser würdigen Geste, wirkte er tatsächlich wie ein Richter. Er tat sich schwer. »Ich will zusehen, dass ich herausbekomme, wo die beiden Mühlen stehen.«

»Und dein Lohn?«

Der Muselmann erhob sich. Er war doch ein Dieb, und ein umsichtiger dazu, denn er hatte einen zweiten Fluchtweg vorgesehen. Das Loch in der Wand war von ihm selbst herausgebrochen worden und er erweiterte es mit wenigen Handgriffen, indem er Lehm und Flechtwerk beiseite schob, die das Schlupfloch bisher verborgen hatten. Im nächsten Moment war er verschwunden.

Die eine der beiden Mühlen war verfallen und wurde offensichtlich nicht mehr benutzt. Ihre Nachfolgerin hatte man etwas tiefer an denselben Bach gebaut und sie war ebenfalls in schlechtem Zustand, aber sie diente offenbar noch ihrer Bestimmung, wie ein sauber geschichteter Stapel Säcke, einige Karren und ein niedriger Viehstall bewiesen. Hinter den beiden Gebäuden erhob sich ein breiter, nicht sehr hoher viereckiger Turm, der vielleicht einmal als Wehrturm gedient haben mochte. Obwohl der Teufel wissen mochte, was an dieser Stelle hätte verteidigt werden sollen.

»Sie sind gelb.«

»Die Steine, ja«, flüsterte Jāqūt. »Aber das Ding ist bis zum Dach mit Efeu überwuchert. Daher: das grüne Haus. Verstanden?«

Dem Haus gefiel die Belagerung nicht. Es empfand die kitzelnden kleinen Greifarme als anmaßend und es ekelte sich vor dem Getier … Ich muss aufhören, so etwas zu denken, dachte Mack. Das ist verrückt!

Er fühlte nach dem Messer in seinem Gürtel und dann nach dem Seil, das Jāqūt ihm besorgt hatte. Er überlegte kurz, dann bückte er sich und hob auch noch einen Stein auf, den er mit schmalen Lippen in seinen Ärmel schob. Er starrte zu den Fensterschlitzen.

Jāqūt stieß ihn an und deutete mit dem Kopf über die Baumwipfel. Die Sonne stand tief. Nicht mehr lange und es würde dunkel sein. Eigentlich hatte ihr Plan vorgesehen, dass sie den Einbruch der Nacht abwarteten, aber da sich niemand bei der Mühle rührte, auf den sie hätten Rücksicht nehmen müssen, ergab das nicht mehr viel Sinn. Jāqūt schien derselben Ansicht zu sein. Er schlug Mack auf die Schulter und schlich – nicht wie ein Richter, sondern wie ein Dieb – in den Schatten der alten Mühle. Mack sah, wie er sich niederkniete, und er bildete sich ein zu riechen, wie die beiden Hölzer, die der Brandstifter aneinander rieb, zu schmoren begannen. Erste Funken blitzten auf.

Lautlos schlüpfte Mack ins Unterholz. Er nahm sich die Zeit, das grüne Haus einmal ganz zu umkreisen, bevor er in der Nähe der Tür Stellung bezog. Es gab nur diesen einzigen Eingang, wie er vermutet hatte. Aber auf der dem Wald zugewandten Seite waren zwei übereinander liegende Fenster, breit genug, um sich hinauszuquetschen. O Gott, gib, dass Nell das Kind bei sich hat. Gib, dass sie mit mir kommt, auch wenn Felicita nicht … Nein, ohne die Kleine tut sie keinen Schritt.

Das Feuer war erwacht. Es leckte gierig und begann, sich an dem Holzstapel, den Jāqūt entzündet hatte, emporzufressen. Der Geruch von verbranntem Holz stieg in die Luft und Mack merkte, wie ihm eine Gänsehaut über den Rücken zog. Ob er es wollte oder nicht – die Nacht, die er mit dem Feuer in

Johannes' Kerker zugebracht hatte, hatte ihre Spuren hinterlassen.

Er hielt den Atem an und zog sich einen Schritt ins Dickicht zurück, als die Tür des Turms aufgestoßen wurde. Sein Herz machte einen jubelnden Satz. Der Mann im weißen Lederwams. Sie zündelten also wenigstens nicht an der falschen Stelle.

Mack sah Johannes' Häscher zum ersten Mal von nahem. Er hatte ein fremdländisches Aussehen, das Mack einen Moment verwirrte, bis er darauf kam, dass es an der schlitzartigen Form der Augen lag. Der Mann betrachtete das Feuer, aber er schien es nicht besonders eilig zu haben, den Müller zu warnen, was seltsam genug war. Feuer an einem Haus und vor allem: Feuer in der Nähe eines Waldes, in dem es seit Tagen nicht geregnet hatte. Mack sah, wie er die Lippe vorschob, den Kopf schief legte und zur Mühle starrte. Er wirkte ein wenig einfältig, überhaupt nicht mehr so entschlossen und klug wie auf dem Markt. Vielleicht hatte er ihn falsch eingeschätzt.

Nun geh schon, Kerl, dachte Mack. Mach, dass du vorankommst!

Es war, als hätte der Fremde den stummen Befehl gehört. Er tat einen Schritt vorwärts. Seine ganze Aufmerksamkeit lag bei der Mühle, in der plötzlich Stimmen laut wurden. Jemand musste das Feuer gerochen haben. Ein Warnruf schallte aus dem Fenster. Der Weiße schüttelte den Kopf. Er wollte ins Haus zurück.

Seine Entscheidung kam zu spät. Mack stand bereits hinter ihm und ließ zum zweiten Mal einen Stein auf den Kopf eines Menschen niedersausen.

Im Turm war es duster. Das Licht, das von außen kam, reichte gerade, die Umrisse eines Raums erkennen zu lassen. Diesem schloss sich ein zweiter an. In beiden standen Truhen und Bänke, sie dienten also wirklich als Wohnung, aber nirgends fand sich ein Mensch. Die Schemen einer Treppe wurden sichtbar. Hastig tastete Mack sich die Stufen hinauf.

Befand sich Johannes im Turm? Oder hatte er Nell unter der Bewachung des Weißen zurückgelassen, um seine dunklen Geschäfte weiterzuverfolgen? Es gibt im Moment nur ein einziges dunkles Geschäft, das ihn interessiert, spottete eine Stimme in Macks Hinterkopf, und das ist der Wechselbalg, den es zu erledigen gilt.

Mack wunderte sich, dass dieser Gedanke keine Furcht in ihm weckte. Ich bin ein Mörder, dachte er. Vielleicht sogar ein doppelter, wenn der Weiße es nicht überlebt hat. Ich weiß, dass ich wieder zuschlagen würde. Und einem Teil von mir gefällt das. Frag mich bloß nie, wie ich hier hereinkam, Nell.

Er hatte die erste Zimmertür erreicht. Sei dort, betete er still, während er innehielt und kurz Atem schöpfte. Im Haus hatte sich nichts gerührt, obwohl der Schein des Feuers und das Prasseln der Flammen inzwischen durch die kleinen Vorderfenster drang. Vielleicht meinte das Schicksal es gut mit ihm und der Weiße war tatsächlich Nells einziger Wächter gewesen.

Mack wollte die Tür aufstoßen – und ließ die Hand, die er erhoben hatte, wieder sinken. Ein Geräusch drang aus den oberen Räumen. Das klägliche Wimmern eines Kindes. Felicita. Ein heißer Funke der Freude durchfuhr ihn und erst daran merkte er, wie stark er im Innern an seinem eigenen Unternehmen gezweifelt hatte. Rasch nahm er die letzten Stufen. Er stieß die Tür auf …

Das Erste, was er sah, waren Flammen. Sie tanzten einen kleinen Freudentanz, der dem Fest ihrer Schwestern draußen bei der Mühle galt.

… FRESSEN … ZERSTÖREN …

Mack taumelte einen Schritt zurück. Die Flammen bemerkten ihn und wandten sich ihm zu.

… FRESSEN … RASEN …

Sie sehnten sich danach, auszubrechen und es ihren Schwestern gleichzutun. Ein Funke befreite sich aus dem zögernden Pulk, sprang auf den Boden … und erlosch.

Ein Feuer in einem Kamin. Fahr zur Hölle, Johannes. Ich fürchte mich nicht vor einem Kaminfeuer.

Macks zweiter Blick galt Felicita. Man hatte die Kleine auf den nackten Boden gelegt. Das hätte ihre Mutter im Leben nicht geduldet. Nell war also nicht hier, stellte Mack zutiefst enttäuscht fest. Woraus gleich die nächste Frage folgte: Wohin hatte man sie geschafft?

Er trat über die Schwelle. Der Raum wurde als Kemenate genutzt. Hier musste unter gewöhnlichen Umständen die Herrschaft des Hauses wohnen. Die Flammen, die unruhig schossen und züngelten, zeigten ihm ein Bett unter einem protzigen, schweren Samthimmel, der es von allen Seiten umschloss.

Felicita hörte auf zu weinen. Sie hatte ihn bemerkt und starrte ihn auf Säuglingsart versunken an. Doch fast sofort erlosch ihre Aufmerksamkeit. Ihr Blick wanderte weiter zu einem Punkt, der sich in Macks Rücken befand, dort, wo die geöffnete Tür den Blick auf die Wand versperrte.

Johannes. Eine Falle also. Das hätte er wissen müssen, als er die Kleine auf dem Boden liegen sah. Langsam, einen harten Klumpen Furcht im Magen, drehte Mack sich um.

Es war nicht Johannes, der vor ihm stand. Mack blinzelte. Schräge, geschlitzte Augen in einem grob geschnittenen Bauerngesicht musterten ihn. Aber im Grunde sah er nur die weißen Kleider seines Gegenübers. Sie wirkten doppelt grell, weil es sie hier oben gar nicht geben durfte. Der Weiße lag am Fuß des Turms und war bewusstlos oder tot.

Der Mann hob die Hand und Mack sah, dass einige Finger steif und nach innen gekrümmt waren. Diese Hand war nicht geeignet, jemanden zu verletzen. Der Mann lächelte.

Im selben Moment ging ein Schlag auf Mack nieder.

7. Kapitel

Angela pulte in den Zähnen. Heute war ein schlechter Tag. Sie konnte die sieben Dinge nicht erledigen, weil das Zimmer der Gnädigen versperrt war. Der Fletschmann war fortgegangen und die Tür ließ sich nicht öffnen. Roberto hatte ihr eine Ohrfeige gegeben, weil sie darüber geheult hatte.

Dann ist es eben verschlossen! Aber der Topf muss geleert werden. *Der Topf wurde nicht benutzt.* Man kann aber nicht nachschauen. *Du machst einen verrückt.* Klatsch … klatsch …

Und das Kind war weg.

Angela zog mit spitzen Fingern eine Haferfaser aus den fauligen Zähnen. Das tat weh.

Und das Kind war weg. Man konnte ihm kein Essen geben. Aber wenn man ihnen kein Essen gab, hörten sie auf sich zu bewegen. Dann sagten sie nichts mehr. Und wenn Pater Cristoforo es entdeckte …

Angela brach in Tränen aus und es dauerte eine ganze Weile, ehe sie mit dem Heulen aufhören konnte. Sie erhob sich und nahm die Schüssel auf, aus der sie die Schlachtabfälle in die Grube geworfen hatte.

Stumpf stieg sie den Weg hinauf, der zum Haus zurückführte.

Es war ein schlechter Tag. Ein Reiter kam aus dem Dorf herauf. Der Sand spritzte unter den Hufen seines Pferdes und Angela musste zur Seite springen, weil der Pfad so eng war. Wütend drohte sie mit der Faust, aber erst, als er sie nicht mehr sehen konnte. Die Steine stachen in ihre nackten Füße. Wieder kamen ihr die Tränen.

Als sie das Haus erreichte, war der Reiter bereits abgestiegen. Roberto stand bei ihm und verneigte sich, doch der Reiter beachtete ihn nicht. Angelas Laune hob sich ein wenig, als sie sah, wie Roberto beleidigt davonmarschierte. Der Fremde hatte einen Beutel am Sattelknauf hängen, den er jetzt herunternahm. Der Beutel bewegte sich. Und dann … wusste Angela, was los war. Sie wusste es einfach. In dem Beutel befand sich das Kind. Richtig, es begann leise zu wimmern, wurde aber sofort wieder ruhig, als der Mann den Beutel über den Rücken legte und sich in Bewegung setzte.

Angela steckte die Finger in den Mund und beobachtete die beiden. Wenn das Kind weinte, musste es essen. Sonst wurde es stumm und kam in die böse, schwarze Erde. Wusste der Fremde das?

Er band das Pferd an den Ring in der Hauswand. Dann verschwand er in der Haustür. Leise schlich Angela ihm nach. Er stieg die Treppe hinauf und sie konnte sehen, wie er die Klinke zum Zimmer der Herrin, in dem jetzt der Fletschmann wohnte, niederdrückte. Aber die Tür war ja abgeschlossen. Angela lachte leise, weil sie mehr als der Fremde wusste.

Der Mann überlegte. Er trug weiße Strümpfe und ein weißes Lederwams und einen Moment dachte Angela, dass er ein Engel sein könnte. Nur besaß er kein Schwert.

Er stieg die nächsten Stufen hoch zum Zimmer des jungen Herrn. Wo der junge Herr früher gewohnt hatte. Jetzt schlief dort eine Frau, aber man durfte sie nicht besuchen und man konnte es auch nicht, weil das Zimmer immer verschlossen war. Angela lachte, weil sie schon wieder etwas besser wusste als der Fremde. Seit die Herrin weg war, wurden hier alle Zimmer abgeschlossen.

Ihr sackte der Kiefer herab, als sie sah, wie der weiße Mann die Tür trotzdem aufbekam. Er hatte über den Türrahmen gelangt und dort, wo früher eine kleine Madonna in einer Nische gestanden hatte … aber die hatte der junge Herr in einem Wutanfall zertrümmert, damals, als er aus dem Zimmer wollte, und dann waren das Schloss und die Gitter vor den Fenstern angebracht worden … Na so was. Dort oben hatte ein Schlüssel gelegen und jetzt konnte der weiße Mann, der Engel …

Als die Tür aufging, begann jemand im Zimmer zu schreien. Angela zuckte zusammen. Der Mann erstarrte ebenfalls. Er reichte den Beutel ins Zimmer hinein und man konnte sehen, dass er schnell wieder wegwollte. Es war die Frau, die schrie, sie ließ sich gar nicht beruhigen. Sie schimpfte. Sie brüllte wie … wie eine Hexe …

Angela legte die Hände auf die Ohren. Wenn die Leute laut wurden, setzte es Schläge und … Die Frau würde dem Kind bestimmt kein Essen geben. Sie war böse.

Jemand packte Angela ins Haar. »Was ist? Kommt das Wasser allein den Berg raufgeflossen?«

Heute ging alles schief. Klatsch … klatsch … Dieses Mal heulte Angela aus vollem Hals. Roberto war wie ein Geist. Nie sah man ihn, wenn er sich ranschlich. Sie floh, während er sie mit erhobener Hand verfolgte.

Sieben Dinge … Wasser holen. Sieben Dinge … Sieben Dinge …

Im Dorf war es heiß und staubig, weil es keine Bäume gab. Mürrisch schlenderte Angela den Weg herab. Die Tonkanne baumelte lose an ihrer Hand, und wenn sie nicht aufpasste, würde sie herausrutschen und zerbrechen. Dann würde Roberto sich ärgern. Aber wenn man sowieso nur geschlagen wurde …

Der Brunnen befand sich auf der anderen Seite des Dorfs. Hinterm Brunnen war ein Gatter mit Gänsen, denen man nicht zu nahe kommen durfte, denn sie schnappten nach

einem. Aber einen der Schnapper hatte Roberto zum Weih-
nachtstag ins Haus geholt und da hatte es sich ausgeschnappt
und Angela hatte die Federn aus der toten Haut gerupft. Ha,
ha.

Zum Glück war niemand von den Dorffrauen am Brunnen.
Angela konnte also gleich den Eimer mit der Kurbel herunter-
lassen. Sie beugte sich vor und schaute ihm nach. Das Wasser
war oben glitzernd und unten dunkel. Wie die böse, schwarze
Erde. Das konnte einem schon Angst machen. Angela zog den
Kopf rasch zurück und schüttelte sich. Der Eimer war voll, sie
drehte die Kurbel in die andere Richtung.

»Es ist tief«, sagte jemand.

Angela kurbelte weiter, ohne sich umzudrehen. Eine Frau
wanderte um sie herum, bis sie auf der anderen Seite des
Brunnens stand. Sie sah nicht böse aus. Ihr Haar war lang und
glänzte wie Dohlenfedern. Sie war hübsch. Und roch nach
Maiglöckchen. Und sie lächelte.

»Du bist stark.«

Ja, und der Eimer war schwer, jetzt wo er mit Wasser gefüllt
war. Angela drehte schneller, damit die Frau sehen konnte,
wie stark sie war, wenn sie sich richtig anstrengte.

»Du heißt Angela?«

Angela nickte. Die Frau hatte weiße Zähne, was wirklich erstaunlich war. Als wäre sie noch ein Kind.

»Und du arbeitest oben im Haus der Signora?«

Angela nickte wieder.

»Willst du eine Feige?«

Was war das denn? Angela nickte, weil sie schon vorher ge-
nickt hatte und weil die Frau freundlich war und weil sie ein
bisschen Angst vor ihr hatte. Aber nicht viel. Angela nahm den
Eimer vom Haken und setzte ihn ab und die Frau gab ihr eine
klebrige braune Frucht in die Hand. Als Angela nichts damit
anfing, nahm sie sie ihr wieder fort, brach sie in zwei Teile

und steckte den kleineren in den Mund. Den größeren gab sie Angela zurück.

Angela musste lachen. Die Frucht war ein Geschenk und es hatte ihr noch nie jemand was geschenkt, außer Pater Cristoforo den Mantel, bevor er sie zur Herrin brachte, aber Pater Cristoforo hatte Giulio in die böse schwarze Erde gelegt und deshalb …

»Die Frau gibt dem Kind nichts zu essen«, sagte Angela.

Die Fremde nickte und ihre Zähne blitzten in der Sonne. Sie wartete, während Angela das klebrige Ding in den Mund schob, und sie musste lachen, als sie sah, wie Angela das Wasser aus dem Mundwinkel lief.

»Gut?«

Angela nickte. Nicht der weiße Mann war ein Engel, sondern die Frau mit den Rabenhaaren. Komisch. Engel und schwarze Haare.

»Holst du Wasser für das Kind?«

»Für Roberto.«

»Und die Frau, die Mutter von dem Kind, braucht auch Wasser?«

Angela zuckte die Achseln.

»Hilft sie dir in der Küche?«

Das war eine seltsame Frage. Angela durfte nicht in die Küche. Weil sie eine schmutzige kleine Diebin war, die Essen stahl. Sie durfte nur den Abfall herausholen. Und auch nur, wenn Roberto dabei war. Aber das war schwer zu erklären. »Sie kann nicht.«

»Warum?«

»Weil … sie ist doch eingesperrt.«

Nachdenklich nickte die Frau. »Sie heißt Nell?«

»Weiß nicht.«

»Und das Kind ist bei ihr?«

»Sie gibt ihm nichts zu essen.«

»Das ist aber schade. Gibst du ihm was zu essen?«

»Kann nicht«, sagte Angela und wurde wieder traurig, weil sie an die schwarze Erde denken musste.

»Ich würde sie gern einmal besuchen – die Frau und das Kind.«

»Ja?«

»Vielleicht könnte ich die Frau überreden, das Kind zu füttern.«

Angela nickte, obwohl ihr unbehaglich war. Jemandem, der schrie, kam man besser nicht zu nahe.

»Weißt du, wo sie steckt? Wo ist sie eingesperrt? Im Keller?«

Angela nickte.

»Oder in einem der Zimmer?«

Angela nickte.

»Oder auf dem Dach?«

Angela nickte.

Die Fremde lächelte sie an und seufzte. Sie sah aus wie jemand, der niemals ärgerlich wird. Aber man merkte, dass sie jetzt traurig war.

»Ich weiß, wo der Schlüssel ist. Ich hab's gesehen«, sagte Angela.

»Ach, das weißt du?« Jetzt war die Frau wieder froh. Sie bückte sich nach einem Korb, nahm eine zweite Feige heraus und reichte sie Angela.

8. Kapitel

Die Mühle brannte. Mack konnte das Feuer nicht sehen, aber durch das kleine Fenster, das sich oben in der Wand befand, zog beißender Rauch in den Raum, in dem er lag. Ihm wurde es eng in der Brust und er hatte Mühe, seine Furcht niederzukämpfen. Das Feuer würde nicht auf das Haus übergreifen. Und wenn, dann würde man ihn hier herausholen. Denn wenn man seinen Tod gewollt hätte, hätte man ihm sofort den Garaus gemacht und ihn nicht umständlich verschnürt und die Treppen hinuntergeschleppt.

Lauter kluge Gedanken. Und keiner half gegen die tierhafte Angst, die mit jedem Atemzug, mit dem er den Rauch einsog, neue Nahrung erhielt. Johannes hätte gelacht.

Es qualmte und knisterte weiter, während draußen der Tag herandämmerte und weißes, schales Licht einen Teil des Bodens erhellte. Mack versuchte sich zu bewegen, aber das war ein schlechter Gedanke. Die Beule an seinem Hinterkopf sandte empörte Proteste aus. Die Glieder, die bei dem unsanften Transport in den Keller gegen die Treppenkanten geknallt sein mussten, stimmten in das Gejammer ein.

War er in eine Falle gelaufen? Natürlich. Der Weiße hatte auf ihn gewartet. Der Weiße hatte … oben und unten auf ihn gewartet. Er konnte fliegen. Er konnte sich in Rauch verwandeln und an anderer Stelle wieder Gestalt annehmen. Er konnte wie eine Ratte die Wände hinauflaufen und wie eine Schabe über Fenstersimse krabbeln. Es gab noch seltsamere Abnormitäten, als einen Sprung aus großer Höhe unbeschadet zu überstehen, in der Tat.

Und wer hatte ihn niedergeschlagen?

Mack hatte keine Ahnung. Johannes vielleicht. Oder ein weiterer seiner Häscher. Es war gleichgültig. Jedenfalls war er in eine Falle gelaufen und diese Falle war von Nell gestellt worden. Das tat weh. Zu weh, um es zu glauben. Jemand hatte ihr Deutsch verstanden und Johannes verraten, was sie gerufen hatte. So musste es sein. Es gab die verrücktesten Zufälle. Nell hätte ihn niemals verraten. Und wenn doch …

Mack starrte zu dem breiten Lichtband, das durchs Fenster fiel. Er fragte sich, wo Jāqūt sein mochte. Vielleicht war er es gewesen, der ihn am Ende doch noch ausgeliefert hatte – aus Gründen, die er sehr sorgfältig verborgen hielt. Nell hätte es nicht getan. Nell liebte ihn.

Mack befahl sich, das Grübeln zu beenden. Doch damit schlichen wieder die Flammen in sein Bewusstsein. Sie hatten sich bei ihrem Gelage überfressen und züngelten nun erschöpft und zufrieden in den letzten Glutnestern. Er merkte, wie ihm die Augen zufielen. Und wie er dann doch wieder zusammenfuhr, weil er zu unruhig zum Schlafen war.

Er konnte nur warten.

Es wurde dunkel, es wurde wieder hell. Es wurde dunkel … nein, dieses Mal hatte er geschlafen. Er blinzelte gegen das Licht, das das Fenster hineinließ, und blickte auf weiße Hosenbeine, die, noch bevor er klar denken konnte, ein unangenehmes Gefühl in ihm heraufbeschworen. Mack ließ die Lider wieder sinken.

Das Feuer war erloschen. Erleichtert horchte er auf die Stille jenseits des Fensters.

»Du bist flink, aber nun doch gefangen. Sieh mich an.«

Mack überlegte, ob es Sinn hatte, sich dem Befehl zu widersetzen. Nein, es wäre kindisch und dumm.

»Ich bin Demetrius. Dies ist Georg.«

Es waren nicht zwei, sondern drei weiß behoste Beine, die in Macks Blickfeld standen. Unter hämmernden Kopfschmerzen drehte er den Kopf. Zwei Männer, einander ähnlich wie Blüten von demselben Baum. Zwillinge. Er konnte nicht anders, er musste lächeln.

»Du hast Glück«, befand Demetrius, der Sprecher der beiden, mit rollender Stimme. Er besaß ein gutmütiges, breites, rot geädertes Bauerngesicht, ein Mann für eine Runde Bier in einer Spelunke, ein Mann, den man sich auf der Landstraße als Weggefährten suchen würde. »Der Inquisitor weiß noch nichts von deiner Gefangennahme, mit mir kannst du einig werden«, sagte er.

Mack versuchte, in seinem schmerzenden Schädel Platz für geordnete Gedanken zu schaffen. »Einig worüber?«

»Ich will den Stein.«

Das war einmal eine klare Aussage. »Welchen Stein?«

Demetrius verzog keine Miene. Er versetzte seinem Gefangenen einen Tritt, der tückisch den Magen gerade unterhalb des Herzens traf. Einen Moment lang blieb Mack die Luft weg, dann bekam er einen Hustenanfall. Demetrius war so höflich zu warten, bis er wieder atmen konnte. Sein Bauerngesicht wirkte treuherzig wie zuvor. »Wo ist er?«

»Ich will Nell«, ächzte Mack und fügte rasch hinzu: »Nell und das Kind.«

»Das geht nicht.«

»Dann haben wir nichts zu reden.«

Dieses Mal war Mack auf den Tritt vorbereitet. Er hatte die Muskeln angespannt und das milderte die Wirkung. Georg, der Bruder, schien tumb und stumm zu sein. Er hatte die Arme über der Brust verschränkt und starrte über Mack hinweg an die Wand des Kellers. Eine Maus huschte über seinen Fuß. Er trat nach ihr, war aber viel zu langsam. Er sah aus, als wäre er schwachsinnig.

»Du hast Durst«, stellte Demetrius nüchtern fest. »Morgen wird du mehr Durst haben. Morgen reden wir weiter.«

Feuer … Wasser …

Die gegensätzlichen Elemente. Das Feuer war gestorben. Das Wasser lockte in Form eines Regenschauers, der draußen auf die Blätter pladderte. Ich liebe dich, Nell, dachte Mack. Er wiederholte den Gedanken, als wäre er eines dieser endlosen Lieder, bei denen der erste Teil in den zweiten und der zweite wieder in den ersten mündet. Seine Gefühle erstickten langsam im alles überwuchernden Verlangen nach Wasser, aber die Worte blieben. Das Trommeln der Regentropfen hatte denselben Rhythmus wie der kleine Satz. Ich liebe dich. Sie würden ihm zu trinken bringen, denn wenn er starb, würde das Versteck des Steins für immer verborgen bleiben. Ich muss nur durchhalten, Nell. Ich liebe dich.

Wurde es Nacht? Er hatte keine Ahnung. Es war nicht nur seine Kehle, die zuschwoll, auch in seinem Kopf schienen die Wege, auf denen die Gedanken gleiten, zu verkleistern. Ich liebe dich, Nell.

»Du hast Durst«, sagte Demetrius und stupste ihn mürrisch mit dem Fuß an, weil er nicht antwortete. Sein Bruder stand wieder da wie eine Säule und schaute zu. Mack hatte keine Ahnung, wann die beiden in seinen Kerker zurückgekommen waren.

»Der Inquisitor ist krank, aber es geht ihm schon wieder besser und bald werden wir dich ihm übergeben. Wenn du mit ihm reden musst, wird alles schlimmer werden.«

Mack hätte nicht einmal antworten können, wenn er es gewollt hätte. Seine Zunge saß wie ein faustgroßer Klumpen in seinem Rachen. Augen, Nase und Mund brannten. Stumpf starrte er auf das weiße Hosenbein, das jetzt dicht vor seinem Gesicht verharrte.

»Er stirbt«, stellte Demetrius fest. Resigniert bückte der Mann sich. Sein Bauerngesicht wirkte teilnahmsvoll, als er einen kleinen Tonkrug mit einer gesplitterten Schütte vor Mack absetzte. Einen Moment wartete er, aber ihm ging wohl auf, dass damit nichts erreicht werden konnte.

»Nun?«

»Er wird nicht reden«, sagte Georg. Sein erster gesprochener Satz. Er war also doch nicht stumm. Mack roch das Wasser. Er sehnte sich mit jeder Faser des Körpers danach. Aber er konnte es nicht erreichen und nicht einmal darum betteln. Vielleicht begriff Demetrius endlich, was seine Blicke ausdrücken wollten. Er hockte sich auf die Fersen und flößte ihm das Wasser ein. Kein Wasser, sondern irgendeine bittere Flüssigkeit, ähnlich wie Bier. Sie lief Mack aus den Mundwinkeln heraus und floss ihm ins Hemd, doch einige Tropfen rannen an der geschwollenen Zunge vorbei und seinen Hals hinab. Es war köstlich. Es war ... viel zu schnell vorbei. Der Topf war geleert und der größte Teil der kostbaren Flüssigkeit auf den Boden gesickert.

Demetrius erhob sich und trat nachlässig in die Lache. »Du willst also das Mädchen.«

»Und das Kind«, krächzte Mack.

Demetrius nickte, obwohl er wahrscheinlich kein Wort verstanden hatte. »Abgemacht.«

»Er ist ein Lügner«, sagte Georg. »Glaub ihm nicht. Er ist anders als ... als wir. Er wird dich betrügen.«

»Er kennt den Weg zum Stein.«

»Er ist ein Lügner«, sagte Georg.

Wann waren sie gegangen? Mack schreckte auf. Er wusste es nicht. Es war dunkel und er war wieder allein, aber ... Er lag in Flüssigkeit. Und als er sich drehte, um zumindest seine Zunge zu benetzen, stieß er an den Krug. Eine Welle der

Verzweiflung überrollte ihn: Der Krug in greifbarer Nähe und er selbst gefesselt. Dann ging ihm auf, dass seine Hände nicht mehr taub waren, sie stießen auch nicht aneinander. Sie waren noch gefesselt, aber durch ein mauslanges Band verbunden, das es ihm erlaubte, den Krug zu umfassen und zu trinken.

Er tat es, und zwar viel zu ausgiebig. Fast augenblicklich wurde ihm schlecht. Die Vorstellung, das kostbare Nass wieder zu erbrechen, quälte ihn fast ebenso wie die Magenkrämpfe, die ihn nun überfielen. Er presste die Lippen gegeneinander und drehte und schaukelte sich wie ein Kind. Bewegung half. Seine Füße waren noch so eng gefesselt wie zuvor, aber er schaffte es, sich auf den Bauch zu drehen und mit Hilfe der Ellbogen zum Fenster zu robben. Atemlos blieb er in dem Lichtflecken liegen, den der Mond durch das Gitter warf.

Hatte er ein Geschäft gemacht oder narrte ihn seine Erinnerung, die fast nur aus fiebrigen Traumfetzen bestand? Nein, man hatte ihm die Handfesseln gelockert. War das nicht ein Beweis, dass er tatsächlich mit den weißen Brüdern gesprochen und ihnen ein Versprechen gegeben hatte? Der Stein gegen Nell?

Die Fesseln waren kein Beweis, außer dafür, dass man ihn nicht krepieren lassen wollte.

Schade, dass kein Vollmond war. Licht war ein Segen.

Mack lag mit aufgerissenen Augen auf dem Lehmboden und starrte zu der Sichel und zu den Sternenpunkten hinauf, die vielleicht keine große Kraft besaßen, aber zumindest ihre unmittelbare Umgebung ein wenig erhellen konnten.

Nell gegen den Stein.

Natürlich würde er tauschen. Gar keine Frage ...

War es noch immer das Fieber, das plötzlich Dors, den Intriganten, aus den Höhlen seines Gedächtnisses ins Licht zerrte? Er sah ihn wieder neben sich liegen, in der Eiseskälte an dem schwarzen Fluss, und Dors strengte sich an, ihm das Versteck des Steins zu entlocken. Der Stein war weit fort gewesen, in Cividale, in dem Stuhl verborgen, in dem Mack ihn bei seiner Flucht versteckt hatte. Dors hätte alles gegeben, dieses Versteck herauszubekommen, und Mack war so bereitwillig wie heute gewesen, es gegen eine Garantie für Nells Sicherheit preiszugeben.

Aber anders als heute hatte damals der weiße Stern am Himmel gestanden.

Mack konnte sich kaum noch besinnen, was der Beichtvater der schönen Agnes über diesen Stern gesagt hatte. Das meiste davon hielt er im Nachhinein für Unfug. Ein Stern, der … Dinge aufdeckte? Ein Richter? Ein Erforscher des Gewissens? Wohl eher ein Inkubus, wenn er Dors zwang, so verrückte Dinge zu tun, wie einen Burghof zu kehren. Mack fühlte Genugtuung, als er daran dachte, wie verängstigt Konrad Dors ihm damals den Besen aus der Hand gerissen hatte, um dem Stern in einem frechen, kindischen Betrug weiszumachen, dass er ein braver Diener Gottes sei.

Der Stern hatte an diesem Abend am Fluss auf ihn und Dors herabgeschienen und – Mack verzog die Lippen in einem Versuch, Spott auszudrücken – er hatte sie beide in seinen Bann geschlagen.

Das Spotten misslang. Es misslang völlig. Stattdessen zog ihm eine Sehnsucht den Magen zusammen, die er sonst nur im Zusammenhang mit Nell kannte. Wärme und Weisheit waren von dem Stern ausgegangen. Aber Dors hatte ihm klar gemacht, was der Stern von einem wie ihm hielt. Das Schlüsselwort – Dreck – klebte jetzt noch ätzend an seiner Seele.

Alles Blödsinn. Ein richtender Stern. Durch seine Adern war damals das Gift geströmt, das Dors' Helfershelfer ihm eingeflößt hatten, und man musste nicht bei den Sarazenen gewesen sein, um zu wissen, was manche Säfte und Pülverchen im Geist eines Menschen anrichteten.

Und doch hatte er, nachdem Gunther ihn befreit hatte, den Entschluss gefasst, den Stein zu vernichten. Und das hatte mit dem Stern zu tun gehabt. Die Erinnerung an ihn war mächtig genug gewesen, ihn an sein Versprechen zu binden. Trotz aller Schwierigkeiten. Bis heute.

Zur Hölle damit, dachte Mack, während er durch den Schleier seiner Tränen in den Himmel starrte und nicht wusste, ob er verfluchte oder vermisste, was er damals am Fluss gesehen hatte.

Demetrius und sein Bruder waren keine braven Leute. Sie besaßen kostbare Mäntel und mit Pfauenfedern geschmückte Filzhüte, mit deren Hilfe sie sich als ehrbare Kaufleute verkleideten. Vor dem Turm hatten sie einen schmucken kleinen Wagen stehen, voll gestellt mit Kisten, ein weiteres Utensil, um vorzutäuschen, was sie nicht waren. Sie bewegten sich in ihrer Verkleidung so geschmeidig wie Vaganten.

Wer hatte sie wohl geschickt?

Über diese Frage grübelte Mack, als er mit einer Decke über dem Körper zwischen ihren vorgeblichen Waren auf dem ruckelnden Karren lag. Seine Hände waren inzwischen wieder so sorgsam verschnürt wie die Füße, er hatte längst jedes Gefühl in ihnen verloren. Selbst wenn er die Fesseln hätte abstreifen können – jeder Fluchtversuch wäre zum Scheitern verurteilt gewesen.

Die Brüder arbeiteten nur ungern mit Johannes zusammen, das glaubte er verstanden zu haben. Hatten sie den Inquisitor nur benutzt, um den Besitzer des Steins in die Hände zu bekommen? Woher wussten sie überhaupt von dem Kleinod? Durch Johannes? Waren sie Söldner, die etwas aufgeschnappt hatten und sich nun einen kostbareren Lohn erhofften als die

80

Münzen, die Johannes für ihre Dienste zahlte? Nein, solche Gauner hätten sich weder den Karren noch die Verkleidung leisten können.

Mack dachte an den Kaiser. Friedrich hatte den Stein aus der Krone Davids gestohlen. Er hatte ihn an seinen Sohn verloren, den deutschen König Heinrich, der ihn an sich genommen hatte, weil er ihn für ein Erbstück seiner Mutter gehalten hatte. Friedrich war kein Mann, der etwas verloren gab, was er begehrte. Standen die beiden Brüder mit den Schlitzaugen also in seinen Diensten? Spione, die das Land durchkämmt hatten, um Mack zu finden und dem Kaiser seinen Schatz zurückzubringen?

Was würde jemand wie Friedrich mit dem Stein anstellen? Er war ein Mann, der sich mit dem Papst überworfen und der im Kreis seiner heidnischen Freunde den christlichen Glauben verspottet hatte. Er war schlimmer als die Ungläubigen selbst. Wenn er den Stein besaß, würde er versuchen, ihm seine Geheimnisse zu entlocken und seine Kräfte für sich zu nutzen. Davon war Mack überzeugt.

Er horchte, während der Karren über die Waldwege rumpelte, ob sich irgendwelche Skrupel in ihm regten. Es ist mir gleich, was der Kaiser tut, Nell. Ich liebe dich. Du hast Recht – was habe ich mit diesen Leuten zu schaffen? Wer hat mich je gefragt, ob ich den Stein haben will?

Irgendwann am Nachmittag wurden sie angehalten. Krieg lag in der Luft. Mailand wollte sich mit den Lombarden und dem deutschen König zu einem Bund gegen den Kaiser zusammenschließen. Die Straßen wurden misstrauisch überwacht. Angst vor Spionen. Mack hörte, wie Demetrius mit den Soldaten plauderte. Mit dem Pfauenhut war aus ihm ein anderer Mensch geworden. Er wirkte nicht mehr wie ein Bauer, sondern wie ein grundsolider Kaufmann, einer von der Sorte, denen man den Stoffballen abkaufte, ohne mit dem Zollstock nachzumessen, weil man einfach wusste, dass man sich auf ihr Wort verlassen konnte. Die Soldaten lachten und verabschiedeten sich mit dem Rat, eine bestimmte Straße zu meiden, auf der sich in letzter Zeit Überfälle ereignet hatten.

Ja, Nell – Demetrius und Georg sind Männer des Kaisers, und wenn das stimmt, dann können sie Johannes auch zwingen, dich freizulassen.

Der Weg wurde enger, schließlich stand das Strauchwerk so dicht, dass für den Karren kein Durchkommen mehr war. Mack biss die Zähne aufeinander, als Demetrius ihn mit Hilfe seines Bruders vom Karren zog und ihm die Fußfesseln löste. Das Blut strömte heiß in seine Füße, er knickte augenblicklich zusammen, wand sich zwischen den Blättern und biss sich auf die Lippen, um nicht loszujaulen vor Schmerz.

»Er ist ein Betrüger. Er wird uns betrügen«, sagte Georg.

»Was kann er tun? Spätestens bei der Hütte wird er Farbe bekennen müssen. Er könnte höchstens Zeit schinden und die Zeit ist gegen ihn.« Demetrius hörte sich gelangweilt an, als hätte er dieses Argument schon oft wiederholt.

»Und doch ist er ein Betrüger«, nörgelte Georg.

»Der Lump erkennt den Lumpen am Geruch«, zischte Mack ihn an. Er fing sich für die Bemerkung einen giftigen Blick ein.

Demetrius wartete, bis das Gefühl in seine Füße zurückgekehrt war. Dann wies er auf den Trampelpfad, der zum See und zur Hütte führte. Die Sonne schimmerte durch sattgrünes Geäst. Der ganze Wald schwirrte vor Vogelgezwitscher, ein übereifriger Specht schlug den Takt in dem Konzert. Es war wie ein Nachhausekommen, nur dass sein freundliches Heim kein Heim mehr sein würde.

Die Brüder schlugen einen strammen Schritt an. Durch gelegentliche Knuffe nötigten sie ihn mitzuhalten. Endlich tauchte der See auf. Einen Moment war Mack überwältigt von der

Sehnsucht nach Nell, nach den unbeschwerten Wochen mit ihr, sogar nach Felicita, die der Garant für Nells gute Laune gewesen war.

Sie schritten über die Lichtung. Demetrius und seine Leute hatten die Tür eingetreten. Weil sie den Wechselbalg hatten überraschen wollen? Aus Angst vor Zaubereien, die sich hinter der Tür verbergen mochten? Zumindest die letzte Sorge war ihnen vergangen, nachdem sie das Ungeheuer tagelang wie einen Käfer auf dem Rücken in ihrem Kerker beobachten konnten.

Dunkelheit und Kühle schlugen ihnen entgegen, als sie den Raum betraten, in dem Nell und Mack so lange gelebt hatten.

»Hier?«, fragte Demetrius.

Das Bett war auseinander getreten worden. Das Gras, das als Matratze gedient hatte, hing wie grünliches Spinngewebe an den Wänden. Felicitas neue Windeln lagen verstreut am Boden. Es sah aus, als wäre ein Sturmwind durch die Hütte gefegt.

»Wo?«, fragte Demetrius.

Die Feuerkuhle lag in einem Lichtfleck, da durch den Rauchabzug im Dach die Sonne hereinschien. Mack trat näher. Etwas wie ein kalter Luftzug strich über seinen Rücken, als er sah, dass jemand die Scheite auseinander geschoben hatte. In dem Kranz, den sie bildeten, tat sich ein tiefes, schwarzes Loch auf.

»Wo?«, fragte Demetrius.

9. Kapitel

Felicita weinte. Als Nell sie angelegt hatte, hatte die Kleine gierig gesogen, aber die Milch war viel zu schnell versiegt. Herr im Himmel, sah sie mager aus. Nell stiegen die Tränen in die Augen, als sie ihr nacktes Kind betrachtete, das sie notdürftig mit einem nassen Stück Stoff gereinigt und in eine Decke gewickelt hatte. Felicita war inzwischen mehrere Monate alt. Man konnte ihr Kuhmilch einträufeln. Sie musste nur jemanden überreden, ihr welche zu bringen.

Sie war so eine verfluchte Närrin gewesen. Der Mann in den weißen Kleidern besaß ein leicht zu erweichendes Herz, das hatte sie ihm angesehen. Bestimmt hätte er ihr Milch gebracht. Doch die Sorge, die sie um Felicita ausgestanden hatte, hatte sie halb verrückt gemacht und da hatte sie ihn angebrüllt. Und er war gegangen.

Die Diener durften ihr Zimmer nicht betreten. Johannes selbst brachte ihr Brotknuse und Wasser. Aber seit er krank geworden war, konnte man keine Bitte mehr an ihn richten. So hart und grausam er ihr in den ersten Tagen erschienen war, so läppisch kam er ihr mit seinen Bauchschmerzen vor. Er trug das wenige Essen mit einer Miene herein, als hätte man ihn vom Totenlager aufgescheucht. Einen kurzen Moment hatte sie geglaubt, ihn in dieser schwächlichen Stimmung leichter überreden zu können. Aber als sie von der Milch für Nell gesprochen hatte, hatte er sie angefahren wie der Teufel. Mack habe ihn krank gehext. Der Wechselbalg habe ihn verflucht, ihn vergiftet, ihm Würmer in die Eingeweide gezaubert. Und sie verlange von ihm, das Kind des Wechselbalgs zu füttern …

Das war vorgestern gewesen. Seitdem hatte sie sich nicht mehr getraut, über Milch zu sprechen. Johannes hasste Mack und er hasste Felicita, von der er argwöhnte, dass sie Macks Tochter sein könne.

Unten im Haus ging eine Tür. Zumindest bildete Nell sich ein, ein leichtes Klappen gehört zu haben. Knarrte die Treppe? Sie warf einen flüchtigen Blick zu dem Tisch, auf dem die letzten Krümel ihrer Mahlzeit lagen. Es war noch zu früh für weiteres Brot.

Felicita hatte aufgehört zu schreien. Entweder war sie vor Erschöpfung eingeschlafen oder die eingeweichten Brotbrocken, die Nell ihr in den Mund geschoben hatte, hatten endlich den Magen erreicht. Nell mochte sie nicht auf das Bett legen, aus Angst, sie wieder aufzuwecken, denn sicher zehrte der Schlaf weniger an ihren Kräften als das schreckliche Gebrüll.

Es war tatsächlich jemand die Treppe heraufgestiegen. Nell hob den Kopf, als sich im Schloss ein Schlüssel drehte. Es ist noch nicht Zeit für die nächste Mahlzeit, dachte sie flüchtig. Johannes kam immer pünktlich und …

Noch bevor die Tür ganz aufgestoßen war, strömte ein feiner Duft nach Maiglöckchen in das Zimmer.

Mit einem Schlag war Nell aufs Höchste alarmiert. Sie eilte zum Bett und legte Felicita auf die Decken. Sie hatte sie unter ihnen verstecken wollen, aber Felicita schlug die Augen auf und begann zu wimmern und damit war die Hoffnung, ihre Existenz verbergen zu können, dahin.

Kämpferisch drehte Nell sich zur Tür.

»Du hast ihn also verraten.«

»Nein«, sagte Nell, und das war gelogen. Sie hatte Mack, so wie Johannes es ihr eingetrichtert hatte, den Hinweis auf das Haus bei den beiden Mühlen gegeben. Aber am nächsten Tag war Johannes über jedes Maß wütend gewesen, also nahm sie an, dass Mack die Falle gewittert hatte, und dafür war sie dem Himmel dankbar, denn das war ihr einziger Trost in dieser entsetzlichen Lage, die sie schier um den Verstand brachte. Aber es änderte nichts daran, dass sie Mack verraten hatte.

»Ich kam zu spät zu eurer Hütte, um ihn vor Johannes zu warnen. Und ich kam zu spät zum Markt, um ihn vor dir zu warnen«, sagte Lilith. Ihr Rabenhaar leuchtete schwarzgolden auf, als sie zum Fenster trat. »Wobei das Letzte nichts zur Sache tut, denn er hätte mir nicht geglaubt, das wissen wir beide.«

Die schöne Frau trat zum Bett und es versetzte Nell einen Stich, ihre glänzende braune Haut und die vollen roten Lippen anzusehen, die diesen verführerischen Schwung besaßen. Wie immer, wenn sie Lilith betrachtete, kam sie sich reizlos und gewöhnlich vor. Und wie jedes Mal drehte ihr die Eifersucht den Magen um. Sie eilte herbei und stellte sich zwischen die Frau und ihr Kind.

»Hässlich, die Kleine.« Lilith lugte an ihrem Arm vorbei. »Ist es Mack bereits aufgefallen, dass sie ihrem Vater … wie hieß doch gleich dieses struppige Geschöpf …«

Nell drehte sich um und riss Felicita an ihre Brust.

»Arnulf?«

»Was willst du?«

Lilith lächelte. In ihren Augen tanzten Irrlichter. »Schütte einer Sau eine goldene Kette und ein Stück verschimmeltes Brot in den Trog und sie wird nach dem Brot schnappen. Du brauchst nicht die Zähne zu fletschen, Nell. Johannes hat dich vor eine Wahl gestellt und du hast deine Wahl getroffen. Kein Makel auf dem Schild deiner Mütterlichkeit. Das ist brav.«

»Was willst du?«, fragte Nell mühsam beherrscht.

»Gestern habe ich erfahren, dass Mack in einem Haus geschnappt wurde, das neben einer niedergebrannten Mühle steht.«

»Das ist nicht wahr.«

»Weil es dir unbequem ist?«

»Weil …« Nell biss sich auf die Lippen. Wenn Mack nicht entkommen wäre, hätte Johannes bessere Laune gehabt. Daran musste sie festhalten.

»Ich bin sofort geeilt, ihm beizustehen, aber – sie hatten ihn bereits wieder fortgeschafft. Wohin? Ich weiß es nicht. Sicher ist nur, dass er über den Boden geschleift wurde wie ein toter Wolf. Der Sand bei der Mühle gibt böse Kunde, Nell. Es geht Mack schlecht, und das, verzeih mir, nehme ich dir äußerst übel.«

Nell schüttelte den Kopf. Alles gelogen. Johannes hätte es ihr unter die Nase gerieben, selbst in seinem elenden Zustand, wenn er Mack in die Finger bekommen hätte. Doch plötzlich musste sie an diesen Diener denken, den Mann in der merkwürdigen weißen Kleidung. Er hatte Felicita mit sich genommen und am nächsten Tag zurückgebracht. Dafür hatte sie bisher keine Erklärung gefunden.

»Ich habe mir einen großen Schmerz auferlegt. Ich habe dir Mack überlassen, Nell. Weil er es so wollte. Ich habe mir selbst das Herz herausgerissen«, sagte Lilith, es klang nachdenklich und so, als sei sie selbst erstaunt. Sie trat zu dem Tisch und starrte auf die Krümel, die darauf verteilt waren. »Ich war bereit, meinem eigenen Leben den Sinn zu nehmen, um seines glücklich zu machen. Und dann verrätst du ihn. Du verrätst ihn für das Balg, das von dem Mann gezeugt wurde, der ihn gern umgebracht hätte. Ich mache es kurz, Nell. Mack ist treu. Es steckt ihm in den Gliedern, es ist seine Gewohnheit. Irgendwann wären ihm die Augen aufgegangen und er hätte dich gesehen, wie jeder dich sieht. Aber bis dahin … du hast eine Gabe, ihm zu schaden. Und du wirst davon nicht lassen.«

Nell wich einen Schritt zurück. Sie musste Felicita aufs Bett gleiten lassen, um die Hände frei zu haben. »Was willst du?«, fragte sie wiederum, aber dieses Mal erwartete sie keine Antwort. Sie kannte sie. Sie las sie in den braunen Zimtaugen.

10. Kapitel

Man kann die sieben Dinge nicht tun, denn Roberto will das Schwein abkochen. *Hinaus mit dir, ich habe zu tun. Du bringst den Abfall fort, wenn ich fertig bin. Lass die Eier hier.*

Aber nach den Eiern kommt der Abfall und vorher kann man nicht den Topf der Gnädigen entleeren, und das kann man sowieso nicht, weil die Gnädige fort ist. Und wenn Roberto Wasser will … Wasser kommt erst nach dem Topf der Gnädigen.

Angela heulte in ihr Kleid. Manche Tage waren wie der Wald. Man ging hinein und böse Geister verrückten die Bäume und Wege und man fand sich nicht zurecht …

Sie zuckte zusammen. Geräusche von der Straße. Es kamen Reiter den Weg hinauf. Noch mehr Durcheinander. Darauf hatte sie wirklich keine Lust. Sie schnäuzte die Nase an ihrem Rock und kroch hinter das Mäuerchen, das den Weg säumte. Sie wollte die Augen schließen und sich die Ohren zuhalten, aber dann war sie doch zu neugierig.

Und ihr Mut lohnte sich, denn einer der Ankömmlinge war der Engel. Und dann war da noch ein Engel. Sie sahen völlig gleich aus. Angela versuchte zu erkennen, ob sie Schwerter trugen, aber da wurde sie wieder enttäuscht.

Den, der in ihrer Mitte ritt, konnte sie erst sehen, als die Reiter ihr Versteck fast erreicht hatten. Ihr stockte der Atem. Vor Schreck schlug sie die Hand vor den Mund.

Alles falsch. Sie hatte wieder alles falsch verstanden. Der Engel ritt *in der Mitte* und er wurde von den beiden Weißen gefangen gehalten. Sie hatten ihm einen Strick um die Handgelenke gebunden und einen weiteren, der seinen Hals umschnürte, am Sattelknopf befestigt, so dass er sich unweigerlich erwürgen musste, wenn er davonfliegen wollte.

Wupps – schon waren sie vorüber. Angela trat auf die Straße und starrte ihnen mit offenem Mund hinterher. In einem plötzlichen Entschluss raffte sie die Kleider und begann zu rennen.

Der Engel war ein Engel, weil er aussah wie der Engel, der ihr die klebrige Frucht geschenkt hatte. Die gleichen schönen Glanzhaare. Nur dass dieser Engel ein Mann war.

Sie sprang hinter einen Baum, damit niemand sie sah, während sie die drei Reiter im Hof des Hauses beobachtete.

Die Weißen waren wütend. Der, der den Engel vom Pferd holte, war absichtlich grob, damit sich die Schlinge zuzog. Er ließ sich Zeit, sie wieder zu öffnen, und der arme Engel schnappte nach Luft. Wie gemein.

»Idiot«, sagte der Engel.

Das war nicht das Wort, das Angela erwartet hätte, aber sie ließ sich nicht beirren. Vielleicht fluchten auch Engel, wenn man ihnen wehtat. Und jetzt bekam sie ihren Beweis. Der Engel ging nicht zu Fuß, als er dem Weißen ins Haus folgte, sondern er *flog* ... Ein bisschen. Jedenfalls drückten sich seine Füße kaum in den Sand. Das war genau so wie bei der Engelin vom Brunnen. Sie hatte sich ebenfalls bewegt wie eine Libelle, die über das Gras huscht. Außerdem konnte der Engel durch Bäume sehen. Er war der Einzige, der Angela in ihrem Versteck erspäht hatte. Und er verriet sie nicht.

Mit eingezogenem Buckel folgte sie dem Engel und seinen Bewachern ins Haus. Hier kam sofort der neue Schreck. Die drei waren die Treppe hinauf und der eine Weiße klopfte an die Tür vom Fletschmann. Nervös überlegte Angela, wie sie dem Engel helfen könnte, aber ... Sie begann an den Fingern zu lutschen. Angela half einem Engel. Hach!

Sie bangte und hoffte und – die Tür blieb geschlossen. Natürlich, der Fletschmann war doch vorhin fortgegangen. Das hatte sie gesehen, als Roberto sie aus der Küche gescheucht hatte. Gott war mit seinem Engel.

Der hob plötzlich den Kopf. Bisher hatte er auf die Tür gestarrt, aber nun schien er abgelenkt. Angela sah, wie seine Nasenflügel sich weiteten, als wenn er nach etwas schnuppere. Ihn überkam Angst, und diese Angst war so schrecklich, dass Angela eingeschüchtert zurückwich und in alle Richtungen starrte, um die Ursache herauszufinden. Aber dazu blieb keine Zeit.

Der Engel hob den Ellbogen und rammte ihn dem Weißen, der ihn hielt, in die Seite. Doch er floh nicht die Treppe hinab, wie Angela erwartet hätte, sondern stürmte im Gegenteil weiter hinauf. Vielleicht wollte er von den Zinnen auf dem Dach davonfliegen.

Angela verkroch sich vorsichtshalber in der Nische, in der der junge Herr früher den teuren Sattel und das Zaumzeug aufbewahrt hatte. Sie konnte nun nichts mehr sehen, aber sie hörte, wie der Engel losbrüllte. Er benutzte die Sprache der Engel, die kein Mensch auf Erden verstand, und die Frau, die oben eingesperrt war, weinte. Einer von den Weißen brüllte ebenfalls und es klang, als würde etwas Schweres durchs Zimmer geschleudert, und dann …

Mit aufgerissenem Mund hörte Angela jemanden leichten Schritts die Treppe hinabeilen. Sie erwartete fast, den Engel an sich vorbeifliegen zu sehen. Es war auch ein Engel, aber der andere. Der Frauenengel. Die Engelin vom Brunnen. Vielleicht waren auch der eine und die andere dasselbe. Vielleicht konnte ein Engel seine Erscheinung ändern. Schwierig … alles schwierig.

Die Engelin trug das Kind.

Oben brüllten sie immer noch und der Mannengel schrie, als wenn man ihm wehtun würde …

Angela folgte der Engelin aus dem Haus. Sie rannte wie ein Wirbelwind und mehr denn je sah es aus, als würde sie fliegen. Angela nahm die Verfolgung auf. Natürlich konnte sie sie nicht einholen. Als sie beim Mäuerchen ankam, lief die Engelin bereits zum Dorf hinab. Doch plötzlich stockte sie. Warum?

Ein Stück seitlich vom Weg befand sich der Pferdeschuppen. Die gnädige Frau hatte das Pferd, auf dem früher der junge Herr geritten war, schon lange verkauft und so stand der Stall leer. Was also gab es dort zu sehen?

Die Engelin warf einen raschen Blick zum Haus. Dann rannte sie zum Stall. Aber sie wollte nicht hinein, sondern beugte sich über den Trog, aus dem das Pferd des jungen Herrn früher gesoffen hatte. Sie ließ das Kind in den Trog gleiten.

Und eilte davon.

Es war verkehrt, zum Trog zu gehen. Es war gefährlich, denn eine Engelin tat nichts ohne Grund und man durfte sie nicht ärgern.

Es waren Angelas Füße, die zum Stall rannten. Sie ließen sich nicht hindern. Böse Füße.

Angela starrte in das trübe, von Schlieren durchzogene Regenwasser. Sie zog das Kind an den Beinen aus dem Wasser. Es war nackt und still. Dummes Kind. Dummes ... dummes ... dummes ... wenn sie still wurden, kamen sie in die böse, schwarze Erde. Wütend schüttelte Angela den kleinen Körper.

Das Kind war doch nicht still. Es begann zu brüllen. Erleichtert und erschrocken zugleich legte Angela ihm die Hand auf den Mund. Sie schaute zum Haus hinüber, wo einer der Weißen in der Tür erschien.

Besser, man geht, dachte Angela. Alles viel zu gefährlich.

11. Kapitel

»Sie will ihr Kind.«

Johannes durchschritt sein Zimmer mit diesem lächerlich majestätischen Gang, den er an sich so liebte. Er litt unter Schmerzen, seine Hand war auf den Magen gepresst, und doch glühte er vor Triumph. »Sie sehnt sich nach ihrer Tochter, allerdings nicht mit dem Herzen einer gottesfürchtigen, geduldigen Mutter, sondern sie gerät zur Furie, zum Tier. Wozu auch …« Johannes schaute auf seine Hand, auf der ein kleiner Riss und der blaurote Abdruck eines Gebisses zu sehen waren. »Wozu auch der Angriff passt. Ich frage mich, ob sie noch Herrin ihres eigenen Willens ist.«

Du hättest ihm die Zähne in die Kehle schlagen sollen, Nell, dachte Mack. Er saß auf dem Boden in dem Zimmer, das sich unter dem von Nell befand. Die Schnur, die Demetrius so feinsinnig um seinen Hals geschlungen hatte, war mit dem anderen Ende um das Holzbein eines Bettes gebunden, so dass er seinen Kopf keinen Zoll bewegen konnte, ohne sich die Luft abzuschnüren.

»Es ist ein Jammer, dass die Hexe mit dem Kind entkommen konnte, aber wir haben nun auch die Bestätigung, dass es sich bei dem Bastard tatsächlich um ein Mischwesen handelt, dessen Vater dem anderen Reich entstammt. Sonst hätten er und die Hexe kaum versucht, es zu entführen. Sie lieben nur, was von ihrem eigenen verdorbenen Fleisch herrührt.«

»So muss es sein.« Demetrius lächelte Mack an. Ihm war nicht anzusehen, was er dachte. Am See hatte er sich die erste Wut von der Seele geprügelt, aber die Erleichterung war offenbar nicht von Dauer gewesen. Du hast mich angelogen. Und das wirst du büßen. So musste man den freundlichen Blick verstehen.

»Zweifellos war es der Himmel selbst, der euch beigestanden hat. Ich muss euch loben, Demetrius. Es gelingt nicht oft, einen ihrer Art zu fangen.«

Wie standen Johannes und Demetrius zueinander? Nach Ansicht des Inquisitors war es offenbar ein einfaches Dienstverhältnis. Aber wessen Spiel spielten die beiden Weißen? Nachdem Lilith mit dem Kind entflohen war, hatten sie miteinander geflüstert. Und entschieden, ihn endgültig an Johannes auszuliefern. Warum? Mack hatte keine Ahnung und auch nicht viel Lust, darüber zu grübeln.

Nell hasste ihn. Die Tür zu ihrem Gefängnis war offen gewesen, als er mit den beiden Brüdern die Treppe hinaufgekommen war. Lilith hatte ihr gegenübergestanden, und was auch immer sie gerade gesagt hatte, es hatte Nell zu Tode erschreckt. Er hatte sich losgerissen und war, ohne zu wissen, um was es überhaupt ging, zwischen die beiden gesprungen.

Plötzlich hatte Lilith das Kind gegriffen. Allmächtiger, war sie schnell gewesen. Sie hatte es sogar noch fertig gebracht, ihn zu küssen, als sie an ihm und den Zwillingen vorbeistürmte. Nell wollte ihr nachsetzen, aber Demetrius hatte sie gepackt. Georg stürzte sich auf Mack und zog an der Schnur und das Letzte, an das Mack sich erinnern konnte, bevor er die Besinnung verlor, war Nells wahnsinniges Geschrei gewesen, mit dem sie ihn beschimpfte. *Dein Stein ... DEIN STEIN ... DEINE ...* Sie ist nicht meine Liebste, Nell. Sie ist es nie gewesen. Habe ich je eine andere geliebt als dich?

Mack blickte auf, als Johannes plötzlich ein Stöhnen von sich gab. Der schwarze Mann stürmte, beide Hände an den Bauch gepresst, an ihm vorbei und zur Tür hinaus. Demetrius lächelte dünn.

94

Es dauerte lange, ehe der Inquisitor zurückkehrte. Sein Mantel roch nach Kot und er war schneeweiß im Gesicht. Er richtete seine Worte an Demetrius, aber seine Blicke waren die ganze Zeit auf Mack gerichtet. In seinen Augen loderte eine verkniffene Wut, die die Qualen verriet, die er im Abort ausgestanden haben musste, und die Demütigung, die ihm sein Zustand bereitete. »Werft die Dienerschaft aus der Küche. Verbietet ihr, sie zu betreten, bis ich es wieder erlaube. Schafft den Wechselbalg hinein und wartet auf mich.«

»Ihr wollt ihn verhören?«, fragte Demetrius.

»Nein.«

»Was dann, Herr?«

Die Küche war ein mittelgroßer Raum, der zu zwei Dritteln in die Erde gebaut war, so dass er im Sommer Kühle bot und außerdem durch die oben an der Wand liegenden Fensterchen einen direkten Zugang nach draußen besaß, durch den der Rauch abziehen konnte.

Die aus roten Steinen gemauerte Kochstelle befand sich in der Mitte des Raums. Ein Feuer flackerte auf der ebenen Fläche. Ein kleines, aber intensives Feuer, das sich auf einen langen Tanz freute. Offenbar hatte man ein Schwein kochen und braten wollen. Die Schlachtteile lagen bereits zerlegt in Körben, auf dem Tisch grinste der Kopf. In einem Topf, der an einer gezackten Eisenstange hing, köchelte Wasser.

Demetrius versetzte Mack einen Stoß, der ihn neben den Herd beförderte. »Du hättest uns den Stein geben sollen«, sagte er, während er sich nach einem geeigneten Möbel umsah, an dem er seine großartige Erfindung, die Halsschlinge, befestigen konnte. Es gab nichts. Die wenigen Regale standen wacklig an der Wand. Der Hocker, einziges Sitzmöbel im Raum, schien ihm nicht solide genug. Die Tischplatte war auf einen gemauerten Sockel aufgelegt. Georg zog an einem gebogenen

Nagel, der als Lampenhalter diente, aber der saß zu hoch an der Wand.

»Er denkt, du hast ihm Würmer in die Eingeweide gehext. Bist du zu blöd, um zu wissen, was er mit dir anstellen …? Verschwinde!«, fauchte Demetrius einen Burschen an, der mit einem Wassereimer zur Tür hereinkam. Der Mann blieb entgeistert stehen, starrte erst ihn und dann Mack an, ließ den Eimer fallen und machte sich hasenherzig davon. Eine Lache breitete sich über dem Boden aus und schwemmte Stroh gegen Macks Bein. »Du hast einen Sohn. Willst du ihn nicht wieder sehen?«

»Es ist ein Mädchen«, erklärte der tumbe Georg.

»Willst du deine Tochter nicht wieder sehen?« Demetrius kniff wütend die Schlitzaugen zusammen, als er den Schritt des Inquisitors oben auf der Treppe vernahm. Er hob seine Hand und hielt Mack die verkrüppelten Finger vor die Augen. »Lohnt sich das? Lohnt sich dafür irgendetwas? Du hast den Stein ohnehin verloren. Ich könnte dich retten. Jetzt noch. Wenn du ihn mir gibst.«

»Ich habe ihn nicht.«

»Sie ist ein Molch«, sagte Georg.

Demetrius starrte seinen Bruder verwirrt an.

»Und schön. Sehr schön«, sagte Georg.

Johannes wurde aufgehalten. Der Herr der Küche hatte ihn erspäht und tuschelte entrüstet von den Fremden, die ihn aus seinem Reich verjagt hatten. Und das Schwein … und die Kessel … Der Inquisitor schnauzte ihn an.

»Sie ist schön, aber sie ist kein Molch«, sagte Demetrius. Er betonte jedes Wort und schaute seinen Bruder dabei aufmerksam und viel geduldiger, als Mack es erwartet hatte, an.

»Schneller als ein Molch. Schneller als irgendwas auf Erden, als jedes andere Tier«, flüsterte Georg. Seine Augen, die trotz der tiefen Farbe zerbrechlich wie buntes Glas wirkten, blickten durch die Wände. Ein Lächeln lag auf seinen groben Zügen. Es verschwand, als sich mit einem Poltern der Inquisitor ankündigte. »Und der da ...«, er deutete rasch mit einem Nicken auf Mack, »ist wie sie geschaffen. Dieselbe Gestalt, dasselbe Herz. Wir müssen uns hüten.«

»Jawohl, das müsst ihr.« Johannes bückte sich unter dem Türholm hindurch. Seine Schmerzen schienen wieder schlimmer geworden zu sein. Er sah wütend und ungeduldig aus. Er kniete neben Mack nieder und fasste um seine Kehle, ohne sich um die Wasserlache zu kümmern. »Du wirst sterben, das weißt du, du ... Bastard aus Dreck und Bosheit. Aber zuvor wirst du die Rätsel deines Reiches preisgeben. Die Pläne deines Meisters, eure Geheimnisse, Listen, die Intrigen, mit denen ihr auf Erden Unheil ...«

Listen und Intrigen, ja, Nell. Wir waren glücklich. Wir wollten nichts als unsere Ruhe ... Das ist das einzige Geheimnis. Und ich könnte es ihm hundert Jahre erklären, ohne es ihm begreiflich zu machen.

Die Schnur baumelte lose an Macks Hals. Das bedeutete keine Freiheit. Macks Hände waren immer noch gefesselt und sein linker Arme völlig taub, weil das Blut nicht fließen konnte. Aber er konnte den rechten Arm und den Rest seines Körpers gebrauchen.

Die Schmähungen des Inquisitors prasselten auf ihn herab. *Wir waren glücklich, Nell,* dachte Mack und merkte, wie Zorn gleich einem Kälteschauer über seine Haut rieselte. Der Gedanke, dass Nell sich im selben Haus befand, dass sie zu Tode unglücklich war, dass sie ihn wahrscheinlich mit jedem Wort, das ihr über die Lippen kam, verfluchte, war unerträglich. Und der Mann, der ihnen das angetan hatte, machte sich an seiner Kehle zu schaffen.

Mack drehte ein wenig den Kopf. Es bedurfte keiner Listen und Intrigen. Er brauchte nur etwas Kraft. Und er musste schnell sein. Er stieß dem Inquisitor das Knie in die Seite, wand in dem Moment, in dem der Mann von ihm abließ, die Beine um den dürren Körper und schaffte es, die gefesselten Hände über Johannes' Kopf zu schieben, ehe Demetrius reagieren konnte. Seine Handgelenke drückten den faltigen Hähnchenhals. Ihn ekelte. Dieser Hals war wie ein schmales, biegsames Rohr mit dem Adamsapfel als Beule darauf.

Der Inquisitor versuchte entsetzt, sich zu befreien, brachte aber nicht mehr als ein Strampeln zustande. Mack roch seine Angst. Es war nicht leicht, die Beule vor den Arm zu bekommen. Es war … es war nicht leicht. Demetrius schob einen Stock zwischen seine Handgelenke und versuchte, sie auseinander zu biegen. Es war nicht …

O Nell, ich hasse ihn so.

Etwas Hartes traf auf Macks Nacken und dann auf seine Beine. Es war … Es war unmöglich. Der Stock schaffte, was der Inquisitor nicht fertig brachte. Macks Arm wurde gebogen, bis er fast brach. Johannes entschlüpfte mit einem tierischen Krächzen der Falle. Mack konnte sein Gesicht sehen, die Vogelaugen sonderten Tränen ab. Johannes versuchte so krampfhaft zu schlucken, als wäre sein Hals eingebeult. Es dauerte, bis er wieder ungehindert atmen konnte. Aber ihm schien nicht ernsthaft etwas geschehen zu sein.

Mack wurde schlecht vor Enttäuschung. Demetrius schob sich vor den Inquisitor. Er hielt den Stock in den Händen, mit dem er Macks Arm beiseite gebogen hatte, und sah aus, als wäre er nur allzu willig, ihn auch noch für einen saftigen Schlag zu benutzen. *Ich hasse sie alle, Nell …*

Johannes kam auf die Füße und drängte seinen Handlanger beiseite. Er wuchs und wurde riesig. Gott, gib mir diesen Hals noch einmal zwischen die Hände, dachte Mack.

Er sah, wie der Inquisitor nach einem der brennenden Holzscheite griff.

12. Kapitel

Es schrie.

Angela wirbelte aufgeregt durch die baufällige Hütte, die ihr von der Herrin zum Schlafen zugewiesen worden war. Die Hütte stand weit weg vom Haus und man wurde nass, wenn es regnete und man rübermusste, um die sieben Dinge zu tun. Die Strohschütte wurde auch nass, und das war eklig, weil es dann stank. Aber alles zusammen war nicht so schlimm wie das Geschrei.

Angela kniete sich neben das Kind und starrte auf den Topf, aus dem sie ihm Brei gefüttert hatte. Sie hatte reichlich gegeben, denn sie wollte nichts verkehrt machen. Den ersten Bissen hatte das Kind geschluckt, aber dann hatte es mit den Armen und Beinen gezappelt und je mehr Angela gestopft hatte, umso schlimmer war es mit der Zappelei geworden. Am Ende war der Napf leer gewesen und das Kind völlig mit Brei verschmiert und es schrie immer noch …

Angela fuhr mit dem Finger über den klebrigen Kinderbauch und schob sich die verschmähten Breireste in den Mund. Das Kind verstummte. Es schaute sie an. Es hatte so große Augen wie ein Hund. Angela schwoll das Herz und sie nahm das Kind auf. Ungeschickt wiegte sie es in den Armen. »Ej, Giulio.«

Dem Kind gefiel es, geschaukelt zu werden. Wenn Pater Cristoforo kam, konnte man ihm zeigen, dass Giulio glücklich war. Der würde staunen. Er würde endlich sehen …

Das Geschrei begann von neuem.

Sie brauchten immer wieder was. Wenn sie schreien, brauchen sie Brei, hatte Pater Cristoforo gesagt. Aber es gab keinen

Brei mehr. Angela ließ das Kind von ihrem Schoß rollen. Sie leckte ihre Hand ab. Sie hatte Hunger. Und es gab erst Essen, wenn die sieben Dinge erledigt waren. Und Roberto kochte das Schwein und man konnte den Abfall nicht rausbringen, und wenn man den Abfall nicht rausbrachte …

»Sei still!«, brüllte sie das Kind an.

13. Kapitel

Es war hübsch warm.

Johannes hatte mit dem brennenden Scheit nicht zugeschlagen, obwohl Mack hätte schwören können, dass dies sein erster Gedanke gewesen war. Stattdessen hatte er ein kleines Kunstwerk gebaut. Er hatte sämtliches Holz unter der Mulde des Herdes hervorgekramt und damit einen Ring um Mack gezogen, in Form eines stilisierten Pentagramms.

Das hält ihn fest, Demetrius, ich kenne mich aus.

Vielleicht war es auch kein Pentagramm, sondern ein christliches Symbol, das Mack nicht kannte.

Sie fürchten das Feuer. Schwert und Hanf töten nur ihren Leib, den sie neu erschaffen können, sooft sie wollen, aber im Feuer verbrennt ihre teuflische Seele.

Sie – wer soll das denn sein?, hatte Demetrius misstrauisch gefragt und zugeschaut, während Johannes Scheit um Scheit umständlich in Brand setzte. Als das Wort Wechselbalg fiel, hatte der Weiße angeekelt das Gesicht verzogen. Sein Blick war zu seinem Bruder gewandert, der aber wieder mit diesem Blödengesicht ins Leere stierte. Dann hatte er vorsichtig einen der brennenden Scheite so dicht neben Macks Hüfte geschoben, dass der Hosenstoff sich erhitzte.

Mack hatte sich nicht gerührt und er hatte nach einer Zeit des Wartens den Scheit enttäuscht wieder entfernt.

Aber nun waren sie fort, sie hatten die Tür mit einem dicken Vorhängeschloss verriegelt und ihn und das Feuer allein gelassen, um ihren Geschäften nachzugehen, die bei Johannes vermutlich wieder aus zahllosen Gängen zum Abort bestanden. Sie hätten gut daran getan, ihm vorher ein wenig Wasser zu geben. Er hatte nicht getrunken seit … er konnte sich nicht besinnen. Verdammter Durst. Auch wenn er es nicht gern zugab: Er hatte Angst davor. Dürsten war … war eine Qual besonderer Art, nicht nur wegen des Schmerzes und des Verlangens, sondern auch weil es mit diesen seltsamen Veränderungen einherging, die machten, dass sich Wirklichkeit und Wahn miteinander verwoben.

… FRESSEN … zischelte das Feuer.

Und das war die zweite Sache. Gunther hätte gesagt: Nur ein Idiot oder ein Verzweifelter stürzt sich in einen Kampf mit mehreren Gegnern zugleich. Ich hab's mir wenigstens nicht ausgesucht, dachte Mack grimmig. Er versuchte wegzuhören und an etwas anderes zu denken. An die Ziege, die irgendwo draußen gegen irgendetwas protestierte. Vielleicht ärgerte sie sich über ein Büschel Gras, das hinter ihrem Zaun lockte und das sie nicht erreichen …

… FRESSEN … Das Holz war nicht trocken genug, es schmeckte zäh. Es schmeckte …

Nach gar nichts. Ein Feuer in Form eines Pentagramms, das Holz in Asche verwandelte. *Ich lass mir keine Angst einjagen, Nell. Solange es mich nicht berührt, bin ich sicher. Das weiß ich. Ich habe Durst, aber keine Angst.*

Mack legte die Stirn auf die Knie. Allmächtiger, dachte er, lass Johannes nicht auf den Gedanken kommen, Nell zu quälen, um mich weich zu kochen.

Diesen Gegner lädst du dir selbst ins Haus, meinte er Gunthers Stimme zu hören. Noch hatte niemand über Nell gesprochen. Sie war eine ehrbare Frau. Der Inquisitor hatte sie bis jetzt nicht angetastet, er würde es auch in Zukunft nicht tun. Und Nell hasst mich auch nicht, dachte Mack, während er sich bemühte, das gierige Wispern der Flammen zu überhören. Sie würde verstehen, dass er, genau wie sie selbst, Liliths Tun abscheulich fand. Sie hatten die letzten Monate Gelegenheit gehabt, einander kennen zu lernen. Sie wusste, dass er sich das Herz aus dem Leibe reißen würde, um sie glücklich zu machen. Und deshalb würde sie ihm verzeihen. Es sei denn …

Mack hatte es bis jetzt vermieden, an Felicita zu denken. Lilith hatte das Kind geraubt, weil sie enttäuscht gewesen war, weil sie es als ihre letzte Möglichkeit gesehen hatte, Nell eins auszuwischen. Was würde sie mit dem Kind anfangen, wenn sie wieder zu Verstand kam? Es an Johannes ausliefern? Mack wurde das Herz schwer und gleichzeitig machte es ihn rasend, an das Kind zu denken, dessen Schicksal von so vielen Unabwägbarkeiten abhing.

Nur mit vier Gegnern? Warum suchst du dir nicht fünf oder sechs oder sieben, wenn dir langweilig ist?, verlangte Gunther zu wissen.

Das Feuer lauschte. Der winzige Verstand der Flammen reichte nicht aus, um irgendeine Emotion zu begreifen, die sich mit anderem als Fressen und Vernichten befasste, aber es spürte ein Gefühl und unterbrach das gelangweilte Nagen am Holz.

Ich muss trinken. Ich werde verrückt. Warum denken sie nie daran, dass der Mensch trinken muss?

Das Schloss knarrte. Lilith kam. Nein, Lilith trug das Kind durch die Lüfte …

Lilith hatte derbe Schuhe an und ihre Waden waren schwarz behaart.

Mack riss sich zusammen, er hob den Kopf, was geradezu lächerlich anstrengend war. Er hatte keine Ahnung, wie viel Zeit vergangen war und ob inzwischen Dinge geschehen waren, die er einfach wieder vergessen hatte.

»Willst du was trinken?«

Er nickte. Er sah zu, wie Demetrius zum Herd ging und mit einer Kelle Wasser aus dem Kessel schöpfte, der darüber hing. So einfach war das also. Das Wasser hatte sich die ganze Zeit in Reichweite befunden. Und hatte er das nicht gewusst? Hatte er es nicht köcheln sehen, als man ihn in die Küche hinabgebracht hatte?

»Komm«, sagte Demetrius. Er blieb vor der Feuerbarriere stehen.

»Was?«

»Du sollst …«

Mack schüttelte den Kopf.

Der Chamäleonmann blickte auf seine Beine. »Gebrochen?«

»Nein.«

»Dann komm.« Demetrius wartete einen Moment. Als Mack sich nicht rührte, kippte er das Wasser aus. Er verzog dabei das Gesicht, als hätte er auf etwas Angefaultes gebissen. Das Wasser rann zwischen die brennenden Hölzer, aber es erreichte nicht das Innere des Pentagramms. Die Flammen leckten es wütend auf.

»Er ist krank. Er will, dass wir aus dir einen Gegenzauber herauspressen, der die Qualen in seinen Eingeweiden beendet.«

»Lass ihn Nadeln schlucken.«

»Ich könnte dir immer noch heraushelfen.«

Mack ließ den Kopf wieder auf die Knie sinken.

»Dann verdurste«, sagte Demetrius. Er warf die Kelle gegen die Wand.

Das Feuer hatte das Holz mürbe gekaut. Mit dem Schlagen der Tür fielen zwei Scheite auseinander. Im Pentagramm entstand eine Bresche. Nicht viel, vielleicht ein halber Fuß, aber eine Bresche.

Mack fuhr sich erneut mit der Zunge über die ausgetrockneten Lippen. Mühsam erhob er sich, knickte aber sofort wieder ein. Er machte einen zweiten und dritten Versuch, und als er endlich auf den Füßen stand, war er bis aufs Hemd verschwitzt. Seltsam, dass noch so viel Wasser in ihm gewesen war.

Die Flammen züngelten nach ihm, als er sich durch die Lücke zwängte, aber entweder sie oder er selbst waren zu müde, als dass er es als Bedrohung empfunden hätte.

Mack stürzte sich auf den Kessel. Ihm war schwindlig und er musste sich abstützen, weil seine Beine vergessen hatten, wie sie ihren Dienst versehen mussten. Er hatte nicht die Kraft, den Kessel mit den gefesselten Händen abzunehmen, aber er konnte ihn so drehen, dass ihm das Nass entgegenstürzte. Allmächtiger, tat das gut. Tat das gut.

Demetrius musste ihn von irgendwoher beobachtet haben. Oder er hatte hinter der Tür gehorcht. Jedenfalls drehte sich der Schüssel, noch während Mack das köstliche Wasser trank und es an sich herablaufen ließ. Mack beeilte sich, aber sein Quälgeist schien nicht die Absicht zu haben, ihn zu stören. Endlich, als nichts mehr ging, wischte er sich das Kinn ab und drehte sich um.

»Hier steckst du also. Und das ist besser als tot. Allah sei gedankt. Denn damit hatte ich eigentlich gerechnet. Dass du tot bist.«

»Und ich hatte gedacht, dass du mit dem Stein über alle Berge bist.« Mack gab es auf, seine heldenhafte Pose bewahren zu wollen. Er ließ sich vorsichtig auf den Boden gleiten. Seine Beine waren nicht gebrochen, bloß geprellt. Ein paar Tage und er würde wieder laufen können wie ein Hase. Ihm war nur übel von dem Wasser.

Jāqūt, der Muselmann, schloss umsichtig die Tür hinter sich

zu. »Tsss«, machte er. »Ich war am Fenster. Ich habe alles gesehen: Wie der Kerl dich bedroht hat, wie du auf ihn los bist und wie sie auf dich eingedroschen haben und … ich gebe zu, ich habe mich geschämt, dass ich dir nicht beigestanden habe. Aber sie waren zu dritt. Und auch wenn es nur einer gewesen wäre: Ich bin kein Krieger.«

»Das sind Diebe selten.«

»Und ich bin auch kein … Ich weiß nicht, wie viel Zeit wir haben. Der Kirgise ist fortgeritten. Der eine, der Verstand im Kopf hat. Der Teufel, der ihn führt, allein mag wissen, was er vorhat. Aber der andere sitzt vor dem Zimmer des Inquisitors. Ich hatte gehofft …«

»Es sind Kirgisen?«

»Man hört es an der Art, wie sie sprechen«, meinte Jāqūt von oben herab. »Ein Geograph bekommt ein Ohr dafür, wenn er nämlich die Länder bereist, in denen …«

»Du bist auch kein Geograph.«

»Geograph … Dieb … Als Allah die Tiere schuf, gab er ihnen Namen und siehe, alles war gut. Du bist nicht der Allmächtige, hör auf, ihn nachzuäffen.«

Die Zunge schwoll ab, wenigstens kam es Mack so vor. Er hätte schon wieder trinken können und er musste sich zwingen, nicht zum Kessel zu schielen. »Du hast den Stein. Warum bist du gekommen?«

»So reden die Ungläubigen«, sagte Jāqūt vorwurfsvoll.

»Dann bist du also gekommen, weil du mich ins Herz geschlossen hast! Wunderbar. Hilf mir.«

»Ich bin gekommen …«

»Siehst du.«

»… weil mir dein Schicksal sehr wohl am Herzen liegt, du quäkender Unruhegeist. Aber auch, weil ich eine Bitte an dich habe.«

»Hol den Kessel runter.«

Jāqūt starrte ihn an, dann nickte er mitleidig und beeilte sich, dem Wunsch zu entsprechen. Er half Mack zu trinken.

»Du könntest auch meine Hände losbinden.«

Diesen Wunsch ignorierte Jāqūt. »Ich habe meine Heimat Bagdad verlassen, Mack, Sohn des Windes, weil ich ein Buch verfassen will, zum Preise Allahs, des Offenbarers aller Wohltaten. Ein Buch vom Bild der Erde, in dem ich die Städte, Landstriche, Meere und Flüsse darstellen will. Ich habe bereits eine Karte gezeichnet, in der die sieben Klimata und die gesamte vom Umfassungsmeer eingeschlossene Erde zu sehen ist, und nun habe ich mich aufgemacht ...«

»Die Kirgisen werden nicht ewig unterwegs sein. Mach's kurz.«

»Auf meinen Reisen habe ich ein ... ein Mädchen getroffen.«

»Ein Mädchen!« Mack schwieg verblüfft.

»Leilah, die Blume von Fāris. Die Kerze, die meine Seele erleuchtete. Das Feuer, das mein frierendes Gemüt wärmte und mir in den Stunden, in denen die Nacht am finstersten ...«

»Was ist mit ihr?«

»Lehren eure Mütter euch nicht, einander aussprechen zu lassen? Sie ist tot.«

»Das tut mir Leid«, sagte Mack. Er meinte es ehrlich. Der Kummer des seltsamen Muselmanns war deutlich zu spüren und Mack fühlte sich zum ersten Mal in seiner Gegenwart verlegen.

»Johannes hat sie getötet. Und du wirst sie rächen. Und dafür bekommst du den Stein zurück.«

»Das ... war jetzt sehr kurz.«

»Und? Was sagst du?«

Mack schüttelte den Kopf. Er blickte auf seine gebundenen Handgelenke, in die sich bei seinem Versuch, Johannes zu erwürgen, der Strick gefressen hatte. Der Stummel des kleinen

Fingers an seiner rechten Hand war vernarbt, aber er erinnerte ihn daran, dass er beileibe kein Kämpfer war.

»Sie starb in einem Feuer vor den Toren der Stadt Cividale. Und ihr einziges Verbrechen bestand darin, schön zu sein.«

»Johannes hasst schöne Frauen.«

»Vor allem solche, die fremd aussehen. Willst du eine Weisheit hören, Mack? Das eine, was die Menschen in Sigistān, im Irak und Transoxanien und wie die Länder alle heißen, verbindet, ist die Furcht vor dem Fremden. In ihrer Angst werden sie einander gleich. Steht nicht geschrieben, dass wir alle von Adam und Eva stammen?«

»Johannes fürchtet das Fremde nicht. Er jagt ihm hinterher.«

»Tötest du ihn?«

Mack zuckte zusammen, als er ein Poltern oben im Haus hörte. Er horchte, aber offenbar war nur etwas umgefallen.

»Ich selber kann nicht töten. Ich kann's einfach nicht. Ich bin nicht der Mensch dafür, verstehst du? Vielleicht könnte ich es doch, aber … Ich bin dem Inquisitor gefolgt, ich habe ihn belauscht, ich war ihm auf den Fersen, doch ich konnte ihn nicht töten. Dann habe ich ihn von dem Wechselbalg reden hören, der einen Zauberstein versteckt. Und ich dachte mir, wenn ich dich finde und überrede … Du hast doch bereits Blut an den Händen. Kein Vorwurf, Freund. Der eine ist so und der andere so. Tu es für mich. Tu es für dein Mädchen, das dieses Ungeheuer im Kaftan … Ich habe sie gesehen.«

»Hast du nicht. Nell ist oben eingesperrt.«

Jāqūt zupfte an seinem schwarzen Schnurrbart. »Vielleicht stimmt es. Vielleicht auch nicht. Erzähl mir von deinem Gesang.«

»Was?«

»Mit dem du machen kannst, dass jemand sich am Balken erhängt. Oder mit einer Katze …«

»Jāqūt, was weißt du über …«

»Das wäre lustig. Der Grausame in Umarmung mit einem Kater. Vielleicht brächte ihn das selbst ins Feuer. Auf jeden Fall wäre das eine angemessene Rache.« Der Muselmann lachte sein schnarrendes Lachen. »Du bist ein Zauberer, Mack. Ich habe gesehen, wie du von Dächern fliegst. Der Mönch jagt dich, als gäbe es keine kostbarere Beute für seine Sammlung widernatürlicher Kreaturen. Du sagst, du kennst einen weiteren Zauber, mit dem du …«

»Nein.«

»Du meinst … nein?«

»Du hast Nell nicht gesehen. Du sagst das nur.«

Oben im Haus knallte eine Tür. Der Muselmann hob den Kopf und zum ersten Mal wirkte er nervös.

»Hast du mit ihr gesprochen?«

»Nein … ja.«

»Verflucht, warum quälst du …«

»Ich muss fort, Mack. Es wird mir zu brenzlig. Der Inquisitor hat mein Mädchen ermordet und deinem das Herz vergiftet, was fast dasselbe ist. Er wird dich aufsuchen. Es kann doch nicht so schwer sein. Du singst ihm dein zauberisches Lied und bringst ihn dazu, sich an einem Balken … Hast du mich angelogen? Du kennst gar keine Zauberlieder.«

»Nell! Sag, was mit Nell ist.«

Der Muselmann zog die Brauen zusammen und schüttelte den Kopf. »Sie ist geflohen. Das sollte dich glücklich stimmen und ich sehe, du bist auch glücklich. Ihren Häschern durch die Hände wie eine Fliege. Aber davon abgesehen – schlag sie dir aus dem Kopf.«

»Warum?«

Jāqūt warf einen gehetzten Blick zur Tür. »Ich könnte dich mitnehmen und du wirst mich hassen, weil ich es nicht tue – aber ich weiß, du würdest mir entwischen, sobald wir drau-

ßen wären. Wirf deinen Liedzauber über ihn. Ich schwöre
dir ...«

»Warum soll ich sie mir aus dem Kopf schlagen? Jāqūt, bitte.«

»Sie sucht ihr Kind und ... Sie ist nicht gut auf dich zu
sprechen. Ich hab sie gesehen, als sie in die Felder floh. Und
ich habe ihr Gesicht gesehen, als sie sich nach diesem Haus
umschaute. Er hat ihr Hass gegen dich in die Seele gepflanzt,
der schwarze Mönch und Verderber. Denk daran, wenn er
kommt.«

14. Kapitel

Das Weib war fort. Nell hatte das Haus am Abend ihrer Flucht und am nächsten Morgen von einem Kornfeld aus beobachtet. Sie hatte sich überlegt, dass Lilith sich möglicherweise von Macks Kerker nicht losreißen konnte und dass sie irgendwann wieder auftauchen würde, für einen Rettungsversuch. Und dann hätte man … ja was? Sich auf sie stürzen können?

Ich hätte herausbekommen, Engelchen, wo sie dich versteckt hat. Ich hätte dieser Hexe den schönen Hals zugedrückt, bis sie darum gebettelt hätte, dich zurückzugeben. Ich hätte sie nicht geschont.

Nells Blick schweifte zu den Fenstern, hinter denen sie Mack vermutete. Also zu allen Fenstern außer denen ihres eigenen Gefängnisses, denn sie kannte sich im Haus nicht aus. Sicher war, dass Johannes es seinem Gefangenen nicht bequem machen würde.

Wartete Mack auf Hilfe? Ihr schnürte sich die Kehle zu und gleichzeitig wurde sie wütend … und traurig … und … Mack hatte selbst Schuld. Er und sein Stein – sie waren der Grund für all das Entsetzliche, was ihnen geschah. Oh, er tat so, als mache er sich nichts aus dem Teufelsding, aber sie hatte ihn beobachtet, als er es vergrub, mit dieser Sorgfalt, die man nur für Dinge aufbringt, die einem ans Herz gewachsen sind. Er hatte seine Liebe zu ihr gegen seine Besessenheit für den Stein abgewogen und es war klar, wer dabei gewonnen hatte. Verfluchter, dreimal verfluchter Stein!

Nell presste die Hand auf ihr Herz, weil es so heftig klopfte. Sie wusste, dass der Stein gegen sie war. Sie hatte ihn einmal heimlich an sich genommen und ihn betrachtet. Und seitdem war ihr klar, dass er sie … verachtete. Die hässliche, ungeschickte Nell, der alles, was sie unternahm, missglückte. Natürlich verachtete er sie. Und? Sie hatte niemals behauptet, eine Schönheit zu sein oder irgendetwas Besonderes. Fahr zur Hölle, Mack!

Nell erhob sich. Ihre Beine waren vom langen Knien taub. Es war ein Fehler gewesen, hier auszuharren. Macks Hure … Sie erstarrte – und ließ sich wieder zu Boden fallen, als sich die Haustür öffnete. Sie ärgerte sich über ihre eigene Unvorsichtigkeit. War sie gerade eben von unten aus zu sehen gewesen?

Erleichtert atmete sie auf, als sie eine Magd ins Sonnenlicht treten sah. Die Frau schleppte einen Eimer. Sie sah mürrisch aus und trat die Tür mit dem Fuß in den Rahmen zurück. Sofort blickte sie sich um, als hätte sie Angst, bei etwas Verbotenem ertappt zu werden. Dann grinste sie. Sie trat den Weg hinunter zum Dorf an.

Nell wollte sie schon in einen hinteren Winkel ihres Gedächtnisses verbannen, als ihr eine Idee kam. Rasch erhob sie sich. Sie musste einen Bogen schlagen und beinahe fliegen, um die Frau zu erreichen, ohne in Sichtweite des Hauses zu kommen. Einen Moment, als ein Wäldchen die Sicht auf die Straße versperrte, hatte sie Angst, sie verloren zu haben, aber als die ersten Dorfhütten auftauchten, war auch das Weib wieder da. Es schlenkerte den Eimer wie ein Kind. Nell rannte, aber sie erreichte die Frau erst, als sie schon mitten im Dorf und im Anmarsch auf den Brunnen war.

»Einen schönen Tag.«

Die Magd zuckte zusammen. Sie blickte an Nell vorbei, als könne sie sie dadurch zum Verschwinden bringen.

»Ich suche jemanden. Ich meine, vielleicht …« Halt, noch einmal von vorn. »Du kommst doch aus dem Haus dort oben.«

112

»Weiß nicht.«

»Ein schönes Haus. Wie von edlen Herrschaften. Muss Freude machen, dort zu arbeiten.«

Die Frau rümpfte die Nase. Sie hatte das Falsche gesagt. Nell spürte, dass das Weib sie nicht mochte. Es hatte keinen Sinn, nach gefälligen Worten zu suchen.

»Gestern war dort einiges los. Eine Frau ist mit einem Säugling davongelaufen.«

Die Magd setzte ihren Eimer ab und begann die Brunnenkurbel zu bewegen.

»Dieses Schleiertuch, wenn du mir verrätst, in welche Richtung sie gegangen ist.« Das war plump, aber es zeigte Wirkung. Die Magd schielte zu dem Tuch, das Nell sich vom Kopf gezogen hatte.

»Hast du überhaupt etwas gesehen?«

»Von der Frau?«

»Ja, ja doch.«

»Weiß nicht.«

»Dann … denk nach!«

»Mit was Kleinem.«

»Genau, mit einem Kind, mit einem winzigen Säug…«

»Hab ich schon gesehen.«

Nell holte tief Luft. »Wohin ist sie gelaufen?«

»Da!« Die Magd streckte die Hand nach Süden aus, dorthin, wo Nell die Stadt Mailand vermutete.

»An der Kirche vorbei?«

»Muss noch Abfälle aus der Küche holen.« Die Frau griff nach dem Tuch.

Nell gab es ihr. Sie glaubte nicht, dass die Mürrische wirklich etwas gesehen hatte. Sie hatte gesagt, was ihr in den Kopf gekommen war, weil sie den Schleier haben wollte. Und nun beeilte sie sich davonzukommen.

Langsam schritt Nell in Richtung Kirche. Der Wind blies.

Unwillkürlich griff sie nach dem Kopf und fasste statt in ihren Schleier in die Haarflechten. Wie ekelhaft. Sie lief herum wie ... wie diese Hure Lilith ...

Ihr stiegen Tränen in die Augen. Wütend wischte sie sie fort. Ihr Haar glänzte nicht, ihr Kinn war zu stark und ihr Mund sah aus wie bei einem Frosch. Aber sie hatte auch nicht vor, mit Lilith in einen Wettstreit zu treten. Sie wollte Felicita zurück. Und dann wollte sie heim.

Die Frau war nicht besonders klug gewesen. Was, wenn sie doch die Wahrheit gesagt hatte? Warum nicht Mailand? Herr im Himmel, man musste etwas unternehmen, man durfte sich nicht lähmen lassen durch die Angst. Liliths Spur wurde mit jeder Stunde kälter.

15. Kapitel

Die Tür war robust. Was hatte der Erbauer des Hauses befürchtet? Dass die Kohlköpfe aus den Körben fliehen könnten? Die Sonne flimmerte durch das Fenster. Was bedeutete, dass es Abend wurde. Mack lehnte sich gegen die Tür, die er bereits so oft malträtiert hatte, dass ihm die Knöchel wehtaten. Es gab keine Aussicht auf Entkommen, denn die Fenster waren zu klein, selbst ein Hund hätte sich nicht hindurchquetschen können. Und die Tür ...

Er lauschte. Narrte ihn sein Gehör? Jemand war im Haus, fünf Menschen, wie er glaubte, denn er hatte fünf verschiedene Arten des Gehens unterschieden. Aber er war sich seiner selbst nicht mehr sicher. Nachdem er seine Ohren stundenlang strapaziert hatte, gaukelte ihm die Erinnerung Schritte vor, auch wenn sie längst verklungen waren.

Doch, es kam jemand. Die Kellertreppe, die sich durch ein besonders penetrantes Schnarren auszeichnete, kündete eine Person an, die es nicht besonders eilig hatte, aber die zu wissen schien, was sie wollte.

Mack holte Luft und trat einige Schritte zurück.

»Das Feuer ist niedergebrannt«, sagte Demetrius, nachdem er die Tür geöffnet hatte. Er konnte sie von innen nicht verschließen, aber sein wölfisches Grinsen zeigte, dass er Macks Gedanken ahnte, und er baute sich wie Zerberus vor der Tür auf.

»Ist Johannes tot?«

Der Kirgise zog eine Braue hoch.

»Ist er also nicht. Er hat die sieben Leben einer Katze exorziert und sie sich einverleibt.«

»Johannes wird sich dir mit Feuereifer …«, Demetrius lächelte über das Wortspiel, »… zuwenden, sobald er sich ein wenig erholt hat. Er ruht. Er schläft zum ersten Mal, seit wir dich gefangen genommen haben.«

»Hoffentlich mit einem Rudel Alben, das ihn durch seine Träume jagt. Was willst du?«

»Setz dich.«

»Ich soll mich setzen?«

»Dort zu den Rüben. Ich habe es gern, wenn zwischen dir und mir ein paar Schritte liegen. Nein, nicht hinter den Herd. Dein Gesicht würde ich schon sehen wollen. Ich mag dich nicht und ich trau dir nicht.«

»Und trotzdem kommst du, mir die Langeweile zu vertreiben.« Mack ließ sich auf dem Boden nieder. Er wunderte sich, dass Demetrius es ihm gleichtat. Der Abendsonnenschein fiel so, dass er Mack blendete, aber den Kirgisen im Schatten versinken ließ. Das konnte kaum Absicht gewesen sein, aber er war sicher, dass es dem Mann mit den schrägen Augen gefiel.

Ein Vogel erschien auf der schrägen Fensterbank. Er pickte etwas auf, vielleicht ein Korn, das vom Wind dorthin geweht worden war, und machte sich wieder davon.

»Der Stein ist nichts für einen wie dich.«

»Ach.«

»Wobei ich nicht einmal genau weiß …« Demetrius brach ab. »Mein Bruder ist ein ungewöhnlicher Mann. Er hat den Tod meines Vaters vorausgesehen, der bei seinen Schafen erschlagen wurde. Er hat die Lanzen des christlichen Heeres gesehen, das kam, unser Dorf niederzumachen, noch bevor die Spitzen über die Hügel traten. Er sieht, dass du nicht bist, was du vorgibst zu sein.«

»So viele Treppen und Stufen, nur um mir zu erklären, was ich selbst wissen müsste, wenn es stimmte?«

»Gib den Stein an den zurück, der ihn besitzen sollte.«

»An den Kaiser.«

»Mein Herr ...« Demetrius ließ wieder Zeit verstreichen. Er sann nach. »Mein Herr kam in das Dorf meiner Kindheit, als die Jurten brannten und der Boden sich vom Blut dunkel färbte. Toktogul, der Bruder meiner Mutter, lag mit gespaltenem Schädel zwischen seinen Ziegen. Ich war ein Knabe. Ich habe mich gefürchtet. Ein Ritter hatte sein Schwert erhoben, um mich zu erschlagen. Aber mein Herr sah es und ... er hob die Hand und ich war gerettet. Er hat mich auf sein Pferd gezogen. Er hat meinem Bruder gewunken, dass er uns folgt. Von da an habe ich ihn geliebt.«

»Als *ich* ihn getroffen habe ...« Mack verstummte. Es reichte, dass alle Welt wusste, wie Friedrich seinen Sohn, den deutschen König Heinrich, vor den Augen der Fürsten in Cividale gedemütigt hatte. Das erbärmliche Schauspiel in der Kammer brauchte der Öffentlichkeit nicht als Nachspeise serviert zu werden.

»Du bist ein Dummkopf. Du weißt nicht, welche Gefahren von dem Stein ausgehen. Du bist wie ein Kind, das mit einem scharfen Messer spielt. Mein Herr dagegen ...« Demetrius fuhr sich mit beiden Händen durchs Haar, er versank erneut in Schweigen.

Die rote Sonne ließ ihr eigenes Feuer brennen. Fettspritzer und Blutreste blitzten auf der Herdplatte wie Edelsteine. Demetrius würde aufstehen und wieder hinaufsteigen in die oberen Zimmer und erst in die Küche zurückkehren, wenn Johannes ihn an seine Seite befahl. Und dann würde es ... mulmig werden. Jāqūt war ein Idiot gewesen zu denken, dass Johannes sich allein zu ihm hinabwagen würde.

Mack lehnte den Kopf zurück, so dass er die Augen öffnen konnte, ohne blinzeln zu müssen. Er starrte an die Decke, die schwarz von den Feuern zahlloser Jahre und klebrig vom fetten Dampf war. Könnte es gelingen, an Demetrius vorbeizukommen? Er überlegte, wie es sein würde, wenn es tatsächlich zu einem Kampf kommen würde, wenn er sterben würde. Und das würde geschehen – wenn man die Verfassung bedachte, in der er sich befand.

Der Vogel, der das Korn gepickt hatte, oder einer seiner Artgenossen, begann aufgeregt vor dem Fenster zu piepsen.

Es gibt nur eines, was ich gut kann, Nell, egal, wie müde ich bin. Nur ist das leider etwas sehr Hässliches. Würde es dich stören, wenn ich in Schmutz tauche, um freizukommen? Ich würde dich so gern sehen, Nell. Ich würde dich … so gern sehen.

Mack räusperte sich und hüstelte, als müsste er seine Stimme von Staub befreien.

Er sang ein Liebeslied, denn er fühlte sich weich und sehnsüchtig. Es wurde ein trauriges Lied. Nell war gegangen. Sie hatte begriffen, dass sie eine Chimäre geliebt hatte. Und was aus dem Wesen – ein bisschen Mensch, ein bisschen irgendwas – wurde, an das sie durch ein missgünstiges Schicksal geraten war, sollte ihr inzwischen gleichgültig sein. Er sang nicht diese Worte, er sang überhaupt keine Worte, und wenn es doch Worte waren, dann in einer Sprache, die er selbst nicht kannte.

Der Vogel fand sich auf dem Sims ein und legte den Kopf schief.

Das Lied war kurz. Und blieb ohne Folgen.

Demetrius erhängte sich nicht an einem Balken. Er schien nicht einmal besonders berührt. Mack sah ihn mit den Fingern auf dem Boden tippen. Wahrscheinlich war er unmusikalisch.

»Und dann müsste ich dir noch etwas sagen«, erklärte er.

»Was?«, fragte Mack.

»Du bist …«

»Ja?«

Der Vogel flatterte davon.

»Was ich meine, ist: Jedes Geschöpf auf Erden wurde erschaffen, und zwar von jenem Allmächtigen, der sieht, was nicht vor Augen ist, und der dabei tiefer blickt als ...«

»Sei nicht grausam. Ich habe einen kleinen Kopf. Da passen keine großen Weisheiten hinein.«

»Still!«, fuhr ihn der Kirgise an. »Du solltest ... Ich glaube, Junge, du solltest Vergebung von deinem Gott erflehen.« Er warf seinem Gegenüber einen misstrauischen Blick zu, als aber keine neuerliche Unverschämtheit kam, fuhr er ernsthaft fort: »Jenseits von Verhören und Verliesen, Strafen und Gerechtigkeit gibt es Barmherzigkeit.«

Zwei Tage ließ Demetrius sich nicht blicken. Das Wasser im Kessel ging bereits am ersten zur Neige, am zweiten war der Boden staubtrocken. Am Abend dieses Tages kam der blöde – oder weitsichtige – Zwilling und schaute durch den Türspalt. Als Mack den Kopf hob, machte er hastig ein Zeichen, kein Kreuz, irgendeine Bewegung vor der Brust, vielleicht einen Abwehrzauber, den er aus der Heimat mitgebracht hatte.

»Ich habe Durst«, sagte Mack so friedfertig, wie ihm möglich war. Die Tür bebte, als sie ins Schloss zurückgezogen wurde. Warum fiel ihnen nur nichts Neues ein? Warum immer Durst?

Demetrius kam am dritten Tag. Es war mittags, jedenfalls schätzte Mack das, denn die Sonne war verschwunden und das Tageslicht ohne Glanz und Wechselspiele.

»Ich habe keine Geduld mehr«, schnauzte er. »Ich brauche den Stein. Deine Spiele strengen mich an und mein Herr ...« Er sah, dass Mack sich erhob, und wurde vorsichtig. »Du bleibst dort drüben, ja? Ich war im Dorf.«

Mack wartete ab.

»Diese Frau, diese Nell, hat sich erkundigt. Nach der schwarzen Hexe, die ihr das Kind ... Bleib, wo du bist, sag ich. Ich erzähle dir ja alles. Zwischen den Frauen herrscht Krieg, das konnte selbst ein Narr erkennen. Keine gute Idee von deiner Nell, der anderen nachzusteigen. Sie bräuchte Hilfe – und das weißt du so gut wie ich. Ich meine, ich verlange doch nicht viel. Hast du keine Seele? Sind dir, verflucht, dein Weib und dein Kind …«

»Hol Johannes.«

»Der Stein ist ein Schatz, der dich ins Verderben führen wird. Hat er doch schon, oder hältst du dich für einen Glückspilz? Er wird … verfluchter …« Demetrius war ein Kämpfer. Er sah Mack kommen und es war, als spüre er seine Bewegungen im Voraus. Er riss das Messer heraus und führte es ohne Skrupel, und wenn er gewollt hätte, dann hätte er Mack nicht nur den Ärmel zerschnitten und den Arm geschrammt, sondern ihn getötet. Er schleuderte Mack zurück und brachte sich rasch auf der anderen Seite der Tür in Sicherheit. Mack hörte das Drehen des Schlüssels. Er raffte sich auf und hämmerte mit den Fäusten gegen die dicken Bretter.

»Du willst raus und du kommst raus. Wenn du nur Vernunft annimmst. Ich warte!«, brüllte Demetrius. »Ich komme heute Abend und morgen früh und morgen Mittag … Es war eine schlechte Idee von deinem Mädchen, nach der Schwarzen zu suchen. Mein Bruder sagt, er fühlt in ihr …«

»Fahrt zur Hölle, du und dein Bruder.« Macks Fäuste sanken nieder. Und du auch, Jāqūt!

Etwas schepperte auf der anderen Seite der Tür. Demetrius musste einen Eimer an die Wand getreten haben. Dann war es still.

Die Nacht wurde lang und war von unheimlichen Wachträumen erfüllt, der üblichen Folge des Durstes: Nell, die Lilith gegenübertrat. *Mein Kind* … Lilith, die lachte. Und über beiden ein weißer Stern, der eigene Ansichten hatte und eigene

Absichten verfolgte. *Der Stein, Mack, du hast ein Versprechen abgegeben.* Mack hörte sich selbst fluchen.

Man kann sich zwingen, wach zu bleiben, wenn man sich vor Albträumen fürchtet, aber was tut man gegen Träume bei geöffneten Augen? Mack inspizierte die Küchenutensilien, die in den Regalen standen, doch schon nach wenigen Augenblicken glitten seine Blicke wieder ins Leere.

Nell machte ihm Vorwürfe. *Mein Kind … Der Stern …* In seinem Kopf drehte sich alles. Er klärte sich erst in dem Moment, als er aufzustehen versuchte und lang hinschlug.

Der Schlüssel drehte sich erneut im Schloss, doch Mack hob nicht einmal den Kopf. Er rührte sich erst, als wieder Wasser auf seine Lippen tropfte.

»Allah sei mein Zeuge, das wollte ich nicht. Ich hätte dem schon vorgestern ein Ende bereitet, das schwöre ich … Aber die Kirgisen – mögen Sie in der Gehenna braten, unter den Heiden und Abtrünnigen vom Glauben – lungern im Haus herum und schwirren durch die Gänge … Trink langsam, mein Freund, oder du wirst die nächsten Stunden verfluchen.«

»Wo sind sie gerade jetzt?«, krächzte Mack, als er merkte, dass ihm die ersehnte Flüssigkeit nur noch zwischen den Mundwinkeln herauslief.

»Der eine ist wieder fort, deshalb konnte ich es wagen, hierher zu kommen. Der Blödian hockt vor der Kammer des Inquisitors und bewacht ihn. Wozu, frage ich dich? Bist du eine Assel, die durch Ritzen …?«

»Nell …«

»Keine Ahnung. Sie ist verschwunden. Du kannst nicht aufstehen, warte. Du kannst …«

Es war gar nicht mehr Nacht. Die Küche war von trübem Licht erfüllt. Gut, lobte sich Mack, nachdem er sich hochgestemmt hatte. Du kannst eben *doch* aufstehen. Du lehnst dich nicht einmal an.

»Hilfst du mir raus, Jāqūt?«

Der Muselmann lächelte schmerzlich. Er kramte ein Messer aus der Tasche seines Rocks und begann damit, Macks Fesseln zu durchsäbeln. »Allah weiß, dass ich dir Unrecht angetan habe. Ich kann nicht lange bleiben, Freund. Ich bin kein mutiger Mann. Ich habe auch vor dem Dummkopf Angst. Aber ich werde die Tür offen stehen lassen. Vielleicht wirst du ebenfalls fliehen und dann ist es Allahs Wille, oder du denkst an das, was der Hund im schwarzen Rock dir angetan hat. Er liegt in seinem Zimmer, er ist krank. Ich weiß es, denn der Mann, der für ihn kocht …«

»Geh, Jāqūt.«

»Bist du zornig auf mich? Ich bin kein schlechter Mensch …«

»Geh.«

Das mit dem Stehen war eine feine Demonstration gewesen, aber nachdem Jāqūt die Küche verlassen hatte, sackte Mack auf die Fliesen zurück. Er wartete, während die Dämmerung sich zu sattem Tageslicht ausweitete. Er trank und zwang sich, einige getrocknete Bohnen zu kauen, die er vorher wegen der ausgedörrten Kehle nicht herunterbekommen hatte. Endlich stand er auf. Die Tür schwang auf, sobald er dagegen stieß. Mit den Händen an der Mauer erklomm Mack die Treppe. Durch die Haustür fiel Sonnenlicht und er starrte auf die mit Goldglanz überzogenen Dielenbretter. Er wollte hinaus – und wollte es doch nicht. Er kam sich vor wie in einem seiner Durstträume, nur dass der Boden hart und der Putz an den Wänden rau war.

Er wandte sich von der Tür ab und erklomm die Treppe, ohne ein Geräusch zu machen, und auch das erinnerte an die Durstträume, nur dass Mack niemals ein Geräusch machte, wenn er es vermeiden wollte. *Mit einer abnormen Gelenkigkeit der Glieder – Ihr hattet Recht, mein König, und ich glaube, Ihr habt es gewusst.*

Georg saß auf einem Schemel vor der Tür, die in das Zimmer des Inquisitors führte. Sein Kopf war nach vorn gesackt und neigte sich den Armen entgegen, die schlaff auf den Oberschenkeln lagen. Mack beobachtete das Heben und Senken seines Brustkorbs. Dann sah er sich nach etwas Schwerem um. Er erblickte einen zweiten Schemel in einer Ecke unter der Treppensteige, holte ihn herbei und schlug ihn dem Wächter des Inquisitors über den Schädel. Dass es hierbei Geräusche gab, ließ sich nicht vermeiden. Ein erstes, als die Holzplatte auf Georg niedersauste, das zweite, als der schwere Mann zu Boden plumpste.

Mack sah, wie sich das schwarze Haar rot färbte, und er dachte an den Mann im Turm. Tat ihm sein Morden dieses Mal weniger Leid? Ich fühle gar nichts, dachte er. Weder Triumph noch Bedauern noch … irgendetwas.

Johannes' Tür war unverschlossen. Als Mack ins Zimmer trat, fand er es von Licht durchflutet, was ihn aus Gründen, die er selbst nicht recht verstand, ärgerte. Er tat ein paar Schritte und stellte sich so, dass er den Inquisitor betrachten konnte. Johannes schlief. Jetzt, wo die Augen hinter den Lidern verschwunden waren, wirkte das Gesicht leer wie eine unvollständige Zeichnung. Sein Atem war kaum wahrzunehmen. Er ist schwach, dachte Mack und betrachtete die bleiche Haut. Der Mann war kränker, als er es sich vorgestellt hatte.

Sein Blick fiel auf eine Ansammlung von Waffen auf einem Tisch, die auf einem weichen Tuch lagen. Verschiedene, zum Teil fremdländisch geformte Messer, ein Streitkolben, zwischen dessen Stacheln Kreuze geritzt waren, sogar ein Schwert, das der Mönch sicher niemals trug. Mack war überrascht, er hätte nicht gedacht, dass Johannes ein Waffennarr war. Er trat zu dem Tisch und nahm einen Dolch mit dreieckiger Klinge auf.

Seine eigene Zittrigkeit fiel von ihm ab, als er mit dem Finger über die scharfen Schneiden strich. Es war, als ströme aus dem kalten Metall neue Kraft in ihn ein. Ihm wurde wohlig zumute, auf bissige Art behaglich – bis ihm aufging, wie wenig es verändern würde, wenn er den Mann im Bett erstach. Dem Tod um einige Jahre oder vielleicht nur um ein paar Tage oder Stunden zuvorkommen. Das war zu einfach. Viel zu einfach. Wütend ballte er die Faust.

Die Kutte des Inquisitors hing über einem Stuhl. Mack ergriff die Kordel, die den Gürtel ersetzte, und schnitt sie in zwei Teile. So vorsichtig, dass Johannes nicht einmal zuckte, zog er den linken Arm des Mannes nach oben und band das magere Handgelenk an einer der Bettstreben fest. Als er mit dem rechten Arm dasselbe unternahm, röchelte Johannes leise, aber er erwachte noch immer nicht.

Mack kniete neben dem Bett nieder. Sein Mund war kaum eine Handbreit vom Ohr des Inquisitors entfernt, als er zu singen begann. Die Töne strömten weicher als die Daunen, auf die der Kopf mit den strähnigen Haaren gebettet war.

Majoridong …

Wieder sang er keinen Text, wozu auch, doch die Silben passten zu dem samtenen Gift, das aus seiner Kehle floss und die Luft in Schwingungen versetzte.

Siehst du die Kerker? Dunkel … tief in der Erde …

Ein schöner Gedanke? Dem Mann auf dem Bett musste er gefallen, denn er lächelte.

Eng und nass …

Seine lehmfarbenen Lippen bewegten sich.

Und Furcht …

Furcht besaß eine Farbe und einen Klang. Die Farbe erinnerte an Rost, der Klang an …

»Seisah«, kam es über die Lippen des Kranken. Das klang schon weniger froh.

Seisah. Was oder wer war Seisah? Egal, es spielte keine Rolle. *Majoridong* ... Der Kerker nahm Formen an. Er war enger und nasser als alles, was Mack je gesehen hatte. Ein Grab aus Stein, in dem die Flüssigkeit in Pfützen am Boden stand.

Nass ...

Ja, nickte Mack, während er weiter sang. *Nass* besaß ebenfalls eine Farbe, ein Gesprenkel wie Krötenhaut. Der Klang dazu war ...

Nass ...

Richtig. *Nass* zu hören war unangenehm, es zog einen Schauder über den Rücken. Es zwickte in den Fingern und Zehen. Die Lippen des Kranken kräuselten sich. Unangenehm. Auch kalt?

Eng ...

Also nicht kalt, sondern eng. Eng ist dir unangenehm.

Die Nasenflügel in dem pergamentenen Gesicht blähten sich.

Eng ... *eng* ... *keine Luft.*

Keine Luft – eine Farbe wie ... wie Brei, wenn Brei schwarz wäre. Ein Ton ...

Der Kranke zog an den Fesseln. Er hatte den Mund geöffnet und Mack wusste, dass er schreien wollte. Schreien erleichtert, nicht wahr? Besonders wenn die Luft knapp wird. *Seisah* ...

Seisah klang wie ... Die Töne schnurrten zusammen. Sie schlüpften aus Macks Kehle wie Schlangenzeug, das sich um den Hals legt.

Seisah ...

Es wurde dunkel im Zimmer.

Seisah ... *zu viel Wasser* ... *es fließt Wasser in das Grab* ... *Wasser* ... *Luft* ...

Mack verstummte, als er sah, wie die Lider des Inquisitors sich hoben. Er hatte davon gehört, dass Augen aus den Höhlen treten können, aber er hatte so etwas nie gesehen. Zwei

Geleebälle mit jeweils einer schwarzen Beere gefüllt, die aussahen, als würden sie im nächsten Moment zerplatzen. Einen Moment lang hoffte Mack, dass der Inquisitor ihn sehen könnte. Aber die Augen starrten ins ... ins Leere? Nein, sie starrten in einen Kerker, den es irgendwo einmal so gegeben haben musste.

Ich wünsche dir ein langes Leben, flüsterte Mack.

16. Kapitel

Emilian war ein großzügiger Mann. Und dennoch fromm. Die Geschichte, die er am liebsten erzählte, war die von der Schöpfung. *Und der Herr erschuf den Fisch und den Pirol und nirgends kannst du lesen, dass er dem Fisch vorwarf, dass er nicht fliegen, oder dem Pirol, dass er nicht schwimmen kann*, pflegte Emilian zu sagen. Und da er durch einen Überfall marodierender Söldner das linke Bein verloren hatte, war es kein Wunder, dass ihm diese versöhnliche Haltung Respekt einbrachte. »Es gibt viele, die nicht zur Kirche wollen und dennoch dem Herrn seinen Tribut zollen. Und was heißt schon: merkwürdige Sprache?«

Ilda, seine Frau, die auf dem Tisch einen Teig ausrollte, nickte zerstreut. »Ich sag ja nur. Ich habe gar nichts gegen den Mann. Wenn du mich fragst: Ihn treibt ein geheimes Unglück.« Das klang nicht mehr ganz so mürrisch wie zu Beginn ihres Gesprächs, als sie über den neuen Gast hergezogen war, der sich ihrer Meinung nach seltsam betrug. Sie würde sich beruhigen, davon war Emilian überzeugt. Ilda hatte nämlich eine Schwäche für Leute, die ein schweres Los trugen, wobei das Unglück nicht aus etwas so Profanem wie Hunger oder der Notwendigkeit zu betteln bestehen durfte. Es musste eher tragisch daherkommen. So wie damals nach dem Überfall, als er selbst auf der Karre ins Dorf geschoben wurde. Da hatte ihr Herz zu pochen begonnen und sie hatte ihm so viele Leckereien gebracht, dass er wieder Mut fasste, und die Ehe, die daraus entstand, war besser als viele andere.

»Er hält etwas versteckt«, sagte Ilda. »Ein Kleinod. Vielleicht ein Schmuckstück. Ich hab's gesehen, als ich gestern Abend hinaufging und ihn wegen Essen fragte. Er hielt es gerade in den Händen, aber als ich eintrat, hat er es hastig unter seinem Rock verborgen. Er wird eine Liebste …«

»Er zahlt für das Zimmer und die Mahlzeiten.«

»Jaja«, sagte Ilda. »Psst.« Sie hatte den Kopf gehoben und deutete mit dem Kinn zur Treppe.

Der Mann, über den sie gerade gesprochen hatten, kam die Stufen herab. Er wirkte tatsächlich nicht besonders glücklich. Sogar ein bisschen unheimlich, aber das mochte an den Augenbrauen liegen, die in der Mitte fast zusammengewachsen waren. Sein blauer Rock fegte die Halme am Boden.

»Die Geschäfte schon erledigt?«, fragte Ilda, eine Bemerkung ins Blaue, denn der Mann hatte nie erzählt, was ihn in der Gegend hielt.

Ihr Gast nickte und schüttelte gleichzeitig den Kopf. Er nahm an dem breiten Tisch Platz, wo bereits seine Schale Brei auf ihn wartete. Emilian erwartete, dass er stumm zu essen beginnen würde, aber der Fremde ließ den Löffel liegen. »Ich suche jemanden«, sagte er.

»Ach!« Ilda warf Emilian einen bedeutsamen Blick zu. »Wen denn?«

»Eine … eine Frau. Sie trägt einen Schleier, sie hat … einen ziemlich großen Mund …« Er verstummte, wohl weil ihm aufging, wie wenig mit seiner Beschreibung anzufangen war. »Sie lief vor einigen Tagen durch das Dorf.«

»Ein großer Mund? Also …«

»Beim Lachen. Dann wirkt er besonders groß.«

»Habe ich nicht gesehen«, meinte Ilda bedauernd.

»Doch.« Emilian widersprach. »Besinnst du dich nicht? Sogar drei oder vier Male. Das letzte Mal, als wir bei deinem Bruder gewesen waren. Auf dem Rückweg, kurz hinter dem Brunnen …«

128

»Die hatte lange, schwarze Haare und keines davon war von einem Schleier bedeckt, wie es sich für eine anständige Frau gehört«, erklärte Ilda missbilligend. »Außerdem war sie hübsch.«

»Er hat nicht gesagt, dass die, die er meint, hässlich …«

»Sie ist weder hässlich noch hübsch«, unterbrach der Fremde hastig und nun senkte er doch seinen Löffel in den Brei.

»Die, die wir gesehen haben, trug einen goldenen Gürtel. Und sie war ungewöhnlich schön«, erklärte Emilian.

Der Fremde nickte.

»Aber von der will er nichts hören«, meinte Ilda spitz.

»Ihr weckt Begehrlichkeiten, schöne Dame, ein goldener Gürtel, habe ich einmal zu ihr gesagt, aber sie hat mich ausgelacht.« Emilian lächelte verzeihend. »Ich nehme ihr das nicht übel. Die Menschen sind, wie sie sind.«

»Du redest mit jedem. Und am liebsten mit Frauen«, meinte seine Frau und gab ihm einen gutmütigen Stoß mit dem Ellbogen. »Wobei mir die mit dem Gürtel nicht gefallen hat. Das muss ich sagen, und ohne Eifersucht. Sie hatte was Merkwürdiges.«

»War sie von Mailand hergekommen?«, erkundigte sich der Fremde.

»Sie kam aus Richtung der Rübenäcker, war's nicht so, Ilda? Und zwar jedes Mal. Ich nehme an, sie wird in Giustos Kaschemme Herberge genommen haben. Es ist keine Kaschemme, wir sagen nur so, weil Giusto …«

»Aber er sucht ja die andere.«

»Ich sag doch auch nur …«

»Außerdem würde so eine nicht bei Giusto unterkriechen. Das … passt nicht zu ihr. Sie ist keine, die sich mit anderen um Stroh für das Nachtlager streitet. Man kann sie sich gar nicht in einem Haus vorstellen. Sie ist … wild, ja? Erinnerst du dich an das Haus, Emilian? Wenn man nach Lesmo will und bei der

Ulme, in die der Blitz eingeschlagen hat, links abbiegt … dort steht doch das Haus, wo Ornella, die Hexe …«

»Ornella war keine Hexe. Sie mochte nur keine Gesellschaft. Ich sage immer, der Herr schuf den Fisch und den Pirol …«

»Und dennoch ist ihr Haus niedergebrannt. In derselben Nacht, in der der Blitz die Ulme …«

»Weil jemand gezündelt hat. Hier wird zu viel getratscht. Du sollst nicht falsch Zeugnis reden, heißt es in der Schrift.«

»Und damit hast du Recht. Doch in dieser Ruine, mein Herr, kriechen gelegentlich Wanderer unter, denn der hintere Teil des Hauses ist stehen geblieben und man hat es dort trocken und ist vor dem Wind geschützt. Und wer fremd in der Gegend ist … Vielleicht ist die andere, die mit dem großen Mund, auch dort untergekrochen. Ist sie mit Euch verwandt, mein Herr?«

Der Fremde schüttelte den Kopf.

»Dann vielleicht …« Ilda errötete und warf ihm ein keckes Lächeln zu, »… eine Dame, die Euer Herz gewonnen …«

»Ilda!«

Der Fremde senkte den Kopf und die Wirtin wandte sich verschämt wieder ihrem Teig zu. Der Herr schuf den Fisch und den Pirol, was konnte sie dazu, wenn er sie selbst mit einem flinken Mundwerk versehen hatte.

»Nein, in meinem Herzen ist kein Platz für Damen«, wurde der Fremde überraschend vertraulich. Seine Stimme klang traurig. »Und ihr könnt euch nicht vorstellen, wie sehr ich das bedaure.«

17. *Kapitel*

Er hätte die Tür nehmen können, doch stattdessen schwang er sich auf den Fenstersims. Er hockte sich auf die schmale Brüstung. Unter ihm lag ein Garten, in dem Porree spross und sich Petersilie kräuselte. Er schätzte die Höhe – und stieß sich ab.

Schlechter Sprung, er fiel vornüber und kugelte über die Schulter. Ein kurzer Schmerz, als er sich über einen Stein drehte, dann war es vorbei. Vorsichtig belastete er seine Beine. Das linke spürte er kaum. Beim rechten hatte Demetrius stärker zugeschlagen und hier war der Sprung nicht folgenlos geblieben. Mack humpelte versuchsweise ein paar Schritte. Ein bisschen gestaucht vielleicht, aber nichts Schlimmes. Erleichtert blickte er sich um. Oben im Zimmer des Inquisitors war die Gefahr, in der er schwebte, völlig aus seinem Bewusstsein entschwunden. Nun kam die Erinnerung zurück. Für Johannes' Albträume würde ihn niemand verantwortlich machen, aber er hatte Georg den Schädel eingeschlagen. Er war ein Mörder, der jetzt einen Namen, ein Aussehen und eine Vergangenheit besaß. Sie würden sich aufmachen, ihn zu jagen. *Demetrius* würde sich aufmachen.

Mack humpelte zwischen den Kräuterbeeten entlang und – als ihm aufging, dass er seinen Knöchel für ein paar Bund Petersilie strapazierte – quer über sie hinweg. Der Garten wurde durch eine immergrüne Hecke begrenzt, dahinter lagen Felder, in einiger Entfernung ein Wald, der mit seinen Bäumen, Büschen und grünen Irrwegen eine gewaltige Anziehungskraft besaß. Er musste fort. Nur hatte er keine Ahnung, wohin.

Nell …

Er überlegte.

Nell würde versuchen, Lilith zu folgen. Er war also zwei Frauen auf den Fersen. Es sei denn, Nell hätte Lilith bereits gefunden, dann ... er hatte keine Ahnung. Vielleicht hatte Lilith Nell das Kind bereits zurückgegeben? Mack versuchte sich in den Kopf der schönen Frau hineinzudenken. Wahrscheinlich war Felicita ihr schon nach den ersten Schritten lästig gewesen. Er konnte sich Lilith nicht bei der Pflege eines Säuglings vorstellen. Wenn Nell die Kleine bereits zurückbekommen hatte, würde sie ...

Mack grub die Nägel in die Handballen. Viel zu viel Unabwägbares. Er musste herausfinden, wo Lilith steckte. Sie war wie eines von Friedrichs seltsamen Tieren, diesen Kamelen, Löwen und Giraffen – ein exotisches Lebewesen, an das sich jeder, der ihr begegnete, erinnern würde. Lilith zu finden war einfacher, als nach Nell zu suchen. Und dass sie sich nicht allzu weit von seinem Kerker entfernen würde, schien ihm sicherer als alles, was er über Nell mutmaßen konnte.

Das Grundstück neigte sich zu einem Bach herab. Eine Frau, die Mack bisher gar nicht wahrgenommen hatte, beugte sich über das Wasser. Neben ihr stand ein Korb aus geflochtenen Binsen. Sie schien zu waschen. Der Kittel, den sie trug, war alt und strotzte von Löchern. Sicher eine Magd.

Er machte sich auf den Weg zu ihr.

»Huch«, sagte sie, als sein Schatten auf sie fiel. Sie war mager und ziemlich groß. Ihr blonder Zopf steckte unter einem schmutzigen Lappen. Sie zog das Wäschestück, das sie gerade rubbelte, heraus und ließ es ins Gras fallen. Angeekelt blickte Mack auf das Leinentuch mit den schmutzig braunen Flecken, die auch im Wasser nicht herausgegangen waren. Die Frau stopfte die Finger der linken Hand in den Mund und betrachtete ihn. Mit der Rechten grapschte sie ein weißes Tuch aus dem Korb.

»Ich suche jemanden«, sagte Mack und lächelte so freundlich, wie seine Ungeduld es ihm gestattete.

Die Magd kicherte. Sie schien schwachsinnig zu sein.

Mack seufzte. »Zwei Frauen.« Er überlegte und entschloss sich zu einer Beschreibung, auch wenn er bezweifelte, dass sie viel begriff. Lilith sah aus wie eine Prinzessin.

»Prinzessin?« Die Augen der Frau begannen zu glänzen. Sie nickte so heftig, dass ihr steifer Zopf flog.

»Du hast sie gesehen? Wann? Wo?«

»Engelin.«

»Was?«

»Schöner Engel.«

»Ja, sie ist …«

»Du auch.«

Mutlos kehrte Mack dem Weib den Rücken und humpelte bachaufwärts in Richtung des Wäldchens. Verflucht sollst du sein, Lilith, dachte er, allerdings ohne großen Zorn. Ein Schrei, der aus Richtung des Hauses zum ihm drang, ließ ihn schneller werden. Er war ein Mörder, er konnte es sich nicht leisten, seiner Niedergeschlagenheit zu frönen. Demetrius würde sich an seine Spur heften wie ein Bluthund. Würde er davon ausgehen, dass der Mann, der seinen Bruder umgebracht hatte, nach Art der Tiere ins Unterholz kroch?

Die Schwäche, die in Johannes' Zimmer von Mack abgefallen war wie ein lästiger Umhang, ergriff wieder von ihm Besitz. Er musste sich zusammenreißen, um nicht langsamer zu werden. Am Waldsaum atmete er erleichtert durch. Er wandte sich zum Haus um. Stand jemand am Fenster in Johannes' Zimmer? Die Sonne schien auf die Vorderfront des Hauses, er konnte es nicht sagen.

Hast du Lilith gefunden, Nell?

Er humpelte ein Stück in den Wald hinein und stieß auf eine Kuhle, die mit mürben Blättern gefüllt und von Brombeersträuchern überwuchert war. Ein Versteck? Nein. Er hob den Kopf. Über ihm wölbte sich das Nadeldach einer Eibe. Die verwachsenen Stämme luden zum Klettern ein. Er machte sich an die Arbeit.

Es war kaum zu glauben, aber er schlief, sobald er einen halbwegs sicheren Platz in einer Astgabel gefunden hatte. Er spürte weder die feinen Spitzen der Eibennadeln, die sich in sein Hemd bohrten, noch hörte er die rätschenden Schreie der Eichelhäher, der ihn in sicherer Entfernung umflatterten und den Wald vor dem Eindringling warnten.

Er musste lange geschlafen haben, denn als er erwachte, war es nicht nur Nacht geworden, es dämmerte bereits wieder. Über den Baumspitzen am Horizont hing ein flamingoroter Schimmer, in dem eine weißgelbe Sonne aufstieg.

Er musste Lilith finden. Jetzt, mit klarem Kopf, war diese Erkenntnis so einleuchtend, ja zwingend, dass er sich wunderte, worüber er am Tag zuvor gegrübelt hatte. Er kletterte ein weiteres Stück den Baum hinauf und spähte in alle Richtungen. Nichts rührte sich in den von Bodennebel bedeckten Wiesen. Im Laub des Waldes raschelten kleinere Tiere, die ihre Nachtjagd beendeten oder aus den Höhlen krochen, um die Morgenjagd zu beginnen. Mack hangelte sich zu Boden.

Er hatte Hunger, ein gutes Zeichen. Zu dieser Jahreszeit war der Wald voller Beeren. Er stopfte sich den Mund voll, und wenn das klebrige Zeug auch nicht sättigte, so hatte er doch wenigstens zu kauen und sein Durst verging.

Er musste ins Dorf. Und unter Menschen, denn nur von ihnen konnte er einen Hinweis bekommen, was aus Lilith und Nell geworden war. Dieser Gedanke musste ihn, ohne dass er es selbst bemerkt hatte, an den Waldessaum getrieben haben.

Als er über die Wiesen blickte, sah er einen Jungen, der die langborstigen schwarzen Dorfschweine vor sich hertrieb. Der

Hirte schien nicht viel Lust zu haben, sich mit dem Viehzeug abzuplagen. Er scheuchte es unter die ersten Bäume, legte sich ins Moos und schloss die Augen. Die Schweine schoben ihre Nasen unter die Blätter und einige unter sein Wams, um an Pilze oder Schnecken oder andere Leckerbissen zu kommen. Es störte ihn nicht. Eine Idylle.

Mack stand nicht weit entfernt von der friedlichen Schar und er wunderte sich, wie lange es dauerte, bis die Schweine ihn zur Kenntnis nahmen. Sie schnüffelten ein bisschen, schienen aber dann zu entscheiden, dass er keine Gefahr darstellte. Umso erstaunter war er, als eine der Sauen plötzlich zu quieken begann und mit der Nase nach ihren Frischlingen stieß. Der Hirte reagierte nicht darauf. Die Sau hob den Kopf. Doch sie blickte nicht Mack an, sondern spähte in die entgegengesetzte Richtung. Mit einem Mal stob sie los. Mack musste sich mit einem Sprung in Sicherheit bringen, sonst hätte sie ihn mit ihren Frischlingen glatt überrannt. Der Hirtenjunge regte sich und wischte sich benommen die Augen.

Dann hörte Mack das Hundegebell. Die Jagd beginnt, dachte er, und von einem Moment zum nächsten fing sein Herz an zu rasen. Er hatte sich hinter einen Baum gerettet und von dort aus konnte er beobachten, wie die anderen Sauen dem Vorbild des nervösen Muttertiers folgten. Der Hirtenjunge schnappte seinen Stock und begann mit heller Jungenstimme zu schimpfen. Gleich darauf waren sie alle verschwunden.

Das Gebell kam näher. Bluthunde, Bracken, keine gewöhnlichen Dorfköter. Mack hörte eine kräftige Männerstimme, die die Hunde antrieb. Er hätte nicht beschwören können, dass die Stimme dem Kirgisen gehörte, aber sie klang äußerst ähnlich.

Auf dem Boden lag in schwarzen Bröckchen die Losung, die die Schweine hinterlassen hatten. Mack bückte sich und zerrieb den weichen Dreck auf seiner Haut und, mit besonderer

Sorgfalt, auf den Schuhen und unter den Sohlen. Er rümpfte die Nase und lächelte gleichzeitig. Zwar wusste er nicht, was Demetrius den Hunden zum Schnuppern gegeben hatte, vielleicht seinen Mantel, der irgendwo bei der Mühle zurückgeblieben war, aber nach dieser neuen Parfümierung würden sie nichts mehr riechen als Säue und Ferkel.

Er lief ein Stück und schwang sich erneut in einen Baum, dieses Mal in eine kräftig nach Harz riechende Kiefer, die zudem in einem Meer stark duftender Wildkräuter stand. Würden sich die Hunde über ein Wildschwein wundern, das in den Ästen kauerte? Er hatte keine Ahnung.

Die Bracken mit den schlanken Köpfen wieselten heran. Sie fanden seine Spur an mehreren Stellen und bellten aufgeregt. Doch der Geruch wurde bald von dem der Schweine überdeckt. Enttäuscht schnupperten sie an der Stelle, an der die Sauen mit ihren Frischlingen nach Futter gescharrt hatten. Sie fiepten und blickten zurück in die Büsche, aus denen sie gekommen waren. Zwei Tiere näherten sich seinem Baum. Sie waren verwirrt, die langen Ohren zuckten.

»Komm, Rodrigue. Tebaldo, komm, mein Kleiner … Er ist ein Hexer, seid froh, dass ihr nichts findet.« Ein Mann in einem rostfarbenen Wams hatte die Lichtung erreicht. Er beugte sich zu den Hunden herab und tätschelte sie, während sie enttäuscht an ihm emporsprangen. Mit einem Blick über die Schulter fügte er verächtlich hinzu: »Hexer jagen! Eure Nasen sind für Hirsche geschaffen, stimmt's?« Dann erhob er die Stimme. »Nein, Herr, hier ist auch nichts. Wer kann wissen, wohin der Teufel sich verkrochen hat?«

Er kehrte der Lichtung den Rücken und die Bracken folgten ihm. Mack hörte, wie er in einiger Entfernung mit jemandem sprach. Plötzlich ertönte laut und zornig die Stimme des Kirgisen.

»Ich weiß, dass du hier irgendwo steckst! Und ich weiß,

dass du verletzt bist. Ich hab dich humpeln sehen! Was denkst du, wie weit du kommen wirst, du … du Auswurf der Unterwelt? Du Täuscher! Du … Blender! Siehst du meine Fäuste?« Demetrius' Stimme brach. Mack stellte sich vor, dass er weinte. Er wartete auf den Anflug eines schlechten Gewissens. Er war ein Mörder. Er hatte einem schlafenden Mann den Schädel eingeschlagen. Aber er war nur froh, dass seine Haut nach Schweinekacke roch.

»Du kannst auf mich warten!«, brüllte Demetrius.

Das Dorf war ein ärmlicher Flecken, die Häuser aus Lehm errichtet und schon so oft ausgebessert, dass die Wände wie grauweiße Flickenteppiche wirkten. Auf den Wegen quoll Kuhmist. Einige Frauen hatten Blumen und fast alle Gemüse gezogen.

Der Brunnen befand sich seltsamerweise nicht im Mittelpunkt des Dorfes, sondern am Rand in der Nähe der dorfeigenen Gänsekoppel. Mack näherte sich von hinten, von der Straße, die nach Süden führte. Es war warm geworden. Er schwitzte und ekelte sich vor sich selbst. Nicht einmal ein gründliches Bad in einem Bach hatte den Gestank des Schweinedrecks vertreiben können.

Der Brunnenplatz war leer. Misstrauisch hielt Mack nach Demetrius Ausschau. Das Dorf flirrte in der Sommerhitze, die jedermann ins Innere der Häuser getrieben zu haben schien. Er suchte sich ein Versteck im Schatten einer kleinen Kirche, wo hüfthohes Unkraut zwischen verwitternden Holzkreuzen wucherte. Von dort hatte er einen guten Blick auf den Brunnenplatz.

Als die Sonne den Zenit überschritten hatte, kamen die Frauen. Zuerst zwei alte Weiber, die wie Schwestern aussahen und sich mit viel zu schweren Eimern abschleppten. Er erwog, zu ihnen zu schlendern, aber dann brüllte die eine die andere an und die zweite brüllte zurück und er merkte, dass beide schwerhörig waren. Kaum die geeigneten Gesprächspartner für jemanden, der wegen eines Mordes gesucht wurde.

Eine Frau, umgeben von einer Kinderschar, folgte. Sie bedachte ihre Brut mit Schimpfwörtern und war bestimmt nicht auf ein Schwätzchen aus.

Jetzt kamen die Frauen aus mehreren Gassen gleichzeitig. Mack hörte sie erzählen. Eine Katze war an einem Nagel erhängt worden, er begriff nicht, warum, aber die Besitzerin schimpfte auf jemanden namens Letizia. Chiaras Kind humpelte. Die Katze, die erhängt worden war, hatte gerade geworfen. Chiara sollte sich schämen. Nicht wegen des Kindes, sondern wegen Edmondo, der Böse möge ihn holen, den Faulenzer und Drückeberger.

Mack nagte nervös auf seinem Daumengelenk. Er brauchte eine einzelne Frau. Keinen schnatternden Hühnerhaufen, der die Nachricht von dem neugierigen Fremden in jede Richtung trug. Und es war gut, dass er wartete. Die weinende Frau erzählte gerade von den Jungen ihrer erhängten Katze – eines sah ihr so ähnlich, dass man glauben konnte, die Alte vor sich zu haben –, als plötzlich ein Mann um eine Häuserecke bog.

Demetrius.

Er betrachtete das Gewimmel mit der gleichen Abscheu wie Mack. Seine Krüppelhand lag auf dem weißen Lederwams und zuckte. Er sah blass und unglücklich und wütend aus. Mack schob sich unwillkürlich ein Stück tiefer in das Unkraut.

Demetrius trat zwischen die Frauen, und ohne dass er ein Wort sagen musste, verstummten sie. »Der Teufel geht um.« Mit diesen eindrucksvollen Worten hatte er sich endgültig ihre Aufmerksamkeit gesichert. Er bestieg einen Grenzstein und schaute schweigend auf die gaffende Menge. Ein kleines Kind begann zu weinen, verstummte aber gleich wieder, als die Mutter ihm eins hinter die Ohren gab.

»Er ist ein schöner Mann, und wer ihn anschaut, wird ihn für harmlos halten. Das sage ich als Erstes. Das Böse hüllt sich in eine angenehme Larve, um die Herzen zu verwirren.«

Niemand schien diese Aussage in Frage stellen zu wollen. Einige Frauen nickten.

»Seine Augen haben die Farbe des Waldes, der seine Mutter ist, und sind schlierig wie der Schleim, aus dem er geboren wurde.«

Das klang eigentlich nicht nach einem schönen Mann und auch nicht besonders nett.

»Außerdem fehlt ihm ein Stück des Fingers.«

»Und warum erzählt Ihr uns das?«, rief die Mutter der Kinderschar.

»Weil es möglich … nein, wahrscheinlich ist, dass er sich in der Gegend herumtreibt. Wenn ihr ihn seht, müsst ihr Bescheid geben. Oben im Haus der alten Signora. Ich erwarte …«

»*Was* erwartet Ihr?« Dieses Mal sprach nicht die Mutter, sondern eine Frau mittleren Alters, der es offensichtlich nicht gefiel, dass der Fremde sie herumkommandierte.

Demetrius hatte kein Ohr für Zwischentöne. Unbeirrt fuhr er fort: »Er betört mit seiner Stimme. Sie ist sein Zauberinstrument und das Werkzeug, mit dem er andere ins Verderben lockt.«

»Dann hättet ihr ihm nicht den Finger, sondern die Zunge abschneiden sollen«, rief die Frau keck.

Demetrius starrte sie an. Er sah aus, als wolle er etwas sagen. Dann nickte er. Sein Nicken galt nicht der Frau, davon war Mack überzeugt. Einen Moment lang glich er seinem ermordeten Bruder, dessen Blicke ständig in die Ferne gerichtet waren. Mack rührte sich nicht. Er atmete nicht einmal mehr.

»Er ist verletzt, aber dennoch gefährlich. Das ist alles. Wer ihn sieht, meldet es.« Demetrius wandte sich schroff ab und ging. Eine Frau huschte ängstlich zur Seite, als er sie mit dem Rock streifte.

»He, Angela!«

Die Frau, die Demetrius ausgewichen war, schrak zusammen. Mack kniff die Augen zusammen. Es war die Wäscherin, die er am Vortag bei der Arbeit gestört hatte.

»Was treiben die da oben?«, fragte die Frau, die Demetrius so patzig Widerworte gegeben hatte.

»Weiß nicht.«

»Ah! Du weißt nie was!«, meinte die Frau höhnisch. »Sitzt direkt im Nest der Raben und hat keine Ahnung, was sie krächzen.«

Angela flüchtete mit ihrem leeren Eimer, gefolgt vom Gelächter der Menge. Die Weiber hatten es plötzlich eilig. Die Mutter schleppte ihren Eimer und scheuchte die Kinder, die anderen verteilten sich in den Gassen. Mack erhob sich leise und folgte der Frau, die so wenig von Demetrius hielt. Ihre Abneigung machte sie nicht zu seinem Verbündeten, aber irgendwen musste er schließlich sprechen.

Sie stand viel zu schnell vor einer Haustür. Ihr Eimer war schwer. Sie setzte ihn ab und schöpfte Atem, bevor sie nach der Klinke griff.

Mack schaute sich um, sah, dass die Gasse leer war, und nutzte die Gelegenheit. »Wartet einen Moment.«

Die Frau fuhr zusammen.

Er hob die Hände, wich einen Schritt zurück und lächelte und machte sich natürlich genau damit verdächtig. »Ich bin fremd hier. Ich habe nur eine Frage.«

»Eine Frage, soso.« Ihr Blick glitt zu seinen Händen. Mack hob die Rechte, so dass sie den verkrüppelten Finger sehen konnte. Er zwinkerte ihr zu. Die Frau zögerte, warf einen Blick zur Tür und hob trotzig das Kinn. Eingeschüchtert wirkte sie nicht.

»Ich suche jemanden. Eine Freundin. Helft mir und ich bin auf der Stelle wieder fort.«

»Und wenn nicht?«

»Sie heißt …« Er hatte *Nell* sagen wollen, stattdessen fuhr er fort: »Lilith. Sie hat rabenschwarzes Haar und …«

»Habe ich nicht gesehen.« Die Frau wusste nicht, wie man Gefühle verbarg. Ihr breites Gesicht spiegelte ihre Lüge. Seltsam, dass es Lilith nie gelang, die Herzen der Frauen zu gewinnen.

»Sie ist hier im Dorf gewesen. Und ich muss erfahren, wohin sie gegangen …«

»Mit wem sprichst du, Ilda?«, fragte eine Männerstimme aus dem Hausinnern.

Ilda hob die Schultern. Sie warf einen weiteren Blick auf Macks Finger. Unsicher nagte sie an der Unterlippe. Dann ergriff sie den Eimer und verschwand im Haus.

Es war möglich, dass sie allen Animositäten zum Trotz doch zum Haus der Signora gehen würde, um zu sagen, dass sie das Monstrum mit den Schlierenaugen gesehen hatte. Mack beobachtete ihr Haus, bis es dämmerte. Aber Ilda blieb der Straße fern. Sie hatte Lilith gesehen. Sie hatte sie nicht leiden können. Und sie wusste vielleicht, wo sie sich verbarg. Nur wollte sie es ihm nicht sagen.

Als die Mauern des Dorfes begannen, sich in der Dunkelheit zu verwischen, trieb die Unruhe Mack zu seinem ehemaligen Gefängnis hinauf. Alle Fenster waren dunkel. Alles lag völlig ruhig. Doch als er genauer hinhörte, meinte er ein Stöhnen zu hören. Seine Lippen verzogen sich. Träume schlecht, Johannes, dachte er mit Inbrunst.

Er wanderte hinüber zum Bach, um erneut seine stinkende Haut zu schrubben, aber wieder schien das Wasser wirkungslos vom Schmutz abzuperlen. Als er dem Bachlauf folgte, stieß er auf eine kleine, ärmliche Hütte. Sie war so verfallen, dass er zunächst annahm, sie wäre gar nicht mehr bewohnt, sondern würde nur noch als Lager oder Stall benutzt. Doch dann hörte er Gesang. Die Frauenstimme war rau und die Sängerin nicht in der Lage, eine Melodie zu halten. Es war fast eine Erleichterung, als sie vom Weinen eines Kindes unterbrochen wurde. Sie begann in der unnatürlich hohen Stimmlage zu brabbeln, die Weiber im Umgang mit kleinen Kindern anschlagen. Ein Geräusch, das die Ohren folterte und Macks Geduld reizte. Er umschlich die Hütte im Bogen und folgte – in Gedenken an die Bracken – weiter dem Lauf des Baches.

So kam er zum Dorf zurück.

Er hatte keine Mühe, Ildas Haus wieder zu finden. Er schlich durch den Seitenschlupf in ihren Garten und sah, dass in ihrer hinteren Kammer noch eine Kerze brannte. Als er sich unter das Fenster bückte, hörte er Ildas Stimme. Sie unterhielt sich mit einem Mann, beide stritten. Es ging um das Nachtlicht, das offenbar viel zu lange brannte. Die Frau lachte den Mann aus und tadelte ihn einen Geizhals. Er musste sie sehr lieben, denn er stimmte in ihr Gelächter ein.

Sie weiß, wo Lilith ist, dachte Mack.

Das Licht erlosch. Die Frau redete immer noch. Mack wagte es, sich aufzurichten und durch das Fenster zu spähen. Er konnte nicht viel erkennen, meinte aber zu sehen, wie ein Mensch einen anderen stützte.

In diesem Moment entschied er sich.

Türen wurden in den Dörfern nicht verschlossen und so war es ein Leichtes, ins Haus einzudringen. Mack befand sich in einer Butterküche, dem Geruch nach zu schließen. Alles stank nach saurer Milch. Er stieß gegen ein Butterfass und war dankbar für seine guten Augen, die ihn wenigstens vor einem Schemel und einem umgestürzten Besen bewahrten. An die Butterküche schloss sich der Wohnraum an, in dem er das

Ehepaar hatte reden hören. Es ließ sich nicht verhindern, dass die Tür beim Öffnen leise quietschte.

Mack hielt den Atem an.

Wieder hatte er Glück. Draußen im Garten hatten sich zwei Katzen zur Paarung zusammengefunden und ihr Gejaul – das dem Säuglingsgeschrei von der Hütte zum Verwechseln ähnelte – übertönte die Geräusche, die er selbst machte.

»Lass ... nun lass doch«, kicherte die Frau. Das Bett, in dem sie sich mit ihrem Mann niedergelegt hatte, befand sich der Tür gegenüber in der dunkelsten Ecke des Raums. Mack überlegte nicht lange. Er überwand die geringe Entfernung mit wenigen Schritten, beugte sich über das niedrige Lager und legte der Person, die er zu fassen bekam, die Hand auf den Mund. »Kein Wort«, warnte er die zweite, die sich erschreckt aufrichtete. Seine Augen hatten sich an die Dunkelheit gewöhnt. Er blickte in die erschreckte Fratze eines Mannes, und für einen Moment übertrug sich dessen Angst auf ihn, so dass er selbst eine Gänsehaut bekam.

»Ihr geschieht nichts«, sagte er und fügte, als er sah, wie der Mann den Mund öffnete, kälter hinzu: »Solange du still bist und dich nicht rührst.«

»Das wagst du nur, weil du weißt, dass ich ein Krüppel bin«, zischte der Mann.

Mack hatte es nicht gewusst, aber es erleichterte ihn. »Wo also steckt sie – die schöne Frau, die du nicht leiden kannst?« Er löste vorsichtig die Hand vom Mund der Frau. Sie schwitzte und hatte Angst, ihre weichen Lippen bebten. Aber sie hatte auch Mut.

»Ich weiß es nicht.«

Erneut legte er die Hand auf sie, dieses Mal auf ihre Kehle. Er tat ihr nicht weh, spürte aber ihr Entsetzen, als sie keine Luft mehr bekam – oder genauer, als sie sich vorstellte, wie es sein würde, keine Luft mehr zu bekommen.

»Was wissen wir nicht? Ilda!« Der Mann richtete sich auf. Er konnte sein Gleichgewicht nur wahren, indem er sich mit der Hand abstützte. Er war keine Gefahr. »Ilda …«

»Vielleicht … sie ist nach Lesmo hinauf«, ächzte die Frau.

»Genauer«, forderte Mack.

»Wer ist nach …? Er sucht das Weib mit dem Gürtel«, begriff der Mann. Er wollte Macks Handgelenk packen, knickte aber ein, bevor er etwas ausrichten konnte. »Sie ist zu der Ruine …«

»O Himmel, Emilian!«

»Was geht sie uns an?«, ächzte Emilian dumpf. »Wir kennen sie nicht mal.«

»Eine Ruine?«, drängte Mack.

»Auf dem Weg nach Lesmo gibt's eine Ulme …«

»Und?«

»In die ist der Blitz eingeschlagen. Wende dich nach links. Vorbei an dem Tümpel … nur wenige Schritt …«

Mack ließ die Frau los und richtete sich auf. Es war unmöglich, mehr zu sehen als die Umrisse der beiden Körper, und dennoch meinte er eine übergroße Erleichterung zu spüren, in der die Furcht mitschwang, dass doch noch etwas Entsetzliches folgen könnte. Nun gut, er war fertig. Aber er hatte die Sicherheit ihres heiligsten Grundes, ihres Heims, zerstört und er ahnte, dass mit seinem Fortgang der Schrecken noch lange nicht ausgestanden war.

Er ließ die Tür quietschen, als er den Raum verließ. Lautlos huschte er durch die Butterküche – wieder streifte er das Butterfass –, dann öffnete er die Tür zum Hof und ließ sie mit Knall zufallen. Er spitzte die Ohren und wartete.

Die Frau begann zu weinen und der Mann ächzte, als er sich bemühte, sie in die Arme zu nehmen. Das dauerte eine Weile. Der Mann verfluchte abwechselnd den Eindringling und sein Bein.

»Was denkst du, was er von ihr will?«, fragte die Frau.

»Wenn er ein … also kein Mensch ist …«

»Er wirkte so freundlich, als er mich heute Nachmittag ange-sprochen hatte. Fast hätte ich mich von ihm überreden lassen. Von diesem Teufel …« Die Tränen flossen erneut. »Er wollte mich erwürgen.«

»Pst, Ilda. Man kann's ja nicht ändern. Und die Frau – du hattest Recht. Sie ist auch kein ehrlicher Mensch. Das sieht man doch daran, dass er sie sucht. Pack will zu Pack und es ist nur gut, wenn sie sich finden und verschwinden.«

Das tat Mack nun auch. Als er die Tür öffnete, sah er im Mondlicht etwas aufglitzern, ein Messer, das vielleicht zum Schneiden der Butter oder zum Putzen des Gemüses diente. Nicht gerade eine imponierende Waffe. Dennoch steckte er sie ein. Dann huschte er ins Freie.

War es Zufall, dass sein erster Blick dem Himmel galt? Es gab keinen weißen Stern, der ihn vorwurfsvoll beäugte, natür-lich nicht. Die Nacht war trübe. Schwarze Wolken kündeten von Regen.

Mack schüttelte sich.

Als er den Bach erreichte, nahm er ein zweites Mal ein Bad und rieb sich, bis die Haut rot gescheuert war. Trotzdem hatte er das Gefühl, noch immer nach Schweinekacke zu riechen.

18. Kapitel

Die Stadt war riesig und Nell war in jede Herberge gegangen, die sie fand. Sie hatte unendlich vorsichtig sein müssen, obwohl die Ungeduld und die Angst um Felicita sie fast umbrachten. Aber es war nicht auszuschließen, dass Johannes erneut nach ihr suchte. Er mochte sie nicht. Bisher hatte er sie nur als Köder für Mack benutzt, aber sie traute ihm durchaus zu, auch auf sie selbst die Jagd zu eröffnen. Die Frau, die sich mit einem aus der anderen Welt eingelassen hatte!

Johannes hasste Mack, wie Nell noch nie einen Menschen hatte hassen sehen. Nicht einmal Arnulf, ihren Ehemann, der ihr bis ins ferne Italien gefolgt war, weil es ihn gekränkt hatte, dass sie wegen Mack fortgegangen war. Arnulf war von seinem idiotischen Stolz getrieben worden, aber Johannes …

Einmal hatte er Nell in sein Zimmer bringen lassen, um sie über ihre Beziehung zu dem Wechselbalg auszufragen. Er hatte ihre patzigen Antworten in einem schwarzen Buch niedergeschrieben und sich anschließend die Hände geschrubbt. Obwohl nicht der kleinste Tintenspritzer seine Haut beschmutzt hatte. Es dreht ihm den Magen um, von Mack nur zu hören, dachte Nell. Und er ist klug. Und so belesen. Und …

Sie verbot sich, diesen Gedanken weiterzuspinnen. Mack war Mack. Sie kannte ihn. War etwa das, was ein bösartiger Mönch in irgendwelchen Büchern las, wirklicher als das, was sie mit eigenen Augen gesehen hatte?

Ihr wurde übel, als sie an den Mönch dachte. Was mochte er wohl jetzt gerade anstellen mit dem Mann, den er so hasste und den sie ihm ans Messer geliefert hatte?

»Kannst du nicht aufpassen! Verfluchtes …« Sie war gegen einen Mann gerannt, der einen Korb voller Eisenkessel trug, sichere Ware, die er in einem reichen Haushalt abliefern musste.

Nell murmelte eine Entschuldigung und wischte sich die Tränen aus den Augen. Sie rief sich zur Ordnung. Es ging um Felicita, nicht um Mack. Im Augenblick ging es nur um sie. Mack war erwachsen. Felicita war hilflos. Und als Mutter war sie für sie verantwortlich.

Nell verließ die Hauptstraße und bog in eine Seitengasse ein. Die Herberge, deren Schild sie gelockt hatte, kam ihr bekannt vor. Sie lugte in die Schankstube und sah eine schwarz gewandete Matrone, die in einem Bottich rührte. Die Frau hatte eine behaarte Warze am Kinn, daran erkannte Nell sie wieder. Hier hatte sie bereits gefragt.

Mutlos zog sie den Kopf zurück. Es stimmte tatsächlich. Sie hatte sämtliche Gassen der Stadt durchkämmt und jeden halbwegs freundlichen Menschen nach Lilith ausgefragt. Sie musste davon ausgehen, dass die Hexe die Stadt niemals betreten hatte. Die Magd am Brunnen hatte gelogen oder sich getäuscht. Oder Lilith war zu findig, um sich aufstöbern zu lassen.

Mutlos kehrte Nell zur Hauptstraße zurück. Eine Traube von grauen Dominikanern bewegte sich auf das Stadttor zu. Kurz entschlossen begab sich Nell ins Kielwasser der Leute. Sie ließ sich mit ihnen durch das Tor treiben und fand sich auf der Straße wieder, auf der sie wenige Tage zuvor voller Hoffnung, eine Spur von ihrem armen kleinen Mädchen zu entdecken, die Stadt betreten hatte.

Vielleicht war es gar kein Pech gewesen, dass die Magd ihr den falschen Weg gewiesen hatte. Vielleicht hatte irgendeine himmlische Macht entschieden, dass es für Felicita besser wäre, nicht zu dieser schrecklichen Mutter zurückzukehren, die sich eigensüchtig ihrer Liebe hingegeben hatte.

Nell schluckte. Ihre Augen waren plötzlich blind und sie rettete sich an den Wegrand, wo sie sich im Gras niederließ. Sie schlug die Hände vor das Gesicht. Wenn ihr zum Weinen war, ging das niemanden etwas an.

Seltsam, wie genau sie sich an den Tag erinnerte, als Mack in ihr Leben getreten war. Wie alt mochte sie damals gewesen sein? Drei Jahre? Vier? Normalerweise vergaß man, was in so früher Kindheit geschah.

Er war ein Säugling gewesen, wie Felicita. Nein, keineswegs wie Felicita. Sie sah das Bündel vor sich, das Mathilde in dem grauen Wolltuch in die Kammer getragen hatte, in der Nell versteckt war. Die Tante hatte im Bett gelegen und Mathilde hatte den Säugling aus dem Tuch gewickelt.

Mack hatte nicht geweint, als er nackt in der Kälte lag. Nicht einmal als die Tante ihn voller Abscheu von sich stieß, so dass sein armer kleiner Kopf an die Bettkante schlug.

Du hast mir Dreck gebracht, hatte die Tante gesagt und das winzige Kind angeschaut. *Was ist das?*

Ihr wollt es nicht wissen, hatte Mathilde geantwortet.

An mehr konnte Nell sich nicht erinnern. Nur an die wenigen Sätze und an das seltsam wache Gesicht des Säuglings auf den weißen Decken. Er hatte zu dem Tisch geblickt, unter dem Nell sich versteckt hatte. Aber das bildete sie sich vielleicht auch nur ein.

Ich habe mich versündigt, dachte Nell. Das Wort *Wechselbalg* hallte in ihrem Kopf. Ich habe mir selbst etwas vorgemacht. Der Himmel straft mich. Ich habe mir selbst und allen anderen etwas vorgelogen.

19. Kapitel

Der Wald war schwarz und trotzdem nicht dunkel. Die Bäume, vorwiegend Nadelgehölz, schienen sich schlank zu machen, wenn Mack zwischen ihnen hindurchschlüpfte. Er fühlte sich hier mehr zu Hause als in jedem Dorf und der Gedanke, jemand könnte sich im Nachtwald fürchten, kam ihm lachhaft vor. Zwei Nachtigallen sangen. Außerdem hörte er einen Neuntöter – merkwürdig, dass der Vogel nicht schlief –, der mit seinem trrrt trtrt alles zu übertönen suchte.

Mack glitt über das nasse Laub und schlüpfte durch das Unterholz. Der Neuntöter beunruhigte ihn. Er fragte sich, was ihn aufgeschreckt haben mochte. Ein jagender Kauz?

Fast zwangsläufig wandten seine Gedanken sich Demetrius zu. Nach menschlichem Ermessen konnte der Bruder des Ermordeten nicht wissen, wo sich der Mann, an dem er sich rächen wollte, aufhielt. Aber Georg hatte die Lanzen der Feinde über die Hügel kommen sehen, noch ehe die Feinde im Anmarsch waren. Vielleicht lag diese unheimliche Gabe in der Familie.

Mack hatte keine Angst. Das stellte er fest, während er dem Neuntöter lauschte, der die Nachtigallen beim Singen störte. Er war ein Mörder. Er wusste nun, dass er Menschen töten konnte. War es sein Gewissen gewesen, das ihn früher vor jedem Kampf hatte zurückschrecken lassen? Ein Gedanke, mit dem er sich gern angefreundet hätte. Aber er war ehrlich genug, ihn zu verwerfen. Er hatte erfahren, dass er sich in einer Auseinandersetzung behaupten konnte, und das hatte das Gefühl der Machtlosigkeit beseitigt, unter dem er immer gelitten hatte.

In einer Auseinandersetzung, echote es verächtlich in seinem Kopf. Ein vertrauensseliger Wächter, ein schlafender Mann. Ein Krüppel und seine erschrockene Frau …

Er schob die Grübeleien entschlossen beiseite.

Vor ihm tauchte der Weg auf, von dem der Krüppel gesprochen hatte, und in einiger Entfernung sah er ein vom Blitz gespaltenes Baumskelett. Die Ulme? Er hielt sich an die Beschreibung, die ihm das Ehepaar gegeben hatte, und tatsächlich tauchte nach kurzer Zeit der Schatten einer Hauswand auf. Die Ruine lag vor ihm. Es war ein größerer Bau, als er erwartet hatte. Das linke Drittel war bei dem Brand eingebrochen und von Kletterpflanzen überwuchert worden, so dass es aussah wie eine grün gefärbte Riesenschildkröte. Rechts schien das Haus dagegen fast völlig unversehrt zu sein. Zögernd blickte Mack die Mauer hinauf.

Er hatte doch Angst, jetzt, als er sich vorstellte, wie sich hinter einem der Fensterlöcher eine weiße Gestalt ducken könnte, die jeden seiner Schritte hasserfüllt verfolgte. Er leckte sich über die trockenen Lippen. Von Lilith jedenfalls keine Spur.

Schritt für Schritt, die ganze Zeit im Schutz der Bäume, näherte er sich einem niedrigen Fenster, das aussah, als würde es in einen abseits gelegenen Arbeitsraum führen. Seine Hand glitt zu dem Messer, das er Ilda gestohlen hatte. Es lag kalt und beruhigend in seiner Hand.

Das Fenster war groß genug, dass er sich ohne Probleme hindurchzwängen konnte. Einen Moment stand er mit angehaltenem Atem zwischen Mauern, in denen es eindringlich nach Staub und kaltem Rauch stank. Seine Augen gewöhnten sich rasch an die Dunkelheit. Das mit dem kleinen Arbeitsraum war ein Irrtum gewesen – das Fenster hatte ihn geradewegs in den Wohnraum des Hauses gebracht. Die wenigen Möbel, die hier gestanden hatten, waren verbrannt oder so stark beschädigt worden, dass niemand sie hatte forttragen wollen.

Vielleicht hing ihnen auch der Hexenmakel seiner toten Besitzerin an und niemand hatte sie haben wollen. Ein Tisch lag umgestürzt in der Mitte des Zimmers. Dahinter war genügend Platz für einen Mann, der sich auf die Lauer gelegt hatte. Mack umrundete das Möbel mit viel Abstand, fand aber nicht mehr als eine Maus, die verschreckt von dannen huschte.

Anschließend durchsuchte er die beiden kleineren Kammern im hinteren, eingestürzten Teil des Hauses nach Spuren von Lilith. Doch was auch immer er in die Hand nahm – Kellen und Löffel, Laken, einen Feuerhaken, eine Tonschüssel mit gesprungenem Rand –, alles war von Ruß verschmiert und sah aus, als wäre es seit dem Brand nicht mehr benutzt worden. Die Laken stanken nach Schimmel.

Kein Lager aus frischem Laub, wie Lilith es sich gebaut hätte. Keine Essensreste, keine menschlichen Fußspuren in der dicken Staubschicht, soweit sie vom Mond beleuchtet wurde.

Hatte etwas über seinem Kopf geraschelt?

Mack blieb wie angenagelt stehen. Er horchte, bis ihm die Haut kribbelte. Aber er musste sich geirrt haben. Kein Ton war zu hören. Oder doch?

Die beiden Nachtigallen hatten Gesellschaft von weiteren Artgenossen bekommen. Ihr Zwitschern überlagerte jedes andere Geräusch. Nervös kratzte sich Mack am Arm. Die Treppe ins Obergeschoss, eine bessere Leiter, schien unversehrt zu sein. Er nahm das Messer zwischen die Zähne und machte sich an den Aufstieg.

Als er den Kopf durch die Luke schob, war er bereit, bei dem kleinsten Anzeichen einer Gefahr zu fliehen. Er hatte keine Lust, sich mit Demetrius anzulegen. Wirklich nicht. Stattdessen hoffte er von ganzem Herzen, Liliths perlendes Gelächter zu hören.

Doch alles blieb still.

Auch hier oben teilte sich das Geschoss in einen völlig dunklen und einen durch das Mondlicht aufgehellten Teil. Vorn befand sich keine Seele. Der hintere Teil konnte alles Mögliche verbergen.

Mack schwang sich durch die Öffnung – und ihm blieb fast das Herz stehen, als er einen zischelnden Laut hörte. Er warf sich zurück und landete nach einer wenig eleganten Rolle auf den Füßen. Etwas Dunkles richtete sich auf, ein Schatten, mickrig, aber erschreckend lebendig – und erstarrte zur Salzsäule, als er die Waffe in Macks Hand erblickte. Einige Atemzüge lang verharrten sie völlig still.

»Allah steh mir bei. Wer dein Gesicht nicht sieht, kann euch nicht unterscheiden. Du musst deine Haare schneiden.«

Mack ließ das Messer sinken. Er sprang über das Bodenloch, griff nach den Oberarmen des Sprechers und schüttelte ihn. Er war unendlich erleichtert. »Was treibt du hier, du ... du glitschiger Wicht. Du gottloser ...« Er ließ Jāqūt los, riss ihm den Topfhut vom Kopf und schleuderte das hässliche Ding in eine Ecke. »Was treibst du hier?«

»Ich büße für meine Sünden. Und verfluche dich mit deinen leisen ... Man *hört* dich nicht, verstehst du? Man merkt nur, dass du kommst, weil es plötzlich ... stiller wird. Wie machst du das? Hältst du den Wind an wie der, dessentwegen ihr unsere Städte in Brand steckt?«

Mack blickte sich um. Hier oben gab es ein Lager aus duftendem Gras und Blumen. Jemand hatte es sich gemütlich gemacht. Es roch nach ... Es roch ...

»Lilith war hier.«

»Wer?«

»Du tust den Mund auf und lügst, Jāqūt. Warum bist du hier? Was hast du mit dieser Frau zu schaffen?« Die Luft war schwer vom Duft der Maiglöckchen. Das ganze Haus war davon erfüllt. Ein Wunder, dass er es unten nicht bemerkt hatte. Wahrscheinlich, weil er sich zu sehr auf Geräusche versteift hatte.

»Ich suche deine Nell. Ich … ich habe ein schlechtes Gewissen. Du hast meinetwegen einiges wegstecken müssen und ich dachte …«

»Hast du sie gesehen?«

»Nell?«

»Natürlich Nell.«

»Ja.« Der Muselmann seufzte. Er machte sich auf, seinen Hut zurückzuholen, wobei er misstrauisch die Bodendielen mit dem Fuß abtastete. »Aber nicht hier. Jedenfalls nicht gestern und nicht heute Nacht.«

»Und was hast du dann …«

»Ich *dachte*, sie wäre hier. Ich bin die Leiter hinauf und fand …« Er rümpfte die Nase. »Du weißt, sie haben Ausfluss, zu bestimmten Zeiten, und ich fand … ich fand Lappen … es ist Ekel erregend, Allah verzeih mir, aber warum hat er den Weibern eine so unreine Natur gegeben, und wenn er es tat, in seiner Weitsicht, warum zwingt er uns, ihnen …? Barmherziger, versiegle mir die lästerlichen Lippen! Nicht diese Nell, sondern ein anderes Weib haust hier. Sie überraschte mich, als ich den Raum absuchte, oder vielmehr – sie hätte mich fast überrascht, doch glücklicherweise gelang es mir …«

»Und warum bist du immer noch hier?«

»Weil sie gerade erst fort ist. Als ich sicher war, dass sie nirgendwo mehr lauert – denn ich traue ihr nicht, es umgibt sie etwas Sonderbares … Jedenfalls, als ich mich davonmachen will, höre ich, wie es still wird im Haus. Du machst kein Geräusch, Mack, und doch bist du da. Ich spür's, als legte sich mir eine Hand auf die Schul…«

»Du spürst deine eigene Angst, du Feigling.«

»Diese Frau war unheimlich, Mack. Und wenn du sie kennst, solltest du dich vor ihr hüten. Ich rate dir das als einer, der weit gereist ist. Und als einer, der es gut mit dir meint.«

Mack ließ sich auf dem Strohhaufen nieder. Er hatte also

Lilith gefunden. Damit hatte er Nell noch nicht zurück, aber er spürte, dass er einen Schritt in die richtige Richtung gegangen war.

»Du willst wissen, wo der Stein ist«, sagte Jāqūt.

Sie saßen gemeinsam auf Liliths Lager und warteten auf ihre Rückkehr. Mack sehnsüchtig, Jāqūt mit offenkundigem Unbehagen. Ich schulde dir etwas, hatte er gesagt, und offenbar wollte er diese Schuld abtragen, indem er sich Mack auf die Fersen heftete. Dafür nahm er in Kauf, dass er fror und dass er der unheimlichen Lilith begegnen würde.

»Du *willst* es wissen«, beharrte Jāqūt, obwohl Mack gar nicht widersprochen hatte. Wenn man länger in der Ruine saß, wurde der Gestank nach kaltem Feuer quälend. Die Mauern hatten gelitten, als die Flammen sie anfraßen. Sie waren in ihrem Grauen erstarrt. Sie sangen keine Lieder mehr. Oder er war unfähig geworden, sie zu vernehmen. Oder es hatte niemals Lieder gegeben, die von irgendwelchen Mauern gesungen wurden, und er hatte sich nur immer eingebildet, Gesänge zu hören, was er am liebsten glauben wollte.

»Ich werde ihn dir zurückgeben«, verkündete Jāqūt.

»Den Stein?« Mack war überrascht.

»Natürlich den Stein. Ich hätte ihn niemals an mich nehmen dürfen. Ich bin kein Dieb. Ich wollte nur … na ja. Ich dachte, ich bräuchte ein Druckmittel. Oder Lockmittel. Oder was auch immer er für dich ist. Ich wollte ihn dir anbieten als Preis dafür, dass du Johannes strafst. Es tat mir wirklich Leid, als ich gesehen habe, welche Unannehmlichkeiten … Also, ich gebe ihn dir zurück.«

»Wo ist er?«

Jāqūt zögerte. »Im Wald. Ich meine, ich fand es sicherer … Du *willst* ihn doch haben?«

»Wir beide, Jāqūt, sind Lügner. Wir sind Diebe und wenigstens ich bin ein Mörder. Soll ich dir sagen, warum du mir den Stein zurückgeben willst? Er quält dich. Du schaust hinein und siehst, was du vor jedem und besonders vor dir selbst gern verborgen hättest: dass du eine armselige Kreatur bist, von der die Welt besser heute als morgen befreit werden sollte. Du willst den Stein loswerden, weil er macht, dass du dich schrecklich fühlst.«

Jāqūt holte zweimal Luft, um zu antworten, aber er brachte kein Wort heraus.

»Wenn du ihn mir gibst, tust du mir keinen Gefallen«, sagte Mack.

»Ist es das, was er mit den Leuten macht? Er …« Jāqūt errötete und suchte nach dem richtigen Wort. »Er erniedrigt sie?«

Mack überlegte. Der deutsche König Heinrich glaubte in dem Stein etwas gefunden zu haben, was seine Liebe zur Böhmenprinzessin Agnes erklärte. Vulgäre Leidenschaft wurde verzaubert zu einem tiefen und wahren, das Universum bewegenden Gefühl, wenn er in den Stein blickte. Aus diesem Grund hatte er ihn begehrt und begehrte ihn wahrscheinlich immer noch. Sein Vater, Kaiser Friedrich, hatte den Stein in seinen Reisealtar einsetzen lassen, wo er ihn täglich zu Gesicht bekam. Warum diese Entscheidung, wenn der Stein ihm die hässlichen Seiten seiner Seele entblößt hätte? Niemand schaut gern in schwarze Abgründe. Friedrich musste etwas anderes gesehen haben. Entweder war der Stein willkürlich im Umgang mit denen, die ihn in Händen hielten, oder …

Schöner Gedanke, dass ich ein größeres Miststück bin als der Kaiser, der im Blut der Italiener watet, mit Heidensklavinnen hurt und Gott lästert, als gäbe es kein Jenseits, dachte Mack. »Was hast du gesehen, als du in den Stein hineingeschaut hast, Jāqūt?«

»Nichts. Ich meine … nichts Besonderes«, log der Mann mit dem Schnurrbart.

»War diese Leilah verheiratet gewesen?«

»Leil…?« Der Flügelschlag eines Nachtvogels füllte die Pause, die eintrat, als Jāqūt merkte, dass er sich verplappert hatte. »Oh! Leilah. Du meinst …«

»Jāqūt!«

»Du meinst …«

»Es gab gar keine Leilah?«

»Du meinst Leilah, die Liebliche. Die Blume aus den Höfen Bagdads …«

»Aus den Höfen von Fāris.«

»Den Höfen von … Fāris, du hast Recht.«

»Womit?«

Jāqūt seufzte so schwer, dass Mack fast ein schlechtes Gewissen wegen seiner Zudringlichkeit bekommen hätte.

»Du hast Recht. Keine Leilah. Es war ein Mūsā. Ein Knabe. Einer von denen, wie Allah sie in seinen glücklichsten Stunden schafft. Die Haut samtig wie Rehfell, mit Haar, das die Farbe der Muskatnuss besaß. Sein Vater war Wasserträger in einem der schmutzigsten Viertel von Fāris gewesen. Ihn erwartete ein elendes Leben voller Hunger und Schläge. Er war verzweifelt, als ich ihn fand. Ausgedörrt vom Durst nach Sicherheit und Anteilnahme. Ich wollte ihn nicht mit mir nehmen. Ich stieß ihn von mir, aber er flehte mich an und dann habe ich …«

»… ihn in den Tod geführt.« Mack verstummte, betroffen über seine eigenen Worte. »Verzeih. Ich bin der Letzte, der jemandem Vorwürfe …«

»In den Tod geführt, jawohl.« Jāqūt nickte. »Und verstehst du nun? Ich finde erst Ruhe, wenn der Grausame, der Mönch ohne Herz, von der Erde ist.«

»Er ist nicht von der Erde, aber er wird von Albträumen geplagt.«

»Albträume! Ich wurde von ihnen heimgesucht und ich versichere dir, wenn sie lebendig genug sind, sind sie eine schlimme Prüfung. Der Mensch kann ja nicht aufhören zu schlafen. Und doch ist ein Unterschied zwischen bösen Träumen und dem, was wirklich geschieht ...«

Mack hörte nicht mehr zu, als Jāqūt die Qualen eines Albdrucks beschrieb. Der Muselmann war ein Lügner, der jeweils das Stück Wahrheit preisgab, das man ihm entriss. Aber dieses Mal, dachte Mack, hat er die Wahrheit gesagt. Tat er ihm Leid? Wahrscheinlich musste man ihn verabscheuen, aber diese Kunst erlernte man nicht, wenn man als zwielichtige Kreatur heranwuchs.

Mack fühlte, wie ihn die Müdigkeit benommen machte. Er lehnte den Kopf zurück gegen die Mauer und schloss die Augen. Einen Moment sann er nach, wann er das letzte Mal geschlafen hatte. Dann war er eingenickt.

Lilith kam, als der Morgen anbrach. Mack begriff plötzlich, was Jāqūt gemeint hatte, als er ihm sein stilles Anschleichen vorgeworfen hatte. Kein Schritt war zu hören, als sie das Haus betrat, und dennoch fuhr er auf und lauschte und war sicher, dass sie gekommen war. Er erhob sich und stellte sich hinter die Bodenöffnung mit der Leiter, so wie Jāqūt es gemacht hatte.

Lilith bewegte sich grazil wie eine Spinne, man hatte den Eindruck, dass ihre kleinen Füße die Sprossen kaum berührten. Er war sicher, kein Geräusch verursacht zu haben, und dennoch wusste auch Lilith, dass er auf sie wartete. Sie sprang auf den Boden mit den schwarzen Brandflecken und drehte sich zu ihm herum.

Er hatte vergessen, wie schön sie war. Das Kleid, das sie trug, musste von einer fremden Frau stammen, denn es hing wie eine Decke an ihr herab. Doch nicht einmal das konnte ihr Aussehen beeinträchtigen. Ihre Rabenhaare schimmerten über dem groben Stoff nur noch seidiger und der schlanke, feste Körper bewegte die Falten, dass es wie eine Verheißung wirkte.

Mack schluckte und ärgerte sich, als sie lachte. Er hatte den Verdacht, dass er errötet war.

»Dafür, dass du mich nicht leiden kannst, klebst du mir dicht an den Fersen, Mack, mein Liebster.« Ihr Blick fiel auf Jāqūt, der sich räkelte und seine vom Schlaf verklebten Augen rieb. »Aber du hast dir Verstärkung mitgebracht. Einen Tugendwächter. Wie vorausschauend. Von dir oder von Nell? Ich hoffe doch, sie grollt mir nicht mehr.«

»Es wäre gut, wenn du nach einer Quelle Ausschau hältst, Jāqūt. Wir brauchen etwas zu trinken«, sagte Mack.

»Geh nach rechts, wenn du vor die Tür trittst. Und laufe in Richtung der Pinie, die die anderen Bäume überragt«, schlug Lilith mit einem gewinnenden Lächeln vor.

Mack war sicher, dass sie ihm damit eine falsche Richtung wies. Und wenn sie ihm den richtigen Weg erklärt hatte, dann nur in der Annahme, dass er ihr nicht glauben und entgegengesetzt laufen würde. Gleichwie – er war überzeugt, dass ihre Rechnung aufgehen würde.

Sie horchten gemeinsam, während Jāqūt über die Leiter polterte und die Dielen im Erdgeschoss zum Knarren brachte.

»So ist es besser«, sagte Lilith. Sie trat einige Schritt zurück und setzte sich auf einen Hocker, der gefährlich wackelte. »Du hast ein Anliegen und es besteht nicht darin, mich zu küssen, was bedauerlich ist, denn du bist wahrlich schön wie ein Faun des Waldes«, sagte sie leise. Ihre Brust ließ das Sackgewand schwellen. Ihre Lippen waren rot, als hätte sie Kirschen genascht. Mack spürte, wie er nervös wurde.

»Ich suche Nell.«

»Ist sie dir davongelaufen?« Lilith hielt betroffen inne, als sie sein Gesicht sah. »Sie ist dir wirklich davongelaufen? Oh, Mack – das tut mir …«

»Nein, Lilith. Es täte dir für keinen Heller Leid, wenn es stimmte.«

»Aber es tut mir Leid, dass du dich quälst. Ich weiß, wie es sich anfühlt, verschmäht zu sein«, erklärte sie maliziös. »Sie hat nicht auf dich gewartet?«

War es Absicht, dass Lilith sich ins Licht der Morgensonne gesetzt hatte? Ihre zarten Züge verschwammen in einem Lichtflecken, dessen Ursache ein Loch im Dach war. Er konnte nicht erkennen, was sie fühlte. »Du hast sie getroffen, nachdem sie geflohen war?«

»Einmal, kurz, als ich ihr den kleinen Schreihals zurückgegeben habe.«

»Felicita?« Mack war erleichtert.

»Ich war eifersüchtig«, murmelte Lilith. »Sie besaß alles, deine Liebe, das Kind … Es war dumm von mir, es ihr fortzunehmen. Säuglinge pupsen und stinken und heulen …« Sie lachte und wurde gleich wieder ernst. »Und Nell hat nicht auf dich gewartet? Das verstehe ich nicht. Ich hatte ihr geraten, sich ein Versteck in der Nähe des Dorfes … Vielleicht hast du sie verfehlt?«

Mack bewegte sich auf den Lichtflecken, in dem sie saß, zu. »Lilith, du belügst mich.«

Ernsthaft blickte sie ihn an.

»Du hättest ihr niemals geraten, auf mich zu warten, es sei denn in der Hoffnung, dass sie sich in Johannes' Netzen fängt.«

»Das stimmt.«

»Warum sagst du dann …«

»Vielleicht weil … du mir Leid tust? Ach Mack. Warum bettelst du darum, dass ich in deinen Wunden stochere? Deine Augen und Ohren sind scharf genug, dass du dich selbst quälen kannst. Schieb diese Aufgabe nicht mir zu. Nell hat dich verlassen. Sie will dich nicht mehr. Sie hat begriffen, dass sie sich mit jemandem eingelassen hat, der … anders ist als ihresgleichen. Hat sie jemals gelacht, wenn du ihr etwas Komisches gezeigt hast? Hast du sie je im Gras liegen und den Gesprächen der Bäume lauschen sehen? Freut sie sich an den Scherzen der Libellen? Oder der Entrüstung eines Kröterichs auf seinem Teichrosenblatt?«

»Das spielt keine …«

»Nell will ein Haus mit festen Mauern, hinter denen sie sich und ihr Kind vor Libellen und Kröten und Bäumen schützen kann. Der Wind ist ihr Feind. Der Sommer ist ihr Feind und der Winter auch. Sie will gefüllte Vorratsfässer und einen Stapel weißer Laken und regelmäßigen sonntäglichen Kirchgang. Es macht ihr Angst …«

»Lass das, Lilith. Hör damit …«

»… wenn du den Zugvögeln nachstarrst. Und wenn du den Wald durchstreifst, ohne wenigstens einen Korb voller Pilze heimzubringen, ärgert sie sich. Sie will einen Ochsen im Joch und kein …«

»Hör auf.«

»Ich mache nicht, dass die Dinge sind, wie sie sind. Ich spreche es nur aus.«

»Und ich sage, du sollst damit aufhören.«

»Natürlich«, erklärte Lilith bitter.

Sie schwiegen und die Luft zwischen ihnen war so kalt, dass es Mack fröstelte.

»Wo *ist* Nell?«

»Das weiß ich nicht.«

»Du lügst, Lilith. Ich merke, wenn du's tust.«

»Und du bist ernst und langweilig.« Sie verzog den Mund und schüttelte dann den Kopf. »Du hast gemordet, Mack, und sie weiß das. Johannes muss es ein Fest gewesen sein, ihr von dem Turmwächter zu erzählen, der von dem Wechselbalg erschlagen wurde. Nells Herz ist nicht groß genug, um einen Mörder …«

Lilith zuckte zusammen. Mack meinte, einen Funken Angst

in den warmen braunen Augen aufblitzen zu sehen, als sie aufsprang und sich vor ihm duckte. Aber sofort richtete sie sich wieder auf.

»Sie ist auf dem Weg nach Mailand. Ich habe sie gehen sehen, an dem Tag, nachdem sie dich gefangen genommen haben. Nun weißt du es. Folge ihr und ... leide.« Sie brachte mit einer flinken Bewegung noch etwas mehr Raum zwischen sich und dem Mann, mit dem sie sprach. »Deine Nell ist brav und ... dumm wie Stroh. Ich bin nicht Johannes, Mack. Ich bin nicht begierig darauf, das Böse zu suchen. Aber dieses verblödete Weib muss eine Hexe sein, denn du stehst unter einem Bann, obwohl sie dir ... keinen Funken Glück bieten kann und dir so fern ist ... Ich weiß nicht, wie ich dich retten soll.«

Mack horchte ihr nach, als sie sich durch das Loch schwang und leichten Schritts aus dem Haus lief. Jāqūt musste zurückgekehrt sein. Er rief etwas aus dem unteren Geschoss, aber Mack war wie betäubt und verstand kein Wort.

Nell war also nach Mailand gegangen. Alles andere, was Lilith gesagt hatte, war bedeutungslos.

»Ich bin froh, dass sie fort ist. Sie ist ... wie ein Blitz, der die Gestalt eines Weibes angenommen hat«, sagte Jāqūt. Er keuchte, als er auf den Knien über den Leiterrand rutschte. »Zerstörerisch, meine ich damit. Ich mag keine Frauen, grundsätzlich, das gebe ich zu. Das einzige Weib, mit dem ich verheiratet war ...«

»Nell ist nach Mailand gegangen«, sagte Mack.

»Behauptet *sie*.«

Mailand – eine Stadt wie ein Ameisenhaufen. Eine Stadt, in der vielleicht nach ihm gesucht wurde. »Sie hat Nell das Kind zurückgegeben und Nell hat beschlossen ...«

»Nach Mailand zu gehen. Verstehe. Warum nach Mailand?«

Mack starrte den kleinen Muselmanen an und Jāqūt zuckte die Achseln.

»Ich meine: Das Einzige, was deiner Nell wichtig ist, das bist du und das ist ihr kleiner Schreihals. Dich wusste sie in diesem grässlichen Haus und ihr Kind …«

»Hatte sie bereits zurückbekommen.«

Jāqūt nickte. »Warum ist sie dann nach Mailand? Ich meine, das ist doch auch für sie ein gefährliches Plätzchen. Die Justiz steht Johannes zu Diensten und …«

»Lilith hat *gesagt*, sie hat Felicita zurückgegeben.« Ein Gedanke, eine Erinnerung quälte sich aus dem Sumpf seiner vielen halb vergessenen Erinnerungen. Ein Bach … Säuglingsgeschrei … Das Weinen eines Kindes … Mack stürmte zu der Mauer, in die der Brand seine Zähne geschlagen und aus der er riesige Bissen herausgebrochen hatte. »Lilith!«, brüllte er. »Lilith!«

Sie musste ihn hören. Nicht einmal ein Vogel hätte sich in der kurzen Zeit weit genug entfernen können, um seinen Ruf zu überhören.

»Du meinst also«, sagte Jāqūt, der hinter ihn getreten war, »dass diese Nell nach Mailand gegangen ist, weil sie ihr Kind dort vermutet? Das würde bedeuten, dass sie annimmt, diese Lilith … Himmel, Frauen! Sie glaubt, diese Lilith wäre mit dem Kind in die Stadt gegangen. Was nicht stimmt. Was zweifelsfrei nicht stimmt. Denn Lilith war ja hier«, sagte er langsam und überdeutlich, als müsse er es einem Idioten erklären.

Das Kindergeschrei war aus der Hütte am Bach gekommen. Vage entsann sich Macks eines stumpfen Gesichts, einer Hand, deren Finger abgeschleckt wurden.

»Allgütiger«, sagte er.

20. Kapitel

»Ich finde sie«, wiederholte Jāqūt, dieses Mal schon ein wenig beleidigt. Er zog den blauen Hut über das Haar und war bereit. Ein kleiner, mittlerweile etwas zerlumpt aussehender Mann, der vor Diensteifer überfloss.

Mack konnte sich den Strahl des Misstrauens, der ihn durchzuckte, als er in das bärtige Gesicht blickte, selbst nicht erklären. Wahrscheinlich war er überempfindlich geworden. Ärgerlich wischte er den Argwohn beiseite. Es war ein schlechter Zeitpunkt, um sich selbst gezimmerte Hindernisse in den Weg zu stellen. Man vertraute oder man vertraute nicht und er hatte sich entschlossen, dem Muselmann zu vertrauen. »Hier an dieser Stelle treffen wir uns wieder.«

»An dieser Stelle«, echote Jāqūt. Er schien ehrlich erfreut, dass er mit der Suche nach Nell einen Beitrag leisten konnte, seine Schuld, wie er es nannte, abzutragen.

Mack sah ihm nach, als er durch die Tür ins Freie verschwand. Er war ungeduldig. Am liebsten wäre er ihm auf der Stelle gefolgt, aber die Zeit mit Felicita hatte ihn zumindest eines gelehrt: Kleine Kinder brauchten Windeln. Eine dringende Notwendigkeit, die sich durch nichts aus der Welt schaffen ließ. Also kletterte er erneut die Leiter hinauf und suchte in dem Haufen alter Kleider nach irgendwelchen heilen Fetzen. Angeekelt warf er die von Dreck, Mäusekot und Schimmel überzogenen Lappen wieder von sich und dachte gereizt an den Säugling, der mit Arnulfs schmalen Lippen sabbern und heulen würde. Wenn Arnulf wüsste, welch Scherereien er mit dem Wurm, den er in die Welt gesetzt hatte, verursachte, würde er noch aus der Hölle ein Jubelgebrüll anstimmen.

Mack schämte sich, als ihm bewusst wurde, was er dachte. Felicita gehörte zu Nell und … jawohl, und zu ihm selbst. Also hinaus und zurück zum Dorf. Inzwischen war er sicher, dass das Kind bei der schwachsinnigen Frau war. Er gab die Suche nach einer Windel auf. Solange es heiß war, konnte er die, die Felicita hoffentlich trug, auswaschen und sie ihr gleich wieder um den Hintern winden. Musste doch gehen, oder? Wenn sie sich erkältete, würde Nell ihn erschlagen, da durfte man sich keinen Illusionen hingeben.

Er erreichte die Hütte am Bach noch weit vor der Abenddämmerung, was ihn einen Moment mit Stolz erfüllte. Leise pirschte er sich heran. Die kümmerliche Unterkunft besaß kein einziges Fenster. Er musste zur Tür, um etwas sehen zu können.

Die Hütte schien leer zu sein. Aber nach einem Moment, in dem sich seine Augen an das Dämmerlicht gewöhnt hatten, sah er das Stoffbündel, das wie achtlos fortgeworfen auf einem dürftigen Lager aus Stroh und alten Decken lag. Er hätte es ebenfalls für eine Decke gehalten, wenn er nicht auf der Suche nach Felicita gewesen wäre. Zögernd betrat er den Raum. Der Geruch von Urin, saurem Schweiß und Feuchtigkeit nahm ihm fast den Atem. Er musste in jedem Bröckchen Lehm, in jedem Klümpchen Erde und jedem Strohhalm stecken.

Mack kauerte sich auf die Fersen und beugte sich über das Bündel. Es kostete ihn Überwindung, das Ding zu berühren, weil einfach alles in dieser Hütte zum Erbrechen schmutzig war. Angeekelt hob er die Falten an – und schaute in das Kindergesicht.

Felicitas Augen waren geöffnet. Sie starrte ihn an und er wollte sie aufnehmen, aber er brachte es nicht fertig. Ungläubig betrachtete er die von irgendwelchem Essen verschmierten Wangen, die zugekleisterten Halsfalten, die beängstigend dürren Ärmchen, die zu zappeln begonnen hatten, als das Gewicht der Decke sich hob. Allmächtiger, die Irre ließ sie verhungern.

»Man muss Acht geben. Die schwarze Erde«, erklärte eine quengelnde Stimme.

Langsam drehte Mack den Kopf.

»Immer füttern.« Die Schwachsinnige riss die Augen auf und nickte mehrere Male, um ihre Behauptung zu bekräftigen. Sie sah aus, als hätte sie ein schlechtes Gewissen.

»Ja, füttern ist gut«, brachte Mack über die Lippen. Er versuchte zu lächeln und wunderte sich, dass die Frau seine Grimasse für bare Münze nahm. Sie kauerte sich neben ihn und nahm Felicita auf den Arm. Bisher hatte er immer geglaubt, dass Frauen von Natur aus wussten, wie man Kinder hielt. Diese hier verstand weniger davon als der tolpatschigste Mann. Felicita verzog das Gesicht, schaute aber nicht die Schwachsinnige an, sondern starrte an ihr vorbei weiter zu Mack.

»Darf ich sie nehmen?«, fragte er.

»Meins!«

»Ja natürlich. Ich würde sie nur …«

»Meins!«

»… gern einen Moment halten. Sie ist so niedlich.«

»Engel«, sagte die Frau und entspannte sich ein bisschen.

»O ja, das ist sie, ein richtiger Engel.«

Die Unterhaltung versiegte. Die Frau hielt Felicita immer noch in der unbequemen Lage, in der sie ihr das Ärmchen verbog. Die Kleine weinte nicht. Das hatte sie von Nell. Stur und eigensinnig. Sein Herz schlug heftiger.

»Will nicht essen. Kommt in böse, schwarze Erde«, meinte die Schwachsinnige weinerlich.

»Das wäre schrecklich. Du hast sie gern, ja. Warte, ich nehme sie nur kurz …« Mack streckte bei den Worten die Hände aus. Er erschrak bis ins Mark, als die Frau plötzlich losbrüllte. »Warte. Warte, ich will sie doch nur …«

Mit einer Geschwindigkeit, die er dem Klappergestell niemals zugetraut hätte, war die Frau auf den Beinen. Sie umklammerte Felicita, die jetzt doch zu weinen begann, und rannte ins Freie.

Mack stieß sich den Kopf an einem niedrigen Balken, als er ihr folgte. Er verhedderte sich in den Lumpendecken, setzte dem Weib aber nach, fest entschlossen, ihr Nells Kind zu entreißen. Er rannte durch die Tür – und blieb sofort wieder stehen.

Das Gekreische der Irren hatte nicht nur die Hütte erschüttert. Von einem nahe gelegenen Feld kamen Leute gelaufen. Die Schwachsinnige rannte auf sie zu und deutete mit allen Zeichen des Entsetzens zu ihrer Hütte. Man musste meinen, der Leibhaftige selbst hätte sie heimgesucht.

Macks Blicke sprangen von ihr zu den Bauern. Er zählte sechs Mann, dazu einige Frauen und Kinder. Einer der Kerle schwang eine Mistgabel. Er hatte Mack vor der Hütte entdeckt und schien sich seinen Reim auf den Fremden zu machen. Mack hörte das Wort *Hexer*.

Sie würden das Weib eher erreichen, als er es selbst mit Flügeln gekonnt hätte. Sie waren schon fast bei ihr. Entmutigt ließ Mack die Schultern hängen. Er sah, wie das Weib Felicita unter den Fetzen ihres viel zu großen Hemdes verbarg. Sie heulte und sprang auf und ab und deutete mit dem Kopf zur Hütte. Die Männer rannten weiter. Er hatte sich versehen: Nicht einer, zwei von ihnen schwangen Mistgabeln.

»Ich hol dich, Felicita. Du kannst dich drauf verlassen«, murmelte Mack. Aber erst einmal blieb ihm nur die Flucht.

Als er sich kurz vor dem rettenden Waldrand noch einmal umdrehte, sah er, dass das Geschrei der Schwachsinnigen eine neue Ursache bekommen hatte. Eine der Frauen, die bei ihr zurückgeblieben waren, hatte das Kind entdeckt und versuchte es ihr gewaltsam fortzunehmen.

Nun, wenigstens das.

Er beobachtete sie von einer Ulme aus, in deren dicht belaubter Spitze er wie ein Vogel auf viel zu dünnen Ästen wippte. Er befand sich fast sechzig Fuß über dem Boden. Niemand vermutete ihn in solcher Höhe. Die Bauern stachen mit den Mistgabeln und Stöcken in das Unterholz, als gälte es, ein wildes Tier aufzuscheuchen.

Als sie einsahen, dass ihnen die Beute entkommen war, kehrten sie knurrend zu den Feldern zurück. Mack sah, wie sie sich unterhielten und wahrscheinlich spekulierten, mit welchem teuflischen Trick ihre Jagdbeute ihnen entflohen war. Er glitt den Baum hinab.

Obwohl er sich nicht gerade beeilte, war er den Männern doch schnell so dicht auf den Hacken, dass er sie sprechen hören konnte. Einer der beiden Mistgabelträger nuschelte so, dass er ihn nicht verstehen konnte. Aber die Bemerkungen der anderen sagten genug aus: Ilda hatte Recht gehabt, sie vor dem Hexer zu warnen. Er schien sich in der Gegend häuslich niedergelassen zu haben. Und nun bedrohte er die Frauen des Ortes.

»Wenn ich ihn nur vor meine Zinken bekommen hätte – den Kerl hätte ich Mores gelehrt«, gab der Nuschler ausnahmsweise einmal verständlich von sich.

Die anderen nickten.

Als Mack einen Moment nach ihnen den Waldessaum erreichte, sah er, dass die Frauen Zulauf aus dem Dorf bekommen hatten. Angela hatte aufgehört zu weinen. Sie hielt sich bezeichnenderweise die Wange. Die Frauen hatten einen Kreis gebildet, den sie öffneten, als die Männer herankamen. Eine von ihnen trat hervor. Sie hielt Felicita im Arm und er konnte erkennen, dass sie den Lumpen, in den das Kind eingehüllt gewesen war, fortgeworfen hatte. Stattdessen hatte sie es in einen Schal gewickelt.

Mack seufzte erleichtert.

Die Frau redete auf den Nuschelmann ein und er nickte mehrmals. Dann trat die Frauengruppe den Weg ins Dorf an. Es würde nicht schwer sein, herauszufinden, welche von ihnen Felicita in Obhut genommen hatte. Mack wollte sich in den Wald zurückziehen, als plötzlich eine Staubwolke am Ende eines Feldwegs auftauchte. Gleich ihm hielten die Dörfler inne und schauten.

Zwei Pferde preschten heran.

Mack stöhnte auf. Die gehen euch nichts an, dachte er so eindringlich, als könnte er, wenn er es nur fest genug versuchte, seine Gedanken in die Köpfe der wartenden Frauen und Männer übertragen.

Ein schwarzer und ein weißer Mann. Der Schwachsinnigen schien Unheil zu schwanen, denn sie zog sich unauffällig in Richtung ihrer Hütte zurück.

Die Reiter hatten die Menge erreicht. Mack konnte natürlich kein Wort verstehen, aber er sah den Mistgabelmann mit demütig gesenktem Kopf Erklärungen abgeben und dann beugte sich Johannes vom Pferd herab. Er war so wenig geschickt, was das Halten von kleinen Kindern anging, wie die Schwachsinnige. Der Wind trug Felicitas Weinen bis zum Wald.

Johannes richtete sein Wort an die Dörfler. Er gab eine Erklärung ab. Stellvertretend für die anderen brummte der Nuschler seine Zustimmung. Wieder konnte Mack kein einziges Wort verstehen, aber dieses Mal war es auch nicht nötig. *Seht das Kind des Hexers. Ihr törichten Narren wurdet im letzten Moment davor bewahrt, einen Wechselbalg in eure Häuser aufzunehmen.*

In ohnmächtiger Verzweiflung sah er zu, wie Johannes mit Felicita in Richtung des Hauses ritt.

21. Kapitel

Die Spur wurde kälter mit jedem Tag. Mit jeder Stunde. Irgendwo lebte und atmete Felicita und in ihrem kleinen Köpfchen, das noch nicht begriff, was warum geschah, würde ein schreckliches Durcheinander herrschen und sie würde sich nach ihrer Mutter sehnen, die gefälligst auf sie hätte Acht geben sollen.

Und dann würde sie beginnen, ihre Mutter zu vergessen. Nell krampfte sich bei diesem Gedanken das Herz zusammen. Gott strafte sie. Da er gerecht war, würde er seinen Zorn auf die schuldbeladene Mutter beschränken und ihn nicht über das unglückliche kleine Wesen ausgießen ... Aber er war nicht gerecht. Die Guten wie die Bösen wurden von Krankheiten und Krieg und Verbrechen heimgesucht. Kinder starben unter schrecklichen Umständen. Die Erklärungen, die die Priester dafür gaben, waren dünn und unglaubhaft.

Vielleicht war Felicita bereits tot. Der Gedanke war zu grauenhaft, um sich länger damit zu befassen, aber musste man Lilith nicht alles zutrauen? Ja, wenn es Macks Kind gewesen wäre ...

»Pass auf, Schlampe. Hast du keine Augen im Kopf? Meine Herrin ...«

»Kann sich vielleicht auch ein wenig dünn machen! Gehört ihr der Weg? Hat sie ihn gekauft? Ist sie die Fürstin von Neapel?« Nell merkte, wie ihr die Worte ausgingen. Ihr Italienisch war besser geworden, aber wenn sie sich aufregte, war es, als bliese ein Sturm ihren Kopf leer. Wütend stemmte sie die Hände in die Hüften.

Die »Herrin« war eine fette Matrone, deren Surcot über dem Bauch spannte und deren Unterkleid zerschlissen und von Flicken übersät war. Sie hatte wahrlich keinen Grund, sich wie die Königin von Italien aufzuführen.

Aber sie hatte einen Diener in ihrer Begleitung, der kräftig und brutal aussah.

Nell schaute sich um, doch es gab im Moment nur wenige Reisende auf der Straße, die von Mailand nach Norden führte, und niemanden in unmittelbarer Nähe.

»Ich mein's ja nicht so«, murmelte sie und verdrückte sich an den Straßenrand, der mit stachligem Unkraut zugewachsen war und ihr das Bein aufriss. Die Matrone bedachte sie mit einem triumphierenden Blick, während sie an ihr vorüberschritt. Ihr Diener spuckte vor ihr aus.

So ist es nämlich mit der Gerechtigkeit des Herrn, dachte Nell bitter. Sie kehrte auf den Weg zurück und warf einen Blick zum Himmel. Es war schon nach Mittag. Wenn sie heute noch bis in das Dorf wollte, in dem ihre Suche begonnen hatte, musste sie sich sputen. Sie raffte ihre Röcke.

Aber als wären die sengende Sonne, der Durst und die unfreundlichen Mitreisenden nicht Plage genug, tauchte auch der Kerl wieder auf. Sie hatte ihn schon am Vormittag bemerkt. Er trug einen schwarzen Schnurrbart mit derart langen Spitzen, dass er nur noch lächerlich wirkte. Ich wette, er kämmt sie jeden Abend, dachte Nell. Eine Zeit lang linderte Verachtung ihre Angst. Aber als er weiter und immer im selben Abstand hinter ihr hertrottete, wurde ihr mulmig zumute. Sie schritt schneller aus.

Der Mann war nicht gerade ein Riese. Gegen den komm ich an, dachte Nell. Andererseits – was sagte die Statur schon darüber aus, wie einer das Messer führte? Und Männer waren stärker als gleich groß gewachsene Frauen, das hatte Nell schon früher bemerkt.

Er folgte ihr wirklich, denn obwohl sie jetzt beinahe lief, blieb er dicht hinter ihr. Nell holte eine Bauernfamilie ein, einen Mann, seine ungewöhnlich schöne Frau und die beiden Söhne. Sie überholte den kleinen Tross, und als der Schwarzbärtige ebenfalls am Wagen vorbei war, hielt sie den Augenblick für günstig.

»Warum schleichst du hinter mir her, Kerl? Denkst du, ich merke nicht, dass du mir folgst? Ich bin eine ehrbare Frau. Ich verbitte mir ...« Ihre Stimme kippte.

»Psst«, sagte der kleine Mann und sah eher erschöpft als gemein oder verlegen aus.

»Im nächsten Dorf wartet meine Familie. Mein Bruder kann es nicht ausstehen, wenn mich jemand ...«

»Nell ...«

»... belästigt ... Was sagst du?«

»Bedrängt dich der Kerl?«, fragte der Bauer.

»Ich ... ich weiß nicht.«

»Mack hat mich gesandt«, sagte der lächerliche Mann. »Und ich frage mich seit Stunden, ob Ihr es seid oder nicht.«

Nell sog heftig die Luft ein. »Ihr ... Ihr hättet nicht Euch selbst, sondern mich fragen sollen.« Fassungslos starrte sie ihn an. Es war überhaupt nicht sicher, ob der Kerl die Wahrheit sagte. Vielleicht stellte Johannes ihr eine Falle. Und wenn es tatsächlich so war, dass Mack ...

»Ihr müsst mich anhören«, sagte der Mann.

»Bist du sicher, dass du das willst?«, fragte der Bauer. So ein anständiger Mensch. Kümmerte sich um fremde Frauen auf der Straße, die nicht einmal richtig Italienisch sprachen.

»Er wollte Euch selbst suchen, aber er hat erfahren, wo das Kind ...«

»Felicita!«

»Ja. Wie es scheint, hat dieses Weib ...«

»Du sprichst von Felicita!«

Der Bauer zuckte mit den Schultern, packte seinen Maulesel am Zügel und führte Karren und Familie an den Fremden vorbei, die sich offenbar doch besser verstanden, als es zunächst den Anschein gehabt hatte.

»Er weiß, wo sie ist? Nun redet doch!« Nell packte den Fremden und brachte es fertig, ihn zu schütteln. »Wo?«

»Wir haben uns getrennt. Er hat mich gebeten … Ihr erregt Aufsehen, Weib. Und … ich mag es nicht, berührt zu werden. Ich kann es nicht ausstehen, um genau zu sein. Wenn Ihr so freundlich …«

Nell ließ ihn los. Sie raffte die Röcke und suchte einen Weg durch das Unkraut, um von der Straße zu kommen. Vor ihr lag Weideland und nicht weit entfernt spendete ein großer Baum Schatten. Besorgt schaute sie zurück, aber der Fremde folgte ihr. Atemlos hielt sie im Kreis des kühlenden Laubes inne. Sie fuhr herum.

»Von vorn. Erzählt mir alles.«

»Mack …«

»Alles, was meine Tochter betrifft.«

»Mack meint, dass sie bei einer schwachsinnigen Frau untergekommen …«

»Sie ist ein Säugling. Sie kann nicht unterkommen. Sie kann nur irgendwohin getragen werden. Erzählt weiter.«

»Er weiß es nicht mit Sicherheit, denn ein Säugling sieht wie der andere aus und er hat ihn nicht einmal gesehen, sondern nur das Weinen …«

»Er hat ein gutes Gehör. Wo wohnt diese Frau?«

»In dem Dorf, in dem auch der Inquisitor Quartier …« Der schmächtige Mann schwieg plötzlich. Er sah unglücklich aus. »Ich will Euch keine falschen Hoffnungen machen. Ich bin ein weit gereister Mann. Ich habe miterlebt, wie die Menschen sich das, was sie sehen, so lange zurechtbiegen, bis es in ihre Vorstellungen passt. Das soll man nicht tun. Natürlich kann es tatsächlich Euer Kind sein. Ich werde Euch jedenfalls zu Mack bringen.«

»Ihr habt sie gar nicht gefunden. Ihr habt keine Ahnung, wo Felicita steckt. Das ist nur ein Vorwand.«

Der Mann starrte sie verständnislos an.

»Warum?«

»Warum was?«, fragte er.

»Felicita ist Mack egal. Sie ist ihm nicht nur egal, er kann sie nicht leiden.«

»Das dürft Ihr nicht sagen«, meinte der Fremde salbungsvoll. »Mack ist …«

»Ich weiß, was er ist. Und ich bin jedenfalls nicht blind«, schrie Nell. Ihre eigene Stimme erschreckte sie. Sie riss sich zusammen und senkte sie. »Für Mack war Felicita eine Last. Das fremde Ding, das heult und Scherereien macht. Manchmal, glaube ich, hat er sie gehasst.«

»Warum sollte er dann …«

»Das ist doch klar: Er will, dass ich zu ihm zurückkehre.« Ihre Augen waren trocken. Ihr Geist seltsam klar. Sie fühlte sich, als wäre sie eine Fremde, die in Nells Haut geschlüpft war. Falsch, als hätte eine Fremde ihre Haut verlassen und als wäre sie selbst endlich in ihren eigenen Körper zurückgekehrt. Sie fühlte sich … grauenhaft.

22. Kapitel

Er stahl einen ledernen Trinkbeutel aus einer offen stehenden Küche. Und eine Leine, die hinter einem Kuhstall zwischen zwei Obstbäumen gespannt war. Außerdem das Kleid, das darauf hing. Dieses letzte Risiko ging er ein, um sein Gewissen zu beruhigen, und dass es ihn überhaupt zwickte, bewies …

Hölle, wie jämmerlich. Das Gewissen! Such dir einen Beichtvater, wenn du heulen willst, dachte Mack bitter, während er sich erneut in den nahen Wald zurückzog, um die Dämmerung abzuwarten, die in dieser Jahreszeit leider erst spät einbrach. Er war, was er war. Er hatte es sich nicht ausgesucht. Es hatte mit dem ersten Atemzug in ihm gesteckt. Inzwischen war er zum Mörder geworden und alles, was Gewissen hieß, konnte ihm gestohlen bleiben.

Von seinem Versteck aus hatte er einen guten Blick auf das Haus, in dem Johannes Quartier genommen hatte. Aber dort regte sich den ganzen Nachmittag über nichts. Als die rote Sonne das Hausdach berührte, machte er sich auf den Weg.

Die Hütte der Schwachsinnigen lag völlig frei, ohne jeden Sichtschutz, an dem kleinen Bach. Wenn Demetrius hier auf der Lauer liegt, dann hat er mich, dachte Mack, während er voller Unbehagen mit den Augen das Gelände absuchte. Nichts rührte sich. Die Zweige der Bäume wiegten sich im Wind, ein Hund schnupperte an Bäumen und Steinen. Er musste sich darauf verlassen, dass sein Rettungsplan für Felicita zu ungewöhnlich war, als dass der Kirgise draufgekommen wäre. Und tatsächlich – er erreichte ungestört die Hüttentür.

Die Frau war daheim, ein zweiter Erfolg nach der Karawane

von Misserfolgen. Sie hockte auf ihrem Strohhaufen, das Kinn in die Rechte gestützt, während sie trübsinnig an den Fingern der linken Hand lutschte. Mack nahm den Stofffetzen, den er vom Saum des Kleides abgerissen hatte, in beide Hände. Er ließ ihr keine Zeit. Er stürzte sich auf sie und wand den Streifen ein paar Male um ihren Mund, bis er zuverlässig bedeckt war. Hastig fingerte er nach dem Seil. Der ganze Überfall war ein Kinderspiel, sie war zu erschrocken, um sich auch nur zu rühren.

»Ich tu dir nichts«, flüsterte er, während er den Strick an ihren Handgelenken verknotete. Er war froh, dass er ihr Gesicht nicht sehen konnte. Es kostete ihn Überwindung, der Alten die Lumpen vom Körper zu ziehen. Ihr Bruoch und die Strümpfe waren reine Fetzen, die mehr entblößten als verhüllten. Er versuchte, so wenig wie möglich von ihrem ausgemergelten Körper anzuschauen, und zog ihr rasch das neue Kleid von den Beinen her über den Körper. Als er in die Lumpen schlüpfte, schaffte die Frau es, sich umzudrehen. Ihre Augen leuchteten fröhlich.

»Ja, ich finde auch, dass du jetzt besser aussiehst.« Mack schenkte ihr ein Lächeln. Er zog den Lappen von ihrem Kopf, den sie als Schleier benutzte, schüttelte die Läuse heraus und legte ihn so an, dass er weit in seine Stirn fiel. Nach kurzem Zögern ergriff er einen Eimer, in dem Urin und Kotbrocken schwammen. Damit machte er sich auf den Weg. Es war noch nicht dunkel, aber die Konturen der Bäume und Häuser verschwammen bereits.

Demetrius wartete hinter einem Brennholzstapel, der in der Nähe des Küchenfensters einen Sichtschutz bot. Mack bemerkte ihn erst, als er den halben Weg durch den Hof geschlurft war. Der Kirgise erhob sich und kam einige Schritt heran. Er schien nicht gleich darauf zu kommen, wer den Eimer schleppte. Mack sah aus den Augenwinkeln, wie er die Nase rümpfte. Er zögerte. Dann warf er der den Hof verpestenden Gestalt einen verächtlichen Blick zu und nahm seinen Posten hinter dem Holz wieder ein.

Mack brummelte Wortbrocken vor sich hin. Er war stolz darauf, die Stimmlage der Schwachsinnigen genau zu treffen. Als er den Flur betrat, war er sicher, Demetrius getäuscht zu haben.

Wo mochte Felicita untergebracht sein? Aus der Küche, in den sie ihn selbst eingesperrt hatten, drang das Scheppern eiserner Töpfe, also wandte er sich zur Treppe. Die Tür, die in das Zimmer des Inquisitors führte, war verschlossen. Mit leichter Gänsehaut beschloss Mack, sie vorerst zu ignorieren. Kaum anzunehmen, dass Johannes sein Zimmer mit einem brüllenden Säugling teilte.

Die Tür des oberen Raums war ebenfalls zu. Mack drückte vorsichtig die Klinke herab und einen scheußlichen Moment lang sah er mit dem geistigen Auge, wie jemand von der anderen Seite die Bewegung beobachtete und nach einer Waffe griff.

Das Zimmer war leer. Zumindest hielt sich kein Erwachsener darin auf. Mack atmete auf. Er trat an das Bett, auf dem Nell während ihrer Haft geschlafen hatte. Felicita lag, in eine Decke eingeschlagen, auf den Federn. Einen Moment lang packte ihn der Drang, sie zu schnappen und einfach hinauszurennen, aber er beherrschte sich. Auch wenn Felicita ein stilles Kind war – falls sie Hunger hatte oder sich erschreckte, würde sie sich bemerkbar machen.

Vorsichtig band er den ledernen Trinkschlauch von seinem Gürtel. Man konnte nur hoffen, dass das Kind geschickt genug war, sich nicht mit der Ziegenmilch, die er enthielt, zu ersticken. Mack setzte sich auf die Kante des Betts und nahm den Säugling mitsamt der Decke auf. Felicita hatte einen leichten

Schlaf. Sie schlug die Augen auf und begann zu wimmern. Hastig hob er ihren Kopf an. So, fast sitzend, gefiel es ihr besser – danke Nell, dass du erwähnt hast, was sie mag. Dann ließ er aus der runden Öffnung des Lederbeutels einige Tropfen auf ihre Lippen fallen.

Sie begann augenblicklich zu schmatzen und zu saugen. Sie hatte es nicht leicht. Ihre rundliche Zunge stieß hinaus, was eigentlich hinunter sollte und in ihren Halsfalten sammelte sich verschüttete Milch. Mack leistete der Schwachsinnigen in Gedanken Abbitte. Felicita musste einen Mordshunger haben. Ihr entschlüpfte ein Protestlaut über die ungeschickte Fütterung, aber sie ließ sich nicht entmutigen. Sie schluckte Milch, sie schluckte Luft – ihr Bauch musste am Platzen sein, als sie sich zufrieden gab. Mack entschlüpfte ein Lächeln, während er in die ernsten Augen sah.

»Wir machen das gut, ja?«

Ohne sie loszulassen, zog er das Laken vom Bett. Er faltete daraus eine Art Tasche, die er über der Schulter verknüpfte. Vorsichtig legte er Felicita hinein. Sofort begann sie zu greinen und er ruckelte sie erschrocken. Sie verstummte.

Doch das kurze Weinen hatte ihn daran erinnert, in welcher Gefahr sie immer noch schwebten. Demetrius wartete ungeduldig auf den Mörder seines Bruder und Johannes auf den Wechselbalg, dessen Exekution er sich auf die Fahne geschrieben hatte. Es war, als hätte Macks Erschrecken sich auf das Kind übertragen. Felicitas Augen schienen noch weiter aufgerissen als zuvor. Sie zog die Lippen ein. In diesem Moment ähnelte sie ihrem Vater mehr als je zuvor.

»Nicht brüllen, Süßes«, flüsterte Mack. Er angelte hektisch nach einem Zipfel der selbst geknüpften Tasche und hielt ihn an ihre Lippen.

Sofort begann sie wieder zu saugen. Er sah, dass sie ihn weiter beobachtete. Mack eilte zur Tür. Als er sie öffnete, verharrte er einen Augenblick. Etwas beunruhigte ihn. Was war es? Er hörte keinen Laut.

Er wartete und hielt den Atem an. Und mit ihm schien das ganze Haus dasselbe zu tun.

Kein Laut aus der Küche – das war es, was ihn störte. Hatten sie nicht eben noch mit Töpfen geklappert? Es roch nach wässriger Suppe. Möglicherweise war der Koch mit dem Schnippeln fertig und brachte die Küchenreste …

Jemand schlich die Treppe hinauf. Eine Stufe knarrte und der Ankömmling verharrte. Das war mehr als ein Zeichen. Mack blickte sich im Zimmer um. Keine Möglichkeit, sich zu verstecken. Der Platz hinter der Tür wäre eine Zuflucht für einen Augenblick. Gerade für so lange, wie Demetrius brauchen würde, das Fehlen des Kindes zu entdecken.

Felicita gab ein leises Rülpsen von sich. Sie war hellwach und verfolgte sein Mienenspiel.

Also hinter die Tür, flüsterte Mack lautlos. Er beeilte sich und drückte sich an die Wand. Die Tür wurde aufgestoßen und flog gegen seinen Ellbogen, mit der er das Kind abschirmte.

Still, Süße. Mack schaute Felicita beschwörend an. Demetrius stieß einen ärgerlichen Laut aus. Er trat einen weiteren Schritt ins Zimmer und ging rasch zum Fenster, wo er hinausschaute.

Idiot, dachte Mack.

Er rannte los. Er verlor keine Zeit damit, die Tür hinter sich ins Schloss zu ziehen. Jetzt zählte nur Geschwindigkeit. Die Stufen flogen ihm entgegen. Auf dem Treppenabsatz zögerte er kurz – und wandte sich zum Zimmer des Inquisitors. Ein rascher Blick zeigte ihm, dass Johannes im Bett lag. Sein Gesicht war grau, die Augen geschlossen, die Lippen zuckten. Der Schlaf schien ihm noch immer keine Erholung zu bescheren. Es erfüllte Mack mit kalter Befriedigung.

Das Fenster bot ihm einen winzigen, aber wichtigen Vorteil. Im Gegensatz zu Demetrius würde er nicht erst durch den Hof und um das halbe Gut rennen müssen, um die Flucht in den Wald antreten zu können. Mack kletterte auf den Mauersims. Das Kleid, das er immer noch trug, war ein ärgerliches Hemmnis, aber daran konnte er jetzt nichts ändern.

Er hörte, wie sein Verfolger unten auf dem Absatz der Treppe kehrtmachte und erneut die Stufen hinaufhastete, wohl in Erinnerung daran, wie sein Jagdwild das letzte Mal entkommen war.

Felicita hatte den Zipfel losgelassen und nuckelte an ihrer Faust. Sie schien nicht mehr zum Weinen aufgelegt. Mack legte die Hand unter den kleinen Körper, breitete den freien Arm aus und sprang.

Über sich hörte er Demetrius einen wütenden Schrei ausstoßen. Mack nahm sich nicht die Zeit hinaufzuschauen. Er umfasste das Kind mit beiden Armen und rannte.

23. *Kapitel*

Der kleine Mann mit dem lächerlichen Bart und dem ebenso lächerlichen blauen Hut mochte sie nicht. Und Nell mochte ihn auch nicht. Sie merkte, wie er es verabscheute, wenn sie ihn zufällig streifte, und wie er jedes Gespräch auf das Nötigste beschränkte. Genau die Art Freund, die man von Mack erwarten kann, dachte sie grollend und ungerecht.

Wahrscheinlich war er gar nicht Macks Freund. Mack besaß überhaupt keine Freunde, wenn man einmal von Gunther absah, dem Waffenmeister des Königs, mit dem ihn diese gereizte Kumpanei verband, die sie nie verstanden hatte. Mack war ein Einzelgänger, so wie manche wilde Tiere Einzelgänger waren.

Nell ärgerte sich, dass sie Mack mit einem Tier verglich. Sie ärgerte sich, dass sie überhaupt an ihn dachte. Dass er Felicita nicht leiden konnte, war eine Tatsache. Sie hatte oft genug beobachtet, wie er die Augen rollte, wenn die Kleine weinte. Er hatte sie nie von sich aus auf den Arm genommen. Das Mädchen war Arnulf aus dem Gesicht geschnitten und Arnulf war ihm verhasst. Man musste ihm also zugestehen, dass er darunter litt, den toten Widersacher nun ständig in einer kleineren Ausgabe vor sich zu haben. Und man musste begreifen, dass er um ihretwillen keinen Finger krümmen würde. Nur dass er es nicht zugab.

»Wartet!«, rief Nell. Der Weg gabelte sich und sie meinte sich zu erinnern, dass der sandige Nebenpfad mit den kümmerlichen Zypressen in das Dorf des Inquisitors führte. Als sie an Johannes und seinen weißen Jäger dachte, wurde ihr

Mund trocken. Wenn es nicht wegen Felicita wäre, keine hundert Mann hätten sie dazu gebracht, noch einmal an diesen schrecklichen Ort zurückzukehren.

»Sie werden Euch schnappen und weder dem Kind noch sonst jemandem wird geholfen sein«, sagte der kleine Mann. Das hatten sie schon hundertmal besprochen. Jāqūt – so hieß der Kerl, wahrscheinlich die italienische Aussprache von Jacob – Jāqūt war der Ansicht, sie müsse Mack zumindest sprechen, bevor sie in die Falle lief, wie er es nannte. Nell zuckte die Achseln und entschied sich für den Zypressenpfad. Sie hörte, wie der Kleine wütend vor sich hin brummelte. Was mochte Mack ihm versprochen haben, dass er so beharrlich versuchte, sie zu diesem Haus im Wald zu bringen?

»Was hat Mack Euch versprochen?«, fragte sie.

»Eine Frau tut den Mund auf – und ein Rätsel kommt heraus. Ich habe mich entschlossen, Euch zu helfen, weil … ich es wollte. Ich werde Euch in eine Herberge bringen, in ein Häuschen am Rand des Dorfs, in dem man mich kennt und in dem Ihr vielleicht sicherer als anderswo seid, denn es sind freundliche Leute. Ich werde mich selbst in den Gassen umhorchen und Euch berichten und Ihr könnt Euch darauf verlassen …«

»Natürlich tue ich das. Selbstverständlich. Ich verlasse mich immer auf Macks Freunde«, grollte Nell.

»Und nun langt schon zu«, sagte die Frau. »Ihr seht ja, verzeiht, halb verhungert aus.« Sie hieß Ilda und sie redete, als müsse sie niemals Atem holen. Aber sie war nett, das musste man ihr zugestehen. Sie hatte Nell bereitwillig etwas zum Trinken hingestellt und nun schob sie ihr einen Kanten Brot zu. Dabei hatte sie noch nicht ein Mal wegen Geld angefragt. Ich bin ein schrecklicher Mensch, dachte Nell. Nicht Mack, sondern ich bin es, die misstrauisch ist und mit niemandem auskommen kann. Sie nahm einen weiteren Schluck Ziegenmilch und bedankte sich besonders nachdrücklich.

Jāqūt kam die Treppe herab, die auf den kleinen Dachboden führte, den man ihnen als Unterkunft geboten hatte.

Die Frau schob ihm ebenfalls frisches Brot über den Tisch. Ihr Mann lächelte gutmütig dazu. Er war ein Krüppel, dem ein Bein fehlte, aber er sah trotzdem zufrieden aus und genoss den Anblick seines Gartens im Nachmittagslicht.

»Und was gibt es Neues?«, fragte Jāqūt scheinheilig, als ginge es ihm nur um ein bisschen höfliches Plaudern.

Die Frau warf ihrem Mann einen Blick zu. Nell sah, wie ihre Miene sich veränderte. Ihr Herz begann zu klopfen.

»Nun ja ...«

»Am besten wäre, die Fremden würden so bald als möglich wieder verschwinden«, platzte der Mann heraus.

»Welche Fremden?«, erkundigte sich Jāqūt und biss herzhaft in den duftenden Brotleib.

»Am besten wäre, Mafalda hätte ihr Haus niemals vermietet.« Die Frau ließ den Löffel, mit dem sie in einer zähen Masse rührte, sinken. »Vielleicht bringt ein Hexer die Hexenjäger ins Dorf, aber vielleicht ist es auch umgekehrt, sage ich. Seit die Leute bei Mafalda eingezogen sind, ist es mit unserem Frieden jedenfalls vorbei.«

»Ein Hexer?«, fragte Jāqūt. Mehr brauchte es nicht, um die Zunge der Frau zu lösen. Ihre Geschichte war haarsträubend. Der Hexer hatte sie überfallen – kein Hexer, ein Wechselbalg, sagten sie oben in Mafaldas Haus, aber wer wollte da unterscheiden, man kannte sich schließlich nicht aus mit diesen widernatürlichen und gottlosen Dingen – und er hätte sie beinahe umgebracht.«

»Umgebracht?«, fragte Nell ungläubig.

Die Frau nickte. »Und dabei hatte ich ihn erst so nett gefunden. Er sah ... sanft aus, lustig ... ein freundlicher Bursche,

182

denk ich noch. Und dann versucht er mich mit seinen hübschen Händen zu erwürgen.«

Nell schüttelte den Kopf.

Die Frau schien die Bewegung eher als Staunen denn als Misstrauen zu deuten. »O ja, mein Kind! Und außerdem hat er einen der beiden Hexenjäger in Mafaldas Haus mit einem Fluch belegt, heißt es. Der Mann kann nicht mehr schlafen, oder vielmehr: Er versucht zu schlafen, aber sobald er die Augen schließt, wird er von einem Alb heimgesucht, der sich auf seine Brust setzt, ihm die Luft abdrückt und ihn mit schrecklichen Phantasien quält. Rodolphe, der kocht, sagt ...«

»Im Nachhinein finde ich, er wirkte verzweifelt. Der Junge, meine ich, den sie einen Wechselbalg nennen«, sagte der Mann. »Womit ich keineswegs entschuldigen will ...«

»Du hast seine Klauen nicht an der Kehle gespürt«, bemerkte die Frau spitz.

»Dennoch: Der Herr schuf den Fisch und den Pirol ...«

»Das hat er. Aber nicht dieses Untier!« Die Stimme der Frau zitterte und ihr Mann blickte verlegen auf die Tischplatte.

Jāqūt räusperte sich. »Was ist aus der Sache geworden?«

»Er ist noch einmal ins Dorf zurückgekehrt«, erzählte Ilda. »Da sind diese ... diese Wechselbälger wie wilde Tiere. Wenn sie in einem Hühnerstall wüten und nicht erwischt werden, kehren sie zurück.«

Nell wollte etwas sagen, aber Jāqūt trat sie unterm Tisch gegen das Schienbein und sie schloss ihren Mund.

»Dieses Mal hatte er es auf eine Magd abgesehen, ein armes, schwachsinniges Ding ...«

»Nicht auf Angela«, mischte der Mann sich ein. »Sie sagen, er wollte das Kind.«

Nell fuhr zusammen. Wieder fing sie sich einen Tritt ein und sie biss sich so heftig auf die Lippe, dass sie süßes Blut schmeckte.

»Ein Kind?«, fragte Jāqūt mit einem kleinen Gähnen, das andeuten sollte, wie wenig ihn dieses Thema interessierte.

»Angela behauptet, sie hat es am Bachufer gefunden und vielleicht war es wirklich so, denn der Wechselbalg mag es dort abgelegt haben. Und dann hat das arme Geschöpf – damit meine ich jetzt Angela – das Balg mit sich genommen und ihn damit natürlich auf ihre Spur gezogen.«

»Hat er sich das Kind zurückgeholt?« Nells Stimme bebte. Sie sah, wie die Frau sie befremdet anschaute.

»Er hat es versucht. Ist ihm aber nicht gelungen«, erklärte der Mann. »Ein paar Bauern kamen auf Angelas Geschrei gelaufen und da hat er das Hasenpanier ergriffen.«

»Und dann?«

»Die Männer in Mafaldas Haus haben die Brut des Bösen unter Verschluss genommen«, sagte Ilda voller Befriedigung.

Nell rührte sich nicht, aber es kam ihr vor, als stürze etwas in ihr zusammen. Sie sah zu, wie die Frau ein geriebenes Kraut in den Topf warf und wieder zu rühren begann.

Jāqūt hatte sich auf sein Lager gelegt, das Ilda mit einer alten Decke gepolstert hatte, und starrte zu den schwarzen Balken. Es war beinahe Morgen, durch die Ritzen des Strohs, mit dem das Dach abgedeckt war, fielen dünne Lichtstrahlen. Nell wusste, er dachte, dass sie schlief, aber sie beobachtete ihn, seit sie die Umrisse seiner Gestalt im Dämmerlicht ausmachen konnte.

Er hielt den Stein in den Händen.

Sie konnte ihn nicht wirklich sehen, aber sie fühlte ihn. Es war genau wie damals, als sie mit Mack noch in der Hütte gelebt hatte. Als flösse etwas Dunstiges aus dem gelben Ding, das die Luft anreicherte und es schwer machte zu atmen. Unbegreiflich, wie Mack sich an das unheimliche Ding klammerte. Als wäre es ... etwas Geliebtes, dachte Nell, und einen Moment erschien Felicita vor ihren Augen.

Sie biss sich auf die Lippe. Noch schöner, jetzt zu weinen.

Es wunderte sie nicht wirklich, dass Jāqūt den Stein besaß. Er war ein undurchsichtiger Mann. Sie hatte keine Ahnung, wie er in den Besitz des Dings gekommen war, aber der Argwohn quälte sie. Vielleicht war ja alles nur gelogen, was er über Mack und die angebliche Freundschaft gesagt hatte, die die beiden verband.

Jāqūt seufzte. Nell sah aus den Augenwinkeln, wie er sich halb aufrichtete und den Stein in etwas einwickelte. Er stand auf und kletterte die Stiege hinab. Wahrscheinlich musste er austreten und sie wusste, dass er sich dazu lieber in die Einsamkeit begab. Vielleicht war er einmal ein Mönch gewesen. Das würde auch seine Abneigung gegen Frauen erklären.

Als sich das Geräusch seiner Tritte entfernte, sprang sie auf und huschte zu seinem Lager. Er hatte den Stein in ein altes Stück Stoff gewickelt. Sie brauchte gar nicht lange zu suchen. Es war, als ginge von dem Stein eine Art Wärme aus, die sie schnurstracks die Hand in die richtige Richtung ausstrecken ließ. Nur dass es keine echte Wärme war. Eher eine Kälte, die aber auch nicht kalt war …

Nell ließ den Stein aus dem Stoff in ihre Handfläche gleiten. Sie zuckte ein bisschen, als erwarte sie, verbrannt zu werden, aber nichts geschah. In ihrer Hand lag ein gelber, tropfenförmiger Stein, vielleicht halb so groß wie ein Ei. Er glitzerte auf, als ihn ein Sonnenstrahl berührte, aber als Nell ihn erschrocken fallen ließ, wurde er sofort wieder blind. Sie blickte auf ihn herab.

Ein Ding, das viele begehren, hatte Mack gesagt. Nun, sie gehörte nicht zu den vielen. Der Stein, worin auch immer sein Reiz bestand, hatte seinen Platz in einer anderen Welt als ihrer. Wahrscheinlich empfand er es wie … wie eine Lästerung, wenn sie ihn mit ihren gewöhnlichen Händen berührte. Nell seufzte. Sie wusste selbst nicht, warum, aber sie musste plötz-

185

lich an Lilith denken, die sicher keine Scheu gehabt hätte, das kostbare Stück anzupacken. Lilith hätte es wahrscheinlich in Silberfäden gefasst und als Schmuck in ihrem schönen, schwarzen Haar getragen. Und ... irgendwie wäre das passend gewesen.

Lilith ...

Nell grapschte plötzlich nach Jāqūts Decke und warf sie über das gelbe Ding.

Lilith hatte ihr Macks Liebe gestohlen. Lilith hatte Felicita ins Unglück gestürzt. Und dennoch würde ihr niemand das eine oder andere vorwerfen. Solche wie Lilith machten einen Scherz und jeder vergab ihnen, weil sie anmutig waren und lustig lachen konnten und geistvolle Dinge sagten und ... Natürlich liebte man solche Leute. Sie selbst konnte Mack doch auch nicht böse sein, wenn er sich unvorsichtig in ein Abenteuer stürzte. Sie war ihm blind nach Italien gefolgt, sie hatte Gunthers großzügiges Angebot, für sie zu sorgen, ausgeschlagen, sie hatte ... immer irgendwie geglaubt, dass ihre eigene Liebe ausreichen würde, sie und Mack glücklich zu machen.

Und jetzt war klar, dass sie sich getäuscht hatte. Mack hatte in den letzten Wochen ständig ihre unscheinbare Gestalt vor Augen gehabt, das hässliche Gesicht mit dem viel zu großen Mund, die Augenbrauen, die wie Raupen über den Augen saßen. Er hatte ihre Nörgelei anhören müssen und dann das Kind, und die tägliche Plackerei ... Jemand wie Mack schob sich ein paar Beeren oder Nüsse in den Mund und war glücklich. Sie wusste, dass sie ihm auf die Nerven gegangen war. Ein Huhn sollte eben keinen Paradiesvogel lieben. Du warst dumm, Nell, so dumm ...

Sie hatte gar nicht gemerkt, dass sie weinte. Erst als sie die Hand auf der Schulter spürte, merkte sie, dass sie sich, vom eigenen Schluchzen geschüttelt, hin und her wiegte.

Sie erstarrte. Einen Moment war sie sicher, den Jäger des

Inquisitors, diesen weißen Fremden, der so freundlich wirkte und dabei so erbarmungslos war, hinter sich zu haben. Als sie das eitle Räuspern ihres Reisegefährten hörte, hätte sie vor Erleichterung und Zorn beinahe aufgeschrien. Wütend fuhr sie herum.

»Er ist nicht so, wie man denkt«, sagte Jāqūt.

»Und was denke ich?«, fauchte sie ihn an. »Mack hat versucht, mein Mädchen zu retten? Und das Hasenpanier ergriffen, als ein paar einfältige Bauern auftauchten! Er ist schneller als jeder Mensch. Er hätte mit Felicita verschwinden können, wenn er gewollt hätte. Aber er wollte es gar nicht. Er wollte nur sagen können, dass er es versucht hat.«

»Er liebt dich«, sagte Jāqūt.

Nell starrte ihn sprachlos an.

»Sonst würde er doch nicht so viel unternehmen, nur um … Es hat ihm ins Herz geschnitten, dich nicht selbst suchen zu können. Ich hab's ihm angesehen.«

Sie schüttelte den Kopf. Wieder hatte sie das seltsame Gefühl, ein fremdes, geistloses Geschöpf aus ihrem Körper vertrieben zu haben und auf schreckliche Art sie selbst geworden zu sein. Eine Nell, die klar begriff, was um sie herum vor sich ging. »Mack liebt mich nicht. Er braucht mich nur. Das ist ein Unterschied. Und soll ich Euch sagen, wozu er mich braucht? Er muss jemanden haben, der ihm sagt, dass er nicht ist, was er glaubt zu sein. Jemanden, der ihm seine Angst nimmt. Und ich bin die, die das immer gemacht hat.«

Hatte Jāqūt ihr zugehört? Er bückte sich nach der Decke und zog den Stein darunter hervor. Er betrachtete ihn, aber nur kurz. Dann streckte er den Arm zu Nell aus. »Ich habe versprochen, ihm das … Stück zurückzugeben. Gib du es ihm.«

»Er will ihn haben, ja?«, fragte Nell.

»Natürlich will er das.«

24. Kapitel

Das Haus lag still. Nichts schien sich hier verändert zu haben, seit Mack es so überstürzt verlassen hatte. Er hatte während seiner Flucht einige Haken geschlagen – nur nicht das Risiko eingehen, verfolgt zu werden – und die Nacht war überraschend schnell verflogen. Die Sonne ging auf. Frühnebel glitzerte, Spinnennetze funkelten und aus irgendeinem Grund rochen Harz, Blüten und Moder stärker als gewöhnlich. Die Luft war geschwängert von einer Unzahl herbwürziger Gerüche.

Es war Mack gelungen, in einen Ziegenstall einzudringen und Nachschub für den Lederbeutel zu beschaffen. Felicita trank, sobald sie die Augen aufschlug – als hätte sie an einem Tag nachzuholen, was sie in der letzten Zeit entbehrt hatte. Er hatte ihren roten Hintern in einem Bach gewaschen und dann ein Stück aus dem Tuch, in dem er sie trug, herausgerissen und eine Windel daraus gemacht. Er hatte sie versorgt.

Du würdest stolz auf mich sein, Nell, dachte er.

Wenn sie nur hier wäre. Zweifelnd schaute er zum Haus. Nell schaffte es nie, unbemerkt zu bleiben. In ihrer Gegenwart gab es immer Geräusche, sei es, dass sie an ein Möbelstück stieß, mit Geschirr klapperte oder lauthals ihre Gedanken ordnete. Der Stich der Enttäuschung ging tiefer, als Mack vermutet hätte. »Sie kommt bald«, sagte er zu Felicita.

Die Kleine verzog das Gesicht und er steckte ihr rasch den Zipfel des Tragetuchs in den Mund. Dieser Zipfel hatte sich als Wundermittel entpuppt. Sobald sie daran nuckelte, war sie zufrieden, es sei denn, sie hatte wirklich Hunger.

Mack schritt durch die Reste der Tür und horchte. Nichts,

kein Schritt, keine Bewegung, nicht einmal ein Atmen. Auch Lilith schien fort zu sein. Es roch nach allem außer nach Maiglöckchen. Erstaunlicherweise enttäuschte ihn das ebenfalls.

Die Mauern nahmen ihm die Luft, er hasste sie wie jedes gejagte Wesen, und nachdem er kurz das obere Geschoss inspiziert hatte, verließ er das Haus wieder. Er setzte sich auf einen Stein, der durch Büsche abgeschirmt wurde, und stellte sich aufs Warten ein. Kurz machte er den Versuch, Felicita auf dem Boden abzulegen, aber dagegen schien sie etwas zu haben, denn sie begann sofort zu jammern. Selbst den Zipfel nahm sie erst wieder an, als er sie an seine Brust zurückbefördert hatte.

»Du bist lästig«, sagte er. Und dann, mit einem Lächeln: »Sie wird kommen. Wir haben Zeit. Wir warten.«

Sie hatten keine Zeit. Das Leben mit einem Säugling gestaltete sich noch schwieriger, als Mack es in Erinnerung hatte. Im Laufe des Tages trank Felicita die Milch aus und er musste sich erneut auf die Suche nach einer Ziege machen, was ihn mehrere Stunden kostete, in denen Felicita abwechselnd wimmerte und brüllte. Die ganze Zeit plagte ihn die Sorge, er könnte Nell verpassen. Schließlich fand er ein Haus, dessen Besitzer zwar keine Ziege, aber einige Schafe hielt. Es war nicht einfach, an die Milch heranzukommen, die Schafe gebärdeten sich, als hätte ein Wolf sie am Genick gepackt. Doch kein Mensch störte ihn bei seinen ungeschickten Melkversuchen. Einen Moment war Mack geneigt, eines der Mutterschafe zu stehlen, aber der Gedanke an Nell hielt ihn zurück. Sie würde todsicher wissen wollen, wie er an das Tier gekommen war, und dann …

Wir machen einen ganz neuen Anfang, Nell. Wir kehren heim nach Deutschland. Ich bitte Gunther um Land, wie du es dir wünschst, und ich schufte und werde dafür sorgen, dass du genügend Schafe hast, um ein Dutzend Felicitas satt zu bekommen.

Ihm wurde warm ums Herz. Er stellte sich vor, wie er durchgeschwitzt vom Jagen heimkam oder … ja, auch vom Ackern, was immer sich bot, und Nell ihn mit einem Lächeln erwartete.

»Wenn deine Mutter lächelt, ist man zu Hause, und wenn man mitten in der Wüste steckt«, sagte er zu Felicita. Sie sabberte und spielte mit ihrer Zunge.

Mack erreichte das Haus kurz vor dem Dunkelwerden. Er hatte es schnell durchsucht. Nell war immer noch nicht da und er merkte, wie ihn eine beklemmende Angst packte. Wenn Jāqūt sie *nicht* gefunden hatte, wenn Nell vielleicht in völlig falscher Richtung nach dem Kind suchte … Einen Moment kam ihm der Gedanke, dass sie einen ausgesetzten Säugling gefunden und ihn mit Felicita verwechselt haben könnte – aber das war ausgeschlossen. Kein Kind auf Erden schaute so ernst wie Nells Tochter. Das Mädchen war ungewöhnlich. Geistesabwesend schob er ihm den Zipfel in den Mund.

Und dann hörte er sie kommen.

Hat jedes Wesen, hat jeder Mensch seinen eigenen Schritt? Er wusste, dass es Nell war, die sich den Weg durch die Büsche bahnte. Sie kam nicht über die Straße zum Haus, sondern genau wie er selbst durch den Wald. Aber sie schien dabei eine Bresche zu schlagen, auf der eine ganze Armee folgen konnte. Mack lächelte. Er hörte Jāqūts Stimme, der kleine Mann protestierte gegen Nells Tempo.

Mack tat das Herz weh vor Glück, als er Nell sah. Sie schob einige Brombeerbüsche beiseite und legte geblendet die Hand über die Augen, als sie das Haus unter der tief sitzenden Sonne erblickte. Er hatte Muße, sie einige Herzschläge lang zu betrachten, ehe sie ihn entdeckte. Sie trug ihr altes Kleid, hatte aber offenbar ihre Schuhe verloren. Sie rieb den Fuß an der nackten Wade und sprühte vor Ungeduld. Ihr Haar hing ihr ins Gesicht – weg damit. O Nell, ich liebe dich. Ich liebe dich, dachte Mack.

Endlich hatte sie ihn vor den dunkelgrünen Büschen erspäht. Er sah, wie sich ihr Gesicht veränderte. Zweifel, Hoffnung, Furcht … Sie rannte durch das Unkraut und riss ihm das Tuch mit dem Kind aus den Armen. Felicita begann zu weinen, aber Nell gab darauf nicht Acht. Sie sackte zu Boden, bedeckte das kleine Gesicht mit Küssen und schlug die Windeln auseinander, um den armen dürren Körper nach Verletzungen zu untersuchen.

Jāqūt trat näher und blickte Mack über den Kopf der aufgeregten Frau an. Er wollte etwas sagen, zuckte dann aber nur mit den Schultern.

Nell zog den Saum ihres Ausschnitts herab und ließ Felicita an die Brust. Gierig schlug die Kleine ihre Fingernägel in Nells weiße Brust und hinterließ einen kleinen blutigen Kratzer. Mack hatte keine Ahnung, ob nach den langen Tagen, in denen Nell von ihrem Kind getrennt gewesen war, überhaupt noch Milch floss, aber als Felicita zu saugen begann, war es, als fiele jede Unruhe von ihr ab.

Nell schaute auf und in diesem Moment begriff Mack, dass etwas nicht in Ordnung war.

»Du hast es leichter als ich, wenn es um die Milch geht«, versuchte er zu scherzen.

Sie antwortete nicht. Sie starrte ihn an und ihre Augen waren so schwarz, dass er gar nicht erst zu fragen brauchte, ob sie wütend war.

»Wir haben es geschafft, Nell. Wir gehen nach Hause. Ich werde mit Gunther sprechen. Wir werden einen Flecken finden, wo wir leben können.« Noch vor kurzer Zeit hätten ihre Augen zu glänzen begonnen. Jetzt füllten sie sich mit Tränen.

»Es geht der Kleinen gut«, meinte Mack lahm. »Sie wird sich erholen. Sie hat einen kräftigen Willen.«

»Es geht ihr *nicht* gut. Und das würdest du wissen, wenn du sie nur einmal angeschaut hättest.«

Mack sah, wie Jāqūt den Kopf abwandte und ein Stück zur Seite ging.

»*Bald* wird es ihr tatsächlich gut gehen«, sagte Nell. »Denn nach uns beiden sucht niemand. Ich komme zurecht, Mack. Und … und zwar am besten allein«, brach es zornig aus ihr heraus. »Weißt du, was ich durchgemacht habe, die letzte Nacht und diesen Morgen? Sie sagten, dass Johannes Felicita bei sich hat und dass er sie das Kind eines Wechselbalgs nennt. Ich dachte, dass er … dass er schreckliche Dinge … Ich dachte, er quält sie. Ich dachte …«

»O Nell, Nell, das tut mir so Leid.« Mack kniete nieder. Er fasste nach ihrem Arm, doch sie zog ihn ruppig zurück. »Nellie. Sieh mich an, bitte. Ich … halt's nicht aus, wenn du so bist. Ich verspreche dir: Ihr kommt nicht mehr in Gefahr. *Wenn* sie jemanden jagen, dann werde ich das sein. Jāqūt könnte dich nach Norden bringen. Wir würden uns erst treffen, wenn wir sicher sind, dass sie mir nicht mehr auf den Fersen sind. Ich werde Demetrius schon los.«

»Mit dir ist man niemals sicher, Mack!«

Ja, da hatte sie Recht. Deutschland! Der König hatte ihn verbannt. Wenn sie ihn schnappten, würde es ihm auch dort an den Kragen gehen. Jeder, der von seiner Vergangenheit wusste, konnte ihn denunzieren. Macks Verzweiflung musste sich in seinem Gesicht abzeichnen, denn einen Moment wurde Nells Miene weich. Aber sie hatte sich sofort wieder gefangen.

»Ich hab dir was mitgebracht.« Sie fasste in eine Tasche, die an ihrem Gürtel hing.

Mack wunderte sich, dass er die Gegenwart des Steins nicht schon früher wahrgenommen hatte. Oder hatte er es doch getan? Vielleicht war es gar nicht Nell, die diese trostlose Stimmung verbreitete, sondern das verfluchte gelbe Ei.

»Hier.« Sie warf ihm den Stein vor die Füße und fast gegen seinen Willen nahm er ihn auf.

»Das stimmt, Nell. Ich muss zuerst dieses Ding loswerden. Daran hatte ich gar nicht mehr …« Ihr ironisches Lächeln ließ ihn verstummten. »Nell. Ich *liebe* dich.«

Hör auf damit. Zwar sprach sie es nicht aus, aber genau das war es, was sie dachte. Sie sah müde und verdrossen aus.

»Nell …«

»Spar dir die Worte.«

»Ich will doch nur …«

Nell stand auf und schob den Mund ihrer Tochter von der Brust. »Ich weiß schon, was du willst, Mack. Ich … sag auch gar nicht, dass es mich überrascht. Eigentlich wusste ich's von Anfang an. Aber ich hab's geschehen lassen und … bin dir sogar gefolgt. Ich habe selbst Schuld. Und deshalb klag ich nicht, aber jetzt muss Schluss sein, denn mein Kind …«

»Wovon redest du?«

»Ich hab jetzt Verantwortung. Versteh das endlich. Ich habe ein Kind. Es hat ein Recht auf ordentliche …«

»Natürlich hat sie das. Ein Recht auf alles, was ein Kind braucht. Du würdest staunen. Ich habe ihr die ordentlichste Windel der Welt um den Hintern gewickelt.«

»O Himmel, Mack!« Nell konnte nicht verhindern, dass ein Lächeln auf ihre Lippen schlich. Rumkriegen war ein hässliches Wort. Ich kriege sie nicht rum, dachte Mack. Ich überzeuge sie. Wir lieben uns. Wir gehören zueinander. Man kann uns nicht trennen. Nur jetzt kein falsches Wort …

Und dann war es vorbei.

Nell schaute über seine Schulter. Er wusste, was sie sah, obwohl sie kein Wort sagte. Das Lächeln auf ihren Lippen erlosch. Ihre Augen schienen hart zu werden, wie Wasser, das innerhalb eines Augenblicks gefriert. Sie hob Felicita an ihre Schulter und marschierte an ihm vorbei in Richtung Straße.

Lilith war ausnahmsweise ernst. Sie legte Mack die Hand auf die Schulter und sagte: »Wie es aussieht, erscheine ich immer im ungünstigsten Augenblick.«

Er horchte auf einen triumphierenden Unterton in ihrer Stimme, die ihm einen Grund geliefert hätte, aufzubrausen, aber er fand nichts. Er streifte ihre Hand ab und ging ein paar Schritte, bis ihm auffiel, dass er gar kein Ziel hatte.

»Sie wird sich's überlegen«, sagte Lilith.

Mack setzte sich auf den Waldboden, ein Käfer krabbelte über seine Wade, und als er ihn abstreifen wollte, merkte er, dass er immer noch den Stein in der Hand hielt. Wütend schleuderte er ihn von sich.

»So wirst du ihn nicht los.« Lilith setzte sich zu ihm. »Sieh es dir an. Dieses winzige, bösartige Wesen. Er lebt, Mack. Wenn du still genug bist, hörst du ihn reden. Er will dir was sagen. Und … ja, ich glaube, mir auch.« Sie nahm den Stein auf und einen Augenblick schien es ihm, als bewege sich etwas darin, als würde sich ein Tier in einer durchsichtigen Eierschale regen.

»Was sagt er dir?« Es klang weniger spöttisch als beabsichtigt.

»Dass niemand eine Träne vergießen wird, wenn ich sterbe. Welch eine Offenbarung! Danke, braver Stein.« Lilith war schön. Schöner als jede Frau, die Mack kannte, aber mit einem Mal kam sie ihm … auf eine Art, die nichts mit dem Aussehen zu tun hatte, alt vor.

»Was bin ich, Lilith? Was sind *wir*?«

»Mack Sorgenvoll.« Sie gab einen Laut von sich zwischen Seufzen und Lachen. »Was du bist? Ein Hexer, ein Mann der schönen Künste, ein Zauberer der Stimme, der seine Zuhörer … nun ja, zumeist beglückt. Du tust Besseres als die meisten Wichte, die auf uns herabsehen. Und hübscher anzuschauen bist du auch. Also bitte, warum …?«

»Ich hab jemanden umgebracht.«

»Wie bös von dir«, spöttelte sie.

»Will sie nicht langsam verschwinden? Was ist?«, brüllte Jāqūt zu ihnen herüber.

»Giftzwerg!«, brüllte Lilith zurück.

»Die Hexe hat Nell verscheucht. Wirft ein feines Bild auf dich, was du jetzt tust, Mack aus dem Norden. Schöne Liebe!«

»Halt den Mund!«, blaffte Lilith ihn an.

Jāqūt hatte Unrecht. Lilith hatte den Stein vielleicht ins Rollen gebracht, aber Nell wäre auch ohne sie gegangen, wenn nicht sofort, dann in einigen Tagen oder Wochen. Nell hatte einen Schlussstrich gezogen. Und sie hatte Recht getan. Es war Felicita nicht zuzumuten, mit jemandem wie ihm zu leben, und ihr selbst ebenso wenig.

»Hör auf, Mack. Was hast du davon, dich zu quälen?«

»Lass, Lilith.« Mack nahm den Stein auf und verstaute ihn in der Tasche seines Rockärmels.

»Sie behandelt dich schlechter als jeden Straßenköter. Sie nörgelt und sucht Streit und … vergisst dich, sobald sie ihren hässlichen Balg …«

Mack stand auf.

»Was ist an diesem keifenden Gerippe, dass du nicht von ihr lassen kannst? Sie hat dich nicht verdient.«

Mack ging zu Jāqūt.

»Sie zerstört dich, Mack. Merkst du das nicht? Sie ist die Krankheit, an der du zugrunde gehst.«

Mack zog Felicitas Tragetuch, das immer noch an seiner Seite baumelte, über den Kopf und gab es dem Muselmann. »Du gehst mit ihr, ja? Beschütze sie. Gib auf sie Acht, dass sie nicht Demetrius in die Hände fällt. Tust du das für mich?«

»Ich bin dir immer noch etwas schuldig«, gab der kleine Mann zu.

Mack nickte. Der Stein schlenkerte gegen seinen Oberschenkel. Er wusste plötzlich, was er zu tun hatte.

25. Kapitel

»*Was* will er?«, fragte Nell. Sie ließ das Tuch, das Macks auf-
dringlicher Freund ihr in die Hand gedrückt hatte, sinken und
starrte ihn an. Es war heiß. Der Kerl hatte sie verfolgt, seit sie
den Wald und die Wegbiegung hinter sich gelassen hatte. Sie
war schnell ausgeschritten, weil sie den grässlichen Menschen
nicht wieder sehen wollte, wahrhaftig nicht.

*Was soll das, Mack? Musst du mir das antun? Kannst du nicht
Ruhe geben? Bildest du dir ein, du bist der Einzige, dem das Herz
schwer ist?*

Sie war wütend gewesen. Auf Mack, auf seine Liebste, mit
der er angeblich nichts im Sinn hatte und die ihm trotzdem
unentwegt Gesellschaft leistete. Sie war wütend gewesen
auf … jedermann. Und Felicita weinte, weil sie Hunger hatte
und Nells Brust offenbar fast ausgetrocknet war.

Der Kerl, Jāqūt, reichte ihr einen Trinkschlauch. »Ziegenmilch«, sagte er und Nell hätte ihm am liebsten den Schlauch
über den Kopf gezogen, denn natürlich konnte Felicita nicht
daraus trinken, weil sie noch viel zu klein war.

»*Was* will er tun?«, wiederholte sie.

»Ich halte es für eine gute Idee«, sagte Jāqūt, zog den alber-
nen Hut vom Kopf und wischte sich über die Stirn. »Er hat
jemanden umgebracht. Ich sollte das vielleicht nicht gerade
vor Euch erwähnen, aber inzwischen scheint ja alles gleich zu
sein. Und er hatte seine Gründe, die selbst ein Heiliger verstehen würde. Außerdem finde ich, es spricht für ihn, dass er
sein Gewissen …«

»Er hat jemand umgebracht?«

»Er tut, als wäre es ihm egal. Aber ein Mensch mit einem scharfen Blick ...«

»Und *deswegen* will er zum Papst?«

»Lasst Euch von einem weit gereisten Mann sagen, dass es viele Wege gibt, seine Seele zu erleichtern, und wenn er glaubt ...«

»Mack verabscheut die Kirche. Er hat kein Gotteshaus betreten, es sei denn, man hat ihn hineingeprügelt. Ich weiß das. Ich kenne ihn, seit er laufen kann.«

»Der Mensch ruft erst nach Wasser, wenn es ihn dürstet«, erklärte der kleine Mann salbungsvoll.

»Der Mensch ...« Nell steckte Felicita die Kuppe des kleinen Fingers in den Mund, um sie zu beruhigen. »Der Mensch, von dem wir sprechen ... Nun nehmt doch das Tuch fort. Das ist irgendeine Finte. Mack klammert sich nicht an den Rock der Kirche ... oder an irgendjemandes Rock ...« Felicita hatte den Zipfel des Tuchs erwischt, den Jāqūt immer noch über ihrem Mund baumeln ließ. Sie begann daran zu saugen und ihr Gebrüll verstummte.

»Es beruhigt sie«, sagte Jāqūt, triumphierend, weil ihm gelungen war, was Nell nicht geschafft hatte.

»Allmächtiger!«

»Was?«

»Mack will zum Papst. Aber ist ihm denn nicht klar, dass er damit Demetrius in die Hände läuft?«

Jāqūt blinzelte.

»Er weiß es *nicht*«, stieß Nell entsetzt hervor. In ihrer Brust verengte sich etwas, während sie vergeblich darauf wartete, das Jāqūt widersprach. Sie hatte gedacht, es wäre Mack ... es wäre jedermann klar gewesen, dass der weiße Mann vom Papst geschickt worden war. Johannes hatte darüber so offen gesprochen. Demetrius war der Mann, den der Heilige Vater geschickt hatte, den Stein wiederzubeschaffen, von dem der

Inquisitor ihm erzählt hatte. Nell biss sich auf die Knöchel. »Der Papst will diesen verfluchten Stein haben und Demetrius wurde ausgeschickt, den Mann zu fangen, der ihn besitzt.«

Jāqūt lächelte beruhigend. »Dann ist alles nicht so schlimm. Denn Mack will den Stein ja gerade bei ... bei dem Vater in Rom abliefern. Mit dieser bußfertigen Tat wird er zweifellos Gnade vor ihm ...«

»Vielleicht vor dem Papst, aber nicht vor Demetrius. Offenbar hat er Macks Spur verloren. Er wird ebenfalls nach Rom zurückkehren, das ... Das ist doch völlig klar.«

Der Mann streifte das Tuch über Nells Kopf und setzte seinen blauen Hut wieder auf. »Ich büße lange für das Unrecht, das ich getan habe. Ich muss ihm also nach und gleichzeitig muss ich Euch beschützen, was sich ausschließt.«

Felicita war eingeschlafen. Der Zipfel des Tuchs hing in ihrem Mundwinkel. Blödsinnige Idee. Man stopfte einem Kind nicht einen Fetzen Stoff in den Mund. Nell merkte, dass der kleine Mann sich anschickte zu gehen. O Mack, zur Hölle mit dir!

»Wartet!«, rief sie.

26. Kapitel

Italien verlor im Sommer seinen Reiz. Hitze flimmerte über den Feldern und die Landstraßen, über die Mack gen Rom zog, waren in Staubwolken gehüllt. Er stellte fest, dass er leichtsinnig geworden war. Obwohl er argwöhnte, dass Demetrius immer noch nach ihm suchte, begann er wieder, für das Stück Brot am Abend zu singen. Er hatte seinen Liederschatz allerdings eingegrenzt. Meist sang er vom heiligen Felix, der mit dem Hauch seines Atems eine Götzenstatue umgeworfen hatte, die man ihn zwingen wollte anzubeten. Die Geschichte war langweilig, aber die Musik auf schöne Art schwermütig. Mack bildete sich ein, sie einmal mit einem Liebestext gehört zu haben, aber was spielte das für eine Rolle. Die Leute strömten zusammen, wenn er auf einem Platz oder in einer Herbergsschenke zu singen begann, und gaben bereitwillig ihren Teil zu seinem Essen.

Als er nach Foligno kam, bot ihm eine reiche, rothaarige Hure an, ihr Geschäft und das Bett mit ihr zu teilen, was großzügig war, denn ihre Frauen stillten den Bedarf eines großen Klosters in der Nähe. Sie war niedlich und geschäftstüchtig zugleich und besaß das herzerfrischende Lachen eines Kindes. Es gab Augenblicke, in denen konnte man meinen, es wäre geeignet, traurige Seelen genesen zu lassen. Aber Mack wusste, dass er sich etwas vormachte.

Er war ein Mörder. Er träumte nachts davon. Meist von dem Turmwächter. Sein graues Haar verwandelte sich im Traum in ein flaches Brot, das Blut, das daraus tropfte, in Kirschsaft. Diese Verzerrungen hätten den Traum erleichtern sollen – was waren schon Brot und Kirschen –, aber er erwachte jedes Mal mit einer Furcht, die ihn auf die Füße trieb und nach Licht Ausschau halten ließ.

Einmal, das war auch in Foligno, träumte er von dem weißen Stern. Er war in diesem Traum trotzig gewesen und dem Selbstmitleid verfallen. Nell hatte ihn verlassen, sein Leben seinen Sinn verloren – und dennoch plagte er sich durch die Tage, um den Stein zum Heiligen Vater zu bringen. Er fand, dass der Stern das anerkennen müsste. Irgendein kleines Lob, wenigstens eine Zustimmung. Doch der Stern stand an seinem unnatürlich roten Himmel und schwieg.

Dass Nell ihn verlassen hatte – so viel gestand Mack sich am Morgen nach diesem Traum ein –, war das eine Geschehen, für das er Gott danken musste. Sie mit in den Untergang zu ziehen wäre der letzte und schwerste Mühlstein an seinem Hals gewesen. Und er ging ja auch nicht wegen des Sterns nach Rom, sondern weil er entschieden hatte, dass es Zeit war, einen Strich zu ziehen unter sein bisheriges Leben, so wie Nell es mit dem ihren getan hatte.

Mack saß auf einem Brunnenrand, als er darüber grübelte. In der Hand hielt er die Münzen, die ihm seine Zuhörer am vergangenen Abend zugeworfen hatten. Er blickte zu dem Kloster, das der schönen Hure ihr sorgloses Leben bescherte, und entschied, noch am selben Tag weiterzureisen.

Rom rückte näher. In einem kleinen Dorf in der Nähe von Viterbo erfuhr Mack, dass Papst Gregor den deutschen König Heinrich auf Wunsch seines Vaters, des Kaisers, gebannt hatte. Er fragte sich, wie der empfindsame junge Mann wohl auf diesen neuen Affront reagieren würde. Einen Moment stellte er sich vor, wie Heinrich seine Getreuen zusammenrief, unter ihnen den Waffenmeister Gunther, um einen Befreiungsschlag zu planen. Heinrich würde mit den Lombarden einen Bund gegen den Kaiser eingehen, davon war Mack überzeugt. Gab es Aussicht auf Erfolg? Er bezweifelte es. Und wenn Heinrich unterlag?

Mack verspürte Mitleid, als er an den jungen König dachte, der ihn verbannt hatte. Gleichzeitig glomm ein Funke Hoffnung in ihm auf. Wenn Friedrich gegen seinen Sohn zu Felde zog, würde sein Diener Demetrius ihn dann begleiten? Und womöglich fallen? Er schämte sich dieses Gedankens. Er hatte sich auf den Weg gemacht, für seine Sünden zu büßen, und konnte doch nicht von der eigenen Lebensgier lassen. Eine Ahnung sagte ihm allerdings, dass der Tod, wie Demetrius ihn für den Mörder seines Bruders plante, eine eigene Güte haben würde. Nein, ihn verfolgte nicht die Furcht vor dem Tod, er hatte eine Höllenangst vor der Wut des Kirgisen.

So war es wohl auch kein Wunder, dass er oft das Gefühl hatte, ihm sei jemand auf den Fersen, und obwohl es dafür nicht den geringsten Beweis gab, konnte er sein Unbehagen nicht abschütteln.

Die Mauern der heiligen Stadt tauchten in der staubigen Ebene auf. Die Straßen hatten sich gefüllt. Mack reiste im Gefolge mehrerer Mönchsgruppen. Ich schleiche mich in das Haus des Herrn ein wie ein Verbrecher, der sich unter harmlosem Volk versteckt, dachte er. Einer der Männer hatte den asketischen Gesichtsausdruck des Inquisitors, sogar seine merkwürdigen Vogelaugen, und einen unangenehmen Moment lang ertappte Mack sich bei der Frage, was aus Johannes geworden sein mochte. War er tot? Er hatte schlecht ausgesehen bei ihrer letzten Begegnung, krank. Mack hatte nur einen kurzen Blick auf ihn werfen können, aber ... sehr krank. Er verfluchte sich für die Befriedigung, die er bei diesem Gedanken immer noch verspürte. Es war dasselbe wie mit seiner Hoffnung, Demetrius vom Hals zu bekommen. Seine weltlichen Begierden – wie nannten sie das? Die Wünsche des Fleisches? – hielten ihn so fest ihm Griff wie der Schnaps den Säufer. Mack fasste den festen Vorsatz, auch das zu beichten, was er Johannes angetan hatte.

In seinem Innern plagten ihn allerdings Zweifel, ob der Heilige Vater ihm diese besondere Schandtat, die nichts mehr mit den Missetaten eines Menschen zu tun hatten, vergeben würde. Viele Menschen brachten andere Menschen um. Dafür Vergebung zu erlangen war durchaus möglich. In den Kreuzzügen war sie oft schon vor den Untaten ausgesprochen worden. Aber er hatte jemanden dazu verdammt, in seinen Träumen die Hölle zu erleben. In jedem einzelnen seiner Träume. In jeder Minute seines Schlafes.

Ich bin schmutzig.

Mack schielte auf seine Hände. Seit er damit Ildas Kehle umfasst hatte, hatte er ständig das Bedürfnis, sie zu waschen oder, wenn es kein Wasser gab, wenigstens im Sand zu scheuern. Die Haut war rot und empfindlich geworden.

Er hatte Angst. Sie wuchs mit jedem Schritt, den er sich der Stadt näherte. Selbst mit wachem Auge glaubte er überall kirschrote Flecken zu sehen.

Rom quoll über vor Dreck und es war laut. Flüche, Bitten, Scherze – ein Gewebe aus Geräuschen lag über der Stadt, nicht weniger aufdringlich als die Hitze. Mack drängte sich durch Pilgergruppen, die auf Treppen und vor Kirchen lagerten und sichtbar unter den Fliegen litten, die sich auf allem niederließen, was sich auch nur einen Moment nicht bewegte. Erst fielen ihm die Pilger auf, dann die Kranken, die allein oder mit Hilfe von Angehörigen oder Freunden in den Kapellen und Kirchen Heilung und Trost suchten. Zum Schluss die Huren, die in den engen Gassen ihre Wohnungen hatten und jeden Mann bedrängten, der ihnen für ein Geschäft geeignet erschien.

Er musste etwas essen, aber seit er die heiligste Stadt der christlichen Welt betreten hatte, bekam er den Mund nicht mehr auf. Seine Kehle fühlte sich an, als wäre sie mit Sand gefüllt. Er überlegte ernsthaft, ob die Heiligkeit des Ortes die Ursache dafür war. Vielleicht welkte und schrumpfte alles, was gottlosen Ursprungs war, in diesen Mauern dahin wie Unkraut unter einer besonders heißen Sonne.

Er wurde angerempelt und verzog sich unter einen Torbogen, der in einen kleinen, von Hauswänden umgebenen Hof führte. Dort erblickte er einen Mönch, der ungeachtet der Hitze ein steiniges Beet beackerte. Der Mann schwitzte, das Wasser lief ihm die buschigen Augenbrauen herab und er musste es sich mit jeder zweiten Bewegung vom Gesicht wischen. Dennoch gönnte er sich keinen Moment Ruhe. Mack blickte sich um, aber er sah keine Seele, die den heiligen Mann antrieb. Offenbar war er es selbst, der sich diese Arbeit auferlegt hatte. Mack lehnte sich an den Torbogen. Eine Weile sah er dem Schuftenden zu, dann ging er zu ihm hinüber. Wortlos nahm er ihm den Spaten ab und stach selbst in die harte Erde.

Das Graben war anstrengend und … nun, es schien nicht besonders erfolgverheißend zu sein, was auch immer die Mönche mit dem Beet vorhatten. Die Erde bestand aus Staub, durchmischt mit Geröll, wobei es mehr Geröll als Staub zu geben schien. Was sollte hier wachsen? Vielleicht planten sie, den Boden mit fruchtbarerer Erde anzureichern? Mack bückte sich, hob die Steine auf und packte sie, so wie er es bei dem Mönch gesehen hatte, in einen großen Korb. Der Mann in der grauen Kutte hatte sich auf eine Steinbank gesetzt und beobachtete ihn. Er sprach kein Wort und schaute auf eine Art zu, die Mack verlegen machte.

Schon nach kurzer Zeit schwamm Macks Körper in Schweiß, der in Strömen über seinen Rücken lief und sich in allen Hautfalten sammelte. Ihm wurde ein wenig schummrig zumute, sicher von der Sonne, die erbarmungslos ihre Pfeile in den Hof schickte, und er hätte einiges für einen Schluck Wasser getan. Der Mönch trank allerdings auch nicht und so verkniff Mack sich eine entsprechende Bitte. Nach und nach legte er jedes Kleidungsstück ab, das er vor dem ernsten Mann glaubte entbehren zu können. Er bückte sich und bückte sich und las die kleinen Gesteinsbröckchen in den Korb.

Ein Hüne betrat den Hof, ein Stofflieferant, wie es aussah, denn er trug einen Ballen schwarzer Wolle auf den fleischigen Armen. »Und morgen schöpfst du mit einem Sieb den Ozean aus?«, neckte er Mack.

Mack wartete, bis er durch eine der Türen ins Haus verschwunden war. »Warum tun wir das?«, fragte er dann den Mönch.

»Das Beet umgraben?«

»Ja.«

Der Mönch stand auf. Er wuchtete den Korb, der inzwischen fast bis zum Rand mit Steinen gefüllt war, auf eine Schulter, beugte sich vor und schüttete den Inhalt in einer Lawine wieder auf das Beet, worauf er darauf achtete, dass sich das Geröll gut verteilte. »Es reißt den Stolz nieder und öffnet den Geist.« Er ergriff den Spaten, den Mack hatte fallen lassen, und begann das Geröll unter den Sand zu mischen.

»Tut es das?« Mack blickte auf seine Hände, an denen inzwischen die Blasen bluteten. »Ich habe draußen in den Gassen Kranke liegen sehen, denen jemand einen Schluck Wasser bringen könnte. Bettler hungern und … weiß der Himmel.«

Der Mönch fuhr mit der Arbeit fort.

»Das verstehe ich nicht«, sagte Mack.

Als der Mann nicht antwortete, zuckte er die Achseln und blickte zum Tor.

»Nimm deine Kleider«, sagte der Mönch.

»Bitte?«

»Du brauchst nicht wiederzukehren. Du bist hier nicht erwünscht.«

Mack zog sich umständlich Hemd und Rock über die nassen Schultern. Ohne ein Wort verließ er den Hof.

Er musste sich durchfragen. Zunächst einmal erfuhr er, dass der Papst in einem Stadtbezirk im Osten der Stadt wohnte, der Lateran hieß. Er hatte weit zu gehen, und als er den Palast erreichte, war es fast dunkel. Er war müde und so durstig, dass er für einen Tropfen Wasser jemanden hätte erschlagen können.

Erschlagen können – erschlagen!, verübelte er sich den eigenen Gedanken. Er blickte sich um und half einer Frau, die sich mit zwei schweren Eimern abmühte, in denen sie Wasser zu ihrer Wohnung schaffte. Sie musste wissen, worauf es ihm ankam, denn als sie die Tür erreichten, winkte sie ihn hinein, rief einem ihrer schmutzigen Kinder, die über die Strohbetten tollten, einen Befehl zu, füllte den Holzbecher, den das Kind brachte, und bedeutete ihm, sich satt zu trinken. Er tat's und wanderte, inzwischen in völliger Nacht, zum Palast zurück.

Irgendwann stand er vor einer Reiterstatue, in deren Schutz er sich niederließ. Er war nicht allein, halb Rom schien im Freien zu nächtigen, Pilger, Bettler, sogar reich gekleidete Männer und Frauen, die es vielleicht als Teil ihrer Buße begriffen, draußen beim gemeinen Volk zu schlafen.

Mack lehnte sich gegen den Sockel des Denkmals und blickte hinüber zu den verzweigten Häuserketten und Türmen, die den Wohnsitz des Herrn der Christenheit bildeten. Obwohl es inzwischen Nacht war, konnte er sehen, dass ein Glockenturm glänzte, als wäre er mit Gold überzogen. Mit Gold? Ausgeschlossen! Nicht einmal der reichste Mann der Welt konnte es sich leisten, ein Dach mit Gold zu überziehen. Und doch sah es so aus.

Ich stehe vor den Häusern, die sich Gott hat bauen lassen, und denke über Gold nach, kam es ihm in den Sinn und er fühlte sich noch ein Stück verlorener und armseliger. Das Gold – falls es sich überhaupt um Gold handelte – würde ein Sinnbild sein, das den Menschen die Herrlichkeit Gottes offenbarte. Dieser Gedanke kam nicht von ihm. Irgendjemand hatte das einmal in seiner Gegenwart gesagt. Der Mönch, der ihm die Grundzüge des Lesens hatte beibringen sollen? Dunkel erinnerte Mack sich, dass er für eine respektlose Antwort einen Schlag auf den Mund bekommen hatte.

Er bettete den Kopf in den Armen.

Die Herrlichkeit Gottes ging über seinen Verstand. Es war schon richtig, es war ein Glück, dass Gott einen Menschen zu seinem Stellvertreter auf Erden ernannt hatte. Ihm kam ein weiteres Bild in den Kopf, von dem Sünder, der wünschte, die Berge würden über ihm zusammenstürzen, damit er nicht vor Gottes Angesicht treten musste. Wahrscheinlich hatte er in seinem kindlichen Übermut auch darüber gelacht. Er versuchte sich den Heiligen Vater vorzustellen. Ebenfalls in Gold und Glanz, aber doch nur ein Mensch wie er selbst. Ein Mensch – der ihn womöglich gar nicht empfangen würde?

Seltsamerweise hatte er nie darüber nachgedacht, dass es ein Problem sein könnte, zum Hüter der Christenheit vorzudringen. Der Stein war ihm wie ein Empfehlungsschreiben vorgekommen, das jede Tür öffnete. Er wusste ja, dass der Papst den Stein Luzifers suchte. Er hatte also etwas zu geben. Doch wenn er das den Wachen oder Mönchen oder wer auch immer die Türen hütete nicht begreiflich machen konnte? Was dann?

27. Kapitel

»Wir waren zu langsam«, sagte Nell.

»Wir sind gerannt, seit Ihr Euch in den Kopf gesetzt habt ...«

»Keiner hat verlangt, dass Ihr mich begleitet!«, schnaubte Nell. Sie hatte diesen Streit mit Jāqūt schon so oft geführt, dass sie seiner so überdrüssig war wie des kleinen Menschen selbst. Diese grässliche Stadt. Die ganzen Leute, die sich schier umbrachten mit ihrem Heiligtun. Und keine Spur von Mack.

»Ihr haltet Wache am Tor«, befahl sie. Das war die günstigste Aufteilung. Jāqūt verbrachte den Tag vor den Toren des Laterans, um Mack abzufangen, falls er hier auftauchen sollte. Sie selbst durchstreifte die Herbergen und Schenken. Das war ein verzweifeltes Unterfangen mit wenig Aussicht auf Erfolg, denn es gab einfach zu viele Absteigen. Aber sie verließ sich darauf, dass man sich an Mack erinnern würde, wenn er irgendwo gesungen hatte. Und er *musste* singen. Der Magen knurrt auch bei der heiligsten Bußfahrt.

»Ihr rührt Euch nicht vom Fleck«, schärfte Nell dem kleinen Mann ein. Sie argwöhnte, dass er sich bei den Klöstern in den Seitengassen um Essen anstellte, obwohl sie ihm jeden Abend und manchmal auch zwischendurch etwas Brot brachte, das sie erbettelt hatte. Man musste sich das nur vorstellen: Mack lief in seinen Untergang, während diese lächerliche Gestalt sich den Bauch voll stopfte.

Nell schaute über den Platz, der im frischen Morgendämmerlicht lag. Er war überfüllt mit Menschen, die hofften, einen Blick auf den Heiligen Vater werfen zu können, wenn er seinen Palast verließ. Nervös kniff sie in ihr Ohrläppchen. Zu viele Leute, viel zu viele Leute.

»Das Kind weint«, sagte Jāqūt so vorwurfsvoll, als wäre es ihre Schuld.

Felicita würde bald etwas bekommen. Zumindest dieses Problem hatte Nell gelöst. In einer Straße in der Nähe von S. Cecilia wohnte eine Frau, die Mitleid mit dem weinenden Säugling gehabt hatte, als Nell sich vor ihrem Haus ausruhte. Seitdem durfte Nell einmal am Tag vorbeikommen und ihren Schlauch mit Schafsmilch füllen. »Ja doch«, sagte Nell und streichelte das weiche Gesichtchen. Einen Moment wich die Unruhe von ihr. Felicita wuchs und veränderte sich fast jeden Tag. Sie versuchte sich aufzurichten und lächelte und strampelte, sobald sie ihre Mutter erblickte. Das war ein Wunder, ein Geschenk.

Jemand drängelte sich so rücksichtslos zwischen Jāqūt und Nell hindurch, dass Nell beinahe gestolpert wäre. »Kannst du nicht aufpassen!«, schimpfte sie in ihrem schlechten Italienisch. Der Mann trug weiße Kleidung, was ihr im ersten Moment einen Schrecken eingejagt hatte, aber es war nur einer von diesen Mönchen, die taten, als hätten sie die Heiligkeit gepachtet.

Er drehte sich zu ihr um und sie musste sich berichtigen. Dieser hier bildete sich nichts auf seine Heiligkeit ein. Er sah gemein aus. Und schlecht gelaunt. Etwas musste ihm schon am frühen Morgen die Stimmung verdorben haben.

»Bleib mir vom Leib«, sagte Nell und bemühte sich, nicht ängstlich zu klingen.

Der Mann zögerte – und zuckte die Schultern. Erleichtert sah sie ihn hinter dem Reiterstandbild verschwinden.

28. Kapitel

Nell hatte Angst vor ihm. Sie wich zurück und blickte sich panisch um. *Bleib mir vom Leib, Mack!*

Er wollte sie beruhigen. Hatte sie nicht verstanden, dass er in Rom war, gerade weil er beschlossen hatte, ihr Leben nicht länger zu beschmutzen?

Wechselbalg! Das Wort dröhnte in seinem Kopf, als würde es in Fanfaren geblasen. Mack richtete sich auf, immer noch halb im Schlaf, und bemühte sich, seinem Traum zu entkommen. Gleichzeitig versuchte er verzweifelt, Nells Stimme festzuhalten.

Es war zu spät. Sie hatte ihn verlassen, wie am Ende jeden Traums, den er in den letzten Tagen geträumt hatte. Mack beugte sich vor und verschränkte die Hände hinter dem Kopf. Eine Zeit lang tat er nichts, als seinem eigenen Atem nachzulauschen. Manchmal stellte er sich vor, wie es wäre, wenn man aufhören könnte zu denken. War das die Bedeutung von Tod? Natürlich nicht. Hinter den Nebeln des Sterbens lagen neue Welten, Paradies und Hölle. Und für einen wie ihn? Würde diese grausame Sehnsucht nach Nell ihn durch ewige Zeiten begleiten? War das vielleicht die sorgsam ausgeklügelte Strafe, die der Allmächtige sich für ihn ausgedacht hatte?

Du nimmst eine Menge auf dich für etwas, von dem du nicht weißt, wie es enden wird, dachte er mit leisem Selbstspott.

Er rappelte sich auf. Heute war der Tag, für den er die lange Reise auf sich genommen hatte, und dieses Grübeln war nichts als sein Widerstreben vor dem letzten Schritt, der getan werden musste. Er hatte Angst, so einfach war das.

Die meisten Schläfer waren bereits auf den Füßen, viele standen schon vor einem der Klöster an, die für die Pilger Mahlzeiten ausgaben. Mack merkte, dass er Hunger hatte, und wusste einen Moment nicht weiter. Hunger, Angst und Liebesschmerz tobten offenbar in denselben Regionen, was witzig war, wenn man darüber nachdachte. Er rieb sich den Magen und beschloss, sich zunächst auf die Suche nach etwas Essbarem zu machen.

Die Klöster wiesen selten jemanden ab und auch an diesem Morgen füllten die Mönche den Wartenden in stoischem Gleichmut Suppe in die mitgebrachten Gefäße. Der Duft frisch gebackenen Brotes wehte aus Flechtkörben. Mack stellte sich in die Schlange und übte sich in Geduld. Kurz bevor er an der Reihe war, entdeckte er einen Trupp Uniformierter, der lärmend in den Platz einritt. Männer des Papstes – das stand für Mack fest. Mehr als ihre Kleider wiesen ihr herrisches Betragen und ihre Ortskenntnis sie aus. Einer von ihnen brüllte einen Befehl in Richtung des Wächterhäuschens und sie sprangen aus den kostbaren Ledersätteln. Aus einem Seitentor des Palastbezirks kam ein Junge gerannt, der nach den Zügeln der Pferde griff und ihnen die Tiere abnahm, wobei ein Schimmel bösartig nach ihm ausschlug.

Mack beobachtete die Männer. Sie schienen von weit her zu kommen. Ihre dunkelblauen Mäntel waren durch den Straßenstaub hell geworden, die Hosen bis zu den Oberschenkeln mit Matsch bespritzt. Der Anführer, ein korpulenter, aber durchaus kräftig aussehender Mann, rief einen der Torwächter zu sich und stellte ihm Fragen.

»Und? Bist du festgewachsen?« Der Mann, der hinter Mack wartete, stemmte ihm die Faust in den Rücken. Mack schüttelte den Kopf und verließ die Schlange. Er mochte den dicken Reiter nicht. In den aufgedunsenen Zügen lag eine gewisse Brutalität. Einer von der Sorte, die in den Schänken Händel begannen und sich mit Vorliebe an Vaganten und leichten Frauen vergriffen. Andererseits war er nicht nach Rom gekommen, um in Freundlichkeit zu ertrinken. Er wollte nicht fordern, sondern ... Er brauchte jemanden, der ihm Einlass in den Palast verschaffte, und vielleicht waren ihm diese Männer vom Schicksal gesandt.

Er ging über den Platz und erreichte die Gruppe gerade, als sie das Tor passieren wollte. »Wartet.«

Der Dicke drehte sich um. Sein Gesichtsausdruck wechselte von Verwunderung zu Verachtung, als er Macks zerlumpten Rock und seine abgemagerte Gestalt bemerkte.

»Ich muss zum Heiligen Vater. Ich ... muss ihm etwas übergeben, auf das er wartet.«

»Ein Bote?«, erkundigte sich der Dicke mit gleißendem Spott. Seine scharfe Stimme stand in deutlichem Gegensatz zu der schwammigen Gestalt. Die Männer um ihn herum lachten. »Wahrscheinlich der Diener eines großen Herrn – wenn er nicht selbst ein großer Herr ist.«

Kein großer Herr, ein Idiot, dachte Mack. Aber nun stand er hier. »Ich muss zum Heiligen Vater, unbedingt.« Er sah, dass der Dicke sich zu langweilen begann. Der Mann würde gehen – und mit einem Mal war das eine schreckliche Vorstellung. »Wenn ihr mich nicht durchs Tor bringt, wird es ein anderer tun. Aber ich vergesse keine Gesichter.«

Der Dicke trat vor. Die Heiterkeit seiner Mitstreiter versiegte. »Du vergisst keine Gesichter? Ach ja. Und wie darf ich das verstehen?«

»Ich ... muss dort hinein.«

»Und du vergisst keine Gesichter?«

»Ich ...« Mack holte Luft. »Was ich damit meine, ist – der Heilige Vater erwartet eine Nachricht. Er erwartete sie von jemand anderem, aber der andere ist verhindert und ...« Warum fallen einem Geschichtenerzähler, wenn es ernst wird, nur

211

blasse Lügen ein? »Lasst ihm ausrichten, Johannes, der Inquisitor, der Beichtvater des Patriarchen von Aquileja, sendet wichtige Botschaft.«

Der letzte, der berühmte Name wirkte. Der Dicke horchte auf. »Der Patriarch von Aquileja?«

»Ja, er gab mir …«

»Du weißt, was dir geschieht, wenn du uns einen Bären aufbindest.«

Mack nickte.

Der Mann neben dem Dicken meldete sich zu Wort. »Ich kenne diesen Johannes. Ein finsterer Mann – aber in Ansehen beim Papst. Es heißt, er wurde von ihm selbst empfangen – mehrere Male, vor gar nicht langer Zeit.«

Mack warf einen heimlichen Blick zu den Menschen, die über den Platz schlenderten, ihr Frühstück in den Händen. Ich bin wirklich ein Idiot, dachte er. Die Sonne tauchte den Platz in leuchtendes Licht. Der Geruch des Brotes brachte ihn fast um.

»Und dein Name?«, fragte der Dicke.

»Markward aus Thannhausen.«

Das Leben im Lateran bestand aus Warten. Zu dieser Erkenntnis kam Mack, nachdem er – gemeinsam mit zahllosen anderen Bittstellern – zunächst in einer Wachstube und dann in einem langen Flur gesessen hatte. Ihm wurde übel vor Hunger, aber hier, an der heiligsten Stelle der Stadt, dachte niemand an so Profanes wie Brot. Sein Nachbar auf einer der Bänke, ein Mann, dem ein Schwerthieb das Auge, aber nicht das gute Herz zerstört hatte, tippte ihm irgendwann auf die Schulter und reichte ihm einen Apfel, den Mack dankbar verzehrte.

Schließlich, es musste schon nach Mittag sein, wurde er durch ein Labyrinth von Gängen in einen kahlen Raum geführt, dessen einziges Fenster in einen einsamen, mit zerbrochenen Statuen voll gestellten Hof hinausging und in dem er erneut warten musste.

Dieser letzte Raum beunruhigte ihn. Er war gekommen, um sein verpfuschtes Leben auf den Prüfstand zu stellen. Er wollte keinen Vorteil schinden, nichts heucheln, nichts für sich selbst ergattern, sondern seinen Kopf neigen und in Demut – mit wie scheußlichen Erinnerungen dieses Wort behangen war – aber doch, ja, in Demut annehmen, was auch immer der Abgesandte des Herrn über ihn beschloss. Und nun begann er plötzlich seine Umgebung nach Fluchtmöglichkeiten abzusuchen. Nicht vorsätzlich, aber ihm fiel auf, dass das Fenster schmal war und vom Hof eine halb offen stehende Tür in das gegenüberliegende Gebäude führte. Ihm kam eine Liedzeile in den Sinn, die auf den Kreuzzügen besonders gern zitiert worden war. *Ich lasse mich fallen in des Herren Hand ...* Etwa so stellte er sich seine Audienz hier vor. Und dennoch knabberte er an den Stricken, die er sich selbst angelegt hatte.

Du bist hier, weil du es willst, wiederholte er sich ein ums andere Mal, während er durch den Raum wanderte.

Beobachtete man ihn?

Unauffällig suchte Mack die Wände mit den Augen ab. Ein Künstler mit Freude an bunten Farben hatte die Wände mit einer Mönchsprozession in irgendeiner südlichen Stadt bemalt. Über dem Gemälde hingen breite Teppiche, in denen sich gut und gern ein Loch befinden mochte, durch das ein neugieriges Auge starrte. Ich bin im Kern, dachte Mack und sah sich im Geiste im Innern einer schwarzen Kugel. Vielleicht war der Heilige Vater nur wenige Wände von ihm entfernt. Ach was, man würde ihn zu einem ... wenn er es gut traf, zu einem Kardinal führen. Nicht einmal das. Man würde ... Mack schlug die Hände vor die Augen, nahm sie aber gleich wieder fort. Sie wussten, was er wollte, zumindest wussten sie, wer er war.

Es gab keine andere Erklärung dafür, dass man ihn von den anderen Wartenden getrennt und in dieses einsame Kämmerchen geführt hatte.

Der Marmorboden schluckte jedes Geräusch. Als sich die Tür zu seiner Kammer öffnete, zuckte Mack zusammen, obwohl er die ganze Zeit darauf gewartet hatte, dass jemand kam.

Der Eintretende war ihm fremd. Ein Mann in einem stoffreichen Gewand mit einem breiten roten Hut auf dem Kopf, von dessen Krempe lange Bänder baumelten. Er sah wichtig aus. Woran erkennt man, dass jemand wichtig ist? Keine Ahnung. Es mochte an dem Hut liegen.

Mack sank auf die Knie.

Ungeduldig bedeutete ihm der Mann aufzustehen und zu folgen. Wieder ging es einen Flur entlang. Ich bin ein Mörder, auch wenn es hier noch niemand weiß, dachte Mack. Eine Bildergalerie schmückte die Wand. Lauter fromme Begebenheiten. Dazwischen Kruzifixe und goldene Kerzenhalter. Aber über allem schwammen plötzlich kirschrote Flecken.

Ihm tränten die Augen, als er neuerlich vor einer Tür stand.

Dieses Mal kniete er, weil der Mann mit dem roten Hut ihn gestoßen hatte. Der Heilige Vater oder sonst jemand ging im Raum umher. Mack hörte die Tritte, aber er heftete seinen Blick auf den Boden – grüne und blaue Sechsecke aus schimmerndem Marmor, von denen jedes einzelne durch einen goldenen Rand gerahmt war. Sein Blickfeld wurde begrenzt durch den unteren Teil eines kalten Kamins. Er war ein Mörder. Er war gekommen, um das und alles andere zu beichten.

»Ich habe es einmal abgelehnt und ich sehe keinen Grund, mich erneut damit zu beschäftigen«, durchbrach eine Stimme die Stille. Es gab ein Geräusch, als würde Pergament auf einen Tisch geworfen. »Heb den Kopf, Junge. Ich will dein Gesicht anschauen.«

Der Mann, der gesprochen hatte, wirkte zu rastlos, als dass das Wort »Greis« auf ihn gepasst hätte. Aber er war doch schon ein alter Mann, der einen Stock benötigte, um sich abzustützen. Sein schmales Gesicht wurde von einem gestutzten weißen Bart umrahmt. Ungeduldig klopfte er mit der Hand auf den Tisch.

»Sein Name?«

Der Mann mit dem roten Hut antwortete. »Die Thannhäuser sind ein unbedeutendes bayrisches Geschlecht. Wobei, wenn ich an die Worte von Bruder Johannes erinnern darf, nicht festzustehen scheint, ob er wirklich diesem Blut entstammt ... Euer Scharfblick wird es enthüllen, Eure Heiligkeit.«

»Aha, und du bist gekommen, um ...?« Die Worte waren als Frage formuliert und Mack verstand sie als Aufforderung zum Sprechen. Bruder Johannes ... Der Inquisitor war also bereits in den Lateran zurückgekehrt? Wieder dieser Wunsch davonzulaufen. Doch im Grunde war gleich, was Johannes berichtet hatte.

»Ich bin hier um meiner Sünden willen. Ich suche nach Vergebung.«

»Deiner Sünden ... Welche worin bestehen?« Dieses Mal wartete der Heilige Vater die Antwort nicht ab. »Er sieht nicht aus wie die leibhaftig gewordene Gefahr. Bei allen Heiligen, wie lange muss ich noch warten? Wo steckt er denn? Ich dachte ...«

»Man sucht ihn«, warf der Rothütige beruhigend ein.

»Welcher Sünden also?«

»Ich bin ein Mörder.«

Der Heilige Vater sah weder beunruhigt noch besonders schockiert aus. »Wen hast du umgebracht?«

»Einen Kerkermeister und einen ...« Wie beschrieb man Georg? »Einen Diener des Kaisers.«

»Ach.« Ein Lächeln huschte über die schmalen Lippen. Es

war ein seltsames Gefühl, mit eigenen Augen zu sehen, dass die Gerüchte über die Feindschaft zwischen Papst Gregor und Kaiser Friedrich der Wahrheit entsprachen, aber es musste so sein. Der zufriedene Gesichtsausdruck war nicht anders zu deuten. »Das ist schlimm. Noch etwas?«

»Ich ... bin ein Wechselbalg.« Mack brachte es nicht fertig, weiter den Kopf zu erheben. Er stierte wieder auf die marmornen Sechsecke. Seine Wangen füllten sich mit Blut. Er hatte es ausgesprochen, nach zweiundzwanzig Jahren des Leugnens. Eine Fliege umsummte ihn neugierig und sirrte davon. Wechselbalg. Er hatte es ausgesprochen.

»Woher weißt du von deiner teuflischen Herkunft?«

»Ich weiß es.«

Bis auf das Sirren war es still.

Der Heilige Vater durchmaß in kurzen abgehackten Schritten das Zimmer. Mack hörte das leichte Klacken des Stocks. Er sah den Saum des päpstlichen Rocks vor der Einfassung des Kamins auftauchen und spürte, wie Blicke getauscht wurden. Nichts lag mehr in seiner Hand. Seltsamerweise erleichterte ihn das. Man würde über ihn beschließen. Vielleicht würde er sterben. Aber das Kämpfen und Aufbegehren hatte ein Ende.

»Er scheint zu kommen«, sagte der Mann mit dem roten Hut.

»Gut. Sag ihm, er soll warten. Noch einen Augenblick.« Ein Schatten fiel über Macks Gesicht. Er spürte eine schwere Hand auf seinem Kopf. »Du bist also ein ... ein Wechselbalg. Und du bereust deine Sünden?«

»Ja.«

»Wie ungewöhnlich. Und ... wie ungewöhnlich schön und ebenmäßig diese Gestalt!«

Es pochte, der Rote eilte zur Tür. Mack hörte ihn flüstern, während die Hand des Heiligen Vaters weiter auf seinem Kopf lag.

»Du willst wissen, ob du Vergebung erlangen kannst.«

»Ja.«

»Ein Wesen, das seiner Geburt und Veranlagung nach so verdorben ist, dass man es als Personifizierung des Bösen bezeichnen muss, bittet um Vergebung. Ein schwieriges Problem, zu dem es meines Wissens keinen Präzedenzfall gibt. Ein Wechselbalg. Was wärest du bereit auf dich zu nehmen, um rein zu werden – falls es überhaupt möglich ist?«

Alles, wollte Mack sagen. Er wollte es wirklich. Das Wort lag auf seiner Zunge. Natürlich *alles*. Deshalb war er hier. Weil die Bürde, unter jedermanns und vor allem unter der eigenen Verachtung zu leben, schlimmer war als jede Qual, die einem zugefügt werden konnte. Jede Qual, bis auf …

Er sah plötzlich Flammen vor sich. Den blauen Kern in dem gelben Zünglein. Die rote Glut. *FRESSEN* …

Er brauchte Zeit. *Alles* lässt sich nicht dahinsagen. Neben dem Kamin lag ein Stapel Holz, der seinen Blick magisch anzog. Er brauchte Zeit …

»Du hast mir also ganz umsonst gegrollt, mein Getreuer.« Der Papst hatte seine Hand fortgezogen, ohne dass Mack es bemerkt hatte. Er war einige Schritt zur Seite getreten und sprach mit jemandem. Aus seiner Stimme klang leiser Spott, der aber nicht feindselig gemeint schien.

»Ich grollte nicht, Vater.«

Mack riss den Kopf hoch.

»Ich wusste, dass sein Schicksal ihm bestimmt ist.«

Fassungslos starrte Mack in das breite Bauerngesicht, das gutmütiger denn je wirkte. Sein Verstand setzte aus. Demetrius … Er brauchte mehrere Atemzüge, bis er begriff, dass seine Augen ihn nicht täuschten, und einige weitere, um eine Vorstellung zu bekommen, was das Auftauchen des Kirgisen im Palast des Papstes bedeutete. Georg und Demetrius. Keine Männer des Kaisers, wie er so selbstverständlich angenommen hatte, sondern Diener des Heiligen Vaters. Und niemand hatte ihn angelogen. Er selbst hatte voreilig seine Schlüsse gezogen und sie später niemals hinterfragt.

Der Kirgise verzog die Lippen zu einem Lächeln.

Jeder Muskel in Macks Körper drängte danach, aufzuspringen und zu einer der Türen zu stürzen. Bis ihm einfiel, dass sich auch mit Demetrius' Erscheinen nichts geändert hatte. Er war gekommen, um die Rechnung zu zahlen, die er durch sein Leben aufgetan hatte, und der Allmächtige schien bereit, jeden Posten dieser Schuld einzufordern. Georgs Tod war einer davon.

»Er wünscht Vergebung seiner Sünden«, sagte der Heilige Vater und stieß geistesabwesend mit dem Fuß gegen den Holzstapel am Kamin.

»Heuchelei«, sagte Demetrius.

»Aber er ist gekommen.«

»Um neue Teufeleien zu begehen. Lasst ihn nicht zu dicht an Euch heran, Vater … Ihr habt nicht erlebt, was ich erlebt habe. Und Ihr wisst nicht, wie es um Johannes steht.«

Der Papst wich tatsächlich einen Schritt zurück. »Was ist mit dem Mann?«

Demetrius dachte nach, und als er sprach, klang jedes Wort wohl überlegt. Seine Stimme zitterte leicht. »Er leidet Qualen, die kein Mensch begreifen kann. In jeder Nacht, in jeder Stunde seines Schlafes zieht es ihn in eine Welt des Grauens. Sein Geist irrt durch Dunkelheit. Er fürchtet die Hand, die ihn berührt, er fürchtet sogar den Tropfen Wasser, der seine Lippen benetzt. In jedem Traum, den er träumt, erlebt er das Fegefeuer, wie es für die schrecklichsten Feinde Gottes vorbereitet ist.«

»Und das hat dieses … Wesen getan?«

Aus dem Blick des Heiligen Vaters war die Neugierde gewichen. Er starrte Mack voller Abscheu an.

»Ja«, sagte Mack. »Und ich tat es mit Absicht und … ich kann es immer noch nicht bereuen.« Das Letzte klang entsetzlich, selbst in seinen eigenen Ohren.

»Wie?«

Verwirrt starrte Mack den Papst an.

»*Wie* hast du es getan?«

»Ich weiß nicht.«

»Benutzt du Zauberei?«

Mack suchte nach Worten. Aber wie sollte man die Magie eines Liedes erklären? Es wäre leichter gewesen, zu beschreiben, wie man atmet. »Ich weiß es nicht.«

»Steht dir jemand bei? Der Leibhaftige? Rufst du den Namen eines Dämons an? «

»Nein. Ich … ich kann wirklich nicht sagen …«

»Benutzt du Hilfsmittel? Alraunen? Ziehst du magische Kreise? Sprichst du Flüche aus? Vergräbst du verhexte und Unheil bringende Gegenstände?«

Mack schüttelte den Kopf. Er fuhr zusammen, als der Heilige Vater ihn unwirsch andonnerte: »Du suchst Vergebung und bist dennoch verstockt. Ich soll glauben, dass ein Wechselbalg seine verdorbenen Kräfte nutzt, ohne zu wissen, wie er es tut? Weiß ein Räuber nicht, mit welcher Waffe er tötet?«

»Er führt etwas im Schilde«, sagte Demetrius.

Mack hob die Hände. Er wollte beteuern, dass zumindest das nicht stimmte, aber bevor er auch nur ein Wort herausbrachte, traf ein heftiger Schlag seinen Oberarm. Er hatte nicht bemerkt, dass der Mann mit dem roten Hut ein Schwert in den Falten seines Gewandes verbarg. Der Hieb war nur mit der Breitseite ausgeführt worden, aber er zog mit einem scharfen Schmerz durch Macks ganzen Körper. Durch einen Schleier aus Übelkeit sah Mack Demetrius lächeln.

»Und was *führst* du im Schilde?«, fragte der Papst.

Du hast gewusst, dass du leiden musst, sagte sich Mack. Du

219

bist sehenden Augen hierher gekommen. Er suchte verzweifelt nach einer Antwort, aber ihm fiel nichts ein.

»Johannes fand, dass einen wie ihn nur das Feuer reinigen kann«, sagte Demetrius. »Möglicherweise leidet der Inquisitor deshalb die Qualen eines Verzauberten: Weil er zu viel wusste. Weil der Wechselbalg sich vor dem fürchtete, was ihm durch das Feuer drohte.«

Der Heilige Vater nickte. Er lachte.

Nein. Natürlich lachte er nicht. Das Lachen kam aus ganz anderer Richtung. Mack schauderte. Er vermied es, sich zu bewegen, aus Furcht, das zu berühren, was sich in der Innentasche seines Ärmels auf einmal köstlich zu amüsieren schien.

Aus den Augenwinkeln sah er die Tür, die Demetrius hatte offen stehen lassen. Ein Fluchtweg, der Aussicht auf Erfolg verhieß. Keiner von ihnen war schnell genug, wenn er sie überraschte. Aber er wollte ja gar nicht fort. Der Stein amüsiert sich nicht, dachte Mack. Er hat Angst. Er fühlt sich bedroht und will mich dazu bringen, dass ich ein weiteres Mal davonlaufe. Er fürchtet die Macht des Heiligen Mannes. Bœuf hatte es gesagt: Der Heilige Vater besitzt die Macht, den Stein Luzifers zu besiegen.

Stimmte das?

Es war schwer, irgendeinen Gedanken länger als einen Augenblick festzuhalten. Nicht nur der Stein, auch Demetrius forderte seine Aufmerksamkeit. Der Kirgise belauerte ihn mit einer Gehässigkeit, die Mack förmlich zwang, ihm in die Schlitzaugen zu sehen.

».. doch will ich ständig informiert werden«, sagte der Heilige Vater. »Und nun … Die Sache mit diesem Menschen aus Sizilien wartet noch.« Er griff nach den Papieren, die er zu Beginn des Gesprächs auf einen Tisch geworfen hatte. Scheinbar war die Audienz beendet.

Demetrius trat mit einem wölfischen Grinsen einen Schritt

vor. Ist es das?, dachte Mack. Hatte man ihn in Demetrius'
Gewalt gegeben?

»Ich habe etwas gefunden«, sagte er laut. »Einen Stein. Den
Stein Luzifers.«

29. Kapitel

Es war Nachmittag und der Platz vor dem Lateran füllte sich mit Neuankömmlingen, von denen die meisten zu erschöpft waren, um viele Blicke für die Kirche oder die prächtigen Palastgebäude zu haben. Sie suchten Schatten, und wer keinen Platz unter Bäumen fand, stöhnte unter den Sonnenstrahlen.

Wasserträger, sicher vom päpstlichen Haushalt beauftragt, schenkten kostenlos aus ihren Eimern aus.

»Es hat keinen Sinn«, sagte Jāqūt und Nell hätte ihn für diese Worte am liebsten erwürgt. Vielleicht, dachte sie kleinmütig, weil sie sie inzwischen selbst glaubte. Wenn Mack wirklich nach Rom gereist war, hätte er vor ihnen eingetroffen sein müssen. Er war weder durch ein Kind noch sonstwie belastet. Aber niemand schien ihn gesehen zu haben.

Nach Nells Ansicht gab es dafür nur zwei Erklärungen: Entweder war Mack spornstreichs in den Palast gelaufen und saß nun in einem der päpstlichen Kerker oder war gar schon hingerichtet. Oder er hatte seine Meinung geändert.

Ungeduldig klopfte sie ihrer weinenden Tochter den Rücken. Felicita schlief nicht mehr so viel. Und wenn sie wach war, wollte sie schauen und sich drehen und … es war einfach zu anstrengend in dieser Hitze und mit dem Kopf voller Sorgen, ein sich windendes Kind zu halten.

»Ich bin keiner, der schnell aufgibt«, sagte Jāqūt in einem Ton, als müsse er sich verteidigen.

»Schön reden, das kannst du, sonst nichts«, schnaubte Nell. Sie merkte, wie ihr eine Träne über die Wange rollte, und wischte sie zornig fort. Die Vorstellung, dass Mack in einem der feuchten, rattenverseuchten Löcher saß, die es in jeder Burg und zweifellos auch hier gab, machte sie krank vor Mitleid. Aber seltsamerweise war es nicht weniger schlimm, ihn sich irgendwo im Norden Italiens vorzustellen, wo er vergnügt seine Lieder sang und längst vergessen hatte, dass es eine Nell gab. Das wäre etwas! Sie grämte sich halb tot und Mack vergnügte sich mit …

Ich krieg dieses Weib nicht aus dem Kopf, dachte sie und versetzte Felicita einen Klaps, der viel kräftiger als beabsichtigt ausfiel. Zerknirscht nahm sie das brüllende Kind auf, so dass es über ihre Schulter schauen konnte.

Jāqūt erhob sich mit gequälter Miene und verschwand in der Menge, vielleicht um sich zu erkundigen, wie ihre Aussichten auf eine kostenlose Abendmahlzeit standen. Nell argwöhnte, dass Spitzel aus dem Palast die Plätze überwachten, um herauszufinden, wo sich Schnorrer unter die frommen Pilger mischten. Solche, die gar nicht die Absicht hatten, sich durch heiliges Tun welcher Art auch immer von ihren Sünden zu reinigen. Es wäre besser gewesen, gelegentlich eine der Kirchen aufzusuchen. Aber das hatte Jāqūt ungewöhnlich schroff verweigert. Etwas stimmte nicht mit diesem Mann. Gelegentlich verschwand er, genau wie jetzt, und wenn sie ihn fragte, wo er gewesen sei, bekam sie keine Antwort. Andererseits nahm er ihr die Wache ab, wenn sie wegen Felicitas Milch unterwegs sein musste. Außerdem war es erfolgversprechender, einen Mann in die Reihe der Wartenden vor den Klöstern zu schicken.

»Nun komm schon, Herzchen«, versuchte Nell ihre jammernde Tochter zu trösten. Wahrscheinlich hatte Felicita wieder Blähungen. Zu viele Sorgen, es war einfach alles …

»Hübscher ist sie nicht geworden. Aber lauter.«

Nell war zumute, als senke sich ein Eiszapfen in ihr Herz. Ihr erster Instinkt war, ihr Kind zu umfassen. Dann fuhr sie herum. Sie musste zweimal hinsehen, um das Gesicht der Frau zu erkennen, die sich unter der Kapuze des wallenden gelben Gewandes verbarg. Aber eigentlich brauchte sie die Bestätigung durch ihre Augen gar nicht. Sie drückte Felicita an sich. Hilfesuchend blickte sie sich nach Jāqūt um. Doch von dem war nirgends etwas zu sehen.

Lilith lachte perlend, verstummte aber rasch wieder. »Er ist dort drin.«

Wie kann man jemanden hassen, wenn er die Aufklärung bringt, nach der man sich die ganze Zeit gesehnt hat?

»Da drin«, wiederholte Nell wie eine Schwachsinnige.

»Was auch sonst. Er war verzweifelt. Du holst ihn an deinen Haken und wirfst ihn ins Wasser zurück. Was hat dir größeres Vergnügen bereitet? Ihn zappeln zu sehen oder dich heilig zu fühlen? Die Frau mit den knöchernen Armen …«

Nell sprang auf. Sie schob Felicita auf den linken Arm, mit der Rechten gab sie Lilith eine schallende Ohrfeige. Erschrocken über sich selbst sprang sie zurück. Halb erwartete sie, dass sich ihrer ein schrecklicher Zauber bemächtigen würde. Aber nichts geschah. Lilith rieb sich lächelnd die Wange und wartete.

Worauf?

Nell fächelte eine Fliege von Felicitas Stirn. »Er ist dort drin. Aber … was will er? Was … machen sie mit ihm?« Und warum wusste Lilith davon? »Nun rede doch!«

»Er reicht ihnen das Holz, mit dem sie ihn verbrennen können.«

Nell schüttelte den Kopf, doch gleichzeitig wusste sie, dass Lilith die Wahrheit sprach. »Wo ist er gerade jetzt?«

»Er sitzt in einem Zimmerchen und wartet auf die Audienz beim Papst.«

»Und warum … warum hast du ihn nicht davon abgebracht?«

»Weil ich sein geneigtes Ohr nicht mehr besitze. Ich könnte reden, bis die Welt untergeht.«

Auch dieses Mal die Wahrheit. Die schönen Mandelaugen funkelten so hasserfüllt, dass Nell erneut ihre Tochter umfasste.

»Was willst du von mir?« Denn darum ging es. Zweifellos hatte die schöne Frau einen Plan.

»Geh hinein.«

»Auf mich wird er auch nicht hören.«

»Vielleicht *er* nicht. Aber der Heilige Vater.«

»Ich soll …«

»Versuch es doch einfach«, sagte Lilith.

»Ich soll mit dem Heiligen Vater reden? Du bist … ja völlig von Sinnen. Bin ich eine Königin oder eine Heilige?«

Nell sah, wie ein Mann zu ihr und Lilith hinüberstarrte. Einer von den Kerlen, die die Schmarotzer und Tagediebe aus der Menge der bußfertigen Pilger picken wollten. Sie warf ihm einen bösen Blick zu. Nur für diesen kurzen Moment war sie abgelenkt, aber als sie sich wieder an Lilith wenden wollte, war die Frau verschwunden.

Es war falsch, in den Palast zu gehen. Allein deshalb, weil Lilith es vorgeschlagen hatte. Mit jedem Schritt, den Nell tat, verstärkte sich ihr Gefühl, dass sie einen Fehler beging. Sie war wie eine Fliege, die sich einbildet, dem Netz der Spinne zu entkommen, weil die guten Absichten ihres Herzens sie schützen.

Der Mann am Tor hatte Ärger mit einem Betrunkenen, der etwas über eine Liebste lallte und eine Audienz beim Heiligen Vater forderte. Er war abgelenkt und Nell schaffte es, an ihm vorbeizuhuschen. Kein Zufall. Nichts war Zufall, wenn eine wie Lilith ihre Hände im Spiel hatte.

Nell ging mit steifem Kreuz durch den Saal, in dem auf lan-

gen Bänken die Glücklichen saßen, die sich durch Empfeh-
lungsbriefe oder – wie sie selbst argwöhnte – Bestechungsgel-
der Eintritt in den Palast verschafft hatten. Hoch erhobenen
Hauptes schritt sie an ihnen vorbei und spielte damit eine
Selbstsicherheit vor, von der sie kein Quäntchen besaß. Aus
den Augenwinkeln sah sie missgünstige Blicke, die ihr die er-
sparte Wartezeit neideten. Jeden Moment erwartete sie, von
einem der Mönche fortgescheucht zu werden, die in dem Saal
für Ordnung sorgten. Aber nichts geschah.

Dies ist der Fehler meines Lebens, dachte Nell. Jeder Schritt,
den ich tue, ist von ihr gewollt. Ich hätte zumindest Felicita
draußen lassen sollen. Ich hätte auf Jāqūt warten und seine
Meinung hören sollen.

Nell durchquerte ein Zimmer, das zu einem Schlachthof
hinausgehen musste, denn es roch nach Blut und Unmengen
von Fliegen sirrten an den offenen Fenstern. Sie hätte gern
hinausgeschaut, aber die Fenster lagen zu weit oben in der
Wand.

Ich weiß noch nicht einmal, wohin ich mich wenden soll,
dachte sie. Sie bog in einen Flur ein, dessen besonderer Vorzug
darin lag, dass er völlig verlassen war. Mit pochendem Herzen
schritt sie über die glatten und sicher kostbaren Fliesen. Trotz
ihrer Furcht konnte sie nicht umhin, sich ein klein wenig zu
freuen. Lilith besaß keine Macht über Mack. Und Lilith fühlte
sich durch sie selbst, durch Nell bedroht.

Irgendwo in nicht gar zu weiter Ferne erklangen Schritte
und Nell wieselte hinter einen Vorhang, der eine Nische im
Flur abtrennte. Sie stand zwischen muffigen, mit Steinen be-
stickten, kostbaren Roben, die an großen Haken über ihrem
Kopf hingen. Herr im Himmel, wenn jemand sie hier entdeckte, würde sie als Diebin gelten. Welch ein Segen, dass Felicita
still war. Sie mochte es, getragen zu werden, und war beinahe
eingeschlafen.

Vielleicht ist es das, worauf Lilith aus ist: Dass ich als Diebin festgenommen werde, vielleicht ist alles, was sie über Mack gesagt hat, erlogen, dachte Nell besorgt, während draußen zwei Männer vorbeigingen, die sich auf Lateinisch unterhielten und dabei lachten, als könne man in dieser heiligen Sprache scherzen. Nell fühlte etwas Hartes im Rücken. Als sie die Hand danach ausstreckte, spürte sie den glatten Griff eines Gehstockes. Sie schlängelte ihn an ihrem Körper vorbei und war froh, etwas zu haben, mit dem sie sich zur Not wehren konnte.

Und wie nun weiter?

Ihr Herz stockte, als sie erneut Schritte hörte. Dieses Mal keine leisen Stimmen, sondern aufgeregte, die von eiligem Fußtrappeln begleitet waren. Unwillkürlich zog Nell den Bauch ein. Sie schaute auf ihre Füße hinab, um zu überprüfen, ob die Fußspitzen unter dem Vorhang hindurchschauten, konnte es jedoch nicht erkennen.

Die Stimmen kamen näher. Eine von ihnen gehörte einer Frau. Lilith. Also tatsächlich eine Falle. Natürlich. Im Grunde hatte sie ja nie etwas anderes erwartet.

Hatte ihr Herz so hart geschlagen, dass Felicita es durch den Stoff spürte? Dünstete sie Angst aus, die in die Träume der Kleinen kroch?

Das Kind begann zu weinen.

30. Kapitel

Der Stein Luzifers. Eben noch war die Aufmerksamkeit verflogen, eben noch hatte man ihn fortschicken wollen, nun blieb der Heilige Vater stocksteif stehen. Auch Demetrius horchte auf.

»Ich dachte, er besitzt ihn nicht mehr.«

»So hatte ich fest geglaubt.« Demetrius fühlte sich blamiert. Scheinbar stand er bei seinem Herrn in dem Ruf, niemals Unrecht zu haben.

»Du besitzt den Stein? Oder … weißt, wo er sich befindet?« Der Heilige Vater vergaß, dass es gefährlich war, einem Wechselbalg nahe zu kommen, und beugte sich zu Mack herab. Er musste Süßes gegessen haben, sein Atem roch danach. Mack spürte, wie ihn eine Welle der Abneigung überlief, für die er sich schämte.

»*Wo?* Wo, Kerl?«

Zögernd griff er nach seinem Ärmel.

»Ich warte auf Antwort, Bastard! Allmächtiger …« Einen Moment sah es so aus, als wolle der Papst den Knienden am Kragen packen und ihn schütteln. Mack holte Luft. Er war gekommen, um zu büßen. Wenn ein Teil seiner Buße darin bestand, Beleidigungen einzustecken, so war das gewiss keine schreckliche Strafe.

»Er ist ein Lügner, Vater. Der Stein ist fort. Der Bursche schwindelt, wenn er den Mund aufmacht.«

Der Papst packte Macks Arm und Luzifers Kleinod, das schon zwischen Macks Daumen und Zeigefinger lag, glitt in eine Falte zurück. »Hör, Mann. Der Stein ist Besitz des Heiligen Stuhls.

Wer ihn für sich behält, begeht einen Diebstahl an ... an Gott! Fürchte seinen Zorn! Denke an die glühenden Eisen, die sich durch Ewigkeiten und Ewigkeiten in dein Fleisch ...«

»Das ist doch der Grund. Ich bin gekommen ...«, begann Mack. Weil ich den Stein übergeben will, wollte er sagen, aber der Mann mit dem Hut unterbrach ihn.

»Eure Heiligkeit ...«

Schroff hob der Papst den Arm und schnitt damit ihnen beiden das Wort ab. Er rang um Gelassenheit. Seine Züge versteinerten – und die Falten in seinem Gesicht legten sich neu zurecht. Mit einem Mal schaute er mild. Wie bei Giraut, wenn er den Teufel und den Engel gleichzeitig auf der Bühne geben muss, dachte Mack. Und wies sich sofort zurecht: Blasphemie.

»Sieh mich an, Junge. Du suchst Vergebung. Dein schwarzes Herz quält sich, nicht wahr? Und ... es gibt immer Vergebung. Wir Menschen wandeln im Nebel und sehen einige Schritt weit und oft genug sehen wir gar nicht. Der Herr aber ist langmütig und voller Wunder. Verstehst du mich?«

Mack nickte wie betäubt.

»Ist er hier? In Rom?«

Der Stein? »Ja.«

»Gut. Dir ... dir ist vergeben, sobald du ihn beigebracht hast. Darin besteht deine Buße. Du bringst mir den Stein. Und wenn er in meinen Händen liegt, erteile ich dir den göttlichen Segen. Alles vergeben, Junge. Alles.«

Es klang wie ein Schwur, es musste ein Schwur sein, denn die Worte waren über die Lippen eines Mannes gekommen, der Gottes Geschäfte auf Erden besorgte. Und da war jedes Wort ein Schwur. Gott kann nicht lügen, so hieß es doch immer.

Mack fasste erneut in den Ärmel und endlich schienen die Männer zu begreifen, was die Geste zu bedeuten hatte. Mack konzentrierte sich auf die kleine Tasche, in der Luzifers Stein sich in den hintersten Falten verkroch. Als er ihn endlich erwischte, schien dieser sich zu erwärmen. Nichts Schmerzhaftes, aber Mack war froh, ihn in die faltige Hand des Papstes gleiten lassen zu können. Er atmete durch und merkte, dass er lächelte. Demetrius warf ihm einen hasserfüllten Blick zu.

Der Papst kehrte Mack den Rücken. Er hielt den Stein in der ausgestreckten Hand. Vage erinnerte er dabei an ein Mosesbild, das Mack irgendwann vor irgendeiner Kirche gesehen hatte. Er murmelte etwas. Zuerst konnte man ihn kaum verstehen, dann wurden seine Worte lauter. »... hast du einen Herrn, Friedrich, Kaiser und Ketzer von Syrakus. Du hast einen Meister, zu dem du aufsehen solltest.« Die alte Stimme zitterte. »Und nun *wirst* du zu ihm aufsehen, denn dein Herr hat das Schwert bekommen, dich zu Boden zu schlagen. Du prahlst damit, ein Aeternist zu sein? Du glaubst nicht an die Ewigkeit der Seele?«

»Wenn ich vorschlagen darf, Ewiger Vater – der Junge ist hier ...«, flüsterte der Mann mit dem roten Hut warnend.

Aber es war, als umgäbe den Papst ein unsichtbares Schild, an dem jedes Wort abprallte. Er drehte sich ein wenig und Mack sah, dass er den Stein streichelte. »Du holst die Sarazenen ins Land des Heiligen Glaubens, Friedrich?«, flüsterte er. »Wie wird es dir gefallen, ihre Minarette brennen zu sehen? Ihre Stadt in Schutt und Asche? Ihre verdorbenen Körper wie Dung zu Bergen gestapelt?«

»Der Junge ...«

»Gott sei gepriesen, die Zeit ist gekommen, die Lästerer vom geheiligten Boden des einzigen Gottes zu fegen. Die Zeit ... Der Junge, ja.« Langsam, mit einem Bedauern, das zu verbergen er sich nicht die geringste Mühe gab, drehte der Heilige Vater sich zu Mack um.

»Er ist nicht nur ein Mörder, Vater«, flüsterte Demetrius

230

heiser. »Er ist Teil des Bösen, das gegen die Mauern des heiligen Glaubens brandet. Und vielleicht schlimmer als jene, die ohne Verstand dem falschen Propheten nachlaufen. Er ist einer von denen, die geschaffen wurden, das Werk des Herrn zu stören.«

»Wenn er hier herauskommt, wird er Gerüchte in die Welt setzen, die dem Heiligen Stuhl von Nachteil sein könnten«, erklärte der rote Mann nüchtern.

Mack merkte, wie ihm eine Gänsehaut den Rücken hinabrieselte. Sie beleidigten den Heiligen Vater. Er hatte einen Schwur getan.

»Der Wechselbalg ist gekommen, um zu büßen. Eine Hinterlist, zweifellos. Keiner weiß, welche Bosheit er im Sinn trägt. Wenn er sich reinigen will – dann lasst ihn sich doch reinigen. Durch Leid«, fletschte Demetrius.

Der Heilige Vater legte den Stein auf das Sims des kalten Kamins. Er hatte geschworen. Gott hatte durch ihn gesprochen. Und Gott war ein Gott der Wahrheit. Die Wahrheit machte sich nicht gemein mit Lügnern.

Gregor verharrte einen Moment, als müsse er sich bedenken. Dann bückte er sich. Als er sich umdrehte, hielt er einen Zweig in der Hand, der irgendwie zwischen die Scheite geraten und mit ihnen zum Kamin getragen worden war. Nachdenklich bröselte er etwas Rinde von dem Stämmchen. Als er Mack anblickte, malte sich unverhohlen Schadenfreude auf dem alten Gesicht.

»Gewiss gibt es Gnade. Du *bist* erlöst. Deine Sünden *sind* vergeben. Deine schmutzige Geburt ist von dir gewaschen und du bist vom fauligen Blut deiner Abstammung gereinigt, mein Sohn – sobald dieser Zweig zu blühen beginnt.« Mit einem Lachen steckte er Mack, der sich nicht rührte, das bröselnde Stück Holz in den Kragen.

Die Himmel schwiegen. Kein Donner kündete von irgendeiner Empörung. Kein Blitz fuhr herab. Was ja auch seltsam wäre, in dieser Kammer ohne Fenster, dachte Mack zusammenhanglos. Plötzlich wurde ihm bewusst, wie seine Knie schmerzten. Und wie müde er war.

»Überlasst ihn mir«, bat Demetrius.

Müde war nicht gut. Gar nicht gut. Der Heilige Vater hatte zu tun. Der Mann mit dem roten Hut drängte ihn zu etwas. Jemand wollte empfangen werden. Der Stein lag immer noch auf dem Sims. Man konnte den Eindruck haben, dass ihm die Wendung der Dinge gefiel.

»Sofort, sofort«, sagte der Papst. Es fiel ihm schwer, sich von seiner Kostbarkeit zu trennen. »Sofort.«

Nicht der Papst wird den Stein – der Stein wird den Papst benutzen, dachte Mack. Und dann? Ging ihn nichts mehr an. Er hatte seine Pflicht getan. Wenn er jetzt aufstand, würde man ihn ziehen lassen. Zumindest nahm er das an. Er war unschlüssig. Kostbare Augenblicke versickerten in dieser seltsamen Lähmung, die aus seiner abgrundtiefen Enttäuschung entstanden war. Der gelbe Stein frohlockte. Es war, als blinzele er Mack von seinem erhabenen Platz aus an. Der Heilige Vater würde ihn mit sich nehmen. Schon jetzt, nach dieser kurzen Zeit, konnte er nicht mehr von ihm lassen.

Demetrius hatte sich an den Greis gewandt. Sicherlich flehte er um eine Änderung des päpstlichen Urteilsspruchs. *Mein Bruder ist tot.*

Mack erhob sich. Seine Beine kribbelten vom Blutstau. Zu viele Menschen im Zimmer. Unmöglich, ihnen zu entwischen. Aber er war kein Mensch, sondern die Frucht eines Geschöpfes, das durch die Abendschatten segelt und im Schutz der Nacht pfeilgleich durch das schwarze Laub der Bäume fährt, ein Wechselbalg. Er sprang vor, riss den Stein vom Sims und sah, wie der Heilige Vater, bestürzt und zornig und viel zu langsam, die Hand danach ausstreckte. Er sprang über das

Schwert des Roten, das sirrend die Luft durchteilte und wischte durch Demetrius' Hände.

Etwas in ihm lachte. Zuerst dachte er, es wäre wiederum der Stein, aber dieses Lachen hörte sich anders an.

Er war in das Vorzimmer entkommen. Und nahm sich die Zeit, einen Schemel zu ergreifen und ihn Demetrius ins Gesicht zu schleudern.

Das Lachen kam aus seinem eigenen Herzen. Es war ein Schrei der Freiheit – wild, böse, triumphierend. Zur Hölle mit ihnen. Zur Hölle mit jedermann! Tränen der Erleichterung traten ihm in die Augen. Einen Moment war er fast blind davon.

Doch das hinderte ihn nicht daran, vorwärts zu stürmen. Er durcheilte einen Flur und wieselte in ein Zimmer. Wie aus der Wand geworfen drangen plötzlich Gardisten auf ihn ein. Sie trugen klatschmohnrote Wämser und ihre Schwerter bildeten eine Welle aus blinkendem Stahl. Mack duckte sich. Er spürte keine Angst. Wovor auch? Zur Hölle nicht nur mit diesen Kerlen, sondern … mit allem.

Er unterlief einen Schwertstreich und rammte einem der Männer den Kopf in den Bauch. Zum ersten Mal in seinem Leben wünschte er sich, eine Waffe in den Händen zu halten und die Fähigkeit zu haben, sie zu benutzen. Und besaß er nicht tatsächlich eine Waffe?

Er stieß einen schrillen Schrei aus – dann begann er zu singen. Er war wahnsinnig. Er musste es sein, sein Wahnsinn spiegelte sich in den Augen der Wächter, die zurückwichen. Während ihm die Töne aus der Kehle rannen, äugte er, durch welche Lücke er schlüpfen, wen er zu Fall bringen, wem er über das Schwert springen konnte. Er musste eine der Waffen erobern. Vielleicht war es das, was er in seinem Zorn sang. Die Männer umklammerten ihre Schwerter und schielten zu den Fenstern und Türen.

Großartiger Gesang – o ja, viel besser als ein Schwert. Mack hielt kurz inne, fletschte die Zähne und begann erneut. Er besang den Tod. O Himmel, Gunther, würdest du dich freuen. Ich will ihnen allen an die Kehle. Ich bin wild darauf, dieses dreckige Fleisch zu verletzen. Ein schwarzbärtiger Kerl warf seine Waffe von sich, ein Bastardschwert, zu wuchtig, als dass Mack es hätte mit einer Hand schwingen können. Er nahm es auf und stemmte es in die Luft.

Ein Kind weinte.

»Zur Hölle mit euch«, sang Mack und lachte, als er sah, wie einer der Kämpfer sich mühte, die Hände auf die Ohren zu pressen, ohne sein kostbares Verteidigungsgerät preiszugeben. Sie hatten keine Lust auf seine Künste. Sie flohen.

Mack blickte sich um, er wunderte sich, dass Demetrius ihm immer noch nicht auf den Fersen war. Vielleicht hatte er ihn umgebracht. Das Dreibein war schwer gewesen, hartes, solides Holz.

Ein Kind weinte.

Mack nahm einen anderen Weg als die Gardisten. Zur Hölle mit euch allen, dachte er, aber er spürte, wie sein Zorn zu schrumpfen begann. Das Kindergeschrei beunruhigte ihn. Kinder hatten ihre eigene Stimme, auch wenn viele Menschen keinen Unterschied in ihrem Geplärr hörten. Und … diese Stimme kannte er?

Er warf das Schwert, das ihn am Laufen hinderte, von sich. Der Flur, den er entlangrannte, machte einen Knick und endete kurz darauf vor einer Tür. Als er daran rüttelte, musste er feststellen, dass sie verschlossen war. Er beugte sich vor und keuchte. Nachdenken jetzt. Das Geschrei war leiser geworden. Weil sich das Kind beruhigte? Oder weil er sich weiter entfernt hatte? Leise oder nicht, er konnte das Stimmchen noch hören und …

Mack biss sich in den Handballen. Verfluchter Narr, der er war. Noch jetzt bildete er sich Dinge ein. Felicita war bei Nell und er wünschte sich Nell herbei – was in dieser Lage das Schrecklichste wäre, was ihr passieren könnte. Er sollte froh sein, dass sie auf dem Weg nach Deutschland war und niemals erfahren würde, was hier geschah.

Seine Jäger kamen. Sie mussten sich im Weg geirrt haben, aber jetzt hatten sie seine Fährte wieder aufgenommen. Mack hörte Demetrius' Stimme, die Anweisungen erteilte: Zwei diesen Gang hinauf, drei jenen. Die anderen weiter mit ihm. Der Kirgise hatte sich von dem Schlag erholt und einen Moment lang bewunderte Mack ihn für seine Zähigkeit. Die Regung verging sofort. Wenn Demetrius ihn einholte … Mack glaubte nicht, dass er sich zurückhalten würde. Auf der Flucht erschlagen – in Wahrheit würde dieses Ende der Affäre allen Beteiligten am besten passen.

Er rannte weiter durch Flure, Zimmerchen und einen größeren, mit blauer Farbe ausgemalten Saal, bis er in einem Korridor ein tief liegendes Fenster erspähte. Dort beugte er sich hinaus und schaute in einen Hof hinab. Er hatte damit gerechnet, durch einen Sprung ins Freie zu entkommen. Verwirrt schüttelte er den Kopf, während er auf einen Brunnen blickte, der den Mittelpunkt eines ordentlich bepflanzten Atriums bildete, ein grauer Kreis zwischen geharkten Wegen und üppig blühenden rosa Hibiskusblüten. Dreißig Fuß, schätzte er. Viel zu tief. Er war keine Treppe gestiegen. Wann, zur Hölle, war er von einem Geschoss ins nächste gewechselt?

Die Tür am Ende des Korridors sah solide aus. Sie *war* solide. Als er an der Klinke rüttelte, stellte er fest, dass sie verschlossen war und der Riegel aus dickem Eisen bestand. Mack lief den Gang zurück, bis er sich zweigte. Er unterdrückte den Drang, einfach die nächste Abbiegung hinabzustürmen. Stattdessen ging er in jede Richtung einige Schritte und zwang sich zu lauschen. Er hörte keine Stimmen mehr, aber das Geräusch von Stiefeln, die sich näherten, und das harte Klirren von Eisen.

»Wie ein Vöglein auf der Leimrute.«

Die Worte stimmten so völlig mit seinen Grübeleien überein, dass er einen Moment meinte, sie selbst gedacht zu haben.

Sein Hals wurde trocken. Wenn Demetrius gesprochen hätte, dann hätte er gewusst, wie zu handeln war. Fliehen, kämpfen. Aber es war nicht Demetrius. Er drehte sich um. Die unterschiedlichsten Gefühle verknäulten sich in seinem Herzen zu einem unentwirrbaren Tumult.

»Lilith, es ist …«

»Kein guter Moment zu plaudern?«

Sie lachte ihn an, ihre Mandelaugen strahlten, die langen, schwarzen Haare, die ihr zerzaust ins Gesicht fielen, gaben ihr das Aussehen einer übermütigen Langhaarkatze.

»Wie weißt du immer, wo du mich finden kannst?«

»Psst.« Sie legte den Finger auf die Lippen. »Sie sind fast da.«

»Verschwinde. Sie suchen nur mich.«

»Ich bin ihnen durch die Gänge gefolgt, Mack, und habe sie gerade erst überholt. Sie haben dich eingekesselt. Kein Gang mehr, kein Türchen zu entwischen.«

»Dann bin ich tot.«

»Auf eurem Weg nichts?«, ertönte plötzlich die Stimme des Kirgisen beunruhigend nahe.

Es kamen mehrere Antworten. Aus einigen meinte Mack die Worte *Hexer* und *cantante* zu hören, ängstlich, mit einem Unterton von Rebellion, weil man den Männern zumutete, etwas zu jagen, wovor man besser floh. Lilith lächelte und blinzelte spöttisch. Verärgert fasste Mack nach ihrem Handgelenk. »Wieso weißt du, dass ich hier bin? Was hast du mit ihnen zu schaffen?«

Dieses glockenhelle Lachen konnte einen wahnsinnig machen. »Lilith …«

Sie zog ihn rasch mit sich, zu dem Fenster, aus dem er bereits so sehnsüchtig geschielt hatte.

»Zu tief. Selbst für …«

»Unsereins?« Wieder lachte sie. Aber sie war sich der Gefahr bewusst, Lachen und Worte wurden inzwischen kaum mehr als gehaucht. »Hinüber«, flüsterte sie.

»Hinüber?«, fragte Mack begriffsstutzig. Als er verstand, schüttelte er den Kopf. »Zu weit. Lilith, ich bin kein …«

»Vogel?«

»Überhaupt nichts mit Flügeln. Warte.«

Das Fenster war schmal, aber hoch. Als Lilith auf den Sims sprang, konnte sie aufrecht stehen. Sie horchte mit gesenktem Kopf auf die Stimmen, die jetzt so nahe waren, dass Mack unwillkürlich den Blick zum Ende des Ganges schwenkte.

»Komm«, wisperte Lilith.

Sie hatte den Verstand verloren. Sie schwang sich aus dem Fenster. Nein, sie schwang sich nicht, sie trat sich mit aller Kraft von der Kante des Simses ab. Mack rannte zur lichtweißen Öffnung in der Mauer.

»Nun komm.« Er hatte unwillkürlich in den Garten hinabgeschaut, aber die Büsche mit den rosafarbenen Blüten waren unversehrt. Bei den Worten drehte er den Kopf.

Lilith war über einen etwa sieben Fuß breiten Spalt in die Efeuranken einer Seitenmauer gesprungen, die den Hof nach Süden begrenzte. Sie hing in dünnsten Zweigen und winkte ihm lachend zu. Sie musste jeden Moment abstürzen. Aus einer Höhe, bei der sie sich alle Knochen brechen würde.

»Dort. Da vorn.«

Mack fuhr herum. Nicht Demetrius, einer der Palastgardisten hatte ihn erspäht. Der Mann brachte mit einem hastigen Schritt rückwärts etwas mehr Raum zwischen sich und den Gejagten. Er drehte sich nach seinen Kumpanen um. »Nun kommt schon!«

Mack schwang sich auf den Sims. Lilith war wahnsinnig. Er würde sterben. Sie würden beide sterben. Er schüttelte den Kopf.

Lilith schlang eine der Ranken um ihr Handgelenk und drehte sich so, dass sie sich mit dem linken Fuß gegen die Mauer abstützen konnte. Sie spreizte die Beine und hing nur noch an ihrem linken Arm in den Ranken. Übermütig lachte sie ihn an.

»Macht zu, habe ich gesagt«, brüllte der Mann und jemand, der ihn fast erreicht hatte, fragte etwas leiser: »Wo?«

Liliths strahlendes Gesicht sagte: Was haben wir zu verlieren? Das war ihre Auffassung vom Leben, seit er sie kannte, ging ihm plötzlich auf. Sie war glücklich, ihn in ihrer Nähe zu haben, und wenn sie beide in den Tod stürzten, dann ... würde es sie nicht kümmern.

Die Ranke riss und Lilith fing sich affengleich in neuen Zweigen. Entsetzt und hochgestimmt zugleich starrte Mack zu ihr hinüber. Er war so vom Anblick der mädchenhaften Gestalt im grünenden Efeu gefangen, dass ihm gar nicht auffiel, wie rasch sich das Bild in seinem Rücken änderte. Erst im letzten Moment sah er Demetrius, der sich mit gezücktem Schwert fast tänzerisch über die Bodendielen auf ihn zubewegte. Der Kirgise blieb stehen, als er sah, dass Mack ihn bemerkt hatte. Er blickte ernst und entschlossen. Keine Worte mehr, keine Drohgebärden. Er war gekommen, um zu erledigen, was er sich vorgenommen hatte.

»Zur Hölle mit dir«, sagte Mack leise und sprang.

31. Kapitel

»Du denkst und denkst. Wenn jeder deiner Gedanke einen Stern am Himmel auslöschen würde, würden wir im Dunkeln wandern.«

»Und wenn jeder Gedanke, den zu denken du dich weigerst, zu einem neuen Stern würde, würde uns die Nacht die Augen ausbrennen.«

»Wie ungerecht! Wie … unausstehlich!« Mit diesem Vorwurf hatte Lilith Recht und natürlich war es gemein, dass er seine schlechte Laune gerade an ihr ausließ.

Sie wanderten bei Nacht, weil Lilith es so bestimmt hatte und weil es sicherer war und … ja, weil es ihm gefiel. Ihre Richtung wurde bestimmt durch die Aussage eines von Lepra gezeichneten jungen Mannes, der vor dem Zorn römischer Ordnungskräfte in einem Waldstück südlich der Stadt Schutz gesucht hatte. Nach tausend Beteuerungen, dass ihn nur ein Versehen in die Stadtmauern getrieben habe, und ebenso vielen Versicherungen von Macks Seite, dass ihm völlig gleichgültig war, was der Kranke anstellte, hatte er Auskunft gegeben über das, was Mack wissen wollte.

Ja, es gab sie, die Berge, in deren Bauch das Feuer des Gottes Vulcanus loderte – auch wenn er selbst natürlich wusste, dass es keine Götter außer dem einen gab, und es ihm völlig fern lag …

»Und wo sind sie zu finden?«, hatte Mack ihn kribblig vor Unruhe unterbrochen.

Einer der Berge lag im Reich des Kaisers, auf der Insel Sizilien. Ein anderer viel näher, nämlich bei der Stadt Neapel. Wenn man vom Meer zu ihm hinüberschaute, glaubte man einen harmlosen, nicht einmal besonders großen Berg vor sich zu sehen. Aber in seinem Bauch wütete in schrecklichem Zorn …

Nun ja, man glaubte nicht an ihn, den Jähzornigen mit dem Hammer, der die Waffen der Götter schmiedet. Trotzdem erbebte das Land in letzter Zeit in heftigen Stößen. Das hatte er selbst erlebt und es war einer der Gründe gewesen, warum er Neapel verlassen hatte, obwohl er inzwischen dachte …

»Und weiter?«, hatte Mack gefragt.

Aus dem Gipfel des Berges stiegen Rauch und Asche auf. Ein beängstigendes Schauspiel. Und jemand, der oben gewesen war, hatte von einem brodelnden, feurigen Schlund geredet.

Das hatte genügt. Mack wusste, wohin er sich zu wenden hatte.

Und Lilith war mit ihm gegangen, als wäre es überhaupt keine Frage. Er hätte versuchen können, sie fortzuschicken, aber er hatte es nicht getan. Weil der Versuch zwecklos gewesen wäre?

Zwei Tage waren sie nun schon unterwegs, mit dem eiligen Schritt gehetzten Rotwilds. Mack hatte keine Ahnung, wovor er floh, aber das Gefühl, keine Zeit zu haben, verfolgte ihn so hartnäckig, dass es sogar seine Träume störte. Auch jetzt bewegten sie sich im Laufschritt. Sie verließen ein Waldstück, das sie wegen der Verwüstungen, die der letzte Sturm angerichtet hatte, einige Stunden Zeit gekostet hatte, und überquerten eine Wiese. Etwa in der Mitte wurden die würzig duftenden Gräser und Blumen durch einen Bach geteilt. Mack sah, wie Lilith ihn leichtfüßig übersprang, und er wusste, dass sie ihn beobachtete, als er ihr folgte.

»Dein Knöchel schmerzt doch noch«, stellte sie fest. Sie hatte die Augen eines Nachtvogels, nichts entging ihr, obwohl Mack absichtlich beide Füße belastet hatte. »Stütze dich auf mich.«

»Nein«, brummte er undankbar.

Ohne Liliths Ermutigung wäre er niemals in die Efeuranken gesprungen. Und ob mit oder ohne Ermutigung – niemals hätte er von sich aus den Flug hinunter in den Hibiskus gewagt. Lilith hatte gelacht und sich geschickt wie eine Spinne in dem Efeugespinst bewegt. Ihm selbst war das Gewirr aus Blättern und Zweigen durch die Finger geglitten. Er hatte hier und da für kurze Momente Halt gefunden und so seinen abschließenden Sturz gebremst, und aus diesem Grund war er nach seiner Überzeugung noch am Leben. Aber er war dumm aufgekommen und nun humpelte er wieder einmal, auch wenn er sich mühte, es zu verbergen.

»Dies hier gehört uns«, sagte Lilith. Sie hob die Arme und drehte sich in ihrem wallenden gelben Kleid, das bei Licht einer Nonnenkutte ähnelte, aber hier, im Mondenschein, aussah wie das goldene Gewand einer Feenkönigin.

»Warum?«

»Weil jeder außer uns sich fürchten würde, hier zu sein. Zu viele dunkle Nischen, in denen sich Unheil verbergen könnte. Zu viel Glanz am Himmel. Sie werden misstrauisch, wenn sie etwas wirklich Schönes sehen. Ihr Herz ist zu klein. Je prächtiger der Köder, umso grausamer die Falle – das ist ihre Art zu denken. Aber wer sich fürchtet, kann nicht lieben. Und nur was du liebst, gehört dir auch.« Lilith drehte sich nicht bloß, sie schlug zwischen den Blumen ein Rad wie ein Gaukler. Gegen seinen Willen musste Mack lächeln.

»Ich fürchte die fließenden Gewässer«, sagte er.

»Ach ja?«

Er wartete. Auf eine Erklärung? Warum sollte Lilith sie ihm geben können? Wenn jemand im sachten Wellenschlag eines Flusses Stimmen raunen hörte, wenn jemand unter einer Brücke den Sog einer anderen Welt zu spüren meinte – dann war er vielleicht einfach nur verrückt.

»Wer sind wir, Lilith?«

»Willst du Beeren?« Sie hatten die Wiese hinter sich gelassen und ein neues Waldstück, dieses Mal mit viel Gesträuch und endlos hohen Nadelbäumen, betreten. Liliths Nachtvogelaugen hatten süße rote Waldhimbeeren entdeckt. Sie umschlängelte Mack und stopfte ihm die Beeren über die Schulter in den Mund, so dass der Saft über sein Kinn quoll. Sie kicherte. Sie war glücklich, egal, wie er grollte.

Mack wischte mit dem Ärmel den Mund sauber. »Das gibt hübsche Flecken.«

»Was tut's?« Sie wollte ihn auf den Waldboden ziehen, doch er leistete Widerstand. Er stapfte weiter und schmollend folgte sie ihm.

»Das Feuer wird dir nicht davonlaufen.«

»Ich will ihn los sein.«

»Quält er dich?«

»Nein«, log Mack. Der Stein lag wieder in den Falten seiner Tasche. Es schien eine Unruhe von ihm auszugehen, die sich auf Mack übertrug. Etwas wie ein Kribbeln, das den Wunsch auslöste, sich zu kratzen, nur wusste man nicht, wo. Es war, als spüre der Stein … Gar nichts, dachte Mack. Ich höre das Echo dessen, was zu hören ich fürchte. Wie auch immer die Macht des Steins geartet sein mag – den Großteil meiner Sorgen beschert mir meine Einbildung. Ein Ding, nicht größer als eine Pflaume.

Aber eben doch nicht nur *ein Ding*. Der Stein war eine Schöpfung Luzifers und vielleicht, wenn Bœuf Recht gehabt hatte, jener geheimnisvolle Gral, der seine gewichtige Rolle in den alten Sagen spielte, auch wenn Mack sich nicht vorstellen konnte, dass etwas derart Intrigantes in irgendeiner Verbindung zu Gott stehen könnte.

Gott.

Seine Lippen wurden schmal und in seiner Brust machte sich

wieder das schnürende Gefühl der Bitterkeit breit. Gott! Es war lächerlich gewesen, sich vom Heiligen Vater Erlösung zu erhoffen. So viel blöde, leichtgläubige Einfalt! Er hatte hinter den Mauern des Lateran einen Schatz vermutet. Etwas Kostbares, das ihm gehören könnte, wenn er nur bereit war, genügend Leid auf sich zu nehmen. Aber es gab keinen Schatz. Auch im Palast des Papstes fand sich nur Schmutz. Hinter der ersten Schmutzschicht verbarg sich weiterer Schmutz und noch mehr Schmutz … und wenn aller Schmutz abgetragen war, harrte nackter, unfruchtbarer Fels. Irgendwann würde er über seine kindlichen und kindischen Sehnsüchte lachen.

»Verdammich!« Er war in ein Dachsloch getreten und sofort zog der Schmerz wieder durch seinen Knöchel.

Lilith, die vor ihm gelaufen war, machte rasch kehrt und nun gelang es ihr doch, ihn zu Boden zu ziehen. Ohne auf seinen Protest zu achten, streifte sie seinen Strumpf herab und begutachtete im milchigen Mondlicht seinen Knöchel. Was sie sah, schien ihr nicht zu gefallen.

Sie schüttelte den Kopf. »Bist du es wirklich, Mack? Armes Herzlieb. Welche Schadenzauber beherrscht der böse Römer mit dem blanken Reifen über dem Haupt, dass ein Kind des Waldes über die eigenen Füße stolpert? Nein, bleib sitzen. Ich halte diese Reise für überflüssig, aber wir werden sie dennoch vollenden, da es dir wichtig ist. Nur nicht heute. Bleib sitzen, Mack, eine Pause wird uns gut tun.«

Widerborstig streckte er sich aus. Er wollte voran. Aber wenn er dem Knöchel nicht wenigstens einen Moment Ruhe gönnte, würde es nachher umso langsamer weitergehen.

»Nun sei nicht so. Wer nicht im Moment leben kann, lebt überhaupt nicht. Und dieser Moment hier ist schön.« Er spürte, wie sie sich genüsslich rekelte.

»Ich habe Felicita weinen gehört. Im Lateranspalast«, sagte er.

»Ich weiß.«

»Du weißt das?«

»Du wirst sie immer hören«, sagte Lilith. »Das ist dein Fluch. Du bist zu schwermütig.«

»Es war übel von dir, sie Nell fortzureißen.«

»Das stimmt.« Sie entschuldigte sich nicht und würde das auch nicht tun. Der Zorn war mit ihr durchgegangen. Sie hatte das Kind gestohlen und es dann, als sie merkte, welche Last die Kleine war, an die Verrückte weitergegeben. Eine überaus schlechte Wahl und ein herzloses Betragen dazu. Aber Felicita war wieder bei ihrer Mutter und es hatte keinen Sinn, Lilith weiter Vorwürfe zu machen, die sie sich sowieso nicht zu Herzen nehmen würde. Wer warf einer Katze vor, dass sie die Dielen zerkratzte?

»Ich will weiter, Lilith«, sagte Mack, doch er war zu müde, dem Druck ihrer Hand auf seinem Arm zu widerstehen, und so blieb er liegen.

»Was hat er dir gesagt?«

»Wer?«

»Du warst bei Gregor, dem Aufgeblasenen. Ich habe dich aus seiner Kammer kommen sehen. Was hat er gesagt?«

»Du dringst in den Lateran ein und gelangst unbehelligt bis zu den privaten Gemächern des mächtigsten Mannes im Abendland. Wie machst du das, Lilith? Hast du den Zwergen eine Tarnkappe gestohlen?«

»Er hat dir etwas angetan.«

Mack hatte nicht die geringste Lust, in Wunden zu stochern. Sie hatten das Thema bis jetzt vermieden und er wünschte, dass es dabei blieb. »Wie hast du überhaupt herausgefunden, dass ich zu ihm wollte?«

Nun war es an Lilith, mit der Hand eine nichtssagende Gebärde in die Luft zu zeichnen. Wahrscheinlich war sie ihm heimlich gefolgt, zumindest eine Zeit lang, oder sie hatte Mack im Gespräch mit Jāqūt belauscht. Ja, wahrscheinlich war es das gewesen.

»Er hat dir das Herz gebrochen und das ist traurig. Es ist traurig, weil es überflüssig …«

»Ich will das nicht besprechen, Lilith.«

Sie nickte. Es entstand eine Pause, die sich hinzog, bis sie sie plötzlich mit einem Lied unterbrach. Er konnte sich nicht entsinnen, wann er sie das letzte Mal hatte singen hören. War es überhaupt je geschehen? Sie hatte eine etwas rauchige Stimme, aber daunenweich und wohltönend. Sie sang leise. Ihr Lied stieg in die Nachtluft und wurde Teil des zarten Windes, der die Blätter bewegte. Es bedrängte nicht, aber es … schien eine berauschende Wirkung zu haben, ähnlich einem starken Wein, der auf nüchternen Magen getrunken wird. Oder, dachte er, jenem Rindenrauch, mit dem sie ihn betäubt und verwirrt hatte bei ihrem letzten Versuch, ihn an sich zu binden. Sie sang von einem Mädchen …

Es hatte sich vor einem Gewitter in eine Weizenhocke in der Nähe ihres Hauses geflüchtet. Ein Nachmittag im Spätsommer. Der Staubgeruch des gemähten Korns kroch so aufdringlich in Macks Nase, dass er fast geniest hätte. Es musste kurze Zeit zuvor geregnet haben, wenn auch nicht viel, denn das Kleid das Mädchens atmete Feuchtigkeit aus. Das Mädchen fürchtete sich.

»… und dräute mit Fäusten aus Stahl …«, besang Lilith die Wolken, die sich kampfeslustig am Himmel zusammenballten und die Sonnenstrahlen verjagten.

»Kein guter Gedanke, bei Gewitter auf freiem Feld in einer Hocke Unterschlupf zu suchen«, sagte Mack in die wehmütige Melodie hinein. Es sollte spöttisch klingen, dem Lied seinen Platz als nichtige Zerstreuung zuweisen in einer Nacht, die nichts Besseres zu bieten hatte, aber Lilith sang weiter und machte sich nicht einmal die Mühe, ihn anzuschauen.

Das Mädchen blickte zur Hütte hinüber, dem elterlichen Heimplatz, der für sie Sicherheit bedeutete. Mit Lehm ausgestrichenes Flechtwerk, dahinter Schlafkuhlen, warm mit Heu ausgelegt und mit Decken gepolstert, Schinken und grüne Würste, die von den Balken baumelten, das Meckern der Ziegen im Verschlag hinter den Schlafplätzen, das Gewisper der Erwachsenen, das sich um Dinge drehte, die für ein kleines Mädchen unverständlich waren …

»… wie Stacheln in weicher Haut …«, besang Lilith die Getreidestoppeln, auf denen das Mädchen saß. Das Haus kam gar nicht vor in ihrem Lied. Keiner ihrer Verse erwähnte grüne Würste. Und doch war Mack überzeugt, dass er das Innere des Hauses genau so gesehen hatte, wie es in Liliths Erinnerung existierte. Er seufzte lautlos. Er sollte sich die Hände über die Ohren legen, aufstehen und fortgehen.

Der erste Blitz schlug aus den Wolken herab. Kein Feuer. Nur die Drohung, dass in seinen Fingerspitzen die Magie saß, jenen Teil der Welt, den er berührte, in Flammen zu setzen. Das Mädchen wurde bleich und zog die Schultern ein. Es stieß einen Schrei aus bei jedem Lichtzacken, der sich gleißend in die Erde brannte. Seine Lider waren nicht dick und der Rock, in dem es das Gesicht barg, nicht schwarz genug, um den Lichtschein auszusperren. Es sehnte sich nach der Sicherheit des Hauses.

Lilith hielt inne und atmete in kurzen Stößen. Ihr eigenes Lied hatte sie mit Furcht erfüllt und sie musste sie niederkämpfen, was Mack für einen Moment mit Mitleid erfüllte. Als er unauffällig zu ihr hinüberspähte, sah er, dass sie den Himmel mit den Augen absuchte, als gäbe es immer noch Wolken, in denen sich Blitze verbargen.

Das Mädchen schöpfte Hoffnung. Sein Bruder trat aus dem Haus. Ein schlanker Kerl, selbstbewusst, schwarze, dichte Haare mit vielen Wirbeln, die seiner Frisur nicht gut taten, aber seinem Temperament entsprachen. Lässig schlenderte er über das Feld und verhöhnte damit das Gewitter.

Das Mädchen bewunderte ihn für seine Verwegenheit und liebte ihn dafür, dass er Mühen auf sich nahm, um es aus seiner Zwangslage zu erlösen. Nicht einmal der gelbe Zacken, der wenige Fuß vor ihm die stopplige Erde aufriss, konnte ihn beirren. Sein Lachen hallte durch die schwüle Luft wie die höhnische Antwort, die ein Kämpfer seinem Herausforderer gibt.

Etwa zehn Schritt vor der Hocke blieb er stehen.

»… mit Augen aus perlender Glut.«

Eule war bereits er selbst, obwohl ihm, kaum zwölf oder dreizehn Jahre alt, gerade erst die ersten Barthaare sprossen. Aber das Gauklerhafte und auch das Verschlagene waren ihm schon jetzt zu eigen. Das Lied fand ein schnelles Ende, der langen Einleitung kaum angemessen.

»… Er lachte und wandte sich fort.«

Einen Moment war Mack atemlos vor Zorn. Der Finger, den er bei Eules Wutausbruch eingebüßt hatte, schien zu zucken, die längst verschlossene Wunde zu brennen und zu pochen. Er starrte in den Himmel und musste sich zwingen, die geballten Fäuste zu öffnen und wieder zu atmen. Und er hätte es sicher nicht so schnell geschafft, wenn Lilith nicht plötzlich zu lachen begonnen hätte. Sie richtete sich halb auf den Ellbogen und schaute ihn an. In diesem Moment, in dem sie die Lippen verzog, ein wenig triumphierend, ein wenig spöttisch, kam ihm ihre Ähnlichkeit mit dem verhassten Bruder vor wie ein Schlag ins Gesicht.

»Du hast dir das alles ausgedacht«, sagte Mack.

Sie lachte erneut.

»Und zu welchem Zweck? Warst du in irgendeinem Leben eine Katze, dass du es liebst, mit Mäusen zu spielen?« Als sie nach ihm greifen wollte, stieß er sie von sich und stand auf. Er war gekränkt und das ärgerte ihn vielleicht am meisten. Sein Knöchel erinnerte ihn daran, wie wenig weise es wäre, einfach in die Dunkelheit zu stürzen, und er versuchte sich zu beruhigen mit der Einsicht, dass er mit einer Gauklerin unterwegs war, die ihrer Natur gehorchte – und dass er im Grunde nichts mit ihr zu tun hatte.

»Ich habe mir nichts ausgedacht, Mack Silberzunge. Ich habe dir mein Lied gesungen, das eine Lied, an dem ich gefeilt habe und in das ich die wenigen Gefühle, die für mich Bedeutung haben, gebündelt habe, hübsch arrangiert wie in einem Strauß. Es ist *mein* Lied. Ich habe dir erlaubt, einen Blick in eine Kammer zu tun, die für jeden sonst verschlossen ist.« Nun wirkte sie selbst verletzt.

»Dein Bruder hat dich unter der Hocke sitzen lassen.«

Sie zuckte die Schultern. »Sein Naturell.«

»Du hattest Angst und er hat dich verhöhnt und im Stich gelassen und doch bist du ihm gefolgt und wurdest Mitwisserin und Mittäterin in seinen widerwärtigen Plänen?«

Sie hätte entgegnen können, dass sie sich vor ihrem Bruder gefürchtet hatte, und das wäre die Wahrheit gewesen, wie er wusste, und es hätte als Entschuldigung mehr als genügt, aber sie tat es nicht.

»Warum dieses Lied?«

»Du bist krank, Herzlieb, und ich suche die Salbe, die deine Wunden schließt. Was schadet es, wenn sie scharf riecht?«

»*Das* war eine heilende Salbe?«

»Nun setz dich schon, Mack. Diese Angewohnheit von dir – herumstehen und Unruhe verbreiten – macht mich selbst ganz fahrig. Ich habe nicht viel zu geben und … das Wenige verächtlich aus der Hand zu schlagen ist kein feines Tun.«

Fast wäre ihm ob dieser ehrlichen Worte eine Entschuldigung herausgerutscht. Aber er biss sich auf die Zunge und ließ sich stumm wieder neben ihr nieder. Die Geräusche der Nacht, die in dem Lied untergegangen, die vielleicht sogar wirklich verstummt waren, wurden wieder hörbar. Eine Waldohreule trug ihren Reviergesang vor, ein Fuchs bellte.

Mack spürte, wie Lilith ihre Hand in seinen Nacken schob. »Siehst du das Glühwürmchen?«

»Nein.«

»Aber dort ist eines. Hör auf, in dich hineinzustarren, und schau links zu dem Ast. Siehst du das …«

»Ja doch.« Das Irrlicht flitzte im scharf gezeichneten Gerank von Blättern und Ästen über ihren Häuptern.

»Und siehst du, dass dieses kleine Licht zauberisch und wunderschön ist, kannst du wenigstens das noch erkennen? Kannst du den Kreuzkümmel riechen, der dort drüben unter den Büschen wuchert? Fühlst du noch den feinen Luftzug, der vom Flügelschlag der Fledermaus ausgeht?«

»Lilith …«

»Der Papst hat dich fortgeschickt.«

»Ja, das hat er und … es ist mir gleich. Er ist ein alter, verlogener Mann, der aus dem Mund nach Honig stinkt. Du brauchst mir nicht zu sagen, dass ich an der falschen Stelle nach … Trost gesucht habe …« Er hasste sich für das wehleidige Wort, es war ihm herausgerutscht, als wäre es ein heißer Bissen, der den Gaumen verbrennt. »Ich gehe mein Leben allein, Lilith. Ich brauche niemanden. Wenn der Stein im Feuer geschmolzen ist, bin ich frei. Und das …«

»Frei!«, fauchte sie. »Frei, dich erbärmlich zu fühlen. Frei, dich zu verstecken, um niemanden zu lieben und jedermann das Herz zu brechen, der dich seinerseits liebt.« Ihr Atem ging stoßweise. Und dann – ihre verwirrende Angewohnheit – begann sie wieder zu lachen. »Was hat er zu dir gesagt?«

»Dass unsereins keine Vergebung empfängt.« Mack erwartete, dass sie fragen würde, wofür er oder sie Vergebung benötigten oder irgendetwas dergleichen, aber das tat sie nicht.

»Und wenn du dir nichts daraus machtest?«

»Was?«

»Dringt der Regen, der wie ein Sturzbach auf dich nieder-
geht, in deine Haut ein? Du wartest, bis der Wind deine Kleider und deine Haut getrocknet hat, und es ist vorbei. Was,
wenn du dir aus den Worten des Papstes nichts machtest?«

Du verstehst das nicht, wollte er sagen. Ich wurde von etwas
geboren, was nicht menschlich ist – aus einem Sumpf gezogen, unter einem Wildbeerenstrauch hervorgeklaubt … Ich
höre den Gesang der Mauern, die sich langweilen, und das
Wispern der Pflanzen, die sich über den mangelnden Regen
beschweren. Ich laufe schneller, als es einem Menschen zukommt, und springe wie eine Katze. Du verstehst es nicht,
wollte er sagen, aber natürlich war das Unfug. Sie verstand es
besser als irgendjemand anderes.

»Was, wenn du dir nichts daraus machtest?«, wiederholte
sie.

»Lilith, ich kann nicht darüber lachen, dass man mir …«

»Das sage ich nicht. Sich nichts daraus zu machen ist etwas
ganz anderes, als darüber zu lachen.«

Mack versuchte sie zu begreifen.

»Nimm den Stein«, befahl sie.

Misstrauisch versuchte er in ihren Augen zu lesen, die – zwei
dunkle Mirakel in dem weißen Gesicht – mehr verbargen als
offenbarten. Schließlich griff er in seine Tasche. Der Stein glitt
in seine Hand. Wieder schien er heißer zu sein, als es einem
Bröckchen Mineral gebührte. Mack streckte die Handfläche
aus, so dass er wie auf einem Tablett darauf zu liegen kam. Der
Stein glühte auf. Er schien sich mit dem Sternenlicht voll zu
saugen, wie ein Schwamm, den man in Seifenlauge taucht.

»Wirf ihn von dir. In irgendeine Richtung. Es ist gleich. Wirf
ihn fort.«

Mack umschloss den Stein augenblicklich mit seiner Faust.

250

»Du kannst es nicht«, sagte sie leise und mit Nachdruck, »weil du fürchtest, dass er Böses vorhat. Du glaubst, irgendjemanden – und es ist niederschmetternd zu sehen, dass du nicht einmal eine bestimmte Person nennen könntest – retten zu müssen. Du glaubst, jemand wird leiden müssen, wenn der Stein nicht im Feuer vergeht, und aus diesem Grund bereitest du dir selbst eine Hölle. Das hilft dir nicht aus deinen Nöten und wird dir keinen Dank bescheren und ist töricht, weil ... du dir auch einfach *nichts daraus machen könntest.*«

Mack kniff die Lippen zusammen. Der Stein hatte keine Lust, wieder in seinem Verlies zu verschwinden. Als er Luzifers Kostbarkeit verstaute, riss ein Stück Wolle in der heimlichen Tasche. Er würde es flicken müssen – und Acht geben, dass er den Stein nicht auf läppische Weise durch ein Loch verlor.

»Du schuldest ihnen nichts, denn sie haben dich, seit du geboren wurdest, getreten. Es gibt keine Brücke zu ihren Herzen. Sie wollen dich nicht. Sie schauen dich an und spüren, dass du fremd bist, und weil sie sind, wie sie sind, verabscheuen sie dich.«

»Es hat keinen Sinn, Lilith.«

»Ich habe meine Lektion gelernt. Ich habe aufgehört, meinen Bruder zu lieben, und was immer er oder irgendjemand danach tat: Ich habe mir nichts daraus gemacht. Ich wurde frei, Mack. Ich konnte auf meinem Schicksal tanzen, anstatt es mir auf die Schultern zu laden. Im Grunde hätte ich ihm danken ...«

»Lilith!«, sagte er.

Sie kehrte ihm den Rücken und rollte sich zusammen. Sie war ernsthaft wütend. Und wenn *er* sich *daraus* einfach nichts machte? Er lächelte, halb spöttisch, halb bitter.

»Riechst du es?«

»Was?«

»Das Feuer muss nah sein. Seltsam.«

Mack spürte Liliths Lächeln. Er lief langsamer und drehte sich dabei zu ihr um. Ihr Gesicht konnte er nicht sehen, dazu war es zu dunkel, aber es kam ihm so vor, als wäre sie angespannt.

Als sie seinen Blick auffing, redete sie weiter: »Es gibt nicht viel, worüber ich in meinem Leben gegrübelt habe, aber ich hätte immer gern verstanden, wie andere Menschen das Feuer riechen. Es stinkt, Mack. Das ist die Wahrheit für mich. Ich würde nie Scheite in meinem Heim aufschichten und entzünden und vom Duft des prasselnden Holzes schwärmen. Ich würde eine Feuerstätte in meinem Heim nicht einmal dulden. Lügen sie uns alle an oder ist etwas mit meiner Nase nicht in Ordnung?«

Der Geruch war in den letzten Stunden stärker geworden, nicht auf einen Schlag, sondern nach und nach, so dass man sich daran hätte gewöhnen müssen – nur taten sie es nicht. Sie waren seit etlichen Tagen in Richtung Süden unterwegs. Kurz zuvor hatten sie das Meer erreicht und eine große Stadt gefunden, die sich in eine Bucht schmiegte: Neapel. Hinter den Dächern der Stadt wölbte sich der Berg, in dem der Gott Vulcanus sich nach Meinung des Leprösen als Schmied betätigte. Macks Herz hatte mit doppelt schnellem Schlag gehämmert, als er den grauen Rauch gesehen hatte, der sich aus der merkwürdig abgeplatteten Kuppel kräuselte.

Sie hatten um die Stadt einen Bogen gemacht, denn er hatte keine Lust gehabt, irgendwelchen Häschern in die Hände zu fallen, die sich über zerlumpte Fremde auf ihren Straßen ärgerten. Sie waren durch Weinberge gewandert und an kleinen Dörfern mit ungewöhnlich fruchtbaren Gärten und Äckern vorbeigekommen. Dann hatte der Boden sich gehoben und sie hatten den Aufstieg begonnen. Noch immer hatten sich Reihen von Weinstöcken an die Hänge geklammert, aber die Felder wurden kleiner und allmählich verlor sich die Zivilisation in kargen Wäldern, an deren Boden vor allem Unkraut gedieh.

Es riecht nicht nach Feuer, es riecht nach Schwefel, fand Mack, aber im Grunde war ihm gleich, welche Ausdünstungen die Luft verpesteten. Er wollte den Stein loswerden. Dieser Gedanke, den er vor sich wiederholte wie ein Mönch die Gebete des Rosenkranzes, versetzte ihm einen Stich. Wollte er das tatsächlich? O ja, und ob er wollte! Aber gleichzeitig graute ihm vor dem Augenblick, in dem Luzifers Schatz im Feuer verschwinden würde. Er gestand sich ein, dass die Aufgabe, die er sich gestellt hatte, nicht nur eine schreckliche Last bedeutete, sondern in den letzten Tagen auf widersinnige Weise gleichzeitig zu einem Anker geworden war.

Nell war fort. Er würde sie nicht wieder sehen. Damit hatte er sich abgefunden. Sie war in ihrer Geradlinigkeit genauso ungestüm wie er. Wahrscheinlich hatte sie bereits die Alpen erreicht. Sicher wollte sie in Deutschland sein, bevor der Winter hereinbrach. Nell war ihm also verloren. Nachdem der Stein zerschmolzen war, würde er dastehen und nicht wissen, was er tun, wohin er sich wenden sollte. Der Stein hatte es fertig gebracht, in diesen letzten Tagen zu seinem Lebenssinn zu werden. Alter Freund, dachte Mack und kniff sich selbst in den Arm, während er einen weiteren Buckel in Angriff nahm, der ihm den Weg zur Bergspitze versperrte.

»Spürst du das? Mack, spürst du dieses Ruckeln?«, zischte Lilith plötzlich. Und ob, es hätte ihn fast von den Füßen geworfen! Schon in der Umgebung der Stadt war es ihm gelegentlich vorgekommen, als liefe er über den Rücken einer schlafenden Katze, die in ihren Träumen zuckend nach der Beute schlug. Aber dies hier – das waren zwei richtige Stöße gewesen. Unwillkürlich musste er an Vulcanus denken, der den Hammer auf das glühende Eisen niedersausen ließ. Götter! Er lächelte, ohne irgendwie belustigt zu sein. In jedem Fall befanden sie sich auf unheimlichem, gefährlichem Boden.

»Weiter«, kommandierte er. Und fügte etwas verspätet hinzu: »Es sei denn, dass du umkehren willst.« Er blieb stehen, denn er meinte dieses Angebot ehrlich, ohne Häme.

»Runter vom Berg?«

»Ja.«

»Kommst du mit?«

»Nein.«

»Dann nicht.«

»Aber du hast Angst, Lilith.«

»Hab ich nie.« Sie berichtigte die eilig dahingesprochenen Worte. »Außer vor zwei Dingen. Vor dem Feuer.«

Das war nur ein Ding, aber sie wollte das zweite nicht nennen, und da er ahnte, dass es sich dabei um ihre Furcht handelte, ihn zu verlieren, fragte er nicht weiter nach. Ich bin froh, dass sie bleibt. Der Gedanke fühlte sich an wie ein Verrat an Nell. Und wenn du dir einfach nichts daraus machst?

Er schwitzte und er schob es auf die Anstrengung, wieder und wieder Felsbrocken überwinden und Bodenspalten überspringen zu müssen. Der verfluchte Knöchel war keineswegs bereit, sich auf seine Pflicht zu besinnen. Im Gegenteil: Er schien mit jedem Schritt bergauf störrischer zu werden und die Versuche, ihn nicht stärker als nötig zu belasten, sowie die umständlichen Bewegungen, die damit einhergingen, kosteten ihn Kraft.

»Unter meinen Fußsohlen wird es immer wärmer«, sagte Lilith. »Wir nähern uns dem Feuer nicht, wir haben es bereits erreicht. Wir trampeln darauf herum, Mack, mein Liebster. Hast du schon einmal daran gedacht, dass wir dem, was uns erwartet, nicht gewachsen sein könnten?« Sie hielt inne. »Mack?«

Er hatte eine Hügelkuppe in Angriff genommen und erreicht und war stocksteif stehen geblieben.

»Mack!«

»Dort«, sagte er. Fassungslos und hingerissen zugleich starrte er auf das Schauspiel, das sich seinen Augen bot.

Vor ihm hatte die Vegetation aufgehört. Kein Halm, nicht einmal das anspruchsloseste Blümchen war mehr zu sehen. Wohin er blickte – nur rasch ansteigende Steinflächen, die aber nicht wie Fels aussahen, sondern eher wie ein fester grauer Teig, den eine Riesin gerade gewalkt und auf den Tisch zurückgeworfen hatte.

Aber nicht das war es, was seine Aufmerksamkeit fesselte. Sein Blick haftete auf einem träge dahinwälzenden Strom. Ein Strom aus Feuer. Was unmöglich war, denn Wasser und Feuer sind natürliche Feinde. Und dennoch: Riesige Glutmassen wälzten sich durch ein Flussbett. Sie erleuchteten die Nacht, die ihre schwärzeste Zeit erreicht hatte, und zeichneten flackernde Bilder auf den Steinhang, der sich hinter dem Strom aufreckte. Ihr Schein reichte bis zum Sternenhimmel, den sie in einen zartrosa Baldachin verzaubert hatten.

Mack spürte, wie Lilith seine Hand packte. »Das ist die Hölle«, sagte sie leise und so nüchtern, als hätte sie ihm gerade den Namen eines Dorfes genannt.

Mack schwieg. Was sollte er auch sagen über ein Phänomen, das so erschreckend, widernatürlich und bedrohlich war und über dessen Ursprung er nicht das Geringste wusste. Eines jedenfalls war klar: Dieser Fluss aus Glut und Flammen war so heiß, dass er *alles* vernichten würde, was er berührte: auch den Stein. Mack schätzte die Entfernung und kam auf wenigstens eine halbe Meile. Trotzdem waberte die Hitze des brennenden Flusses bis zu ihnen herüber und er merkte, dass er das Bedürfnis hatte, seine Augen zu schützen.

»Du willst immer noch dorthin?«, fragte Lilith.

»Nein. Ich muss«, wollte Mack sagen, aber er kam nicht dazu, denn im selben Moment begann die Bodenwelle unter seinen Füßen zu schwanken. Gleichzeitig erhob sich ein brodelnder, dumpfer Lärm wie das Atemgeräusch eines riesigen Untiers. Erschreckt riss er die Arme in die Luft.

Die Quelle des Lärms lag ein Stück bergauf und war während des Nachtmarsches vor seinen Blicken verborgen gewesen. Nun wurde sie plötzlich sichtbar durch ein zutiefst verstörendes Schauspiel. Aus der Kuppe des Berges wurden glühende Massen geschleudert, festes oder flüssiges Feuer, als hätte ein zorniger Bewohner den Bauch des Berges aufgerissen und tobte sich aus, indem er sein brennendes Mobiliar aus dem selbst geschaffenen Fenster warf.

Mack versuchte kurz, sich auf den Füßen zu halten – dann gab er auf. Mit einem letzten Blick zum feurigen Strom ließ er sich hinter die Bodenwelle zurückfallen. Er schlug die Arme über den Kopf – die einzige Möglichkeit, die ihm einfiel, sich zu schützen. Fast im selben Moment erstarb das Bodenzittern und der Lärm verebbte so rasch, wie er gekommen war. Mack wollte sich aufrichten, zog aber sofort wieder den Kopf ein, als ein glühender Brocken an seinem Ohr vorbeisauste. Die feurige Kugel, geschleudert wie von einem Katapult, schien ein letzter Gruß des Rasenden aus dem Berge zu sein, danach senkte sich Stille auf die Nacht.

»Lilith?«

Er musste suchen, ehe er sie in der Dunkelheit entdeckte, denn sie hatte sich auf den Boden geworfen und rührte sich nicht. Mit wackligen Knien kroch er zu ihr hinüber und streichelte ihr unbeholfen über das lange Haar.

»Er fordert seinen Schatz zurück. Er weiß, dass du ihn bei dir trägst.«

»*Er* will ihn haben, *ich* will ihn loswerden. Wir müssten uns rasch einig werden«, versuchte Mack einen schlappen Scherz. »Lilith, das war … Ich weiß nicht, was es war. Aber wir sollten uns nicht zu sehr aufregen. Uns ist nichts passiert.«

»Ich weiß, wann man etwas wagen kann und wann man verschwinden muss. Du hast den Verstand verloren. Lass uns gehen.«

»O ja, und zwar schnurgerade hinauf zu diesem Feuerloch.«

Lilith lachte leise, wenn auch nicht besonders fröhlich. »Drachenreiter. Das sollte dein Name sein. Du gehörst zu denen, die im Unwetter auf den Gepanzerten durch die Lüfte jagen.«

»So etwas gibt es gar nicht.«

»So etwas gibt es doch«, sagte sie und bettete ihren Kopf auf seinem Schoß. Ihm tat der Hintern weh, aber er konnte nicht leugnen, dass es angenehm war, den weichen, lebendigen Körper zu spüren. Der Feuerstrom war seinen Augen verborgen, doch seine Hitze war immer noch zu spüren und die Geräusche, mit denen er sich vorwärts wälzte, drangen wie die Drohung eines Lindwurms zu ihnen herüber.

»Du bist verwegen«, murmelte Lilith und schob ihre Hand durch den Schlitz seines Hemdes. »Nun gut, wenn du es so haben willst: Ich gehe mit dir auch zum Feuer.« Sie räkelte sich und schaute zu ihm hinauf. »Als Eule, mein Bruder, mich auf dem Feld zurückgelassen hat, habe ich gewartet, bis das Gewitter vorüber war, und dann habe ich mir selbst einen Schwur geleistet, mich vor nichts mehr zu fürchten. Das ist mir gelungen, mit Ausnahme des Feuers, vor dem mir immer noch und immer wieder graut. Morgen werde ich also zum Feuer gehen. Du machst mich vollkommen, Mack Feuerbezwinger. Wenn der Tag vorüber ist, werde ich vor der Mutter sämtlicher Feuer getanzt haben. Doch, das gefällt mir.«

Die Hand bewegte sich. Die Naht seines Hemdes riss, was nicht nur an der schlechten Qualität des Stoffes lag. Liliths Hand zitterte.

»Du lügst ja«, sagte er. Er versuchte an Nell zu denken, aber plötzlich war es schwierig, ihr Bild vor die Augen zu bekommen. Die Luft stank nach Schwefel und Rauch, der Boden unter ihm war durchwärmt wie Kaminsteine. Er hatte Angst. Und er fühlte sich in dieser Angst nicht weniger einsam als Lilith. Ihre Hand auf seiner Haut war eine einzige Wohltat.

32. Kapitel

Der Morgen kam schleichend und ohne wirkliche Helligkeit zu bringen. Mack versuchte zu schätzen, wie früh es war, als er die Augen aufschlug. Es war unmöglich. Das Licht war gebrochen, aber nicht wie von Nebel, sondern schmutziger. Er schob Liliths Kopf von seiner Hüfte und stand auf. Mit steifen Gliedern kletterte er auf den Felsbuckel, von dem es ihn am Abend zuvor heruntergerissen hatte.

Er hätte erwartet, dass der feurige Fluss am Tag etwas von seiner unheimlichen Ausstrahlung eingebüßt haben würde, aber dem war nicht so. Im Gegenteil – im Morgenlicht wirkte er lebendiger und bedrohlicher, so wie die Sorgen des Tages schwerer lasten als die Träume der Nacht. Noch immer wälzten sich zähflüssige Feuermassen in Richtung Ebene und nun konnte Mack erkennen, dass es noch drei andere Ströme gab. Blutige Schmisse in der Haut des Berges.

»Wir sollten aufbrechen.«

Mack zuckte zusammen, als Lilith ihren Atem mit diesen Worten in seinen Nacken blies. Sie war das einzige Wesen, das sich an ihn heranmachen konnte, ohne dass er ein Geräusch hörte. Unwillkürlich fiel ihm Nells Vorwurf ein: *Musst* du dich immer so anschleichen! Nell … Die letzte Nacht, die Wärme und der Trost, den er in Liliths Zärtlichkeit gefunden hatte, erschienen ihm plötzlich schal. Er wollte Liliths Arme, die seinen Hals umschlangen, nicht abstreifen, aber er fühlte sich beengt und … betrogen.

Er seufzte. Wenn jemand betrogen wurde, dann war es Lilith, die ohne Unterlass gab, ohne wirklich etwas zurückzubekommen. Er hätte durchsetzen müssen, dass sie am Fuß des Berges zurückblieb. Er hätte sie gar nicht erst auf diese Reise mitnehmen dürfen.

»Wir haben kein Gepäck, außer den Wasserschläuchen – und die sind beinahe leer«, sagte Lilith. »Was bedeutet, dass wir unbeschwert aufbrechen können.«

»Was bedeutet, dass du Durst hast – und ich auch.« Mack ließ seine Augen schweifen, aber er hatte keine Hoffnung, auf diesem verzauberten Berg, dessen Flüsse aus Feuer bestanden, auch nur einen Tropfen Wasser zu finden.

»Es ist nicht weit«, sagte Lilith, die von ihm abgelassen hatte und die Entfernung zu dem Rauch speienden Kegel abzuschätzen suchte.

»Wenn es einen Weg gibt. Dort drüben ist es steil – zu steil, wenn du mich fragst. Ich würde südlich gehen …« Aber dort versperrte der brennende Strom ihnen den Weg.

»Nichts ist zu steil«, sagte Lilith und machte sich auf den Weg. Er folgte ihr mit dem Gefühl, dass sie ihre Zeit verschwendeten. Selbst Lilith, die Gämse, brauchte etwas, woran sie sich festklammern konnte. Ihr Fußmarsch dauerte den halben Vormittag, und als sie die Wand fast erreicht hatten, mussten sie feststellen, dass sie nicht nur steil, sondern auch völlig glatt war. Als hätte jemand mit einem Messer einen Apfel durchschlagen. Keine Vorsprünge, keine Ritzen, die Hand und Fuß Halt gegeben hätten.

Lilith zog eine Grimasse. Widerspruchslos folgte sie ihm, als er sich an den Rückmarsch machte. Sie nahmen einen etwas anderen Weg, der sie näher zum Fluss bringen musste, und richtig – gegen Mittag sahen sie hinter einem Felsvorsprung Rauchfäden, die sich dünn gegen den Himmel kräuselten. Als sie den Schritt um die Kante des Felsens taten, tauchte der brennende Fluss wieder vor ihnen auf. Gleichzeitig schlug ihnen eine Welle heißer Luft entgegen.

Mack drehte den Kopf ein wenig zur Seite und legte die Hand so, dass seine Augen geschützt waren. Es war nicht ein – es waren zwei Flüsse, die sich träge durch die Steinmassen wälzten, wobei sie auseinander zu streben schienen. Als Mack bergauf schaute, sah er, dass der Rauch von einem Abhang aufstieg, an dem flüssiges Feuer wie ein Wasserfall etwa dreißig Fuß in die Tiefe stürzte. Glühende Bröckchen spritzten in die Rauchschwaden. Unterhalb des Abhangs teilte sich der breite Strom in die beiden schmaleren Flüsse, die sich in verschiedene Richtungen vorwärts fraßen.

»Dort ist eine Brücke«, keuchte Lilith.

Mack hatte sie im selben Augenblick entdeckt. Ungläubig blickte er auf das steinerne Gebilde, das sich wie das ungeschickte Matschkunstwerk eines kindlichen Baumeisters über den näher liegenden Strom schwang. Es *war* eine Brücke. Aber keine künstlich errichtete. Der Feuerfluss müsste sie aus dem Stein gefressen haben, so wie sich eine Made durch ein Stück Fleisch frisst.

»Was ist los, Mack?«

Lilith fragte ihn nicht nur, sie packte gleichzeitig seine Schulter. Ob es nun die Berührung war oder ob ihn das Starren auf die Brücke und die sich darunter wühlenden rotgelben Massen empfindlich gemacht hatte – ihm war, als schlüge man ihm einen Schild aus der Hand und als träfen Pfeile auf seinen ungeschützten Geist.

FRESSEN … ZERSTÖREN … RASEN …

FRESSEN …

»Mack!«

FRESSEN …

»Mack … Mack! Wir verschwinden. Es ist schon hier zu heiß. Niemand kommt über diese Brücke.« Lilith griff nach ihm, aber er schob ihre Hand beiseite.

»Mack …«

»FRESSEN …«, sang das Feuer, es hörte sich an, als würden die Worte direkt unter der Brücke hervorgespieen.

»Es hat keinen Sinn«, brüllte Lilith. »Selbst wenn wir über diesen einen Fluss kämen – dort hinten ist ein zweiter und der hat keine Brücke.« Sie berührte mit ihrem Mund fast sein Ohr und er konnte sie trotzdem kaum verstehen, so laut schallte der Gesang des Feuers.

REISSEN … FRESSEN …

»Wirf ihn einfach von hier aus hinein.« Lilith bückte sich und klaubte etwas auf, einen porösen Stein, der aus demselben unnatürlichen Material wie die Bergdecke bestand. »Sieh!« Sie stieß ihm den Ellbogen in die Seite, damit er zuschaute, und brachte ihr Wurfgeschoss auf die Reise.

Mack hatte erwartet, dass der Kiesel sofort in den Flammen vergehen würde. Stattdessen prallte er von der Oberfläche des Flusses ab, kam wieder auf und tanzte und trieb dann darauf wie eine Feder auf dem Wasser.

Mack starrte ihm nach, er merkte, wie ihm die Enttäuschung die Kehle zuschnürte. Aber hatte er wirklich erwartet, der Stein würde sich auf so billige Art vernichten lassen? Mit rauer Stimme schrie er: »Es hilft nicht. Wir müssen hinüber. Und auf der anderen Seite des Flusses sehen, wie es weitergeht.«

Es war, als hätten die Flammen die Worte verstanden. Sie juchzten und widmeten ihm jetzt als gesamte Masse, als FLUSS, ihre Aufmerksamkeit. Tausende von Augen schienen plötzlich auf ihn gerichtet zu sein. Selbst Lilith musste etwas spüren, denn sie schob abwehrend ihre Unterlippe vor. Wenn die hässlichen glühenden Brocken gewiefter gewesen wären, hätten sie ihre Gier gezügelt oder verdeckt, aber sie waren wie ein gefräßiges Tier, das seinen Trieben gehorcht.

FRESSEN … RASEN …

»Niemand und nichts ist es wert, über diese Brücke zu gehen«, begehrte Lilith auf.

Der Flammenfluss war weniger breit, als Mack zunächst angenommen hatte. Vielleicht dreißig Fuß. Bei weitem zu viel, um hinüberzuspringen, aber mit Hilfe der Brücke hätten sie ihn in wenigen Sätzen überquert. Mack besann sich nicht länger und nahm Anlauf.

Er musste ein ganzes Stück Strecke zurücklegen, ehe er die Brücke überhaupt erreichte. Und mit jedem Schritt wurde die Luft heißer, brannte sich die Erde schmerzhafter durch die Sohlen seiner Schuhe. Nicht Tanz *vor* dem Feuer, Lilith, Tanz *auf* dem Feuer.

Die Flammen empfingen ihn mit einem johlenden Aufschrei. HINAB … FRESSEN … Mit ungeahnten Kräften züngelten sie an den Brückenpfeilern empor und gierten mit tausendfingrigen Händen nach der Mahlzeit, die so bereitwillig in ihre Fänge stürmte. Macks linker Fuß berührte den Steg und die Hitze schoss durchs Bein in den Körper hinein.

FRESSEN …

Er wusste, dass er mit dem nächsten Satz im Verderben landen konnte. Was hatte ihn so sicher gemacht, dass die Brücke stabil genug war, ihn zu tragen? Vielleicht war sie porös, vielleicht an einer Stelle nur hauchdünn. Vielleicht mit einem Willen beseelt, der sich vorgenommen hatte, ihn abzuschütteln. Doch für diese Sorgen war es zu spät. Er tat noch einen Schritt und einen nächsten … Und …

Stille.

Es war, als hätte ein Feldherr den Stab gehoben. Das gierige Murmeln und Rauschen brach ab. Köpfe schienen sich zu wenden, Ohren sich aufzurichten.

Sein eigener Schwung trug Mack durch die Luft. Die blanke Angst hatte ihn einen Satz tun lassen wie nie in seinem Leben. Mit einem harten Aufprall landete er auf der Steinwiese, die ihn auf der anderen Seite der Brücke erwartete, stolperte und kugelte und rutschte zunächst über bröckliges, dann über spitzes Felsgestein. Überall, wo seine Haut den Boden berührte, schien sich flugs eine Brandblase zu bilden, aber er rollte zumindest so weit, dass er den Flammen entkam.

Ein gewaltiger Schrei der Enttäuschung brachte seine Ohren zum Klingeln. Das Feuer begriff nicht, was geschehen war – und Mack begriff es auch nicht. Er wusste nur, dass der Stein in seiner Ärmeltasche etwas damit zu tun hatte. Ungläubig langte er nach ihm und dieses Mal widerstrebte Luzifers Schatz nicht. Er hüpfte fast auf Macks Hand. Das Feuer verlieh ihm eine rotblaue Farbe, ähnlich der einer reifen Weintraube, ein Violett, das strahlte und gleichzeitig Licht verschluckte. Er war lebendig wie nie – und außer sich. Er hasste das Feuer. Er hasste die Gefahr, in die sein Besitzer ihn gebracht hatte. Er hasste den Besitzer.

All diese Empfindungen strömten innerhalb eines Augenblicks auf Mack ein, so grell und schmerzhaft, dass er den Stein fast hätte fallen lassen. Er umkrampfte ihn – und hätte ihn fast dennoch verloren, denn ihn traf ein heftiger Stoß in die Seite.

Lilith.

Sie musste ihm nachgesetzt sein, sobald er seinen Sprung getan hatte. Sie hätte tot sein können, und dass es anders war, war sicherlich nicht ihr Verdienst. Atemlos lag sie neben ihm, triumphierte über ihre Heldentat und begriff offenbar nicht, dass es der Stein gewesen war, der die Flammen abgelenkt hatte. Seltsam, Mack war so überzeugt gewesen, dass Lilith ähnlich fühlte und das, was um sie herum geschah, ähnlich verstand wie er selbst. Dass sie das weibliche Gegenstück zu seiner monströsen Existenz war. Aber plötzlich schienen sie Welten voneinander entfernt.

»Wir können alles tun, Mack Drachenreiter. Wir springen durch Flamme und Feuer«, jubelte sie, ohne sein Kopfschütteln wahrzunehmen.

Mack warf einen Blick auf den zweiten Strom, der ihm sicher nicht nur wegen der gerade ausgestandenen Furcht noch breiter erschien als der besiegte Bruder. Soweit er sehen konnte, gab es keine Möglichkeit, ihn zu überqueren. Er schloss die Augen. Es hatte keinen Zweck. Sie mussten den Berg hinab und einen anderen Weg bergauf suchen. Und darauf hoffen und vertrauen, dass es diesen Weg überhaupt gab und der Berg sein Haupt nicht auf allen Seiten mit Wällen aus Feuer schützte.

»Lass, Lilith«, murmelte er. Er wollte aufstehen, aber zunächst musste er erst einmal zu Atem kommen.

»Er ist hier«, raunte Lilith ihm ins Ohr.

Mack bewegte die Worte schwerfällig in seinem Kopf. »Wer?«

»Und nicht allein.«

»Wer?«, fragte er erneut. Wer denn?

Wann war der Tag vergangen? Irgendetwas musste die Zeit geschluckt haben, denn es war kaum zu glauben, dass ein ganzer Nachmittag verstrichen sein sollte, seit sie von der Steilwand umgekehrt waren. Und doch färbte sich der Horizont im Rot verblühender Ahornblätter und teilte den Himmel in Streifen.

Die Männer wirkten vor den kräftigen Farben wie schwarze Puppen. Sie bewegten sich, und zwar so rasch ihre Füße sie trugen. Mack sah ihre verzerrten Gesichter und meinte ihr Keuchen zu hören. Nicht alle Puppen waren schwarz. Eine, die ihnen voranstürmte, trug blütenweiße Kleider. Mack spürte, wie ihm flau im Magen wurde. Er gönnte sich einen kurzen Blick über die Schulter, wusste aber bereits, was er dort sehen würde: Die beiden Flüsse strömten gegeneinander bis zu der wirbelnden blutenden Wunde, an der sie sich geteilt hatten.

Geschnappt, dachte er. Vielleicht hatte er es auch laut gesagt, denn Lilith nickte. Er stand auf. Jede einzelne seiner Brandblasen schien plötzlich munter zu werden und ihn zu zwicken. Sein Knöchel protestierte mit zahlreichen Stichen gegen die dauernde Misshandlung. Er war so erschöpft, dass er zwinkern musste, damit das Bild vor seinen Augen nicht verschwamm. Selbst putzmunter und kerngesund wäre er Demetrius nicht gewachsen gewesen, aber in dieser Verfassung und mit – er zählte rasch – elf Gegnern waren seine Aussichten, zu siegen oder auch nur zu entkommen, so gering, dass er sich die Mühe sparen konnte, Pläne zu schmieden.

Die Männer näherten sich rasch. Sie mussten ihn und Lilith schon geraume Zeit beobachtet haben und wahrscheinlich hatten sie gehofft und gebetet, dass er den Sprung wagte, der ihn auf ihre Seite brachte. Die Bögen, die einige von ihnen schwenkten, hatten sicherlich den Zweck, ihnen klar zu machen, dass sich die Flucht über den Steg zurück nicht empfahl.

Dennoch tat Mack einen Schritt in Richtung des fließenden Feuers. Er sah, wie Demetrius die Hand hob. Ein Vorschlag zu verhandeln? Hölle, worüber? Wer verhandelte, wenn er sämtliche Vorteile auf seiner Seite wusste? Mack verfluchte sein Gehirn, das im Schein des Feuers so schwergängig arbeitete wie ein angerostetes Katapult.

Der Kirgise war auf Rufweite und kam noch dichter heran. Sein Gesicht war hochrot angelaufen, entweder von der Anstrengung oder von der Hitze. »Ich will den Stein!«, brüllte er.

Mack rührte sich nicht.

»Also?«

»Gib ihm das verfluchte Ding«, flüsterte Lilith, die sich an seinen Arm klammerte. Ein guter Rat, der in ein ausweglose Dilemma vielleicht doch noch ein Schlupfloch bohren würde?

Mack holte Luft. »Du bekommst ihn nicht!«, brüllte er zurück. Keine mutige, eher eine resignierte Antwort. Demetrius würde ihn nicht laufen lassen. Weder mit noch ohne Stein.

»Ich bekomme ihn doch.« Der weiße Mann lächelte zähnefletschend und kam noch einen weiteren Schritt heran, blieb aber sofort stehen, als Mack um die gleiche Strecke zurückwich. »Ich bekomme ihn, weil ich tauschen kann.«

Mack dachte an Lilith. »Was willst du tauschen?« Er schien mit seiner Vermutung richtig zu liegen, denn Demetrius neigte seinen Kopf in Richtung der schönen Frau. »Frag sie.« Er lächelte sein schönstes Bauernlächeln.

Man konnte nicht sagen, dass Mack in diesem Moment Bescheid wusste. Seine Gedanken quälten sich wie Räder in einem Morast. Sie sperrten sich, saßen fest, mussten mit Gewalt weitergestoßen werden. Nicht: Ich tausche das Leben der Frau gegen den Stein. Sondern: Frag Lilith.

Mack drehte den Kopf. Er sah, wie Lilith seinen Arm losließ und mit versteinertem Gesicht von ihm abrückte. Wie in einem Mosaik sammelte sich Steinchen um Steinchen in seinem Kopf. Lilith wusste, welchen Schatz Demetrius gegen den Stein zu bieten hatte. Ihr Gewissen war rabenschwarz. Und sie hatte plötzlich Angst.

»Nell ist gar nicht nach Deutschland gegangen«, sagte Mack.

»Sie … *sie* …« Liliths schönes Gesicht hatte jede Farbe verloren, was angesichts der Hitzewellen, die der Strom aussandte, fast unmöglich schien. Ihr zartes Gesicht verzerrte sich, als würde sie Schmerzen leiden.

»Nell hat sich anders besonnen. Sie wollte bei mir bleiben«, sagte Mack mit schwerer Zunge wie ein Betrunkener.

»Sie hat dich zurückgestoßen. Warum kannst du dir das nicht merken! Warum behältst du immer nur im Kopf …«

Demetrius verlor die Geduld. »Deine Hure gegen den Stein

des Heiligen Vaters«, brüllte er. »Und was tust du nun, singender Narr?«

»Du hast eine Verantwortung. Bedenke, was für schreckliche Dinge der Papst mit dem Stein in Bewegung setzen könnte«, wiederholte Lilith sein eigenes Argument, für das sie nie viel übrig gehabt hatte.

»Hat sich deine Neigung gewandelt?«, fragte Demetrius. »Mit ist es gleich, ob dir deine verflossene oder deine jetzige Hure mehr am Herzen liegt – ich handele mit beider Leben.«

»Und wenn ich mir nichts daraus machte? Wenn ich mir einfach nichts daraus machte, was der Papst mit dem Stein beginnt? Wo ist Nell?«, fragte Mack.

Er sah, wie Liliths Züge sich veränderten. Noch immer stand Schmerz darin. Aber auch Wut. Enttäuschung. Ein verbissener Wille. Sie bog den Arm nach hinten und wollte etwas werfen. Mack brauchte lange, viel zu lange, um zu begreifen, was sie vorhatte. Er sah sie ausholen, er sah die Rachsucht, die ihr schönes Gesicht verunstaltete, und seine Faust meldete ihm, dass er sich die eigenen Nägel ins Fleisch rammte – und sonst nichts.

Luzifers Stein.

Wann war er ihm aus der Hand gerollt? Wann hatte er die Hand geöffnet und preisgegeben, was er hätte hüten und bewahren müssen?

Er warf sich auf Lilith und begrub ihren Körper unter sich, aber sie war ungeheuer flink. Und wütend. Sie trat ihn in den Magen und schlug ihm die Nägel ins Gesicht. Sie traf ihn an allen empfindlichen Stellen, an denen er sich nicht schützte, weil er nicht damit rechnete, dass sie ihm wirklich wehtun würde. Viel schneller als er selbst war sie wieder auf den Füßen. Sie rannte auf den Strom zu, und ob sie nun eine bessere Stelle suchte, um den Stein in die Flammen werfen zu können, oder ob sie nur fort von ihm wollte, war nicht zu entscheiden.

Kurz vor dem fließenden Feuer holte er sie ein und warf sich auf sie. Seine Augen tränten von der Hitze, seine Haut schien zu platzen. Aber um Lilith musste es viel schlimmer stehen, denn sie lag unter ihm und war den Temperaturen, die der Boden ausströmte, hilflos ausgesetzt. Er hörte sie stöhnen und gab sie frei, wenigstens so weit, dass sie sich aufsetzen konnte. Gleichzeitig umfasste er ihren Arm und bog ihn nach hinten und nach oben. Sie würde den Stein preisgeben, sie musste es, wenn sie nicht wollte, dass er ihr das Handgelenk brach.

Wieder fuhr sie ihm mit ihren Krallen durch das Gesicht. Sie hatte ihn geliebt? Ganz sicher, aber was sie jetzt fühlte, musste im innersten Zirkel der Hölle geboren worden sein. Er hatte keine Ahnung, woher sie die Kraft nahm, sich noch einmal zu befreien. Sie wankte auf die Füße, wich ihm aus und strebte weiter dem Fluss zu.

Gab der poröse Boden unter ihr nach? Streckten die Flammen ihre feurigen Finger aus und zerrten an ihr? Gaben die Pfeiler der widernatürlichen Brücke Befehle, die nur sie selbst hörte?

Ihr Körper berührte die strömende Glut noch vor dem Stein. Sie hielt ihn fest in der Hand, umkrallte das, was ihr gleichgültig war, wie ihren kostbarsten Besitz. Sie war schwerer als der Kiesel, den sie geworfen hatte. Sie ging nicht sofort unter, aber der Strom gab nach und schien sie aufnehmen zu wollen.

Mack wandte das Gesicht ab. Er hörte keinen Schrei. Nur ein zischelndes tausendfaches Schmatzen.

33. Kapitel

Demetrius war nicht so zornig, wie er hätte sein sollen. Im Gegenteil. Er hatte ausgesprochen gute Laune, als er Mack mit eigenen Händen – was wegen seiner Verkrüppelung ausgesprochen schwierig war – die Fesseln um die Gelenke schnürte. Während er ihn vor sich her den Pfad abwärts stieß, plapperte er so glücklich wie ein Kind, das die aufregenden Ereignisse des Tages heraussprudelt.

Lilith hatte Nell den Wachen des Papstes in die Hände gespielt. Man hatte sie als Diebin verhaftet und mehrere Tage in irgendeinem Kerker schmoren lassen, bevor irgendein Beamter des Palastes Zeit fand, sich mit dem Weib zu befassen, dessen Balg mit seinem Brüllen unverschämterweise die Ruhe der heiligen Festung störte.

»Ich wäre niemals draufgekommen, dass wir deine Hure im Netz haben, wenn ich nicht zufällig an der Tür vorbeigekommen wäre, als man sie verhörte«, gestand Demetrius dankbar. Er knuffte Mack, achtete aber darauf, dass sein Gefangener nicht stürzte. Ganz offensichtlich hatte er es eilig. Und Mack konnte es ihm nicht verdenken. Der Boden unter ihren Füßen lebte. Seit sie die brennenden Flüsse verlassen hatten, war bereits drei oder vier Male ein Zittern durch die Flanken des Berges gelaufen, das sie fast von den Beinen geworfen hatte.

»Dein Herr wird nicht erfreut sein. Du kommst ohne den Stein zurück.«

»Ich hätte ihm das seltsame Ding gebracht, wenn es möglich gewesen wäre. Aber es war nicht möglich – und ich, der ich meinen Herrn liebe, weiß nicht, ob ich es bedauern soll. Ich fand immer, dass ihm … etwas Böses, Tückisches anhaftet, wenn man so etwas von einem Stein behaupten kann.«

Macks Fuß verhakte sich in einer in der Dunkelheit unsichtbaren Spalte und er stürzte nun doch. Er wäre mit dem Gesicht aufgeschlagen, wenn der Kirgise nicht an dem Ende der Fessel geruckt hätte, das er sich selbst um das Handgelenk geschlungen hatte.

Mack blieb einen Moment schwer atmend knien, rappelte sich aber rasch auf. Die freundliche Plauderei des Kirgisen konnte nicht darüber hinwegtäuschen, wie es in dessen Herzen wirklich aussah. Es waren die Kleinigkeiten, in denen sich seine Verfassung offenbarte: die Tatsache, dass er die Fessel direkt in die breite Brandwunde am Handgelenk gelegt hatte, wo sie bei jeder Bewegung in der austretenden Flüssigkeit scheuerte. Die Häufigkeit, mit der er am Strick ruckte. Jede der kleinen Schikanen wollte sagen: Du hast meinen Bruder umgebracht und ich habe es nicht vergessen.

»Du sprichst offen für einen, der bei seiner Ankunft schlechte Nachrichten überbringen muss«, sagte Mack und warf dem schwarzen Mann, der neben ihm lief, einen bezeichnenden Blick zu.

Demetrius lachte nur. Aber danach schwieg er.

Sie brauchten mehrere Stunden für den Abstieg und so hatte Mack reichlich Zeit, darüber zu grübeln, wie der Kirgise auf seine Spur gekommen war. Hatte er Spione ausgesandt, die nach einem Sänger forschten? Das war die einzige Möglichkeit, die Mack einfiel, und er verfluchte sich für seinen Leichtsinn, mit dem er sich durch Gesang Nahrung und Bett verdient hatte. Er hätte daran denken müssen, dass der Heilige Vater sämtliche Hebel in Bewegung setzen würde, um den Stein zurückzuergattern.

»Machst du das mit Absicht?« Demetrius riss Mack, der erneut gestolpert war, vom Boden auf. Dieses Mal nicht am

Strick, sondern an den Haaren. Er stieß einen Fluch in einer fremdländischen Sprache aus. Seine gute Laune war geschwunden. Nervös blickte er sich um. Sie hatten den unteren, bewaldeten Teil des Berges erreicht und vor ihnen lag ein Saum aus schwarzen Nadelbäumen.

»Wartet!«

Seine Begleiter reagierten nicht auf den Ruf, sondern erst auf eine heftige Handbewegung, mit der ihr Anführer sie zum Halten aufforderte. Einer fasste sich an die Ohren und Mack begriff, dass der Kirgise seinen Leuten befohlen haben musste, sich etwas in die Gehörgänge zu stopfen. Weil sie nicht hören sollten, was gesprochen wurde? Nein, um sie vor dem Gesang des unheiligen Teufels zu schützen. Ich bin's so leid, dachte Mack. Nach einem furchtsamen Blick auf den Gefangenen drückte der Mann das zurück, was sich gelockert haben mochte, und schaute dann betont harmlos in eine andere Richtung.

»Wenn wir dort hineingehen, bist du mir verloren.«

»Was?«

»Ich meine den Wald.« Überraschend ehrlich fuhr Demetrius fort: »Würden wir dort leben, wo ich geboren wurde, dann hätte ich dir die Fesseln abgenommen. Ich hätte dir ein Messer in die Hand gegeben und wir hätten ausgefochten, was ausgefochten werden muss. Aber das geht nicht. Doch sollst du wenigstens wissen, dass mir nicht gefällt, was dort geschehen wird.« Der Ton, in dem Demetrius das sagte, verhieß nichts Gutes. »Ich spreche von Ehre!«, stieß er zornig heraus. »Ein Mann tötet einen Mann, wie es einem Mann zukommt, und ein Tier, wie es einem Tier zukommt.« Er grübelte einen Augenblick. »Du bist mutig, aber vielleicht sollte ich dich dennoch nicht zu den Männern zählen. Und dann ist es vielleicht doch wieder richtig … die Art, wie du sterben wirst. Dann denk ich wieder, nicht einmal ein Tier …« Er beendete seinen Gewissenserguss auf die übliche Art, indem er Mack in den Rücken knuffte. Aber mit sich ins Reine schien er nicht gekommen zu sein.

Grimmig nahm er Kurs auf den Wald.

Mit dem ersten Schritt umschlang sie Dunkelheit und die Männer zögerten und versuchten, mit ihren Augen die Finsternis zu durchdringen. Und richtig, schon bald traten die lichten Stellen zwischen den schwarzen Stämmen wieder stärker hervor. Mack hörte einen Nachtvogel, dessen ihm unbekannte Stimme ihn daran erinnerte, dass er so weit im Süden war wie seit den Kreuzzügen nicht mehr. Er atmete den Harzgeruch der Bäume ein, der den Schwefeldunst des Berges fast völlig überlagerte, und einen Moment fühlte er sich wie aus einem bösen Traum erwacht. Keine brennenden Flüsse mehr, keine Stimmen, die aus den Pfeilern der Brücken flüsterten. Nur der Wald und über den Wipfeln ein Stück schwarzer Himmel.

Und die Frage, die Mack am liebsten vergessen hätte, wie nämlich die Äußerung des Kirgisen zu verstehen war. Aber das würde er noch erfahren. Und wahrscheinlich schneller, als ihm lieb war.

»Weiter«, knurrte Demetrius.

Weiter bedeutete in diesem Fall nur einen Marsch von wenigen Hundert Fuß. Und wieder war es Feuer, auf das sie zustrebten, doch dieses Mal ein Lagerfeuer, das Mack nach seinem Erlebnis mit den Flüssen wie der harmlose kleine Ableger einer Menschen fressenden Riesenpflanze vorkam.

»Wie ich schon sagte …«, grummelte Demetrius.

Der Schritt von der Dunkelheit ins Licht nahm das Sehvermögen fast so wie der umgekehrte. Mack starrte mit zusammengekniffenen Augen ins Rund und dann über die knisternden Flammen. Niemand schien hier zu sein. Aber das ergab keinen Sinn. Jemand musste das Feuer unterhalten haben. Er

sah, wie sich hinter den Flammen etwas bewegte, das er im
ersten Moment für einen großen Hund gehalten hätte. Sein
Herz setzte aus, als er langes, verwuseltes Haar erkannte, das,
bar jeder züchtigen Bedeckung, geschüttelt wurde. Und dann
ein verschlafenes Gesicht.

Jeder Muskel in seinem Körper spannte sich. Jede Faser
schien plötzlich gedehnt wie eine Bogensehne unmittelbar vor
einem Schuss. Er wollte etwas rufen, aber da trat ein Schatten
schräg hinter ihn und ein scharfer Schmerz ließ das Wort auf
seiner Zunge sterben.

»... Sag etwas. Markward Thannhäuser, ich will hören, dass
du noch lebst. Mack ... Mack, nun rede doch endlich ...«

Nells Stimme.

Eine Welle der Seligkeit, in der das Zwicken, Brennen und
Klopfen unterging, überschwemmte seinen Körper. Mack
wollte sich aufrichten, aber es war nicht möglich. Im ersten
Moment dachte er, er wäre wieder in einem seiner Albträume
gefangen, in denen er zur Bewegungslosigkeit verdammt war.
Aber dazu passten die Schmerzen nicht, die sich wie die Bie-
nen an einer besonders süßen Blüte sammelten und summten
und aus allen Richtungen ihre Schwestern zu sich riefen.

»Mack, o Mack, verdammt ...«

Nell sprach deutsch, die Sprache seiner Kindheit. Mack
wollte ihr antworten, aber nicht einmal das war möglich. Ein
feuchtes, riesiges Ding steckte in seinem Mund. Wenigstens
die Lider müsste er doch heben können. Er versuchte es und
nach einigem vergeblichen Bemühen wurde seine Anstrengung von Erfolg gekrönt.

Keine Nell.

Schwarze Vogelbeerenaugen starrten aus nächster Nähe auf
ihn herab. Sie beäugten ihn nicht nur, sie schienen in seinen
Körper einzudringen und sich dort mit Widerhaken festzuset-

zen. Schmale Lippen bewegten sich und gaben durch ein strahlendes Lächeln den Blick auf schwarze Zahnstummel frei.

Wieder zuckten Macks Muskeln, dieses Mal in einer Fluchtbewegung. Er merkte, dass er zu wenig Luft bekam, und plötzlich erfasste ihn wilde Angst zu ersticken.

»Er kommt zu sich. Hör auf zu plärren. Er ist noch lange nicht tot«, stellte Johannes mit seiner hellen, unpassend jungen Stimme fest.

Nein, und er konnte auch atmen, wenn er sich nur zusammenriss und ruhig blieb. In seinem Mund steckte ein zusammengeknülltes Stück Stoff, das den Rachen ausfüllte. Nicht würgen und behutsam durch die Nase atmen, befahl sich Mack. Zug um Zug durch die Nase. Er war während seiner Bewusstlosigkeit nicht erstickt – es würde auch jetzt nicht geschehen.

»Schön, dass du mich erkennst. Und wie schade, dass du deinerseits deiner Freude nicht Ausdruck geben kannst.«

Seide raschelte. Der schwarze, glatte, mit Silberfäden durchwirkte Stoff strich über Macks Gesicht, als Johannes sich entfernte. Der Inquisitor schritt zum Feuer und es bereitete ihm ein kindliches Vergnügen, gegen ein Scheit zu treten und die Funken stieben zu sehen.

»Er hat Felicita umgebracht«, sagte Nell. Ihre Stimme brach, kaum dass sie es ausgesprochen hatte. Sie begann zu weinen und schaffte es erst nach geraumer Zeit, die Beherrschung wiederzuerlangen. »Er hat sie liegen gelassen, einfach unter einem Busch abgelegt wie … wie ein Ding. Sie hat geschrien, sie hat's gemerkt, dass man sie im Stich …«

»Sprich wie ein Mensch!«, herrschte der Inquisitor sie an.

»Er ist ein Mörder«, sagte Nell in ihrem schlechten Italienisch. Mack konnte sie noch immer nicht sehen, da das Feuer zwischen ihnen brannte, aber er fühlte, dass sie sich aufrichtete, als sie in Johannes' Richtung zischte: »Herodes!«

Der Inquisitor schien nichts dagegen zu haben, dass sie sprach, solange er sie nur verstehen konnte. Er stand am Feuer und betrachtete sich, als wäre in den Flammen ein Spiegel verborgen.

»Er hat die schwarzen Männer fortgeschickt«, sagte Nell. »Vorhin. Noch in der Nacht.«

Mack gab ein Knurren von sich, aber nicht einmal das drang durch den Knebel.

»Demetrius ist von sich aus gegangen. Er sucht das Kind. Hoffe ich. Er war aufgebracht. Er … ist nicht so schlecht wie … Herodes. Herodes!«, herrschte sie, als der Inquisitor kurz den Kopf hob. Wieder begann sie zu weinen. »Denkst du, er könnte sie finden? Lebendig? Es ist zwei Tage her …«

Sei still, Nell, dachte Mack gequält. Was auch immer an Ohnmacht noch in ihm war – es begann zu weichen. Stückweise kehrte jeder Schmerz zurück, der in den letzten Tagen ein Plätzchen in seinem Körper erobert hatte. Ihm war übel und heiß. Doch das alles ging unter in dem Bewusstsein, dass die kleine Felicita ein schreckliches Ende gefunden hatte. Meinetwegen, dachte Mack. Gleichzeitig hoffte er, dass Nell nicht genauso dachte, und fürchtete, dass es doch so wäre, denn es war die schlichte Wahrheit. Und am Ende war egal, wer die Schuld trug. Felicita, die Mutige, hatte ihr Leben einsam und womöglich in den Fängen wilder Tiere ausgehaucht. Er merkte, wie seine Nase verstopfte, und bemühte sich krampfhaft, die Tränen zurückzuhalten, die in seine Augen drängten.

»Ich liebe dich, Mack«, sagte Nell, dieses Mal wieder auf Deutsch.

Mack konnte nicht erkennen, was Johannes tat, aber er sah, dass er hinter das Feuer zu Nell trat. Von da an war sie still.

Mack schloss die Augen. Er war so fest verschnürt, dass er kein einziges Glied bewegen konnte. Er konnte Nell nicht helfen. Er konnte gar nichts tun. Er konnte dem Hass, der in ihm tobte, nicht einmal durch einen Schrei Erleichterung verschaffen. Das Einzige, was ihm blieb, war, dem Gott zu fluchen, der nicht nur ihn selbst verdarb, sondern jede Person, die er liebte.

Johannes bewegte die Zahnstummel im Mund, und wenn sie mehr Substanz gehabt hätten, hätte er mit ihnen geknirscht. Es war hell geworden, aber Demetrius war nicht zurückgekehrt. Und nun zeigte sich die schwache Stelle in den wohl durchdachten Plänen des Inquisitors: Er traute sich nicht, Macks Fesseln zu lösen. Er würde es aber tun müssen, wenn er mit seinen Gefangenen diesen Ort verlassen wollte. Und selbst wenn er Nell zurückließ – er hätte nicht die Kraft gehabt, Mack zu tragen.

Der Berg grollte. Sein Zürnen ließ den Schwarzen in seinem hastigen Gang um das erkaltete Feuer innehalten. Mack wusste, er versuchte durch die Stiefel zu spüren, wie wach das Untier war, das den Boden zum Zittern brachte. Schon zum fünften oder sechsten Mal hatte der Berg sich in dieser Nacht geregt. Dieses Mal schien es glimpflich abzugehen, denn das Zittern klang fast augenblicklich ab. Dennoch war die Wirkung auf den Inquisitor fürchterlich. Als würde sich seine Furcht summieren, als würde mit jeder Unmutsbezeugung des Berges ein weiterer Packen auf seine Schultern geladen. Er fiel auf die Knie und stammelte lateinische Worte, zerrissen zwischen seinem Wunsch, laut um Hilfe zu brüllen und vor seinen Gefangenen Haltung zu bewahren. Mit seinem letzten »Deo gratias« sprang er auf die Füße und schüttelte die Fäuste gen Himmel. Nicht um seinem Gott zu fluchen, sondern um Pest und Verderben auf Demetrius herabzurufen, den Heiden, den Widerspenstigen, der sich ohne Zweifel abgesetzt hatte, weil es ihm nicht passte, wie ein Diener des Herrn die Bastionen gegen das Böse verteidigte.

»Feiger Wicht«, sagte Nell. Sie sprach deutlich und auf Italienisch. Ihre Stimme klang schrill. Trotz ihrer Fesseln musste sie geschlafen und neue Kräfte gesammelt haben.

Lass das, Nellie, dachte Mack angstvoll, aber der Inquisitor schien ihren Zwischenruf nicht einmal gehört zu haben. Er stürzte zu Mack und bohrte seine langen, dünnen Finger in dessen Schultern.

»Deine Teufelei, ja? Du hast dich verbündet. Du rufst die Kräfte der anderen Welt zur Hilfe. Dein teuflisches Heer soll aufmarschieren.« Ohne dass er selbst es zu merken schien, wanderten seine Finger bei diesen Worten von Macks Schultern zum Hals und zu dessen Kehle. Er drückte die Daumen in den Kehlkopf und Mack wurde fast augenblicklich schwarz vor Augen. So geht es also aus … Das war sein Gedanke, bis er sich selbst wieder fühlte in dem Bemühen, gegen den Lappen in seinem Mund anzuhusten, und dem geradezu irrsinnigen Verlangen, nach Luft zu schnappen. Der Inquisitor hockte noch immer über ihm, die Knie neben seine Brust gestützt. Seine Augen glänzten hasserfüllt.

»Das hast du dir gewünscht, ja? Einen leichten Tod, um heimzukehren in die Hölle, der du entsprungen bist? Denkst du, ich begreife deine verschlungene und boshafte Art nicht?« Er packte Macks Schultern und schüttelte ihn, wobei jeder einzelne Stoß mit einem Schlag des Kopfes gegen den Boden endete. »Ich bin dort gewesen, in der Hölle. Still, Weib. Halt den Mund!« Seine Kräfte ließen nach, er stöhnte erschöpft auf und Mack wurde aus dem brutalen Griff entlassen. »Ich habe die Feuer brennen sehen. Der Schwefelgestank hat meine Nase zerfressen. Die Eisen haben an meinen Gliedern gerissen und die Glut hat mich verbrannt. Ich wurde *gequält* …«

Er sprach von seinen Albträumen, vielleicht von dem, den ihm der Schlaf dieser Nacht beschert hatte, ging es Mack auf. Gern hätte er geantwortet: Wenn du gequält wurdest, dann

278

auf keine Weise, die du nicht selbst angewendet hättest. Wahrscheinlich war es gut, dass der Lappen ihm den Mund stopfte. Nell fluchte und beschimpfte den schwarzen Mann in sämtlichen Sprachen, die sie auf ihrer Reise kennen gelernt hatte.

Johannes stand auf. Er legte die Fingerspitzen an die Schläfen und drückte dagegen. Nach einer Weile, in der er sich konzentrierte, begannen seine verzerrten Züge sich zu entspannen. Und noch ein wenig später war er bereit zu einer Entscheidung. Er sprach zu sich selbst: »Wir gehen, wie vorgesehen, ins Tal hinab. Nichts Überstürztes. Denn das ist es, worauf er es anlegt, worin er seine Möglichkeiten sieht. Er weiß, was ihm droht. Er fürchtet sich. Er will, dass ich mich hinreißen lasse. Aber er hat keine Macht, solange seine Stimme gelähmt ist.«

Mit einem Nicken und einem Lächeln, das erneut die Zahnstummel zeigte, kniete er neben Mack nieder. »Es ist alles für dich vorbereitet, Kreatur. Ein Turm abseits der Stadt. Auf dich und deine Hure wartet ein Raum mit Mauern so dick, dass weder ein Geräusch von außen nach innen dringt noch umgekehrt. Ein Kamin mit einem Rost, so groß wie ein Tisch. Ein heißes Bett für dich, mein Freund. Haken und Zangen und alles, was es braucht, einen Körper von böser Magie zu reinigen. Und meine Kunst. Ich werde dabei sein, wenn Großes geschieht.«

Großes?

Vielleicht las der Inquisitor die Frage in Macks Augen. Oder er stand nur unter dem Drang, seine phantasievollen Scheußlichkeiten irgendjemandem ausmalen zu müssen.

»Wenn ihr das Kind des Bösen zeugt. Wenn ein Geschöpf erschaffen wird, das ohne jeden Zweifel den Lenden eines Dämonen ...«

Mack wusste selbst nicht, wie er es fertig brachte. Er zog die Beine das winzige Stückchen an, das ihm die Fesseln zugestanden, und warf sich gegen die Gestalt, der diese widerwärtigen Zukunftswünsche über die Lippen tröpfelten. Nicht dass er viel erreicht hätte. Johannes stürzte und kam sofort wieder auf die Füße. Das Bündel auf dem Boden bedeutete keine Gefahr für ihn. Als der Inquisitor sich dessen bewusst wurde, lächelte er erneut. Er war ein wenig vorsichtig, als er Macks Fußfesseln lockerte. Er hielt ein wenig Abstand, als er ihm befahl aufzustehen. Das war alles. Zumindest aber sprach er nicht mehr.

Der Gang den Berg hinab glich einer Reise durch einen Albtraum. Der Inquisitor hatte sein Messer an Nells Kehle gesetzt und seinen Arm um ihre Brust gelegt und mit dieser Geisel als Druckmittel befahl er Mack, sich in Bewegung zu setzen. Natürlich gab es keine Wege. Sie mussten sich einen Pfad durch Buschwerk und natürliche Gräben bahnen. Im Gegensatz zur Kuppe des Berges, wo alles grau und, von den Feuerflüssen abgesehen, tot wirkte, schien die Natur hier wie von einem unsichtbaren Gärtner gehegt zu sprießen. Die Fülle von Gräsern, Wurzeln und Buschwerk machte den Abstieg zu einer zeit- und kräfteraubenden Angelegenheit.

Bei jedem einzelnen Schritt zermarterte Mack sich den Kopf nach einem Ausweg für sich und Nell. Nur fand er keinen. Sobald er auch nur den Versuch machte, sich zu seinem Jäger umzudrehen, hörte er Nell ächzen. Er hatte keine Ahnung, was Johannes ihr antat, aber für nichts zu leiden – das zumindest wollte er ihr ersparen. Also setzte er Fuß vor Fuß, immer abwärts und jenem Turm entgegen, der vor seinem inneren Auge bereits Farben und Konturen und einen eigenen Geruch nach Schmerz und Blut angenommen hatte.

Und dann stockte ihm doch der Schritt. Er hatte eine Senke mit unangenehmen Schlingwurzlern durchquert und an deren Ende, dort, wo sich der Boden wieder hob, leuchtete zwischen dem kräftigen Grün eines Stachelstrauchs und dem zarteren einer hüfthohen Staude ein Stofffetzen auf. Einzelne Fliegen hoben sich in die Luft, gleich darauf folgte ihnen ein schwarzer Pulk ihrer Kameraden.

Nell unterdrückte ein Stöhnen, aber dieses Mal brachte Mack keinen weiteren Schritt zustande. Er musste totenbleich gewesen sein, als er sich umwandte, denn der Inquisitor merkte sofort auf. Einige Atemzüge lang starrten sie einander an. Dann drehte Mack sich um und tat die wenigen Schritte, die ihn noch von dem Busch trennten. Wankte er selbst, oder war es wieder der Berg, der sich schüttelte? Jedenfalls hatte er einen Moment Mühe, sein Gleichgewicht zu wahren.

Es war nicht Felicita.

Der Tote war wesentlich größer. Ein Erwachsener. Demetrius. Der Kirgise lag zwischen roten Beeren und grünen Blättern. Sein linker Arm war ausgestreckt, als hätte er mit der verkrüppelten Hand noch etwas erreichen wollen. Vielleicht ein Messer, das ihm entfallen war und das man inzwischen fortgeschafft hatte. Vielleicht hatte seine Hand auch nur im Todeskampf nach einem Halt gesucht. Etwas, ein Tier musste an seinem Bein gezerrt haben, denn ein Stück Fleisch war aus der Wade gerissen worden. Aber gestorben war der Kirgise auf andere Weise.

Die Fliegen, die durch die Ankunft der Menschen aufgescheucht worden waren, kehrten zurück und ließen sich genüsslich auf einer unregelmäßig verlaufenden Wunde nieder, die an Demetrius' Augenbraue begann und in seinem Haaransatz endete. Kein Zweifel, sie hatte den Tod verursacht.

»Willst du mir Angst einjagen? Das gelingt dir nicht. Dass du Macht besitzt, wusste ich schon vorher.«

Im ersten Moment begriff Mack überhaupt nicht, was der Inquisitor meinte. Wieder drehte er sich um, erstarrte aber, als er sah, wie die Klinge des schwarzen Mannes Nells Kehle berührte. Er musste sie damit bereits mehrfach geritzt haben, denn Nells Hals war bis zu der Grube ihres Brustansatzes mit Blut verschmiert.

»Du tötest also durch die Macht deines Willens«, stellte Johannes fest und versuchte dabei kühl zu klingen. In Wirklichkeit hatte er Angst, die Schneide an Nells Kehle zitterte.

Der Mann ist erschlagen worden, du Narr. Von einem Stein. Von dem Stein, der dort drüben liegt, hätte Mack gern erklärt. Er hatte ein graues, fuchskopfgroßes Felsstück entdeckt, das nicht weit entfernt, von trockenem Blut besudelt, zwischen einigen Beeren lag. Mack musste an die schwarzen Männer denken, von denen jeder ein eigenes Leben und eigene Pläne hatte. Die Bewaffneten hatten mit Demetrius im Dienst desselben Herrn gestanden. War es nicht vernünftig anzunehmen, dass es zwischen ihnen Eifersüchteleien gegeben hatte? Etwas anderes fiel ihm nicht ein.

Auch Johannes hatte den Stein gesehen. »Du bewegst Steine kraft deines …«

»Ich glaub, dass es hier gewesen ist, Mack. Hier hat er sie zurückgelassen.« Hätte Johannes Nell nicht umklammert, sie wäre losgestürzt. »Hier, Mack, hier … oder … nein. Aber hier in der Nähe …«

Wenn Felicita tatsächlich hier ausgesetzt worden war, musste sie ebenfalls tot sein. Das Tier, das sich an Demetrius' Leichnam zu schaffen gemacht hatte, würde auch das Kind entdeckt haben, das zwei Tage zuvor hier abgelegt worden war. Ein Leckerbissen, unfähig zu mehr, als mit den Armen und Beinen zu strampeln. Kein Raubtier ließ sich das entgehen. Sie war tot. Müde hob Mack den Kopf.

Er sah, wie Nell ihn voller Schrecken anstarrte.

»Doch scheint deine Macht nicht auf heilige Männer zu wirken«, dozierte Johannes, »denn ich lebe und der Heide ist tot.« Während dieser Worte drängte er Nell Schritt für Schritt voran und zwang Mack dadurch, sich in seinen engen Fußfesseln im selben Maß rückwärts, den Hang hinauf zu bewegen. »Vielleicht ist für rechtschaffene Gemüter nur der zauberische Klang der Stimme gefährlich, während für von falschen Geistern besessene – und ganz gewiss hing dieser Heide noch an den Götzen seiner alten Heimat ...«

Mack hatte den Hang erklommen. Ein Dornenzweig verfing sich an seiner Hose und er schaute unwillkürlich nach hinten. Erst jetzt merkte er, dass der Boden in seinem Rücken sofort wieder abfiel, und zwar über eine weite Strecke. Eine Blumenwiese bedeckte einen Abhang, der sich über hundert Fuß in ein enges Tal zog.

Nell und der Mann, der sie bedrohte, waren noch nicht weit genug, um sehen zu können, was sich Mack offenbarte.

»... wird sich all das zeigen. Wir kommen herab, Wechselbalg, ich und du und deine ...«

Nells Augen glänzten nass. Verzweiflung, Wut, Trotz, Trauer – all das verflocht sich in einem Netz aus Tränen. Und dann handelte sie. Weil sie sich an diese Stelle besser erinnerte als der Mann, der ihre Tochter umgebracht hatte? Weil sie wusste, was sie hinter dem Wall erwartete? Sie riss ihren Kopf herum, ohne auf das Messer zu achten, das sie schnitt. Dann biss sie in die Hand ihre Peinigers und schlug zugleich mit dem Fuß nach hinten aus.

Vielleicht hätte Johannes sie abwehren können, wenn er nicht so vollständig damit beschäftigt gewesen wäre, sich in seinen Gedankenspielen zu ergehen. So aber ließ er mit einem Schmerzschrei das Messer fallen und Nell nutzte die Gelegenheit. Sie stürmte zu Mack, und da sie anders als er nicht durch Fußfesseln behindert war, erreichte sie ihn mit wenigen Sätzen. Mack sah, dass sie sich an seinen Fesseln zu schaffen machen wollte, aber dafür war keine Zeit. Er gab ihr einen Stoß und ließ sich zusammen mit ihr den Hang hinabrollen.

Sie stürzten und überschlugen sich mehrere Male, niemand hätte behaupten können, dass dieser rasante Abstieg angenehm gewesen wäre. Aber er bot ihnen einen entscheidenden Vorteil. Noch bevor sie ganz zur Ruhe gekommen waren, richtete Mack sich auf und bot Nell seinen Rücken dar. Der Inquisitor hatte sich ebenfalls an den Abstieg gewagt. Aber er hatte Angst. Schritt für Schritt tastete er sich seitwärts hinab, immer von der Furcht begleitet, ebenfalls zu fallen und im Moment des Aufkommens wehrlos zu sein. Er konnte nicht das Gelände und seine beiden Gefangenen gleichzeitig im Auge behalten, aber er warf ihnen immer wieder gehetzte Blicke zu.

Nell musste zunächst ihre eigenen Hände befreien und sie tat es mit Hilfe ihrer Zähne und einer ungeheuren Wut. Es dauerte nicht lange, bis die Schnüre fielen. Bei Mack ging es langsamer, denn hier hatte Demetrius für die Fessel gesorgt und er war so geschickt dabei vorgegangen wie … Nun, vermutlich wie der Nomade, der er einmal gewesen war und der wusste, wie man Zeltknoten schlang, an denen der Wind reißen konnte.

Nell ließ ihre tauben Hände fahren und warf einen verzweifelten Blick zum Hang, den Johannes bereits zu zwei Dritteln bewältigt hatte. Das Gefühl war noch nicht vollständig in ihre Hände zurückgekehrt. Wütend biss sie auch in seine Stricke und er fühlte, wie ihre spitzen Zähne seine Haut verletzten. Sie war behände wie eine Maus. Die Fesseln fielen, als der Inquisitor die Senke erreichte.

Mack riss sich den Knebel vom Mund und spuckte den Lappen aus.

Nell war flink gewesen, aber nicht flink genug. Johannes setzte ein breites Grinsen auf, als er erst Macks Fußfesseln betrachtete und dann Nell, die aufsprang und sich ihm wütend entgegenstellte.

Er hatte sein Messer gegen das Schwert eingetauscht, das in einer Scheide am Gürtel seines silberschwarzen Gewandes gesteckt hatte. Mack glaubte nicht, dass er ein geschickter Kämpfer war, aber das würde auch nicht nötig sein. Eine waffenlose Frau und ein Mann, der damit beschäftigt war, an den Stricken zu zerren, die seine Fußgelenke miteinander verbanden – da ging es um Metzelei, nicht um Kampf.

Um Nells willen bemühte Mack sich trotzdem. Aber er hatte dasselbe Problem wie sie: Seine Hände wollten einfach nicht gehorchen. Taub glitten die Finger an den Stricken entlang.

»Fass ihn nicht an!«, kreischte Nell und ballte die Fäuste wie ein Raufbold in einer Schenke.

»Es hat keinen Zweck. Lauf«, sagte Mack leise.

Sie hörte nicht einmal zu.

Dann war der Inquisitor heran. Wütend zerrte Mack an den Stricken.

Zu spät, alles zu spät. Er sah, wie Johannes das Schwert hob und es mit schneidigem Schwung durch die Luft pfeifen ließ. Johannes ignorierte Mack, seine Aufmerksamkeit galt Nell, die es jetzt wirklich mit der Angst zu tun bekam. Nur der Gedanke an Felicita hielt sie davon ab, vor dem furchterregenden Geschöpf im silberschwarzen Rock zu fliehen, davon war Mack überzeugt.

Die Augen des Inquisitors hatten anvisiert, was er treffen wollte. Nells Arme oder Hände.

»Lauf«, brüllte Mack noch einmal und jetzt völlig entsetzt.

Nell streckte das Kinn vor.

Das Schwert senkte sich herab. Doch der Schwung, der den Hieb zunächst getragen hatte, verebbte. Die Hand, die die Waffe führte, verlor an Kraft.

Mack ließ auch seine eigenen Hände sinken. Als wäre eine Blase aufgeplatzt, trat Blut aus der Stirn des Inquisitors. Johannes schüttelte verwirrt den Kopf. Er sah aus wie ein Bulle, den jemand unversehens am Nasenring zieht.

Mack ruckte mit den Füßen. Die Fesseln lockerten sich. Er

ahmte Nell nach und schlug seine Zähne in die Stricke, wobei er den Kopf zur Seite neigte, so dass er den schwarzen Mann nicht aus den Augen verlor.

Johannes hatte das Schwert von neuem erhoben, aber dieses Mal blickte er sich um. Ihn musste ein Stein getroffen haben und nur einem Narren wäre in diesem Augenblick nicht eingefallen, auf welche Weise Demetrius gestorben war. Da – hatte er seinen Angreifer entdeckt?

Die Angst, die eben noch seine Züge gezeichnet hatte, wich. Er war ein geschickterer Schwertkämpfer, als Mack vermutet hatte, und der neue Gegner schien ihn nicht sonderlich einzuschüchtern. Johannes tänzelte an Mack und der zurückweichenden Nell vorbei und machte sich an einige haushohe Büsche heran, bei denen ihm etwas aufgefallen sein musste.

Mack konnte ihn nur noch von hinten sehen, aber es war klar, dass die Wunde den Inquisitor nicht mehr behinderte, nachdem er mit dem Ärmel das Blut beiseite gewischt hatte.

Es gab ein leises Geräusch, als der Strick um Macks Fußgelenke riss. Mack versuchte auf die Füße zu kommen und verfluchte die Langsamkeit seines Körpers.

Johannes stand vor Büschen, die mit zartlila Blüten übersät waren. Er schnalzte mit der Zunge – ein herablassendes Geräusch. »Komm raus!«, befahl er.

Niemals hätte Mack vermutet, dass der Steinewerfer gehorchen würde. Es gab keinen Grund dafür. Das verzweigte Buschwerk mit den vielen dünnen und etlichen dickeren Ästen mochte keine Festung sein, bot aber immerhin mehr Schutz vor einem Schwertstreich als das nackte Gelände. Dennoch entkroch ihm eine kleine Gestalt mit kurzem Lockenhaar und rabenschwarzen Augen. Der alberne Hut saß schräg und klammerte sich nur noch an das linke Ohr. Die blauen Kleider hingen schmutzig und an etlichen Stellen zerrissen an seinem mageren Körper.

Jāqūt.

Mack taumelte vorwärts. Er klaubte einen Ast mit vielen kleinen Zweigen und verdorrenden Blättern auf, Opfer eines vergangenen Sturms, den das Schicksal ihm in den Weg legte.

»So sieht man sich also wieder«, sagte Johannes. Sein Interesse an dem Mann, der ihn verletzt hatte, war bereits am Schwinden. Der Wechselbalg, der Wechselbalg … Er hob die Waffe, um dem lästigen Störenfried das gebührende Ende zu bereiten.

Mack schlug zu. Ein schwacher Hieb, ohne die nötige Kraft, einen Schädel zu zertrümmern. Kaum ausreichend, jemanden zu betäuben. Gerade hart genug, den Inquisitor zu Boden zu schicken. Die Waffe rutschte ihm aus den Händen.

Dann ging es schnell.

Jāqūt sprang vor. Er riss Johannes das Schwert aus der Hand, schwang es und traf seinen Hals so sicher wie … ein Sarazenenkrieger? Nein, wie ein Bauer, der sein Hühnchen schlachtet. Er schlitzte die knöcherne Kehle, hob das Schwert zu einem zweiten Schlag in der Luft und schaute verwundert auf sein Opfer herab, dem aus einem so harmlosen Schnitt das Leben zu laufen schien. Es dauerte, bis er den Arm mit der Waffe sinken ließ. Er sah aus, als wäre ihm übel. Zugleich aber schien er wie verzaubert von dem, was er getan hatte. Seine Kiefer mahlten und er brachte ein arabisches Wort heraus, das vor Triumph funkelte.

Er war ein wenig beleidigt, als Nell ihm die Waffe aus der Hand riss und sie dem verhassten Feind mit aller Kraft in die Brust stieß.

34. Kapitel

»Es bewegt sich«, sagte Jāqūt.

Mack, der sich die Handgelenke rieb und abzuschätzen suchte, welcher Weg sie am schnellsten außer Reichweite der brennenden Flüsse bringen würde, fuhr herum. Der schwarze Mantel mit den Silberfäden war aufgeschlitzt und Blut hatte den steifen Stoff an der Brust aufgeweicht und einen Moment lang sah es wirklich aus, als pulsiere Leben in dem grellroten Fleck.

Eine Fliege flog auf und Nell begann hysterisch zu lachen.

Verärgert warf Jāqūt ihr einen Blick zu. »Ich will's nur erklären. Seit gestern bewegt es sich. Man meint, es liegt brav dort, wo man es abgelegt hat, und plötzlich fängt es an, sich zu drehen, und eh man sich's versieht, ist es hier und dann wieder dort und auf einmal kriegst du einen Schreck, weil du denkst, Allah verhüte, es hätte sich in irgendeine Spalte gestürzt …«

Nell anzusehen war, als würde sich ein Messer im eigenen Fleisch drehen. Das Begreifen, die Angst, misszuverstehen, die Hoffnung, die Weigerung zu hoffen aus Furcht vor dem umso tieferen Schmerz …

Mack packte den schmächtigen Mann am Rock. »Wo ist sie?« Er schüttelte ihn, als er nicht sofort antwortete.

»Dort, bei den drei Zypressen«, stammelte Jāqūt. »Und bei Allah, es war *nötig*, dem Kind etwas um den Mund zu binden. Sobald es wach ist, brüllt es. Das wisst ihr doch. Das *weißt* du doch, Nell. Und auch, dass es sich und mich in Gefahr gebracht hätte. Und …«

Nells Röcke flogen. Sie umkreiste die Zypressen und stürzte sich ins Gras.

»Ich will nicht sagen, dass es mir Leid täte, dem Balg geholfen zu haben.« Jāqūt lächelte und bemühte sich, eine gewisse Rührung zu verbergen. »Nell und ihr Schreihals. Und, wenn ich das sagen darf: Du und Nell. Ihr seid eine Prüfung, aber Allah scheint mich in den letzten Tagen auf wundersame Weise mit einem Übermaß an Geduld …«

»Sie muss essen. Du hast sie hungern lassen, du Schwachkopf!«, schrie Nell zu ihnen herüber.

Jāqūt zuckte ergeben die Schultern.

Mack bückte sich und hob den Beutel auf, den der tote Inquisitor geschultert und, bevor er sich auf Nell stürzte, verloren hatte. Er fand einige Küchlein, außerdem Pökelfisch und mehrere Äpfel. Es war ihm zuwider, Felicita mit dem zu füttern, was Johannes in den Händen gehabt hatte, und er wusste, dass Nell ebenso empfinden würde. Aber anderes blieb ihnen kaum übrig, wenn sie das Kind am Leben halten wollten.

Als er die Zypressen erreichte, blieb er einen Augenblick scheu stehen. Nell hatte den Gürtelstrick von dem Füßchen gerissen, mit dem Jāqūt Felicita an einen Ast gebunden hatte. Der blaue Stoffstreifen, mit dem er ihr verräterisches Weinen unterdrückt hatte, lag im Gras. Das Mädchen schmiegte sich an Nells Brust, und auch wenn es nicht viel zu saugen fand, schien die Wärme der mütterlichen Haut sie zufrieden zu machen.

»Was lächelst du, Mack Thannhäuser?«, fragte Nell.

»Sie ist ein Glückskind. Sie hängt nicht den traurigen Stunden nach. Sie freut sich über das, was gerade gut ist«, sagte er und bückte sich, um Nell zu zeigen, was er an Nahrung gefunden hatte. Zweifellos hatte Nell schrecklichen Hunger, aber sie kaute die Apfelstücke nur so lange, bis sie einen Brei hatte, den sie ihrer Tochter zwischen die Lippen schieben konnte. Eine Weile tat er nichts, als zuzusehen, wie sie Felicitas Hunger stillte. Es machte ihn froh zu sehen, wie Nell mit jedem Schmatzen des Kindes etwas von dem Gram verlor, der sie versteinert hatte. Ihre Gesichtszüge wurden weicher, ihr Kinn verlor den starrsinnigen Zug. Mack biss sich auf die Lippen, als wäre das Glück, das er empfand, ein Schmerz, gegen den man ankämpfen musste.

Das ist der Unterschied zwischen den beiden, dachte er. Nell macht sich aus allem etwas. Sie gleitet nicht über die Probleme hinweg, sie stellt sich ihnen. Sie vergräbt sich in ihnen, manchmal beißt sie sich hindurch. Sie leidet, aber sie weicht nicht aus.

»Du lächelst schon wieder, Mack«, sagte sie.

»Ich liebe dich«, erwiderte er ernst.

Sie wollte antworten und er war so begierig auf ihre Worte wie ein Verdurstender auf die Schale Wasser. Umso mehr ärgerte er sich, dass gerade jetzt Jāqūt kam und seine Hilfe einforderte. Der Muselmann war der Meinung, wenigstens den Kirgisen begraben zu müssen.

»Er war kein schlechter Mann und das sage ich, obwohl ich weiß, dass ihr keine Freunde wart und obwohl ich ihn umgebracht habe.«

Mack nickte widerwillig und folgte ihm zu den beiden Leichen. Er suchte einen Stein, der sich zum Ausheben einer Grube verwenden ließ, und begann zu graben.

»Vierzig Jahre lang bin ich unter Allahs Sonne gewandelt, ohne einem Menschen ein Leid zuzufügen. Vielleicht war ich feige, vielleicht folgte ich meinem Geschick. Und jetzt habe ich zwei Menschen in kürzester Zeit getötet. Ich fühle mich … als hätte ich mir eine Wunde zugefügt«, stellte Jāqūt fest, nachdem er Mack geholfen hatte, den weißen Mann in der flachen Grube zu versenken, in der er, wie sie hofften, vor Aasfressern sicher war. Sie schaufelten mit den Händen Erde in die Grube. Gräser und Blumen mischten sich unter die Brocken, und als sie fertig waren, sah es aus, als wäre der Kirgise in einem Teig aus Blüten und Erde begraben.

Jāqūt wanderte zu dem toten Inquisitor, den er mehr traurig als triumphierend mit dem Fuß berührte. »Mein Onkel, Mack, Sohn des Windes, der Mann, der mich großgezogen hat, war ein Dieb. Eines Tages fiel ihm im Zimmer einer reichen, alten Frau ein Schminktopf in die Hände, dessen Deckel mit Dromedaren aus gelben, grünen und durchsichtigen Edelsteinen besetzt war. Dieser ungeheure Glücksfall machte ihn reich, und weil er ein weiches Herz hatte, schickte er mich zur Schule, um mich in einen Gelehrten zu verwandeln. Die Sonne der Vorsehung lächelte über mir, dem Neffen eines Diebes. Hat es mich glücklich gemacht?«

Es sah nicht so aus, als erwarte er eine Antwort.

»Ich wurde Richter und richtete, erleuchtet von der Gnade des Allmächtigen, barmherzig und weise – die Armen wie die Reichen priesen mich. Und? Machte *das* mich glücklich? O ja. In meinem Amt als Richter lernte ich Mālik kennen, den Sohn Ibn Sa'ds, dessen Finger nicht zwischen Mein und Dein unterscheiden konnten, aber dessen Sinn voller Sanftmut und dessen Geist voller Heiterkeit war. Ich schloss ihn ins Herz – und mein Glück zerrann. Meine Ämter wurden mir genommen, mein Ansehen verwehte wie die kalte Asche des Feuers. Mit den Worten Kohelets, des Griechenfreundes: Windhauch, Windhauch, alles Windhauch.«

Ein leichter Ruck ging durch die Erde. Mack schaute beunruhigt zum Gipfel.

»Ich zog fort von Bagdad, um zu vergessen und … um eine vollständige Geographie der Erde zu schreiben. Das hatte ich schon immer vorgehabt. So kam ich bis in den hohen Norden, wo die Pferde Geweihe tragen. Ich sah sämtliche Wunder dieser Welt …«

»Jāqūt …«

»Und ein zweites Mal traf mich der Pfeil der Liebe. Auf dem Sklavenmarkt von Fes kaufte ich Mūsā den Sonnenäugigen. Er war der Sohn eines Wasserträgers aus Fāris. Sein Geist war flink, und wenn er auch niemals Unterricht erhalten hatte, so waren doch die Worte, die seinen Lippen entquollen, wie Verse, geschmiedet in den wonnigen Gärten des Paradieses. Ich bangte um mich, als ich ihn traf. Ich wusste, Allah würde mir zürnen. Doch ich war wie ein Kind und wollte mich nicht schonen für die Zukunft, sondern ergreifen, was mir in jenem Moment kostbarer als alles andere schien. So nahm ich Mūsā mit mir und ich küsste ihn auf den Mund.«

»Mack, Jāqūt! Wir müssen fort«, rief Nell. Sie war aufgestanden, schob ihren Busen in das Kleid zurück und schnürte eilig die Bänder.

»Es war vor den Toren von Cividale, in einem umzäunten Gärtchen, in dem Gurken wuchsen. Allah strafte augenblicklich. Eine Wäscherin hatte uns beobachtet und rannte wichtigtuerisch in die Stadt. Aber Allah strafte anders, als ich erwartet hatte. Auf unserer Flucht erwischten sie nicht mich, sondern den Zarten, Engelsgleichen. Er war nicht mehr er selbst, als sie ihn Tage später auf den Richtplatz schleppten.«

»Mack!« Nell kam zu ihnen gerannt. Sie war leichenblass. Der Boden erzitterte. Mehrere kleine Rucke, von denen jeder durch die Beine und die Wirbelsäule hinauf in den Kopf fuhr.

»Sie hat Recht. Geht«, sagte Jāqūt.

»Du hast Johannes getötet. Mūsā wurde von deiner eigenen Hand gerächt.«

»Ja«, sagte der Muselmann mit einem kleinen Lächeln. »Nun sollte ich glücklich sein, denn nach nichts habe ich mich in den letzten Monaten mehr gesehnt. Geht.«

»Alles Windhauch?«

Jāqūt wollte antworten, aber in diesem Moment schien sich der gesamte Berg zu neigen. Oder vielmehr – der Boden bog sich und warf sie von den Füßen, und was Oben und Unten war, ließ sich nicht mehr unterscheiden. Himmel und Gräser schienen einander zu küssen. Mack sah Nell in rote Blüten stürzen und hörte, wie sie gellend aufschrie.

Der Laut mischte sich mit dem Grollen des Berges, genau wie sich ihre Bewegungen mischten. Dumpfe, zornige Worte rumorten. Es war, als würge sich etwas durch einen langen Tunnel in Richtung Bergeskuppel. Hass, Zorn, etwas Blindes, etwas, das reines Gefühl war …

Dann gab es einen lauten Knall.

… RASEN … FRESSEN …

Mack fand sich auf den Knien wieder.

… FRESSEN …

Mühsam rang er um Balance, während er gleichzeitig zur Öffnung des Schlotes starrte, aus der vor dem Hintergrund weißen Rauchs glühende Schlacke und dunkle Asche geschleudert wurde.

… FRESSEN …

Jemand riss ihn am Arm. Er dachte, es wäre Jāqūt, und wollte sich freimachen, aber es war Nell, die es irgendwie geschafft hatte, ihn zu erreichen. »Komm …!«

Er hörte sie nicht, der Lärm, mit dem der Berg zürnte, machte es unmöglich. Er las das Wort auf ihren Lippen. Sie riss ihn mit unglaublicher Kraft auf die Füße. Felicita, die sie mit dem freien Arm umklammerte, schien zu brüllen, ihr Gesicht war krebsrot angelaufen und ihr kleines Mündchen aufgerissen.

… FRESSEN …

Mack schüttelte sich. Jāqūt lag neben ihm wie ein Käfer, den man auf den Rücken geworfen hat. Er wollte ihm aufhelfen, aber der kleine Mann winkte ab. Er schaute zum Berg hinauf und es sah nicht aus, als wäre er besonders erregt.

Aber er hätte Grund dazu gehabt. Der Feuerberg erinnerte an

einen kranken Mann, dem das Mageninnere in die Speiseröhre steigt und der sich jeden Augenblick übergeben will. Mack packte Jāqūt am Arm, doch der Muselmann widersetzte sich der Hilfe und gab ihm einen Stoß, als wolle er ihn fortschicken.

… FRESSEN … Der Berg schüttelte sich. Eine neue Schlackefontäne explodierte in den Himmel. Mack riss den Kopf in den Nacken und starrte auf die feurigen Teile, die durch die Luft stoben und wie goldgelbe Vögel zur Erde segelten. Ungeduldig winkte Jāqūt ihn ein zweites Mal fort.

»Wir müssen weg hier.« Der Berg hatte einen Atemzug lang Pause gemacht, und deshalb drangen Nells Worte zu Mack hindurch. Er beugte sich über Jāqūt. Er wollte etwas sagen, ihn ermahnen …

… FRESSEN … fuhr ihm der Berg mit einem gewaltigen Schmatzen über den Mund. Diesmal kamen die Worte nicht aus dem fernen Schlund, sie schienen geradewegs unter seinen Füßen geformt zu werden.

Jāqūt wedelte mit der Hand und dieses Mal gehorchte Mack. Er packte Nell und riss sie mit sich fort. Die Blumen und Gräser unter ihren Füßen bogen sich entsetzt, aber nicht, weil sie die Last der Menschenkörper spürten. Es war, als würden ihre Wurzeln im Feuer stehen und glimmen.

Zu langsam, dachte Mack verzweifelt, während er Nell hinter sich herzerrte, zu langsam. Seine Sorge um Jāqūt hatte ihnen kostbare Augenblicke geraubt. Selbst wenn Nell rannte, war ihre Unbeholfenheit zum Verzweifeln. Es war, als würden ihre Augen und ihre Füße zwei verschiedene Sprachen sprechen.

Vor ihnen lag ein Wäldchen. Dieses Mal kein Schutz. Die Verbindung von Holz und Feuer jagte Mack einen Angstschauer über den Rücken. Etwas weiter südlich entdeckte er eine Klippe, hinter der es wesentlich schneller hinunter in die Ebene zu gehen schien.

Er zog Nell in diese Richtung. Der Lärm war ohrenbetäubend und Mack meinte, Asche zu riechen, was seine Furcht einen Moment lang zu purem Schrecken steigerte.

… FRESSEN …

Er musste sich zwingen, auf Nells Schritte und auf mögliche Stolperfallen zu achten.

Die Klippe gebot ihnen schließlich Einhalt. Nell hielt sich mit der freien Hand die Seite und starrte verängstigt über den Vorsprung. Es ging tief hinab. Nicht so tief wie aus den Zimmern des Heiligen Vaters in den Garten. Aber tief, viel zu tief für jemanden wie sie. Fünfzehn Fuß? Achtzehn Fuß?

»Es fließt Feuer.« Hatte jemand gesprochen oder waren die Eindrücke, die ihm seine Sinne gaben, so mächtig, dass sie ihm in den Ohren gellten? Langsam drehte sich Mack um. Die Haut des Berges schien an Dutzenden Stellen geplatzt zu sein und dort, wo es geschehen war, zogen sich Feuerflüsse wie rote Adern den Berg hinab. Sie waren noch weit entfernt, aber die Geschwindigkeit, mit der sie sich näherten, bestürzte ihn.

Nell hatte sich ebenfalls umgedreht. Sie stopfte die Hand vor den Mund, um nicht zu schreien. Sie war nicht Lilith. Im Angesicht einer Gefahr begannen ihre Augen nicht zu leuchten, sondern sie verdunkelten sich vor Furcht. Sie zitterte, aber an der Art, wie sie plötzlich ihr Kinn vorschob, sah er auch, dass sie einen Entschluss gefasst hatte. Sie drückte ihm Felicita in den Arm und deutete schroff über den Abgrund.

Mack zögerte. Er blickte sich um. Jāqūt kauerte wie eine blaue Steinfigur weit hinter ihnen. *Windhauch. Alles Windhauch.* Eine der roten Adern schien sich geradewegs zu ihm vorzufressen.

»Mack!«

»Ja doch. Du folgst mir!«, brüllte er Nell ins Ohr. Sie nickte. Weil sie ihn verstanden hatte? Oder weil ihr gleich war, was er sagte, wenn er nur ihre Tochter rettete?

Unterhalb der Klippe wuchs Gras. Doch der grüne Teppich, der auf weiche Erde deutete, begann erst etliche Schritte entfernt. Mack trat zurück, um Anlauf zu nehmen. Er barg Felicita in beiden Armen und mit einem letzten Blick sah er, wie Nell sie liebevoll betrachtete.

Dann rannte er los.

Der Wind kühlte die Haut und das war seine angenehmste körperliche Empfindung, seit er diesen Berg betreten hatte. Ein Streicheln, das die Hitze wie mit einem Lappen fortwischte. Einen Moment wünschte er, es würde ewig so weitergehen. Samtener Wind, der die Haut liebkoste. Federleicht sein wie ein Vogel. Die Zeit schien sich zu dehnen. Er fand sogar Gelegenheit, Felicita anzuschauen, die die Augen aufriss und offenbar ebenso angenehm überrascht war wie er selbst. Er flog … Er flog …

Der Aufprall kam so hart, wie er erwartet hatte. Er konnte es sich nicht leisten zu stürzen, nicht mit dem Kind im Arm, und er war einigermaßen stolz, dass er tatsächlich auf den Füßen blieb. Den Protest seines Knöchels nahm er hin wie das vertraute Granteln eines alten Freundes. Er legte die immer noch verzückte Felicita ins Gras und winkte Nell.

Sie schüttelte den Kopf, was ihn kaum überraschte. Genau genommen war er froh, dass sie damit nicht lange zögerte. So blieb ihm Zeit. Er hob in einer übertrieben dramatischen Geste die Arme und marschierte an Felicita vorbei der Ebene entgegen, wo bereits die ersten Weinberge auftauchten. Nach etwa fünfzig Schritten blieb er stehen, drehte sich um und kreuzte die Arme über der Brust. Sein Signal war eindeutig. Er sah, wie Nell wütend etwas schrie, aber die Worte wurden vom Wind mitgerissen und vom Grollen des Berges verstümmelt. Mit aufgerissenen Augen starrte sie zu ihm herab. Er hatte keine Ahnung, was sie dachte. Er wartete einfach.

Schließlich nickte sie und bedeutete ihm, an die Stelle unterhalb der Klippe zurückzukehren.

Sie trat nicht zurück. Sie hatte keine Ahnung, wie man

kunstvoll sprang. Wahrscheinlich hatte sie nie im Leben bewusst eine Katze beobachtet. Sie trat einen Schritt vor und ließ sich mit ausgebreiteten Armen und einem lauten Angstschrei in die Tiefe fallen.

Mack hatte sich auf einiges gefasst gemacht: Dass Nells Gewicht ihm die Knochen brechen könnte. Dass sie bei ihrem Aufprall beide stürzten und sich verletzten. Dass er sich verschätzte und nicht an der rechten Stelle wäre, wenn es galt, sie aufzufangen. Aber dann war er nur erstaunt, wie leicht sie war. Sie brachte ihn ins Taumeln und glitt aus seinen Händen und doch glaubte er, benommen wie er war, den Sturz eines Kindes aufgehalten zu haben.

Nell kroch auf allen vieren zu ihm. Sie hatte gedacht, dass sie sterben würde, das las er in ihren Augen. »Du gehst nicht ohne mich«, sagte sie und er staunte, dass sie sich darüber wunderte. Nicht Lilith – Nell war geheimnisvoll.

In diesem Moment brach der Berg auf.

Es geschah so plötzlich und hatte mit seinem bisherigen Murren so wenig zu tun, dass ihnen der Schreck bis ins Mark fuhr. Der Himmel färbte sich dunkel, doch hinter schwarzer Asche leuchtete es rot von Feuer. Und es roch nach Feuer. Und die ganze Luft war erfüllt vom Gesang des Feuers …

… FRESSEN …

Mack hatte sich, ohne es zu merken, die Hände auf die Ohren gelegt. Nell riss sie ihm herab und schrie etwas, was er nicht verstand. Felicita lag wieder in ihren Armen.

… FRESSEN …

Die Blutadern schwollen, Mack wusste es, obwohl er sie gar nicht mehr sehen konnte. Nell kreischte erneut, als nicht weit entfernt mehrere glühende Klumpen an ihnen vorbeisegelten und über das Gras sprangen wie Steine, die auf dem Wasser hüpfen. Mack nickte. … FRESSEN … Ja, aber ein größeres Fressen, als er es sich ausmalen konnte. Ein Königsmahl.

Sie rannten los. Als Nell stolperte, nahm er ihr Felicita ab und sie rannten weiter. Es fiel ihm schwer, sich Nells Schritt anzupassen, jede Faser seines Körpers wollte voran. Und Nell war immer noch langsam und wurde langsamer, je länger ihre Flucht dauerte.

Schließlich entglitt ihm ihre Hand. Nell war am Ende ihrer Kräfte und sie fiel keuchend auf die Knie. Sie hatten die Weinberge erreicht.

»Weiter«, hustete sie, aber es ging nicht. Jedenfalls nicht mehr in dieser Geschwindigkeit. Mack half ihr auf und sie taumelte mehr, als dass sie lief. Ohne seinen helfenden Arm hätte sie kaum noch einen Schritt geschafft. Sie kämpften sich durch die künstlichen Gassen der an den Stöcken emporstrebenden Reben. Dann durch ein Wäldchen und an Gärten vorbei. Wurde das Grollen des Berges leiser?

»Ich kann … ich kann nicht mehr«, keuchte Nell und dieses Mal blieb sie liegen, als sie zu Boden sank. Mack schaute zurück. War die Säule, in der der Berg seinen feurigen Inhalt in den Himmel schleuderte, geschrumpft? Es kam ihm so vor, aber sicher war er nicht.

Er ließ sich neben Nell ins Gras sinken. Sein Gesicht spannte, ob von der Hitze oder dem Dreck der letzten Wochen oder von der Asche, die ihnen der Berg zuwehte. Er musste lächeln, als Felicita zu brabbeln begann, und es fühlte sich an, als würde eine zweite pergamentene Haut reißen.

»Dort hinten ist ein See«, sagte Nell.

Er nickte. Eigentlich war es mehr ein Teich, aber jedenfalls eine erfreuliche Ansammlung von Wasser.

»Du wolltest nicht ohne mich gehen«, sagte sie.

»Wenn du es noch einmal wiederholst, in diesem Ton, werde ich ein Lied schreiben, das den Namen *Nell, dumme Nell,* trägt«, erwiderte er.

»Warum tust du das?«

»Weil es nötig ist«, sagte Nell. Sie lächelte. Es war früh am Morgen. Der See lag im Nebel, seine Oberfläche spiegelte verwischt die mohnfarbenen Umrisse der aufgehenden Sonne. Nell hatte in seinen Armen gelegen, die ganze Nacht hindurch, während der Berg ihnen letzte Warnungen hinterherspuckte. Sie hatten kaum gesprochen. »Lass uns heimgehen«, hatte sie irgendwann gesagt und vielleicht war sie davon ausgegangen, dass die Bewegung, die er gemacht hatte, ein Nicken war. Nun wusch sie in dem See seine Wäsche. Er war splitterfasernackt und er wusste, dass sie gelegentlich zu ihm hinüberschielte. Er hätte ihren Blick gern erwidert. Er hätte es wirklich gern getan. Sie waren entronnen, das Feuer hatte sie verschont. Mehr noch, sie waren allein, ohne scheele Blicke, ohne eine Gefahr, der es zu entfliehen galt. An jedem vergangenen Tag seines Erwachsenenlebens hätte er sich die Hand abgeschlagen für einen Morgen wie diesen.

Mack beobachtete Felicita, die mit rosigem Gesicht, das Fäustchen vor dem Mund, schlief und dabei mit den Mundwinkeln zuckte, so wie ein schlafender Hund mit dem Schwanz zuckt.

»Du sollst mir keine Angst machen«, sagte Nell. Sie war vom Seeufer zurückgekehrt. Himmel, war sie dürr geworden unter ihrem Kleid. Sie schien nur noch aus Haut und Knochen zu bestehen. Ihre Gesichtsknochen standen hervor wie die einer Bettlerin in Hungersnotzeiten. »Ich bin nicht so hübsch wie sie«, sagte Nell. »Ich werd's auch nie sein.«

Er starrte sie an und im ersten Moment begriff er gar nicht, was sie sagen wollte. Doch dann traf es ihn mitten ins Herz. Er zog sie zu sich herab und drückte sie so heftig an sich, dass sie leise aufschrie. »Nein«, sagte er, als sie widerspenstig freigelassen werden wollte, und hielt sie nur umso fester. Irgendwann hörte sie auf, sich zu wehren. Er fühlte, wie sie sich entspannte, und spürte, dass sie weinte.

Die Sonne stieg höher, aber sie konnte den Nebel nicht vertreiben, der nicht nur aus Wassertröpfchen bestanden, sondern sich mit den flusigen Resten der Asche gemischt hatte. Der Teich wirkte unter dieser Decke schwarz.

»Wir gehen nach Hause«, sagte Nell leise. Sie wurde schwerer in seinen Armen und er merkte, wie sie in Träume entglitt.

Wir gehen nach Hause, dachte Mack. Eine Hirschkuh trat aus dem Silberschatten des Nebels. Misstrauisch äugte sie zu den Menschen herüber. Als sie sich nicht bewegten, wagte sie sich ans Seeufer, und als noch immer keine Gefahr dräute, begann sie zu saufen.

Wir gehen nach Hause, dachte Mack. Im Geiste sah er sich, wie er an Gunthers Tür klopfte. *Ich bin's, Mack.* Würde der Waffenmeister sich freuen?

Wie ist es dir ergangen, Mack Thannhäuser?

Ich habe Menschen umgebracht und ich habe eine nette Frau und ihren verkrüppelten Mann in ihrem Bett zu Tode erschreckt. Ich habe eine Frau, die mich liebte, ins Unglück gestürzt. Inzwischen fällt es mir leichter zu lügen, als die Wahrheit zu sagen. Die Raupe ist aus dem Kokon gekrochen und herausgekommen ist kein Schmetterling, sondern …

Wie würde es sein, wenn Felicita sich abends im Stroh der elterlichen Hütte zusammenrollte und bettelte: *Erzähl die Geschichte vom feurigen Berg und wie ich mit dem Vater über die Klippe geflogen bin.*

Er sah Nell, die, stur wie sie war, an ihrer Meinung festhalten würde, die sie sich über ihrer beider Liebe gebildet hatte. Bis der Alltag das Flatterband der Verliebtheit niederriss und sie nackt zurückließ? Bis auch sie feststellte, dass der Schmetterling gar kein Schmetterling war, sondern eine Schimäre mit schwarzen Flügeln und hässlichen Gewohnheiten?

Mack spürte Nells regelmäßigen Atem, der bewies, dass sie

tief schlief. So sacht wie möglich ließ er sie ins Gras gleiten. Sie hatte seinen Bruoch, das Hemd und den stark mitgenommenen Rock gefaltet und auf einen Stein gelegt. Leise nahm er die Dinge auf, legte sie aber nach kurzem Überlegen wieder ab und ging zum See. Die Hirschkuh hob den Kopf. Wider Erwarten wandte sie sich nicht zur Flucht, sondern begann an den zarten Ufergräsern zu knabbern.

Mack tauchte in das nicht sehr kalte Wasser ein. Schlingpflanzen angelten nach seinen Beinen. Das Gewässer war ein Stück gefährlicher, als er erwartet hatte.

Er tat einige kräftige Züge und schwamm in die Mitte des Teichs. Die Nebelschwaden waren gesunken. Sie lagen über ihm wie Streifen aus durchsichtigem Feenstoff. Er legte sich auf den Rücken, paddelte mit den Füßen und versuchte auszumachen, wie das Wetter werden würde, was ihm aber nicht gelang. Ein Fisch glitt unter ihm hinweg, ein schwarzer Schatten im noch schwärzeren Wasser. Er überlegte, ihm nachzutauchen, nur war das Wasser unter ihm wirklich … sehr schwarz.

Langsam bewegte sich Mack ans Ufer zurück. Die Uferpflanzen griffen mit ihren Schlingarmen nach ihm, gaben aber erstaunlich schnell wieder auf, als hätten sie keine Lust zu behalten, was sich ihnen als Beute bot. Er kletterte die kleine Böschung hinauf. Mit der Hand strich er das Wasser von der braunen Haut. Viel sauberer kam er sich nicht vor.

Es hatte keinen Zweck, zu warten, bis er trocken war, die Kleider würden ihre Feuchtigkeit nicht verlieren, bis die Sonne durchgebrochen war. Und er hatte keine Zeit. Er wusste nicht, wie lange Nell schlafen würde.

An einem Strauch hingen einige grünliche Beeren. Etwas Ähnliches wuchs in Deutschland nicht, aber Mack hatte herausgefunden, dass sie schmackhaft und ungiftig waren. Zumindest der Saft würde Felicita gut tun. Er pflückte zwei Hände voll und legte seine Ausbeute neben Felicitas Kopf, so dass Nell wissen würde, dass sie mit Absicht dort abgelegt worden waren.

Dann machte er sich über seine Kleider her. Er schlüpfte in das Unterzeug und nahm den Rock auf. Ihm war kalt und es kostete ihn Überwindung, den Kopf durch den wollenen Kragen zu stecken. Als er sich vornüber bückte, fiel sein Blick auf etwas kirschkerngroßes Weißes, das neben dem Stein zu Boden segelte.

Er zögerte kurz, dann bückte er sich und nahm es auf. Es war eine Blüte, ähnlich geformt wie ein Gänseblümchen, nur dass sie keinen gelben Kern besaß. Wahrscheinlich wäre sie ihm gar nicht aufgefallen, wenn sie nicht als einzige ihrer Gattung in dem von Moos und Gräsern und wenigen blauen Blumen bestandenen Uferstreifen gelegen hätte.

»Du schleppst alles mit dir herum. Schon immer Mack«, sagte Nell.

Er fuhr herum. In seinen Schreck und das Bedauern, sie geweckt zu haben, mischte sich Freude, sie wach zu sehen. Er verbot sich die Freude.

»Du hattest einen halben Wald in deinem Rock.« Nell lachte über ihre Übertreibung. »Merkst du nicht, wenn dich ein Zweig in die Haut piekt? Du bist wie diese Kletten. Du ziehst alles an.«

»Du hast einen Zweig aus meinem Rock geschüttelt?« Er ließ sich im Schneidersitz auf dem Boden nieder und legte die Blüte auf seine flache Hand.

Das Gebüsch auf der anderen Seite des Sees knackte und Nell meinte bedauernd: »Ich habe das Tier verscheucht. Schade. Andererseits ist es sowieso Zeit, sich auf den Weg zu machen. Mich treibt es heim, Mack. Dieses Land ist so schön wie … wie eine giftige Blume, wenn du verstehst, was ich damit sagen will. Ich möchte … Oh!«, unterbrach sie sich. »Vielleicht ist die Blüte giftig. Wirf sie fort, Mack, Lieber. Wenn du sie nicht kennst …«

»Sie war an dem Zweig in meinem Rock?«

Nell achtete nicht auf seine Frage. »Hast du diese Früchte gepflückt? Na, ich weiß nicht. Auf der anderen Seite – Felicita wird Hunger haben, wenn sie wach ist. Glaubst du, dass wir irgendwo ein paar Trauben stibitzen können? Ich weck sie auf. Ich will los, Mack. Ich will nach Deutschland zurück.«

Die Blüte hatte die Form eines weißen Sterns. Ein vollkommen geformter weißer Stern. Weniger eine Blume als … ein Kunstwerk. Und doch nicht künstlich, ganz und gar nicht.

»Warum sagst du nichts, Mack?«

Er holte Luft, blies die Blüte von seiner Handfläche und blickte ihr nach, während sie von einem kaum zu spürenden Wind zum See getragen wurde und auf der schwarzen Oberfläche aufsetzte wie ein Kormoran. Sie schwamm eine ganze Weile, ehe sie im Wasser eintauchte.

»Mack. Mack! Ich frage, ob du weißt … wo bist du mit deinen Gedanken? In welche Richtung müssen wir …?« Nell lachte, als er sie zu sich herabzog und sie küsste. »Ich frage, welche Richtung wir einschlagen müssen.«

Er machte eine Kopfbewegung, mit der er in seinen Rücken zeigte, und küsste sie erneut und so leidenschaftlich, dass sie heftig die Luft einsog und ihn mit den Armen umschlang.

»Dort«, sagte er, als sie ihn nach langer Zeit losließ. »Dort drüben geht es nach Hause.«

Giudice Benzonis erster Fall

Rom 1559: In einem alten Hafenturm wird die verstümmelte Leiche eines Jungen entdeckt. Der Tote trägt eine Rose im Haar und niemand scheint ihn zu vermissen. Mehr noch: Es gibt jemanden in der heiligen Stadt, der alles daran setzt, die Aufklärung des Mordes zu verhindern. Skandalös, findet Richter Benzoni und macht sich auf eigene Faust auf die Suche nach dem Mörder – auch dann noch, als die Spur in eine bestürzende Richtung läuft ...

»Die Autorin hat mit dem sympathischen Richter Benzoni den Historienkrimi um eine hinreißende Spürnase bereichert.«
Passauer Neue Presse

»Eine von Deutschlands heimlichen Bestseller-Autorinnen.«
Bild der Frau

Helga Glaesener
Wer Asche hütet
Roman

List Taschenbuch